U0097367

古典詩歌研究彙刊

第五輯

龔鵬程 主編

第 16 冊

晚明至盛清女性題畫詩研究
——以閱讀社群及其自我呈現為主

黃儀冠 著

國家圖書館出版品預行編目資料

晚明至盛清女性題畫詩研究——以閱讀社群及其自我呈現為
主／黃儀冠 著 -- 初版 -- 台北縣永和市：花木蘭文化出版社，
2008〔民 96〕

目 2+342 面；17×24 公分（古典詩歌研究彙刊 第五輯；第 16 冊）

ISBN　978-986-6528-65-1（精裝）
1. 題畫詩　2. 詩評　3. 女性文學　4. 明代詩　5. 清代詩

820.9106　　　　　　　　　　　　　　　　　　98001028

ISBN - 978-986-6528-65-1

9 789866 528651

古典詩歌研究彙刊
第五輯　第十六冊　　　　　　ISBN：978-986-6528-65-1

晚明至盛清女性題畫詩研究
——以閱讀社群及其自我呈現為主

作　　者　黃儀冠
主　　編　龔鵬程
總 編 輯　杜潔祥
出　　版　花木蘭文化出版社
發 行 所　花木蘭文化出版社
發 行 人　高小娟
聯絡地址　台北縣永和市中正路五九五號七樓之三
　　　　　電話：02-2923-1455／傳眞：02-2923-1452
網　　址　http://www.huamulan.tw 信箱 sut81518@ms59.hinet.net
印　　刷　普羅文化出版廣告事業
初　　版　2009 年 3 月
定　　價　第五輯 20 冊（精裝）新台幣 28,000 元　　版權所有‧請勿翻印

晚明至盛清女性題畫詩研究
——以閱讀社群及其自我呈現為主

黃儀冠　著

作者簡介

黃儀冠

政治大學中國文學研究所博士,現任彰化師範大學國文系助理教授。曾任聯合大學台灣語文與傳播學系助理教授、暨南大學中文系講師。研究領域為女性文學、性別研究、電影文學、題畫文學及影視圖像文化研究。曾發表相關女性文學、電影文學論文及詩畫論文十多篇。

提　　要

　　本書是探討近代中國女性題畫詩的第一本專著。

　　明清時期閨秀作家大增,此一特殊文化現象,與當時內因外緣各種藝文思潮等文化現象有密切關係,值得深入探討。本書搜羅整理晚明至盛清女性作家的詩畫創作,透過女性詩人題畫詩作品的豐富內涵,一窺當時女性在父權文化下所受到的主流文藝思潮影響,如何具體地呈現在題畫詩的創作態度上。

　　明清女性創作活動受制於當時內在家族與外在社會風氣的影響,女詩人與女畫家往往必須在才名與婦德兩難之間,尋求創作成長的空間。故本書探索在明清之際傳統男性文人掌握書寫權及詮釋體系的文化傳承中,女詩人如何在主流歷史夾縫內生存,如何於體制內與其他女詩人透過結社或家庭聚會方式,互相砌磋、互相支持,彼此評論對方作品,達成詩畫藝術交流與互動。

　　題畫詩自唐宋以來,已逐漸形成一種定式的審美觀,有其傳統的寫作規約。晚明至盛清女性詩人的題畫詩在創作態度、審美角度及風格的呈現,與歷來佔主流的男性詩人所創作的題畫傳統,雖有其重疊因循之處,但亦有女性獨特的詩畫特質。故本書即透過明清女性詩人題畫詩的探討,尋繹出當時女性題畫詩與傳統詩畫創作的承轉關係,以及女性題畫詩所獨俱的特色。

目次

第一章　緒　論

第一節　明清女性題畫詩之文化意涵

一、閨秀才女浮出歷史地表

在中國文學史中,女性作家的著作得以被男性撰史者收編而流傳名世者,實屬鳳毛麟角;迨至明清,由於女性識字率的提昇, [註1] 使得明清兩代才女備出。明清兩代女性作家所從事的文類相當廣泛,舉凡詩詞、戲曲、批評論述等等,皆有所觸及,因此所謂女性在中國古典文學創作上的缺席,以及在文學史論述上呈現空白頁 [註2] 等諸多現象,至明清已有所改觀。明清閨秀作家大增, [註3] 此一特殊文

〔註1〕 關於女性識字率問題,可參見 Joanna Handlin,"Lu K'un's New Audience: The Influence of Women's Literacy on Sixteenth-Century Thought "in Wolf &Witke eds; *Women in Chinese Society*（Stanford: Stanford UP,1975）,頁 13～38。

〔註2〕 有關女性在文學史上的空白頁（the 'blank page'）,其觀念請參見 Susan Gubar, "'The Blank Page' and the Issues of Female Creativity", *Critical Inquiry*（Winter,1981）。

〔註3〕 徐世昌編輯《晚晴簃詩匯》二百卷中,其中十卷乃閨閣詩作,計有四百八十五人,施淑儀編《清代閨閣詩人徵略》一書,共十卷,收錄一千二百七十四人,而胡文楷所著《歷代婦女著作考》,所採清代女性作家共三千五百餘人,數據資料請參考鍾慧玲:《清代女詩人研

化現象，與當時內因外緣各種藝文思潮等文化現象有密切關係，值得深入探討。是故本文研究動機之一是希望透過晚明至盛清女性詩人題畫詩作品的豐富內涵，一窺當時女性在父權文化下所受到的主流文藝思潮影響，如何具體地呈現在題畫詩的創作態度上。

　　晚明至盛清女性創作活動受制於當時內在家族與外在社會風氣的影響，女詩人與女畫家往往必須在才名與婦德兩難之間，尋求創作成長的空間。其中男性文人倡導女性從事文學創作者固然不遺餘力，然而大部份仍傾向保守的態度，認為內言不應傳於外。再者，許多女性多不願將作品示於人，或流傳於後，對於詩詞非女子之事的觀點，深信不疑，所以女性詩人從事題畫詩創作時，往往較男性文人受到更多學習詩畫及作品發表方面的限制。是故本文研究動機之二即探索在晚明至盛清傳統男性文人掌握書寫權及詮釋體系的文化傳承中，女詩人如何在主流歷史夾縫內生存，如何於體制內與其他女詩人透過結社或家庭聚會方式，互相切磋、互相支持，彼此評論對方作品，達成詩畫藝術之交流與互動。

　　題畫詩自唐宋以來，已逐漸形成一種定式的審美觀，有其傳統的寫作規約。晚明至盛清女性詩人的題畫詩在創作態度、審美角度及風格的呈現，與歷來佔主流的男性詩人所創作的題畫傳統，雖有其重疊因循之處，但亦有女性獨特的詩畫特質。故本文研究動機之三即欲透過晚明至盛清女性詩人題畫詩的探討，尋繹出當時女性題畫詩與傳統詩畫創作的承轉關係，以及女性題畫詩所獨具的特色。

二、女性文學與題畫詩研究回顧

　　有關明清兩代女詩人的研究，近年來已有幾篇論文發表，鍾慧玲教授的博士論文《清代女詩人研究》，[註4] 論述嚴謹，資料翔實，詳

　　究》（臺北：政治大學博士論文，1981），頁1～2。
〔註 4〕 鍾慧玲：《清代女詩人研究》（臺北：政治大學中國文學研究所博士論文，1981）。

盡的探討與分析清代女詩人的文學活動、創作態度及各期的重要女詩人的詩作。戴麗珠教授的《清代婦女題畫詩》，〔註5〕探討收輯於《晚晴籍詩匯》之清代女性詩人題畫詩的作品，著重點在收羅散佚於清代詩集及詩歌彙編的女性題畫詩，分析資料部份則著墨不多，殊爲可惜。另外，國外學者亦有論述明清時期女詩人與女畫家之專著或單篇論文，Dorothy Ko 的英文專著 *Teachers of the Inner Chambers: Women and Culture in Seventeenth-Century China*〔註6〕探討明末清初女性社會生活與文化活動，企圖從歷史文獻材料與女性文學作品建構出女性意識與主體性，並探索女性掌握知識文化之後，如何發展出屬於女性特質的女性社群（women's communities），以及女性文化（women's culture）。〔註7〕另外，在單篇論文期刊部分，孫康宜〈明清詩媛與女子才德觀〉〔註8〕探討中國傳統的才德問題如何影響女性創作，男性對於女性從事文學創作的觀點，以及明清閨秀與歌伎由於社會才德觀的改變而產生地位上的轉變。魏愛蓮（Ellen Widmer）〈十七世紀中國才女的書信世界〉〔註9〕透過明清之際閨秀的書信瞭解其交游情況，由書信裏可以得知閨秀才媛人際交往並不限於家族成員，往往擴及其他家族女性友人，與男性文人，此外，亦有組織結社的活動記載。在明清女性繪畫研究上，1988 年在 Indianapolis Museum of Art 所舉辦中國女性畫家畫展及研討會，其出版的書籍名爲 *Views from Jade Terrace: Chinese Women Artists 1300～1912*，包含多篇討論明清女畫家及作品的文章。1995 年 11 月底至 1996 年 2 月底於北京故宮曾舉辦〈明清

〔註 5〕　戴麗珠，〈清代婦女題畫詩〉（《靜宜人文學報》，1991 年 3 月），頁 45～69。
〔註 6〕　Dorothy Ko, *Teachers of the Inner Chambers: Women and Culture in Seventeenth-Century China*（Stanford, Stanford University Press, 1994）
〔註 7〕　同上，'Introduction'，頁 1～26。
〔註 8〕　孫康宜著，李奭學譯，〈明清詩媛與女子才德觀〉（《中外文學》第二一卷，第十一期），頁 52～81。
〔註 9〕　魏愛蓮（Ellen Widmer），〈十七世紀中國才女的書信世界〉（《中外文學》第二二卷，第六期），頁 55～81。

女性繪畫巡禮〉，對明清女性畫家的作品有概略性的介紹。

　　至於清代以前在題畫詩研究，國內已有多篇博、碩士論文。在各個朝代男性文人的題畫詩研究方面，如廖慧美《唐代題畫詩研究》、〔註10〕李栖《宋代題畫詩研究》、〔註11〕以及鄭師文惠《明代詩畫對應關係之探討——以詩意圖、題畫詩爲主》〔註12〕等等；亦有擇取單位男性文學家或男性畫家的題畫詩研究，如楊國蘭《杜甫題畫詩研究》、〔註13〕蔣翔宇《倪瓚題畫詩研究》，〔註14〕亦有橫跨眾多題畫文類，以題畫詩、詞、曲、文等爲研究對象，如衣若芬《鄭板橋題畫文學研究》、〔註15〕《蘇軾題畫文學之研究》、〔註16〕謝惠芳《蘇軾題畫文學之研究》，〔註17〕其研究的論題由純粹文獻資料的詮釋解析，擴展到探討文學與繪畫結合之美學特質，詩論與畫論互相交融影響，並論述各朝代題畫詩之特質，以及題畫文類之淵源與發展脈絡等等，皆獲得相當可觀的研究成果。目前可見對於女性詩人題畫詩研究，只有上述戴麗珠教授的單篇期刊論文，是故目前國內外雖已有關於女性詩人與女性畫家的研究，以及男性文人題畫詩之研究，然而結合詩歌與繪畫兩個範疇詮析論述女性題畫詩的研究尚不多見，故本文在鍾慧玲

〔註10〕廖慧美：《唐代題畫詩研究》（東海大學中國文學研究所碩士論文，1991）。

〔註11〕李栖：《宋代題畫詩研究》（東吳大學中國文學研究所博士論文，1991）。

〔註12〕鄭師文惠：《明代詩畫對應關係之探討——以詩意圖、題畫詩爲主》（政治大學中國文學研究所博士論文，1992）。

〔註13〕楊國蘭：《杜甫題畫詩研究》（中央大學中國文學研究所碩士論文，1990）。

〔註14〕蔣翔宇：《倪瓚題畫詩研究》（逢甲大學中國文學研究所碩士論文，1995）。

〔註15〕衣若芬：《鄭板橋題畫文學研究》（臺灣大學中國文學研究所碩士論文，1990）。

〔註16〕衣若芬：《蘇軾題畫文學研究》（臺灣大學中國文學研究所博士論文，1995）。

〔註17〕謝惠芳：《蘇軾題畫文學研究》（臺灣大學中國文學研究所碩士論文，1994）。

教授、戴麗珠教授以及國內外學者的研究基礎上，希冀對晚明至盛清
女性的詩畫活動，以及題畫詩作與其閱讀社群〔註18〕（reading
communities）之間所呈現的複雜關係，作更深一層的挖掘。探索傳統
規範如何影響女性詩畫活動對女性進行再教育的過程，以及女性如何
透過筆墨詩畫來擴展社會關係與個人生活文化空間。再者，晚明至盛
清女性對才與德的矛盾情境，既表現在詩畫的創作態度中，亦表現在
詩畫的題材選擇上。故本文在討論晚明至盛清女性題畫詩作品所呈顯
的內涵時，也探索詩畫教育與才德觀之間的關係，並說明女性作者與
讀者借詩畫達到溝通交流的狀態，及女作家選擇題畫詩此文類時所偏
重的題材與主題。

三、女性題畫詩研究之取材範圍

　　女性詩文作品在明清兩代雖呈現百花齊放的姿態，然而散佚及遭
焚毀的作品仍不計其數，加上題畫詩此文類創作素材多在畫紙上，創
作環境多在雅集聚會活動或書信往返中，原始資料取得有其困難度，
筆者所搜羅的女性詩集相關作品，主要在中研院與國家圖書館線裝書
與善本室。另外，筆者申請到陸委會赴大陸短期研習獎學金，承蒙北
京大學葉朗教授與王守常教授的指導與幫助，得以進入大陸北京大學
善本室及北京圖書館善本室閱覽善本書，筆者在北京期間盡力將女性
詩集原典中所有題畫詩予以抄錄，然而仍然有相當多女性詩人的作品
無法找到其原版詩集，是故本文題畫詩資料除了女性詩歌別集之外，
也節錄目前所能看到的女性作品的合集、選集，並且參考編選明清兩
代女性作品的書籍中關於女詩人生平之文獻。女性畫家的畫作則借助
目前可搜羅到的圖錄，以及其他女性繪畫文獻史料作爲輔助說明。

　　晚明至盛清的時代斷限主要以女詩人文學活動及文學創作爲標
的，晚明主要是指明代萬曆時期至天啓、崇禎年間，盛清主要是清朝
開國到乾隆、嘉慶結束爲止，有些女詩人文學活動時期由乾隆朝橫跨

〔註18〕　筆者所指乃是閱讀女性詩畫作品的讀者群體，本文後面會再詳述。

至嘉慶、道光年間，亦併入討論。此時期女性詩人出現大量的詩歌作品，與整個社會風氣受到理學的影響有密切關係，也與當時女性才德觀的轉變有關，使得女性詩畫作品相較於以前有大量的增長趨勢，是故本文截取晚明至盛清女詩人的題畫詩作品爲討論的範圍，以作爲探討明清兩代女性文學的初步工作。

四、跨領域／文類之研究方法

（1）結合詩畫創作與理論，文獻資料與圖繪作品分析

　　題畫詩自宋、元以來即相當興盛，蔚爲大國，然而晚明至盛清的詩人，不論運用詩、詞、文、賦，那一種文類形式去如何詮釋畫作，都與晚明文人畫以及晚明畫論詩化的美學觀有極深的淵源，〔註19〕身處其中的女性詩人亦浸染於當時主流的文化審美品味，是故在進入女詩人題畫詩作品的詮釋體系時，必須先討論晚明至盛清男性文人所呈現出的藝術創作理念與態度，以及詩畫之間共通的創作觀與審美觀，並旁及當時的詩論和畫論，從中尋繹出女詩人所受到詩論與畫論的交互影響，以及理論與創作的互動。由於女性詩人的總集、別集搜羅相當困難，筆者除了詳細檢閱中研院傅斯年圖書館與國家圖書館的善本書與線裝書之外，並至中國大陸北京大學進修一個月，閱覽北京圖書館與北京大學圖書館善本室收藏女性詩人的詩集，〔註20〕儘量將海內外現存晚明至盛清女性詩歌作品進行淘選，以建立客觀的論述。除了文獻上的分析之外，在處理題畫詩時，亦不可忽略現存題在畫面上的詩作，是故本文研究也配合實存的繪畫作品進行比對與歸納綜合，儘量搜羅目前圖錄上有關女性繪畫作品資料，將其與現存女性詩人的題畫詩作品作統合，以發掘更多關於女性詩人在詩畫創作的內涵。

〔註19〕 關於晚明畫論之詩化問題，請參考林素玟，《晚明畫論詩化研究》（淡江大學中國文學研究所碩士論文，1995）。

〔註20〕 筆者申請到陸委會獎助研究生赴大陸短期研習的獎學金，曾赴大陸搜羅相關資料。在北京大學作短期研習。

（2）文類分析法

　　所謂文類，指的是人類在寫作歷史發展過程中逐步形成的作品類型，是諸多作品內在與外在共同擁有的恆定因素。由於它是語言、題材和功能交互作用結果，一旦形成，就獲得了相對的穩定性，作爲把握現實生活的一種言說形式，具有所謂「藝術的記憶」和「經久不衰」傾向。〔註21〕文類研究包括三個範疇：一是實際作品的分類編組；二是找尋分類的標準；三是說明該文類的功能性。筆者的觀點是將題畫詩當作一種文類，屬於題畫文學的次文類，其言說形式是詮釋畫作的詩歌語彙，是屬於歷來處理詩畫關係的文類。本文從題畫詩此一文類的歷時發展中，特別將女性的作品加以摘選、爬梳，其對於題畫詩的成規，除了歷時性的詩畫傳統之外，必有女性作者本身所表現出特有的自我呈現（self-expression），女詩人透過題畫詩之詩畫對應語彙，常呈顯出閨閣女子細膩幽微的心緒。藉由圖繪作品的物象符號與自我內在情意、志向作深度對話，故其題畫的創作或也可視爲女性圓成自我生命主體的一種表現。然而，女詩人題畫詩所呈現女性內向性、私有性的特質，與歷來男性詩人運用題畫詩傾向於懷戀家國，以及類乎高人逸士，堅持遯世絕俗的特質，〔註22〕呈現出兩種不同的路向。本文希冀透過文類的分析，尋繹出晚明至盛清女性題畫詩之內涵、文類功能，及其特殊的言說形式。

（3）接受美學與讀者反應理論分析法

　　接受美學與讀者反應理論所關注的焦點在於：文學作品如何詮釋？以及讀者與文本，讀者與作者，作者與自己的作品之間的複雜關係爲何？文學文本乃是一個多層面的開放架構，讀者與文本的互

〔註21〕錢中文：《文學理論發展論》（北京：社會科學文獻，1989），頁156。

〔註22〕由於目前尚無清代男性文人題畫詩的完整研究，所以此比較乃根基於明代之前題畫詩的研究，請參考鄭師文惠，〈元代題畫詩研究——以花木蔬果爲主〉（行政院國家科學委員會專題研究計畫，1993），及鄭師文惠著：《詩情畫意——明代題畫詩的詩畫對應內涵》（臺北：東大，1995）。

動過程中，對文本意義空白加以填充，並予以具體化，故不同時代、不同文化氛圍的讀者，都可依據自己的生活經歷、欣賞品味、審美與趣對作品作詮釋。〔註23〕而題畫作品的作者與讀者往往具有雙重身份。讀者本身即是創作者，題詩者由原本的觀畫者，即繪畫欣賞者，轉變爲創作者；亦有本身是畫家，爲自己的畫作賦詩；或欣賞他人的畫作，而爲之賦詩。是故，題畫詩的創作形成詩人與畫家、作者與讀者身分的轉換生成。在晚明至盛清，由於傳統內言不出閨閣的限制，女性詩人往往必須透過家族聚會、女性結社雅集，或是從師問學，才能得到欣賞他人畫作或創作題畫詩的機會，因而也逐漸形成一種閱讀女性作品的社群，此閱讀社群並無固定組織，屬於非正式群體。女性詩人在閱讀社群中除了自我創作外，也從事集體創作，與其他女性詩人、畫家，甚至男性文人，吟詠唱和，因此，在閱讀社群的互動網絡下，女性詩人依據自我的生命歷鍊與審美品味，賦予題畫詩多元詮釋的內涵，因而使其作品呈現出豐富的文化意義與審美價值。

（4）社會學理論之分析

自我與社會雖有個人與群體之別，然而個體自我的思維行動之型塑，卻不能離開社會規範，外在情境變化及人際互動網絡時時影響自我的認知與行爲，許多社會心理學家指出所謂「自我」乃是一個「社會性的結構」，不能自外於社會成規。自我是以符號、信號的形式在社會文化裏被型塑，是一個具有短暫瞬間與歷時性的多向度實體，另外，自我並非固定不變，而是隨著外在情境而有所變化，並且需要在人際關係網絡裏受到社會接納與認可。〔註24〕是故自我與社會時時在

〔註23〕 鄧新華，〈「品味」論與接受美學異同觀〉（《江漢論壇》，1990 年，第一期），頁 67。有關接受美學與讀者反應理論的論述主要參考 R.C. 赫魯伯（Robert C.Holub）著，董之林譯：《接受美學理論》（臺北：駱駝，1994）。

〔註24〕 「自我」與「社會」相成互動的說法，米德（George Hebert Mead）著，胡榮、王小章譯：《心靈、自我與社會》（臺北：桂冠，1995）；

互動，自我受到社會環境影響而有所調整，社會也因各個不同自我組成而在緩慢變動，而文學作品所呈現的乃是作者自我與社會文化互動的歷程，並且作者透過語言文字加以建構自我與外在情境的關係。故本文以社會學對於自我形塑的定義，欲探討女性主體在題畫詩創作活動中，如何呈現自我概念，如何呈現女性角色，並在女性題畫詩自我呈現的語彙脈絡中，建構女性自我與社會，以及女性自我與題畫詩傳統互動的過程。

　　晚明至盛清女性詩人深受家庭教育影響，在上階層的士大夫家庭中，題詩作畫成為一種文人精英階層的表徵，故女性學習詩畫創作的過程，亦是學習精英行為，以達到社會化實踐之歷程，而藉由詩畫活動所呈現出的自我內涵，也受到家族與社會對女性角色的期待與規範。題畫詩的創作歷程包含：題詩者——觀畫——對畫題詩，其過程不僅面對畫作，同時面對畫作背後的創作主體（或擁有畫作的主人），故題畫詩是一種有特定寫贈對象的文類，因而詩與畫在人際流通往返時，其題詩贈畫活動就具有人際社交功能，而當作畫題詩成為一群體經常性創作活動之後，就表現出社會學所謂「精英團體」、「儀式行為」、「象徵符號」等具有社會活動性質的特性。亞伯納・柯恩（Abner Cohen）認為所謂「精英團體」，乃是指「盤據在社會的上層，且享有特權地位」的非正式群體，他們藉著自己的生活方式，表現出他們的生活特徵。其生活特徵，則包括特殊的說話腔調、衣著服飾、儀表態度、交友方式、帶有排外色彩的集會，以及精英意識等等。這種種行為特徵，即是表現其為精英份子的「象徵符號」，而這些符號行為常常是「文化遺產」（cultural lags）。這些文化符號行為連繫個人與群體，其作用乃是通過符號行為藉以象徵他們有別於一般平民的身份內涵，並凝聚團體成員的精英意識。而精英份子彼此的交際往來、

庫利（Charles Horton Cooley）著，包凡一、王湲譯：《人類本性與社會秩序》（臺北：桂冠，1992）；舒茲（Alfred Schutz）著，盧嵐蘭譯：《社會世界的現象學》（臺北：桂冠，1991）。

酬酢餽贈，便構成所謂的「儀式行爲」。〔註25〕由於題詩作畫成爲文人之表徵，故女性模仿男性文人題畫詩的創作行爲遂成爲女性精英份子的象徵行爲。另外，題畫詩本身即具有社交性質，故本文引用精英團體和符號象徵行爲等概念，來分析女性詩畫活動所組成的閱讀社群，筆者所謂的「閱讀社群」乃是指稱閱讀女性詩畫作品的讀者所組成的非正式與正式群體，這些讀者在心理上認同女性創作行爲，並給予讚許與支持，形成女性詩人心理上的社會支持與情感支持。而閱讀社群裏的成員以題詩作畫爲其符號行爲，象徵其爲文化精英份子的身份內涵，而彼此的詩畫酬酢和餽贈活動遂成爲其「儀式行爲」。本文即是希望透過閱讀社群與象徵符號等概念釐析女性題畫詩所蘊含的人際互動交流與文化符號行爲。

第二節　從文類觀點探索題畫詩之義蘊

　　詩畫結合一直是中國傳統美學重要的特徵之一，古人多將詩看作是有聲畫，將畫看作是無聲詩，〔註26〕尤其宋元文人畫興盛之後，在畫上題詩往往有詩畫相發，情景交融的作用。且詩論畫論經常是相通，古人在討論詩歌時，常以畫論的觀點詮釋詩歌的內涵，而討論繪畫作品時又常以評論詩的審美觀作爲評畫的標準。〔註27〕從宋代以降

〔註25〕參見亞伯納・柯恩著，宋光宇譯：《權力結構與符號象徵》（臺北：金楓，1987），頁146～149，及頁4之導言部分。

〔註26〕黃山谷嘗云：「松含風雨石骨瘦，法窟寂寥僧定時。李侯有句不肯吐，淡墨寫出無聲詩。」孫紹遠編：《聲畫集》（《景印文淵閣四庫全書》，臺北：商務），卷一，頁819；僧惠洪云：「欲收有聲畫，絕景爲摹刻」，惠洪，〈同超然與塵飯柏林寺分題得柏字〉，《石門文字禪》（《景印文淵閣四庫全書》，臺北：商務）卷一，頁149；又〈題宋迪作瀟湘八景圖詩序〉亦云：「宋迪作八景絕妙，人謂之無聲詩。演上人戲余道：人能作有聲畫乎？因爲之各賦一首。」亦收於孫紹遠編：《聲畫集》卷一，頁819。

〔註27〕關於宋至明代詩畫合論的相關問題，請參鄭師文惠：《明人詩畫合論之研究》（政大碩士論文，1988年）；以及鄭師文惠：《詩情畫意——明代題畫詩的詩畫對應內涵》。

文人審美趣味滲入各個文藝領域，使得繪畫不論在創作上或理論上皆有詩化的現象。〔註 28〕故本文欲討論詩畫兩個領域結合的內在關聯性，藉以一窺古人文藝理論及其背後文化的美學意涵。

在文學與繪畫結合的領域中，青木正兒提出題畫文學一詞，題畫文學包括畫贊、題畫詩、題畫記、畫跋四類，〔註29〕而題畫詩正是研究古人表現所謂「詩畫一律」〔註30〕的入手處，近年已有論文及單篇文章探討題畫文學或題畫詩，然多將題畫詩看作是畫贊的延續，及歸屬於詠物詩之類。〔註31〕但本文欲跨越詩與畫的界線，將題畫詩作爲一種文類，從另一個角度來探索題畫詩在文學與繪畫之間游走的情形，不單只將題畫詩當作純粹文字作品，同時亦有其特殊的文類功能。筆者試圖在目前已有的題畫詩研究基礎上，再用文類觀念作考察，同時嘗試探索女性創作題畫詩在原有的傳統男性文人所建構的題畫文類系譜中所佔據的位置。

一、文類的定義與概念

本文在研究方法上特別標舉出文類分析法，在此將文類的定義與概念作釐析，所謂文類，指的是人類書寫的文字在歷史發展的過程中逐步形成的作品類型，是指諸多作品透過內因與外緣所形成的共同要素。作品類型是外在形式與內在實質內容所構成，包括文本的語言、題材和功能三方面交互作用的結果，文本一旦形成某種類

〔註28〕 關於畫論的詩化，請參林素玟：《晚明畫論詩化研究》（淡江大學中文所碩士論文，1994 年）。

〔註29〕 青木正兒著、魏仲佑譯，〈題畫文學及其發展〉（《中國文化月刊》，1970 年 7 月，第七期），頁 76。

〔註30〕 蘇軾〈書鄢陵王主簿所畫折枝二首之一〉嘗云：「論畫以形似，見與兒童鄰。賦詩必此詩，定非知詩人。詩畫本一律，天工與清新。邊鸞雀寫生，趙昌花傳神。何如此兩幅，疏淡含精勻。誰言一點紅，解寄無邊春。」收於王文誥、馮應榴輯注：《蘇軾詩集》（臺北：學海，1983）卷二九，頁 1525～1526。

〔註31〕 在本節後面將釐析近年來探討題畫文學或題畫詩的相關論著。

型，也就獲得了相對的穩定性，並且成爲表述作者內在情志與現實
生活的一種言說形式。〔註32〕換言之，作品類型有所謂的規約
（convention）存在，而文類規約的穩定性，受到作者意圖與讀者期
待雙向的交互影響，是故文類雖有其固定的類型，然而作者的創造
力與讀者如何理解作品遂使文類內涵有所流變，也使相同的文類在
不同的時空、不同的文化與歷史脈絡底下遂呈現出特殊風貌。是故
作者對文類的選擇，以及讀者對作品的閱讀理解仍受到時代風尚的
制約，但是並非完全被支配控制，每個時空下文類所呈現的內涵仍
包含作者對於表現題材、運用場合的考量，並且在多元的言說形式
當中擇取一種相應的文類，以承載作者的創作理念與意涵。再者，
就讀者的閱讀行爲來說，讀者在閱讀作品過程中，往往必須根據作
品的類型規約，以及讀者本身的信念系統，作爲評估該作品與其他
同類型作品比較的參考座標。因此，文本在被劃歸某文類之時，除
了應關注其外在的形式成規之外，同時也應試圖解讀作者／讀者／
文化脈絡三方面透過該種文類互動與對話的歷程，此也是文類得以
流變的力量來源，以及文類的功能性。

　　文類的概念乃是對實際作品作歸納區隔，並尋求出各類作品的成
規，因此，文類是一種後設的理論，必須先有實存的作品，再從眾多
作品裏作整理歸納。文類觀念的建立，主要是爲了幫助入門初學者與
研究者在龐雜的作品形式與豐富的作品內涵中，確立一個有效的參考
座標，在此座標架構下能有條理地展現同文類作品在同時性與歷時性
中的相同要素，以及與其他文類之間相對位置。再者，同一類型的作
品在歷時性的過程裏，又會受到當時文化思潮的影響，所以文類亦關
注同類型作品的歷時性考察，以及不同類型作品之間共時性的相互比
較。綜言之，文類研究包括三個範疇：一是實際作品的分類編組；二
是找尋分類的標準；三是說明該文類的功能性。對於本文所要論述的

〔註32〕 錢中文：《文學理論發展論》，頁 156。

題畫詩文類，在第一個範疇已有自宋以來的專書對題畫詩實際作品作分類編組，同時近代亦有相當多篇明代之前題畫詩論文專著，可說對於題畫詩實際作品的分類已有一定程度的理解與共識，所以本文不再多費筆墨論述。本文主要將論述焦點放在二、三個範疇，第二個範疇是找尋題畫詩分類的標準，在題畫詩文類的發展史上，題畫詩與詠物詩一直處於糾葛不清的狀態，本文試圖從兩種文類的定義再加以深入探究，並且透過題畫詩的文類考查，重新審視歷來對題畫詩的分類標準，以說明題畫詩的發展軌跡有其流變性和穩定性。在第三個範疇說明該文類的功能性，本文將探討題畫詩此文類所呈現的功能性，以釐析題畫詩與詠物詩文類功能之異同處何在等等問題，以突顯兩種文類各自的特徵差異。最後集中論述於女性題畫詩的發展，除了歷來題畫詩傳統的承襲外，亦有女性面對自我與社會環境所展露的特殊面向，故本文試圖建構出女性創作題畫詩時，作者與讀者對於題畫詩所寄予的文類功能為何？並掘發其在文學、文化上的意義。

二、題畫詩的歸類問題

　　古人在整理別集的時候，大多按古、律、絕的體裁，將題畫詩分屬各體之中，並沒有特別檢出成帙。直至南宋王十朋編《東坡詩分類集註》三十二卷，首先將蘇軾詩按類別分成卷帙，其中第二七卷，即為〈書畫類〉。雖然其間題書、題畫詩二類雜陳，收詩不全，注的部份疏漏也多，但本書是最早將書畫題詩檢作一類。其後南宋孝宗年間，孫紹遠編《聲畫集》，為我國第一部收集題畫詩的專書。全書八卷二六門，收唐宋人題畫詩八百餘首。王十朋與孫紹遠的生活時間相近，由他們編輯的方向來看，題畫詩在當時必然已經是相當盛行的創作。元朝之後，文人畫家幾乎是每畫必題，每題必詩，詩畫已成為分不開的藝術工作，但還不見有題畫詩別集的編輯，直到明朝李日華自編《竹嬾畫賸》一卷，是最早成集的題畫詩別集。

　　清康熙年間曾御編《御定佩文齋詠物詩選》及《御定歷代題畫

詩類》兩鉅著。前者收錄之作雖名爲詠物詩選，但仍可發現許多題畫詩；此外，在《御定佩文齋詠物詩選》所列舉的題材綱目中，亦列有「畫類」一門。由此可見題畫詩發展至清，數量上雖可獨標一類，但在詩歌分類上，仍與詠物詩糾葛不清，故清人觀念中題畫詩、詠物詩的分類似乎仍有模糊地帶。《御定歷代題畫詩類》爲陳邦彥所編，全書一百二十卷，分爲三十門，收唐以來至明末題畫詩九千餘首，也是至今最具規模的一部。乾隆以後，題畫詩別集大量出現，其中有畫家文人自題自畫，如石濤《大滌子題畫詩跋》、華嵒《新羅山人題畫詩集》五卷；亦有題歷代名畫，如吳修《青霞館論畫絕句》等等。

從以上所列的資料裏，可以得知將題畫詩別列一類編輯成冊，雖然於宋代時已經有題畫詩選集，但事實上是從晚明之後才大量出現題畫詩選集、別集。文人畫家或選錄自題作品，或將品評歷代畫作的詩歌作品選錄成冊，並作系統整理。故本文將研究範圍鎖定在晚明至盛清，著重對明代萬曆至清代乾隆時期的題畫詩作文類考察。在繪畫史上，這個時期尚沿承晚明董其昌南宗寫意文人畫派的畫風，而演化出來四王（王時敏、王鑑、王翬、王原祁）和四僧、揚州畫派和金陵八家等異品。不論詩人或畫家在處理詩畫的關係上，仍多承襲文人畫派的理論，在傳統之中追隨古人之法，或在學古後能不露古人痕跡，以創造出「我法」，並且在創立「我法」之後，還要進一步達到「法」、「我」相忘。〔註33〕中國傳統詩畫關係進入十九世紀中葉之後，在西方思想的衝擊下，傳統繪畫文學化和抽象化的路線受到質疑，〔註34〕促使文人畫家重新思索詩畫關係，而隨著繪畫風格的轉變，題畫詩亦走向新的一頁，應斷屬於另一個層次的詩畫關係。因此本文從題畫詩此一文類的歷時發展中，截取晚明至盛清作一番考查，即因這段時期不論是文人在創作題畫詩方面，或是將題畫詩編輯成冊，皆出現大量

〔註33〕高大森：《中國繪畫思想史》（臺北：東大，1992年），頁378。
〔註34〕同上。

的作品，可見將題畫詩與其他文類作區隔的概念在晚明至盛清已獲得充分的發展。但文類的發展、演變，並非全隨著改朝換代即有不同的變革，若將文類史隨著政治斷代標舉主流的文類，如唐詩、宋詞、元曲，必有許多其他文類受到忽視，而唐宋以來的題畫詩，吟詠畫作藉以抒情寫意之特質與詠物詩有極深的淵源。所以在進入題畫詩討論時，必須先討論詠物詩與題畫詩之間共通及相異的創作傾向與審美趣味，並旁及當時的詩論和畫論，從中尋繹出題畫詩與詠物詩的關係，進而理解《御定佩文齋詠物詩選》為何將現今學者所認定的某些題畫詩依舊收錄於畫門或其他門類中，以釐清題畫詩與詠物詩的歷史淵源，並進一步確立題畫詩文類功能與寫作規約。

三、題畫詩的生成與詠物詩之關係

　　本文的題畫詩包括題於畫上的詩，與不題於畫上但內容與繪畫相關的詩作，兩種形式皆涵括在本文題畫詩的範疇內。題畫詩的生成與早期的畫贊，以及六朝詠物詩，皆有相當密切的關係，而唐宋時期所興起的詠畫式題畫詩也延續著詠物詩之書寫成規，以下即就這些問題析論之。

　　早期銘贊式的題畫方式，稱之為題畫贊，此種四言韻文與圖畫結合的形式乃是題畫文學中首見的文類。《晉書‧束晳傳》記載晉太康二年，汲郡魏襄王墓掘出竹簡七十五篇，其中有〈圖詩〉一篇，屬於畫贊之類別。〔註35〕再者，根據《初學記》職官部的資料曾記載明光殿省中壁上，畫有古代烈士圖，並書有「贊」文，〔註36〕此種畫贊文類流行的形式多屬四言韻文，其文類的功能性，依張彥遠《歷代名畫記》卷三所言：「漢明帝畫官圖五十卷，第一起庖羲五十雜畫贊。漢明帝雅好畫圖，別立畫官，詔博洽之士班固賈逵輩，取諸經史事，命尚方畫

〔註35〕　房玄齡等撰：《晉書》（《景印文淵閣四庫全書》，臺北：商務），卷四，〈束晳傳〉，頁7。

〔註36〕　《初學記》，〈職官部〉卷十一：「尚書奏事於明光殿省中畫古烈士，重行書讚。」，（《景印文淵閣四庫全書》，臺北：商務），頁11。

工圖畫，謂之畫贊，至陳思王曹植爲贊傳。」〔註 37〕可知畫贊原指畫工圖繪古代先聖先賢，王侯將相，或事功圖，而圖旁的文字所歌詠的主題多是圖繪的經史實事，內容則歌功頌德，純粹客觀的敘事，其文類功能在於頌贊圖像，乃是在上位者藉由圖繪與文字達到鑑戒與教化作用。劉繼才、李儒光以爲秦漢時代，四言詩是基本形式，若運用整齊的四言韻文，題於畫上的銘贊，可說是初步具有題畫詩的雛形，〔註 38〕雖然畫贊已有一圖一贊，文字與繪畫結合的形式，但其畫作具有維護政治秩序、社會人倫的政治性質，故題畫贊的文類功能乃在於敘說經史、歌功頌德、教化勸戒，與題畫詩的文類功能仍有所不同。

至六朝五言詩興起之後，文人運用當時盛行的詠物詩創作方式，運用到題畫體裁之中，並雜揉山水詩、玄言詩等文類內涵，因而產生了支遁、江淹等人題款式題畫詩，此種題畫文類乃是運用詩歌形式題於畫上、或壁畫上，如江淹的〈雲山贊四首並序〉序文雖曰：「壁上有雜畫，皆作山水好勢，仙者五六，雲氣生焉。悵然會意，題爲小讚云。」江淹雖以小贊稱其所作之詩，然而其詩作形式爲五言詩，且與以往客觀敘事、教化鑑戒的四言畫贊文類呈現出不同的文類內涵與功能，如其題〈王太子喬〉云：「子喬好輕舉，不待煉銀丹。控鶴去窈窕，學鳳對巑岏。山無一春草，谷有千年蘭。雲衣不蹔躐，龍駕何時還？」又〈白雲〉云：「紫煙世不覯，赤鱗庖所捐。白雲亦海外，葐蒀起三山，蕭瑟玉池上，客裔帝臺前。欲知青都裏，乘此乃登天。」〔註 39〕詩中寫出江淹對神仙思想的憧憬與嚮往，並洋溢著愛好自然的情感，可知此時題畫文類受到玄言詩及山水詩的

〔註 37〕 張彥遠：《歷代名畫記》（《景印文淵閣四庫全書》，臺北：商務），卷三，頁 29。

〔註 38〕 劉繼才，〈中國古代題畫詩論略〉（《社會科學輯刊》，1986 年，第五期），頁 98。李儒光，〈題畫詩簡論〉（《湖南師範大學社會科學學報》，第十九卷，第五期，1990 年 9 月），頁 55。

〔註 39〕 江淹，《江醴陵集》，卷一，見張溥編：《漢魏六朝百三名家集》（上海：掃葉山房，1917），頁 2849。

影響，此亦看出文類之間互文性的關係，文類與文類總是互相交涉，互相形成文際潛在的對話，故題畫文類除了本身詩與畫結合的特質外，詩文類本身尚受到當時詩風的影響，再者，江淹的畫贊已脫離原始政治人倫教化功能，而是在欣賞繪畫中引發自我主體情思，故曹鐵珊、羅義俊云：「作者並非出於對像的歌功頌德……而是對畫的意境的『悵然會意』之作，從而贊點明了畫的意境，與畫面有機地融洽了，明顯地具有了形象感、文學感。」〔註40〕另外，除了題款式題畫詩之外，尚有鮑子卿、庾信等人創作的詠畫式題畫詩，此種題畫文類不書寫於畫面上，而是觀畫起吟詠之情思，如庾信有〈詠畫屏風詩〉二十五首，詩云：「停車小苑外，下諸長橋前。澀菱迎擁楫，平荷直蓋船。殘絲繞折藕，芰葉映低蓮。遙望芙蓉影，只言水底然。」又云：「上林春逕密，浮橋柳路長。龍媒逐細草，鶴氅映垂楊。水似桃花色，山如甲煎香。白石春泉上，誰能待月光。」〔註41〕此時的題畫作品不再侷限於歌功頌德、人倫教化之政治功能，而是將畫中景物當作審美對象來吟詠，具有作者自我情感與美感經驗的呈現。題款式與詠畫式兩類題畫詩的創作形態乃是畫贊與詠物詩合流，即有畫贊述說繪畫內容的功能，亦有畫景與主觀情思交融的抒情作用，與早期畫贊純粹述說客觀事蹟的歌功頌德，或規勸懲惡迥然有別。可知進入六朝之後，戰國以來流行的四言韻文畫贊的主要樣式，漸爲五七言詩體所替代，四言韻文的畫贊只是圖繪的補充性文字，而五七言詩文類則漸漸將畫景作爲引發美感與內在情思的媒介，題畫詩由銘贊式的從屬地位漸漸轉爲文人托興寄情的獨立文類，題畫詩遂成爲文人呈顯主體內涵的創作天地。〔註42〕作者融合

〔註40〕　曹鐵珊、羅義俊，〈中國題畫文學的發展〉(《文藝論叢》，第一九期，1984 年)，頁 29。

〔註41〕　庾信，〈詠畫屏風詩〉，見逯欽立輯校：《先秦漢魏晉南北朝詩》(臺北：木鐸，1983)，頁 2396～2397。

〔註42〕　同註27，鄭師文惠：《詩情畫意──明代題畫詩的詩畫對應內涵》，頁 26。

客觀描寫與主觀抒情的吟詠扇屏與畫中景物，故劉繼才認爲此時期的題畫作品「是介於詠物與詠畫之間的一種題畫詩」。〔註43〕由於詠畫式的題畫詩是接近於當時流行的詠物詩創作方式，故而逐漸脫離銘贊式的歌功頌德的創作模式，轉爲摹形繪狀、托物言志，初具題畫詩的文類功能，詩人畫家詠畫也逐漸成爲一種風尚。〔註44〕故青木正兒云：「題畫詩是畫贊與詠物詩二者會合的結果」。〔註45〕故在題畫詩文類史的歷時性傳承上乃是畫贊與詠物詩的結合，根據題畫位置判別，則在題畫詩文類形式上包括題款式題畫詩（題在畫上）與詠畫式題畫詩（不題在畫上），〔註46〕另外，在題畫詩文類歷時性的創作過程中又有自題與他題兩種書寫規約。以下將題畫詩的文類歷時性的發展脈絡與形式上的書寫規約，以圖表概述：

四、從書寫規約探討題畫詩與詠物詩的區別

文類在因襲與轉化舊有的形式內涵過程中，自然會在題旨、意象和外在形式結構上形成某種代代相沿的類型，此即所謂的「書寫成規」。從文類的觀點檢視之，文類的選擇受到時代風氣的制約，如果題畫詩要有明確的指涉，仍必須回到具體的時空脈絡中予以作品實證。

〔註43〕 劉繼才，〈杜甫不是題畫詩的首創者 —— 兼論題畫詩的産生與發展〉（《遼寧大學學報》，1982 年，第二期），頁 68。

〔註44〕 李儒光，〈題畫詩簡論〉（《湖南師範大學社會科學學報》，第十九卷第五期，1990 年 9 月），頁 55～6。

〔註45〕 青木正兒著，魏仲佑譯，〈題畫文學及其發展〉（《中國文化月刊》，1970 年 7 月，第七期），頁 80。

〔註46〕 題款式題畫詩指題於畫上題畫詩，詠畫式題畫詩指不題於畫上的題畫詩，請參鄭師文惠：《詩情畫意 —— 明代題畫詩的詩畫對應關係》。

每個朝代的題畫詩因其詩論與畫論的影響，以及將詩畫結合所期待的藝術表現空間不同，而呈現各種多元的面貌。其次，在讀者閱讀畫作之後，選擇「詩」作爲相應的文類，其背後所透露的審美觀、文化傳統及作者意圖與讀者期待，以及在言語成規上除了詩的規範外，亦受到畫作的形式制約，甚至繪畫語彙大量入侵的現象，這些皆是在規範題畫詩時在文類功能性，及此文類的言說形式時，所必須納入考量。

透過上節的討論，可以得知題畫詩生成是詠物詩與畫贊之衍生，是故進入題畫詩書寫成規的討論時，有必要先探討詠物詩之創作意圖與義界，清代俞琰《詳註分類歷代詠物詩選》序云：

> 古之詠物者，其見於經，則灼灼寫桃華之鮮，依依極楊柳
> 之貌，杲杲爲出日之容，瀌瀌擬雨雪之狀，此詠物之祖也，
> 而其體猶未全：至六朝而始以一物命題；唐人繼之，著作
> 益工；兩宋元明承之，篇什愈廣。故詠物一體，三百導其
> 源，六朝備其製，唐人擅其美，兩宋元明沿其傳。其佳者
> 往往擬諸形容，象其物宜，不即不離，而繪聲繪影，學者
> 讀之，可以性靈，發揮才調。〔註47〕

由俞琰對於詠物之源流、發展及主要特色之說明，可知詠物詩主要在體現物之情狀，由形似之基礎到與物「不即不離」，並以詠物來發揮創作者之才情。今人研究詠物體者眾，且對詠物之意義界定，皆有所指陳，洪順隆《六朝詠物詩研究》云：

> 我們以爲一篇之中，主旨在吟詠物的個體（包括自然界和
> 人造的），也即作者因感於物而力求工切地「體物」、「狀
> 物」、以「窮物之情」、「盡物之態」，且出之以詩體的，才
> 是詠物詩。〔註48〕

又王次澄《南朝詩研究》釋詠物詩之定義有四點：

1. 采物之狹義概念，即除人類及其個別器官外，凡人爲或自然
   界可見、可識，非抽象之名物者。

〔註47〕（清）俞琰序：《詳註分類歷代詠物詩選》（上海：大通，1960）。
〔註48〕洪順隆：《六朝詩論》（臺北：文津，1985），頁7。

2. 詩之主題爲單一之物，不同於由物組合之山水或景致者。

3. 寫作方式側重於點之刻劃，而面之鋪設者。

4. 詩之內容，須爲體物、狀物、或窮之情者。題名詠物，實爲抒情篇什，不在選列。〔註49〕

由此可知，其詠物之意義界定乃在於詩文描寫其物，且通篇不離其物，以窮物之情，再者，以個體之物命題、命意，不同於由眾物組合之山水、景致者。在進入題畫詩與詠物詩的討論之前，有必要也對題畫詩此一文類的界定作個概略說明。歷來或從題畫位置，或從創作的過程與創作內涵來界定題畫詩，茲分述如下：

（一）從題畫位置界定題畫詩

鄭騫先生認爲題畫詩就是題在畫面上的詩，他在〈題畫詩與畫題詩〉一文中說道：「所謂『題畫詩』這個名詞很容易，就是在畫面上題詩，這是人所共知的，用不著講。」又說「題詩的位置有兩種地方，一種地方是和畫分開，詩在一張上面，畫在另外一張上面，另一種是詩構成畫面的一部分。」「早期的題畫詩不一定題在畫上，實在說只是『詠畫詩』。」〔註50〕此是以題畫位置是否題於畫上作爲評斷題畫詩的標準，並以題於畫上才是題畫詩，不題於畫上的稱之爲詠畫詩。青木正兒在〈題畫文學及其發展〉中說：「題畫詩則爲一般畫幅上面所題的五言、七言、古今各種體裁的詩歌……。」〔註51〕青木正兒也以題於畫幅上的詩歌稱爲題畫詩。包根弟在〈論元代題畫詩〉裡談到元代的題畫詩時曾表示：

> 元代題畫詩多長篇古詩，且題詠者眾多，因此所謂元代題畫詩，一部分是屬於不題於上的詠畫詩；另外那些沒有標明『題』字的，如劉因「幼安濯足圖」，也都屬詠畫之作。

〔註49〕 王次澄：《南朝詩研究》（東吳大學中國文學研究所博士論文，1982年），頁181。

〔註50〕 鄭騫講述，劉翔飛筆記，〈題畫詩與畫題詩〉（《中外文學》，1979年11月，八卷，六期），頁5～9。

〔註51〕 同註29，頁67。

當題詠太多時，另寫於拖尾或詩塘上的詩作，雖然和畫面
分開，但是也可以算是題畫詩。〔註52〕

包根弟則將以圖畫爲詩作吟詠題材，題於畫上或不題於畫上皆視之爲
題畫詩。賴麗娟在〈文同詩畫之研究〉也談到題畫詩和詠畫詩的分別，
她說：

所謂「詠畫詩」，指詠歎或描繪某幅圖畫之意境及內容，其
詩未嘗筆之於圖畫上。題畫詩，則詩爲畫幅而題，爲題畫
而作，故皆題於畫面上。……題畫詩既題於畫上，期使詩
畫相映生輝。故所題之處有二：一、與畫分開：詩在一處，
畫則在另一處。而其位置又因「卷」、「軸」、「冊」而異。……
二、詩構成圖畫之一部分。〔註53〕

賴麗娟也將題畫詩與詠畫詩區隔開來，認爲題於畫上的才是題畫詩。
然而從題畫位置來論斷題畫詩最大的缺失是畫作保存不易，多已散
佚，許多唐宋的題畫詩也許原本是題在畫上，但畫作已失，只留下文
獻資料，此時以題畫位置作爲題畫詩的界定或是分類，在處理早期題
畫詩的資料時，常常落於只能處理文獻資料，而對所論圖畫意境內
容，全無所知，只能從形式上論斷，此時題畫詩、詠畫詩，就常常與
詠物詩夾纏不清，無法取得明晰的界定。

（二）從詩文創作過程及內涵來界定題畫詩：

李栖在《兩宋題畫詩論》中說明題畫詩的界定：

1. 文體必須是詩。
2. 創作的時間，必須在畫之後。可以在畫完之後立即作詩，也
   可詩畫相距數十到千百年之遙。
3. 創作的動機必須是作者先見到畫，由畫引發作詩的意願。
4. 創作的過程必須時刻不離畫，無論是有形的，或是無形的。

〔註52〕　包根弟，〈論元代題畫詩〉（《古典文學》，第二集，1980 年 7 月）。
〔註53〕　賴麗娟：《文同詩畫之研究》（成大歷史語言研究所碩士論文，1989
　　　　　年），頁 182。

5. 創作的內容無論是吟詠、是抒情、是記事、是發論，必須或多或少關係到畫。

6. 創作的結果，則可以與畫並存，完成詩畫相發、情景交融的境界，也可以獨立行世，與畫無涉。〔註54〕

廖慧美《唐代題畫詩研究》將題畫詩之定義從兩方面來界定：

1. 廣義：指以畫為題的題畫詩。以繪畫作品為欣賞對象，或者表達自己的審美觀點，或者寄託感慨，或者闡發畫意，或者論藝術見解的詩歌等等，皆稱之為題畫詩。

2. 狹義：指題畫上的題畫詩。與畫面相配合，以創造詩書畫結合之美，擴展畫面深度之詩歌，皆稱之為題畫詩。〔註55〕

從以上的立論可以看出歷來論題畫詩多是從其形式上討論，謂其畫題與畫作有關聯者皆謂之題畫詩，然而題畫詩的內涵與審美性格等文類特質多依附在詠物詩之下，成為一種次文類，或是將題畫詩當作文化符碼，是依附於繪畫作品上的符號，且所論作品多在清代之前。以下將題畫詩文類的形式與創作過程與內涵相結合，以說明題畫詩與詠物詩的創作方式與文類功能，將題畫詩與詠物詩試作區隔。

（一）題畫詩與詠物詩相通之處

題畫詩與詠物詩無法區隔相當清楚，主要在於兩者創作理念或審美品味上皆有相通之處，詠物詩的創作理念來自於詩人因自然物象的感發，觸物興感、託物顯情，同時在寫作抒情之際，進而對引發感觸的物象，深刻地描摹刻劃，以求能「窮物之情」、「盡物之態」，使物我交感而生意象，以創作詩篇。題畫詩的寫作在於詩人情感受到畫面景物的牽引，因而觸發創作的靈感，以詩歌形式來承載作者對於畫面的感悟。兩者詩歌創作活動的意義都在於掌握反映情感與外物相摩相盪的種種境遇與啓悟。《文心雕龍》云：「自近代以來，文貴形似，窺

〔註54〕 李栖：《兩宋題畫詩論》（臺北：學生，1994），頁4。

〔註55〕 廖慧美：《唐代題畫詩研究》（東海大學中國文學研究所碩士論文，1991），頁14。

情風景之上，鑽貌草木之中。吟詠所發，志惟深遠；體物爲妙，功在
密附，故巧言切狀，如印之印泥，不加雕削，而曲寫毫芥，故能瞻言
而見貌，即字而知時也。」〔註56〕劉勰以「形似」一詞概括描述六朝
晉、宋以後詩歌創作借用自然物象的表現風尙，鍾嶸則認爲「五言居
文詞之要，是眾作之有滋味者也，故云會於流俗。豈不以指事造形，
窮情寫物，爲詳切者耶！」〔註57〕鍾嶸眞切肯定五言詩的歷史地位與
藝術成就，主要就在於五言詩在表現方面能夠完成「指事造形，窮情
寫物」的文類功能。另外，在六朝時期的畫論謝赫提出〈論畫六法〉，
所謂六法，便是氣韻生動、骨法用筆、應物象形、隨類賦彩、經營位
置和傳移模寫，〔註58〕當時畫論乃以傳神寫形、形神兼備爲主要的繪
畫風尙，因而繪畫以形寫神之理論與詠物詩的描摹物態、藉物興托寄
情之書寫規約，遂成爲影響題畫詩文類書寫規約與閱讀鑒賞的要素。
直至唐朝，題畫詩的書寫規約仍沿襲形似寫實的特質而著重於寫眞，
其主要觀點乃將繪畫視爲物之一種，而延續詠物詩的形式與內涵。歷
來前人對詠物詩的審美特質著重在不即不離的語意層次，諸如：「詠
物詩不待分明說盡，只彷彿形容，便見妙處。」〔註59〕「詠物之詩，
要託物以伸意，要二句詠狀寫生，忌極雕巧。」〔註60〕詠物詩摹形繪
物、體物得神、窮物之情、盡物之態等特質漸漸發展成題畫詩之寫眞
筆法。唐代杜甫〈畫鶻行〉：

> 高堂見生鶻，颯爽動秋骨。初驚無拘攣，何得立突兀。乃
> 知畫師妙，巧刮造化窟。寫此神峻姿，充君眼中物。烏鵲

〔註56〕　《文心雕龍》〈物色〉篇，見王利器校箋：《文心雕龍校證》（臺北：
　　　　明文，1982），頁278。
〔註57〕　鍾嶸，〈詩品序〉，見許文雨編著：《文論講疏》（臺北：正中，1967），
　　　　頁155。
〔註58〕　謝赫：《古畫品錄》，見俞劍華編：《中國畫論類編》（臺北：華正，
　　　　1984），頁335～367。
〔註59〕　魏慶之：《詩人玉屑》（臺灣：商務，1974），頁114。
〔註60〕　楊載：《詩法家數》，臺靜農編輯：《百種詩話類編》（臺北：藝文，
　　　　1974），頁1630。

滿樛枝，軒然恐其出。側腦看青雲，寧為眾禽沒。長翮如
刀劍，人寰可超越。乾坤空崢嶸，粉墨且蕭瑟。緬思雲沙
際，自有煙霧質。吾今意何傷，顧步獨紆鬱。〔註61〕

杜甫藉由吟詠畫鶻吐露內在憂鬱情思，通篇雖是詠畫鶻，然而卻以
真鶻之形態為描摹重點，並以圖畫形似寫真為審美觀點，一如朱鶴
齡評杜甫之題畫詩作「本詠畫鶴，以真鶴結之，猶之詠畫鷹而及真
鷹，詠畫鶻而及真鶻，詠畫馬而及真馬也。」〔註62〕又杜甫〈天育
驃騎圖歌〉：

吾聞天子之馬走千里，今之畫圖無乃是？是可意態雄且
傑，駿尾蕭梢朔風起。毛為綠縹兩耳黃，眼有紫焰雙瞳方。
矯矯龍性含變化，卓立天骨森開張。伊昔太僕張景順，監
牧攻駒閱清峻。遂令大奴字天育，別養驥子憐神俊。當時
四十萬匹馬，張公歎其材盡下。故獨寫真傳世人，見之座
右久更新。年多物化空形影，嗚呼健步無由騁。如今豈無
騕褭與騹騮？時無王良伯樂死亦休！〔註63〕

杜甫的題畫詩從寫真形似的角度賞析其繪畫風格，真實的駿馬已
逝，然而有此寫真圖可供後人懷想其馬矯健清峻的風采，最後感歎
今亦有優秀駿馬，但是已無如王良與伯樂善於識馬、相馬之人，暗
喻今雖有豪傑之士，卻無慧眼識才之人，詩末以抒情言志作結。沈
德潛評論杜甫題畫詩謂：「其法全在不粘畫上發論。如題畫馬畫鷹，
必說到真馬真鷹，復從真馬真鷹開出議論，後人可以為式。又如題
畫山水，有地名可按者，必寫出登臨憑弔之意；題畫人物，有事實
可拈者，必發出知人論世之意。」〔註64〕題詩者或從畫馬、畫鷹聯

〔註61〕仇兆鰲注：《杜詩詳註》（一）卷六（臺北：正大，1974），頁694～
695。

〔註62〕同上，《杜詩詳註》（二）（臺北：廣文，1962），卷十一〈通泉縣署
壁後薛少保畫鶴〉引朱鶴齡《杜詩輯注》之言，頁1263。

〔註63〕同上，卷四，頁429～432。

〔註64〕沈德潛：《說詩晬語》，卷下，見王夫之等撰、丁福保編：《清詩話》
（臺北：木鐸，1988），頁551。

繫至眞馬、眞鷹之神情物態，或從畫面山水人物牽引出知人論世，登臨憑弔之感嘆，以詩句細膩描摹物態來加強畫面的眞實感，藉此增強作者托物比興，藉物抒情的感情強度，同時引發閱讀者內在情思與詩情感染效度。此種寫眞式筆法不僅成爲杜甫題畫詩中所表露出的重要書寫規約，亦承接自托物抒情、摹繪形態的詠物傳統，故陸時雍評曰：「詠畫者多詠眞。詠眞易而詠畫難，畫中見眞，眞中帶畫，尤難。」〔註65〕其他唐代詩人亦將畫中物象及於眞實物象，以「畫中見眞，眞中帶畫」作爲題畫詩的書寫規約之審美特質，如元稹〈畫松〉：「張璪畫古松，往往得神骨。翠帚掃春風，枯龍戛寒月。流傳畫師備，奇態盡埋沒。纖枝無蕭灑，頑榦空突兀。乃悟埃塵心，難狀煙霄質。我去淅陽山，深山看眞物。」〔註66〕元稹讚賞張璪之畫松，以筆墨得松木之神骨，然而後代畫師所模仿的畫松卻已失去神韻，看畫不如去深山裏欣賞眞松活潑自然之神態。又羅隱〈扇上畫牡丹〉：「爲愛紅芳滿砌階，教人扇上畫將來。葉隨彩筆參差長，花逐輕風次第開。閒挂幾曾停蛺蝶，頻搖不怕落莓苔。根生無地如仙桂，疑是姮娥月裏栽。」〔註67〕羅隱由於喜愛牡丹，故教人將其嬌美之姿繪於扇上，扇上之牡丹花太過生動逼眞，因而引來蝴蝶佇足其上，可知其詩句結構亦是由畫牡丹引申至眞牡丹。由於題畫詩在文類歷時性的傳承乃是畫贊與詠物詩之結合，所以畫贊所強調述事之實與詠物詩的摹形繪狀皆規範題畫詩的文類特質，再者，繪畫上傳神寫照的審美觀照，以及唐代「畫無常工，以似爲工；學無常師，以眞爲師。」〔註68〕的美學思潮，皆使題畫詩傾向於寫眞形似的書寫成規。在寫眞形似的文類規約下，題畫詩之創作不論是切合

〔註65〕孔壽山編著：《唐朝題畫詩注》（成都：四川美術，1988），頁143。

〔註66〕元稹：《元稹集》（《四部刊要》，臺北：漢京，1983），卷三，頁33。

〔註67〕引自清聖祖御制：《全唐詩》（十）（臺北：復興，1978），卷六〈羅隱〉九，頁7601。

〔註68〕白居易：《白居易集》（臺北：里仁，1980年），卷四三〈畫記〉，頁43。

畫題，對畫中景物作寫真的描繪，或離逸畫中物象發出對事物之議論，或者藉物起興、自我抒情，題畫詩仍傾向於將繪畫之景物當作實景實物吟詠，而與詠物詩之書寫規約有所重疊。

清代翁方綱《詠物七言律詩偶記》中云：「體物之篇，系風雅之正脈，非僅侔色揣稱也；迨其後題畫，益滋類目。」〔註69〕由此可知詠物詩與題畫詩皆從體物之篇發演而來。題畫文字不論是否發表在畫上，均須從畫中所呈現的空間性詮釋之，由此可知詠物詩摹物寫真的書寫規約影響著題畫詩，若詩畫不相對應，則會被譏爲不解畫意，若所題詩符合體物得神之特質，則可使人讀詩如見畫。如張耒〈讀蘇子瞻韓幹馬圖〉詩云：「我雖不見韓幹馬，一讀公詩如見者。」〔註70〕又張丑記載〈趙榮祿松竹草堂圖詠跋〉云：

> 此松竹草堂乃是投贈澹然翁。筆既能古雅，又復秀潤，且左方一詩與圖互相發明，眞得詩中畫，畫中詩三昧，非區區丹青之流所能企及萬一耳！〔註71〕

可見詩中畫，畫中詩之美感特質，在於詩意與畫意能相互映發。

題畫詩重摹狀的書寫規約與畫壇形神並重和以形寫神的審美思想有關，也與詠物詩形似寫實、體物抒情之書寫規約有關，因而題畫詩之書寫規約，既要切合畫題，又要不侷限於物象，與詠物詩處理詩情與實物之間的關係有異曲同工之妙，皆要即物達情、不即不離，取其詩情與物境間借物寓意之審美趣味。

（二）題畫詩與詠物詩相異處

唐宋以後文人階級參與創作與鑑賞繪畫活動增多，使得繪畫的功能性漸漸脫離早期的政教作用，而成爲文人階級怡情悅性、作爲文化

〔註69〕翁方綱：《詠物七言律詩偶記》，見載於《蘇齋叢書十九種》（上海：博古齋影印原刊本，1944）。

〔註70〕張耒，〈讀蘇子瞻韓幹馬圖〉，見陳邦彥等奉敕編：《御定歷代題畫詩類》，卷一〇四，頁8。

〔註71〕張丑：《眞蹟日錄》（《景印文淵閣四庫全書》，臺北：商務），卷四，頁26～27。

修養的媒介。宋元之後文人畫的發展，使得繪畫創作由寫形走向抒情
寫意，朝著筆簡神具的審美方向開展。〔註72〕元代湯垕《畫論》云：
「畫梅謂之寫梅，畫竹謂之寫竹，畫蘭謂之寫蘭。何哉？蓋花卉之至
清，畫者當以意寫之，不在形似耳。陳去非詩云：意身不求顏色似。
前足相馬九方皋，其斯之謂歟？」〔註73〕強調繪畫筆墨在寫意不在形
似，在呈露作畫者主觀的情思，透過筆墨線條寄托自由奔放的靈感墨
趣。同時現存畫作裏，詩、畫藝術也講求在視覺美感上的融合，展現
題畫詩文類獨特的功能性。清代錢杜《松壺畫憶》中說：

> 畫之款識，唐人只小字藏根石罅，大約書不工者多落背。
> 至宋始有年月紀之，然猶是細楷，無書兩行者。惟東坡款
> 皆大行楷，或跋語三五行，已開元人一派矣。元惟趙承旨
> 猶有古風，至雲林不獨跋，兼以詩，往往有百餘字者。元
> 人工書，雖侵畫位，彌覺其雋雅。〔註74〕

錢杜認爲以往在絹帛畫面上的款識只是小字藏在樹根石縫裏，至宋才
有細楷字的年月記之，至蘇軾以瀟洒放逸之大行楷書於畫面，使文字
與畫面有機地交融對話，由此可知，畫上題詩書跋的風氣，始於宋而
盛於元，明清繼之而至於今，「詩情畫意」、「情景交融」或爲文人畫家
創作的至高表現。這種表現固然是詩畫相發、對照之後應有的高度藝
術融合，但就詩文創作的獨特性與自由性而言，畫上所題之詩，內容
與形式因而需要配合畫中景物、線條、色調、佈局等等而有所設限。
故詩畫的融合，本以畫爲主，以詩爲輔；畫上的題詩，爲畫面作補、
闡發、烘托，是畫的伴奏，然而這類題畫詩的文類獨立性受到拘限，
宋元之後的題畫詩漸漸由粘貼於畫上的筆法，轉而爲開放式的書寫成
規，更多絕妙的題畫詩借物寓意，從花草木石蟲魚鳥獸之微物中發現
其與審美主體的品格情趣的契合點而予以美化，增添新的美感價值。

〔註72〕陳傳席：《中國繪畫理論史》（臺北：東大，1997），頁86。
〔註73〕湯垕：《畫論》，收錄於于安瀾編撰《畫論叢刊》（上）（臺北：鼎文，
　　　　1972），頁61～62。
〔註74〕錢杜：《松壺畫憶》收錄於《畫論叢刊》（下），頁479～480。

〔註75〕另外，文人對於筆墨的書寫態度漸漸趨向率性信筆、逸筆草草，宋代梅聖俞云：「墨客懷賞深，題詩仍我率。」〔註76〕陸游亦云：「叮寧一語直深聽，信筆題詩勿太工。」〔註77〕元代倪瓚云：「僕之所謂畫者，不過逸筆草草，不求形似聊以自娛耳。」〔註78〕又嘗謂：「愛此風林意，更起邱壑情。寫圖以閒詠，不在象與聲。」〔註79〕由於繪畫由摹形寫物轉向不求形似之筆墨逸趣，題畫詩之書寫規範亦趨向於寫意開放之詮釋語彙，而開放性的筆墨書寫成規也導致閱讀規約的轉變，觀賞者借畫題詮釋作者之畫意，不再單純地摹寫物象，由於注入主觀的情思，使畫面意義開展出具人文社會的關懷、咀嚼歷史的情懷並彰顯自我之主體品格，如元代倪瓚爲盧山甫作一幅題爲〈六君子〉之畫，圖中在一平坡上繪有六棵樹，若畫上並無任何文字說明，觀者可能會以爲此乃是一幅單純描繪樹木景物的圖畫，但是黃公望題詩云：「遠忘雲山隔秋水，近看古木擁陂陀。居然相對六君子，正直特立無偏頗。」〔註80〕畫者以六株古木比喻自我品格，以樹木之直立特質比擬自我正直特立的節操，可知題畫詩從原本以詠物傳統通篇體物、狀物的書寫規約中，漸漸由完全寫眞形似的文類特質轉變成寫意抒情。另外，讀畫者轉變爲題詩者，觀畫之後融入自我情感思想所產生的詮釋，不再拘限於畫面實景，藉物起興之後開展了畫面空白或不確定性的潛在符碼意義，同時透過題詩者的閱讀與詮釋遂建構審美客體意義之具體

〔註75〕 淩南申，〈論蘇軾的藝術美學思想〉《文史哲》，1987 年，第五期），頁 42。

〔註76〕 梅聖俞，〈和潘叔治題劉道士房壁薛稷六鶴圖〉引自孫紹遠編：《聲畫集》卷八，頁 918。

〔註77〕 陸游：《陸放翁集》（三）《劍南詩稿》（臺北：商務，1968 年），卷二四〈和張功父見寄〉，頁 24。

〔註78〕 倪瓚：《清閟閣全集》（《景印文淵閣四庫全書》，臺北：商務），卷十〈答張藻仲書〉，頁 9。

〔註79〕 同上，卷二〈作此以寄歲已亥五月八日〉，頁 17。

〔註80〕 汪砢玉：《珊瑚名畫題跋》卷十，見《叢書集成新編》（一○○），頁 528。

化。〔註81〕文人以筆墨進行創作時援引詩歌抒情寫意的傳統，而減弱繪畫形似狀物的功能，詩畫家強調抽象情思與自娛寄興之筆墨繪作，並以此創作理念與美感特質規範畫面符碼之詮釋語彙，使得詠畫之詩與創作之畫皆走向抒情寫意，逸筆草草的書寫規約，漸漸與摹形狀物之詠物詩文類有所區隔。

　　從以上論述，題畫詩與詠物詩的相異點，首先在於創作時面對的對象不同，因而引發不同的書寫規約，詠物詩所詠之「物」乃是單一自然或人為景物。而畫乃是文化物品，早期由於繪畫創作以形似的人物畫像為主，以起規勸教化之作用，所以題寫畫中人物景致有如題寫真實人物景致，再加上詠物詩的發展，其摹形狀物之特質與早期繪畫的審美性格相符，是故詠畫中景物必及於真實景物，詠畫中景物必須使畫境和詩境不即不離，使得題畫詩與詠物詩兩種文類有所重疊。然而文人畫興起之後，畫作不再以形似作為審美需求，而是將繪畫筆墨也視為修養求道的進路之一，故繪畫物象走向抽象寫意的創作方向，成為抒情表意的符碼系統，描寫的對象發生本質上的變化，因而題畫詩亦有所質變，閱讀者面對每一幅圖繪，彷彿是與另一位創作者的創作理念、生命價值信念在做對話，而閱讀者本身既有的經驗情感，無不影響其對繪作的體會與詮譯；但閱讀繪作隨之而來的美感經驗與生命體驗，也隨時滲入其既有的經驗情感、價值體系之中，並對其產生影響和改變。故題畫詩乃是詩畫家欣賞繪畫之後感物起興之作，其言說形式是詮釋畫作的詩歌語彙，是屬於歷來處理詩畫關係的文類。在創作上，題詩者面對畫作有所感而起詩興，歷代畫作的意義不斷被開展，而畫面上原有的詩文彼此之間構成潛在的對話，題詩者不僅閱讀畫作上由筆墨所呈現的藝術線條，亦閱讀歷來詩人雅士對此畫作的詮釋，作品與作品間形成互文性（intertextuality），〔註82〕在欣賞畫作時

〔註81〕　請參 Robert C. Holub 著，董之林譯：《接受美學理論》（臺北：駱駝，1994），頁29。
〔註82〕　作品間有互文性乃是指作品不只是一種獨立自主的存在，它總是與

加以賦詩是面對一種詮釋的觀點，一種詮釋的言說形式，與董其昌同時的文人惲向便謂：

> 詩文以意爲主，而氣附之，惟畫亦云。無論大小尺幅，皆有一意。故論詩者以意逆志，而看畫者以意尋意。古人格法，思乃過半。〔註83〕

詩畫的創作活動在審美過程中，不僅在創作作品時以一己之情思託物感發，其藝術創作活動更擴張到兩個創作主體的對話與交融，使得欣賞者亦可經由一己「以意逆志」、「以意尋意」的方式詮釋繪作者的生命理念，故明清題畫詩特盛，也是由於此種開放式的藝術作品解讀方式。顏崑陽先生認爲就藝術批評的歷史發展而言，此種自由開放的藝術鑒賞方式，正是明代中葉到清代之際詩學的重點之一，無論創作或鑒賞，皆以此作爲審美的最高要求。〔註84〕綜言之，詠物詩所面對的乃是單一的自然物象、或人爲物品，其所引發的美感經驗乃是線性式的觀賞與書寫歷程，在歷時性的創作過程裏，觀物 —— 起興 —— 物我交融 —— 書寫，其一系列的感應活動，觸導其美感經驗的萌生。而題畫詩所面對的乃是人爲的藝術創作，其對畫起興所引發的閱讀規約與期待視域相當複雜，不同於詠物詩線性式的書寫與閱讀流程，轉而經營出一特具「共時性」的空間場景，而導發出與詠物詩殊異的書寫規約，題畫詩共時性的空間場景即在於其所吟詠詮釋的對象是繪畫作品，繪作乃是一空間性的藝術，故可同時容納多位不同的讀者不同的詮釋語彙，於是當閱讀者穿梭於繪作畫面上物象時，同時也與繪作者、自我主體、其他詮釋者呈現文本相互指涉的動態網絡，形成「眾聲喧嘩」，「複聲多調」〔註85〕的共時性空間場景，而與詠物詩單一物

其他作品形成一種文際關係，一種潛在的對話。

〔註83〕 惲向題〈題仿古山水冊〉，見俞崑編著：《中國畫論類編》（臺北：華正書局，1977），頁769。

〔註84〕 顏崑陽：《李商隱詩箋釋方法論》（臺北：學生，1991年），頁81～90。

〔註85〕 此處所提「眾聲喧嘩」，「複聲多調」等觀念，係參考劉康：《對話的喧聲 —— 巴赫汀文化理論述評》（臺北：麥田，1995）。

我線性式交通有所不同。

　　題畫詩與詠物詩雖同樣是詩人感物起興而創作的作品，然而在感性交融與審美活動中，詠物詩可以完全單純地面對物象馳騁一己之情思，但在題畫詩的創作過程中，由於面對的是人為創造的繪畫作品，所以畫作在創作生產過程以及使用脈絡中牽涉到許多人文世界內涵，因而題畫詩不僅單純詮釋畫作的審美意義，體現每個主體多元的詮釋觀點，同時在互動的詮釋語彙裏還透顯出個人與群體，自我與社會互動的交涉對話歷程。因此，題畫詩的文類功能中，另一個重要特色即是在人際互動網絡裏，藉由題畫詩達成社交功能。而不同的社交場合，即面對不同的閱讀社群，而掘發出畫作人文特質即有所不同，是故題畫詩進入畫作意義產生的網絡時，詩人與畫家之間互動的人際網絡使得題畫詩浸染了濃厚的酬酢性格。宋元以後繪畫藝術地位提高，為畫題詩的藝術形式漸漸成為文人士大夫風雅身分的標志，於是題畫詩更具備獨立自主的審美價值，透過當時流行的詩情畫意之審美趣味，題畫詩在酬酢贈答之間愈顯盛行。〔註86〕尤其文人已意識到繪畫作品可藉由題畫詩流傳千古，更助長了題畫詩的創作風氣，明董其昌《畫旨》論云：

> 米元章論畫曰：「紙千年而神去，絹八百年而神去。」非篤論也。神猶火也，火無新故，神何去來？大都世近託形以傳，世遠則託聲以傳耳。曹弗興、衛協輩，妙蹟永絕，獨名稱至今，則千載以上，有耳而目之矣。薛稷之鶴、曹霸之馬、王宰之山水，故擅國能，即不擅國能，而有甫之詩歌，自足千古。雖謂紙素之壽，壽於金石可也。安得去乎！〔註87〕

文中所謂「形」、「聲」者，即是畫與詩，唐代名畫真蹟，殆已失傳，然而透過杜甫的歌詠，唐畫的藝術精神與風貌，仍可再現於今。是故

〔註86〕祝振玉，〈略論宋代題畫詩興盛的幾個原因〉（《文學遺產》，1989 年，第二期），頁 91～98；及鄭師文惠：《詩情畫意──明代題畫詩的詩畫對應內涵》，頁 28。

〔註87〕董其昌，《畫旨》，見于安瀾編撰：《畫論叢刊》上冊，頁 267。

文人畫藝可經由詩人的品題提高身價而流傳於世，無形中助長詩與畫之間交流和互動。詩畫家完成繪畫作品後由他人賦題，亦十分重視題詩作者的主體品格內涵，如「題跋古人書畫須論人品，品格高足爲書畫增重，否則適足爲辱耳！」〔註88〕甚至於有的畫家在畫作完成之後，堅持其作品須由特定知音者題詠才算完成，如蘇軾曾在〈題文與可墨竹〉序文中提及：「故人文與可爲道師王執中作墨竹，且謂執中勿使他人書字，待蘇子瞻來，令作詩其側。與可既沒八年而軾始還朝，見之，乃賦一首。」〔註89〕文同認爲此畫唯有蘇軾才能理解，兩人之詩畫筆墨才足以相互闡發輝映，可知文人認爲詩人與畫家性情品格相互契合，所題之詩歌才能闡釋出畫作物象背後的深刻意蘊。在文人酬和詩畫活動之中，多位觀畫者詮釋同一幅畫作的書寫形式也相當盛行，如元代高克恭〈夜山圖〉，畫上除了高克恭自題的詩篇外，另有友人倪瓚、式、鮮于樞、虞集、鄧文原、高啓等人的題詠。〔註90〕清初徐釚繪〈楓江漁父圖〉，當時名士如王士禎、朱彝尊、毛奇齡等皆題詩吟詠，題者共七十餘家。〔註91〕文人請好友名家繪圖題詠，藉以標榜風雅、榮耀自我，同時展現交際人脈網絡之廣，在酬贈社交之風尚下，觀畫吟詠之閱讀視點遂產生位移的現象，由原本著重形似寫真的審美特質轉向頌美酬和之人際交流，題畫詩也由原本摹寫物態轉向世俗人情。再者，各詮釋主體透過畫面類同之意象、共通之主題反覆吟詠，但面對的閱讀對象不同，即影響其書寫詮釋的方向，其所面對的對象是自我主體情思、或知交好友的私下閱讀創作、或文人群體共同賦詩題畫的創作活動、或上位者與在下位者的題畫活動，不同的創作情境就引導出不同的題畫詮釋觀點。詩人創作題畫詩時，整個書寫

〔註88〕 王士禎：《帶經堂詩話》（臺北：廣文，1971），卷十三，〈品誼類〉，頁11。

〔註89〕 《蘇東坡集》（臺北：商務，1983），第四冊，卷十六，頁39。

〔註90〕 《石渠寶笈初編》（國立故宮博物院，1971），頁589。

〔註91〕 鄧實錄，《徐電發楓江漁父小像題詠》收錄於楊家駱主編：《明清人題跋》（下）（臺北：世界，1988），頁587～624。

與閱讀歷程關涉到自我與畫作、自我與群體、人際互動脈絡、及社會文化符碼脈絡等等價值信念體系的互相指涉參照，故題畫詩創作時面對的閱讀社群不同，所呈現的創作者與讀者的期待就有所不同，題畫詩所賦與畫作的酬贈文化意義、道德教化意義，或者是政治權力的意義就隨著閱讀對象而有所流動轉移。

　　另一方面在處理題畫詩時，亦不可忽略現存題在畫面上的畫家自題之詩作，畫家利用詩句在形式上與畫面上的書法線條有機的組合，鄭師文惠說：「透過書法線條的相互交織與運行，可更加呈顯作者主觀情思的意向性，甚至經由題詩書法的特意設計，也可誘發或規範讀者閱讀的視線與節奏，而造成一種閱讀定勢。因此，讀者的審美效應是透過繪畫筆墨形式，語彙主題與題畫詩之書寫方式及其內涵相互滲透而富有音樂律動的一種醇美感情的交鳴。」〔註92〕由以上的論述，可知詩與畫的關係，在創作空間上已有前人所論述關於題畫位置；在時間上可分二種：一是詩與畫在相同的時空下創造，即由文人畫家自題自畫，由創作者自行詮釋畫作；另外是在繪畫已經完成，由後來的文人題詩，藉由畫面引發詩興。除了創作空間和創作時間的問題，我們也不能忽略在畫面中詩和畫都藉由書法筆墨展現出來，以求詩書畫合一的境界，而觀畫者觀賞畫面及畫中的題詩時，亦欣賞其所表現出的書法美感形式。另外，從觀畫者所觀者又可分為純粹是畫，畫面上並無題詩，及觀賞的畫其畫面已有詩存在。這些條件交織錯雜構成各種不同的創作情境，影響詩人畫家不同的詮釋類型。每個不同的創作或觀畫的環境，造成不同的言說類型，亦構成不同的美學特質與詩畫關係。

　　當我們將題畫詩與詠物詩抽離其時空環境和創作情境，而加以分類時，其間詩的形式和結構的差異，實在難以區隔，然而將題畫詩放入具體化的書寫與閱讀活動，使詩的語彙與畫的形式交融，此時題畫

〔註92〕同註27，《詩情畫意——明代題畫詩的詩畫對應內涵》，頁353。

詩的創作意圖和讀者期待、審美品味就透顯出來，也突出題畫詩此文類有別於詠物詩所具有的美學特質、自我抒情性與社交功能性。綜言之，詩人與畫家以詩歌語彙詮釋畫作符碼，藉以掘發其在社會文化歷史脈絡中之意義，並藉以發爲議論、或表露自我情思，使得題畫詩之書寫規約由直接摹寫物象轉變爲以表意抒情爲主導的詮釋語彙，亦使詩畫對話空間由單向封閉移轉爲開放多元的結構。〔註93〕另一方面，題詩者與圖繪者之間開放人際網絡，在酬酢社交的空間裏，創作者的意圖與閱讀者的期待遂彼此交互影響，作者與讀者身份重疊並置換，兩者主體品格相契，足以使詩畫筆墨相互映發，題畫詩即闡釋畫面裏潛在意義，經由讀者在閱讀過程的具體化，遂彌縫畫面的空白或不確定性。〔註94〕同時在其人際網絡密切交流互動下，繪圖作者期待透過名家好友的題詩而榮顯其品格才學、身份地位，題詩者也意圖經由題畫活動讚譽繪圖作者（或擁有畫作者）高尚的品德修養與豐厚的藝術涵養，在酬和性質的創作活動與閱讀反應交互作用中，題畫詩之書寫規約也傾向世俗人情，感染濃厚的酬贈讚頌之特質。故題畫詩的文類功能並非只是被動地補充說明畫面物象，其不僅建構畫面物象符碼的象徵意義，並且詮釋物象背後社會與歷史文化的脈絡，再者，題畫詩之文類功能亦在突顯出詩人與畫家主體品格的精神與內涵，同時聯繫讀者與作者人際間互動交流的對話歷程。

五、女性題畫詩文類之發展

女性文學的議題通常有兩種研究課題：一爲女性作家作品研究；一爲以女性／性別問題爲作品題材或主題的研究。本文所擇取的研究對象乃是女性作家的題畫詩作品研究。題畫詩文類雖有上述之共通特

〔註93〕封閉式與開放式的詩畫關係，請參高木森：《中國繪畫思想史》，頁331～337。

〔註94〕「作品充滿不確定性，這些因素的效用取決於讀者的詮釋，而詮釋的方式各不相同，可能還相互衝突。」見 Terry Eagleton 著，吳新發譯：《文學理論導讀》（臺北：書林，1993），頁 100。

質與書寫成規，然而創作者不同，面對的閱讀社群就有所變化，而作者的意圖和讀者的期待也隨之產生質變，女性作家的題畫詩作品就呈現出與男性作家有所不同的文類特色，原本題畫文類的美學特質、自我抒情性與酬和社交功能也仍存在於女性題畫詩文類內涵之中，然而女性詩畫創作的特定文化條件，以及思想氛圍所產生的書寫規約與閱讀規約，遂呈現了女性題畫詩此一文類特徵。

　　女性題畫詩文類層屬於題畫詩的次文類，其發展的脈絡亦隨著男性文人題畫詩的衍生而有所變化。目前史料可考女性創作的題畫詩可追溯至六朝時期。六朝時期由於詩歌體裁與內容的更新，題畫文學在銘贊創作式樣的基礎下，逐漸進展到扇畫、屏風、壁畫等詠畫式的詩歌創作方式，此時出現女性詠畫扇的題畫詩，如東晉桃葉有〈答王團扇歌〉三首，其一云：「七寶畫團扇，燦爛明月光。與郎卻暄暑，相憶莫相忘。」其二：「青青林中竹，可作白團扇。動搖郎玉手，因風托方便。」其三：「團扇復團扇，許持自障面。憔悴無復理，羞與郎相見。」〔註95〕詩句首先描述女子將畫有丹青之團扇贈郎君，希望在炎炎夏日裏，握在郎君手中之團扇能為其消卻暑氣，並且希冀郎君愛惜之，常常憶及團扇之美好，勿輕易忘懷，詩句雖描寫團扇，實際上卻是托物以抒情，藉親手所繪之團扇比喻自己，再融入班婕妤以團扇喻失寵之意涵，故以團扇自擬傳遞出女子擔憂失寵之焦慮。其後詩句由女子恐懼失去郎君的疼惜慢慢轉向女性自我觀照，往日所繪的團扇仍然完好無缺，然而自己卻因年華已逝，青春不再，面容已憔悴，只能以扇遮掩容貌，羞於與郎君再相見，此由擔憂失寵轉向哀傷自我青春年華的逝去，由外向性摹寫團扇與人際關係，轉向自我內心的觀照與體察，由藉物以抒情，以物比擬自我，物我乃是合一的狀態，然而，經歷物我分離的歷程，物仍是物，而自我經受歲月洗練已有不同的面貌，此種摹狀寫物，並藉物以抒情的語彙表達方式仍然延續詠物詩之

〔註95〕酈琥編：《彤管遺編》，姑蘇新刻明隆慶丁卯（元年）吳門顧廉校刊本，卷二，頁6。

書寫成規。另一方面此種女子感傷自我青春的消逝，以及擔憂失去夫君寵愛的焦慮，成爲日後女性題畫詩裏自我呈現的重要主題之一。另外亦有女性詠畫屛風之詩，如北周大義公主〈書屛風詩〉云：

> 盛衰等朝暮，世道若浮萍。榮華實難守，池臺終自平。富貴今何在，何事寫丹青。盃酒恆無樂，絃歌詎有聲。余本皇家子，飄流入虜廷。一朝睹成敗，懷抱忽縱橫。古來共如此，非我獨申名。唯有明君曲，偏傷遠嫁情。〔註96〕

大義公主原爲趙王昭女，嫁到北方突厥與之和親，後來趙王爲楊堅所殺，篡周國滅周君主，不久楊堅亦滅陳，並以陳後主的屛風賞賜大義公主。〔註97〕詩裏透露出一位原本出身尊貴的公主，爲朝廷和親政策，遠嫁到北方荒寒異鄉，公主觀覽屛風上之丹青畫，不禁思及自己與陳後主家破國亡之感傷淒楚，遂賦詩於屛風上，傾吐盛衰易變、榮華無常之感嘆，屛風上繪著陳後主飲宴作樂，日日笙歌的富貴生活，然而富貴榮華今何在？絲竹之聲、輕歌曼舞又豈可聞見？親睹周、陳之敗亡，再回顧自己的身世，家國衰亡之痛與個人身世之飄流無根遂連成一體，自己已成亡國之公主，今雖受到君王賞賜，然而命運也朝不保夕，思及此心緒更加紛亂不已。詩末總結歷來朝代盛衰興廢無常，自古以來國破家亡之人傾吐哀音、慷慨悲歌所在多有，並非獨有自己心懷慨嘆而發爲詩歌，哀傷遠嫁之情的唯有漢代王昭君，此指自己乃是爲家國敗亡之痛感傷，並非如王昭君哀傷遠嫁異鄉之幽怨。此詩仍然沿用詠物詩之書寫規範，但詩歌內涵將詠物、抒情、敘事融爲一體，已非單純的摹寫物象之詠物文類。

　　入唐之後題畫詩雖仍延續詠物詩之摹寫他物、藉物抒情之書寫規約，但已漸漸開展出屬於題畫詩特有的作者意圖與讀者期待，並影響著題畫詩的書寫規約與閱讀規約，自題自繪的題畫詩除了以筆墨自我抒情之外，往往也有作者預期中固定的閱讀者，此時作者意

〔註96〕同上，〈前集〉卷三，頁29。
〔註97〕同上。

圖不僅具詠物以自我抒情的特質，也包含傳遞訊息與閱讀者，並期
待閱讀者經由詩與畫筆墨形式，進而理解創作者意圖而能有所回
應，如唐代薛瑗〈寫眞寄外〉：「欲下丹青筆，先拈寶鏡寒。已驚顏
索寞，漸覺鬢凋殘。淚眼描將易，愁腸寫出難。恐君渾忘卻，時展
畫圖看。」〔註98〕薛瑗自題寫眞畫，寄予旅遊在外的夫婿，敘及自
身容顏漸漸衰老，及日日思念夫婿之離緒愁腸，希冀夫婿展圖讀詩
能夠思及家鄉妻子，早日歸鄉，《彤管遺編》云：「薛瑗者，濠梁南
楚材妻也。楚材旅遊陳穎，受穎牧之眷，卻妻以女，無反舊意。薛
氏乃對鏡寫眞，并詩寄之，楚材自慚，遂還，與之終老。」〔註99〕
薛瑗憂慮容貌日衰，又擔心夫婿出外多年，忘卻倚門盼望的妻子，
故臨鏡寫眞，自題自畫寄予其夫，夫婿讀其詩，覽其寫眞圖之後，
原本要再娶妻妾，遂心生慚愧，返鄉與妻團聚。可知題畫詩由於所
題詠的對象乃是繪畫作品，而圖繪乃是文化藝術物品，在圖繪創作
產生過程與完成之後，其圖繪本身就隱含作者創作意圖與社會文化
之脈絡，題畫的作者即是詮釋繪圖創作的意圖，詮釋的方向是多元
而豐富，故圖繪開展出的意義與功能也就包含多元性。再者，題畫
作者除了透過詩的語彙形式傳遞內在情思之外，往往運用詩與畫的
筆墨創作達成人際情感交流的功能，如前述薛瑗以繪圖題詩寄予夫
婿，透過筆墨形式呈露其內在情思，夫婿讀詩閱畫之後也能領略其
情意，時人曾對此事賦詩云：「若非逞丹青，空房應獨守。」，〔註100〕
由此可知題畫詩即達成溝通人際之間情感的功能。又如唐代歌伎薛
濤〈酬雍秀才貽巴峽圖〉云：「千疊雲峰萬頃湖，白波分去繞荊吳。
感君識我枕流意，重示瞿塘峽口圖。」〔註101〕雍秀才贈巴峽圖予薛
濤，薛濤除了藉畫起興和吟詠圖繪之景物外，末二句更透過詩句來

〔註98〕同上，〈後集〉卷十，頁17。
〔註99〕同上。
〔註100〕同上。
〔註101〕同上，〈別集〉，卷二○，頁5。

闡釋題畫者創作之意圖，同時亦經由贈畫題詩的酬贈往返交流兩人情誼。故題畫詩不論自題或他題作品往往與自我抒情，及人際網絡有密切關係，題畫詩所呈現的乃是人與人之間主體的溝通，創作時乃是面對一位（多位）閱讀者，即使對象是自我的自題自畫，仍然是一位具主體性，可予以人際回應和互相對話的個體，由於閱讀者不同，所產生閱讀期待就有所不同，而其閱讀規約也隨之產生變化，讀者在閱讀題畫詩時，所構想的情境乃是一位創作者面對另一個創作主體的溝通對話，所以題畫詩所承載的文類書寫規約包含自我呈現、自我／他者對話、以及人際互動歷程。題畫詩雖承繼詠物詩抒情寫物的文類規約，然而詠物詩乃是體現人與物之間的關係：因物起興和物我交通的對話，題畫詩創作時乃是面對繪作筆墨背後另一位創作主體；詠物所面對的是物與自我之關係，而題畫所面對的乃是兩個主體所產生的對話互動，兩種文類由於閱讀規約不同，遂產生不同的文類特質。再者，題畫詩完成之後，題贈他人所對話的對象乃是其他個體，而所面對的閱讀者不同，其間的人際關係所產生的人際效應、權力關係等等亦影響題畫詩的創作，同時，創作者意圖也因繪畫題材不同，題贈對象不同，詮釋觀點也會發生變化，這些複雜情境與人際網絡相互指涉、交互作用，使題畫文類呈現多元豐富的詮釋語彙及文類功能。

宋元之後，興起文人畫的創作方式強調詩書畫結合，因而題畫詩不僅創作量豐富，其詮釋畫作語彙也由封閉型走向開放型，〔註102〕詩畫在畫面上以筆墨線條作有機地融合，創造美感效應，遂開展題畫詩筆墨形式美感，題畫詩題在畫面上，與圖繪相互呼應，以達詩畫合一之美學形式，成爲題畫詩另一項文類功能。然而目前宋元時期女性存世的繪作裏，尚不見有題詩於其上者，不過，女性題畫詩也因文人畫興起而有較多的創作作品，如宋代楊玤撰《題畫詩》一卷，可惜今

〔註102〕同註93。

已佚，楊珪乃宋寧宗恭聖皇后妹，故世稱楊妹子，曾「以藝文供奉內廷，凡頒貴戚畫，必命娃題署，故稱大知閣。」〔註103〕在深宮內院裏，凡是供奉予皇親貴戚之圖繪，皆命楊珪題詩署名，可知宋代皇室題畫風氣之盛。又宋代朱淑貞〈墨梅〉云：「若個龍眠手，能傳處士詩。借他窗上影，寫作雪中枝。傾刻回春色，輕盈動玉梔。不能殷七七，橫笛月中吹。」〔註104〕此詩描寫創作墨梅的繪畫歷程，借窗上之梅影，寫出霜雪裏梅枝。元代趙孟頫之妻管夫人〈畫梅〉云：「雪後瓊枝嬾，霜中玉芷寒。前村留不得，移入月中看。」〔註105〕亦寫梅花在霜寒中的精神姿態。元代女性題畫詩創作題材除了單一自然物象外，更趨向於文人式的筆墨山水，如鄭允端〈題山水幛歌〉：

> 我有一疋好素絹，畫出江南無數山。筆法豈但李營丘，直擬遠過楊契丹。良工好手不易遇，此畫森然能布置。層巒疊嶂擁復開，怪石長松儼相對。板橋茅屋林之隈，瀑流激石聲如雷。恍然坐我匡廬下，便覺胸次無凡埃。此身能向閨中老，自恨無由致幽討。布襪青鞋負此生，長對畫圖空懊惱。〔註106〕

詩句首先點明題畫的素材，以及繪畫創作之歷程，並一一呈現畫中山水景物布置，鄭允端展圖閱覽，彷彿自身親臨山水妙景，茅屋林樹，享受遠離世俗塵囂之清靜怡然，詩末感嘆自己身為一女子，只能幽閉於閨中，空待年華老去，而無緣登高望遠，尋幽訪勝，面對圖繪裏山水美景，只能空懊惱怨歎了。此詩道出女子自我面對外在社會環境的侷限，發出內心感歎，呈現出女子自我與外在空間互動的關係，也顯示出男外女內的空間區隔，故女子題詩於山水畫類，不同於男性文人記遊敘事，主要是在於藉圖以臥遊。鄭允端〈題畫〉云：「誰寫江南

〔註103〕引自胡文楷：《歷代婦女著作考》（臺北：鼎文，1973），〈宋〉，頁51。
〔註104〕鍾惺編：《名媛詩歸》，明末景陵鍾氏刊本，卷十九，頁6。
〔註105〕同上，卷十，頁2。
〔註106〕同註95，卷十三，頁13。

景，風煙萬里寬。金銀開佛寺，紫翠出林巒。遠客馳行役，幽人賦考槃。蒼茫無限意，撫卷爲盤桓。」〔註107〕展卷遊覽江南風景，感受其風煙林巒之蒼茫遠闊，圖繪中遠行之客奔走于途，行色匆匆，隱居之人則在山林間逍遙自適、自得其樂，鄭允端觀覽氣勢開闊之山水圖，懷想隱逸幽居之樂，不禁流連盤桓，回味無窮。欣賞山水畫，除了圖繪美景令人嚮往外，往往亦聯繫山水仙境之意象，「青松極望是桃花，去去仙源路不賒。」〔註108〕青松桃花之自然物象，成爲尋覓仙源幽境之象徵符碼，在山林環抱的桃源仙境裏，又常使人興起隱逸之感懷。另一首〈題畫〉其一云：「點點青山翠欲流，短簑漁子坐扁舟。荒村五月涼如水，茅屋扶疏草樹秋。」〔註109〕畫面所呈現的是蒼翠青山，與漁人駕一扁舟遠渡，臨近荒村蕭索蒼涼，只有茅屋與雜草叢生，此種蕭疏淡遠的畫面，正是元人在異族統治下所刻意表達的筆墨意趣，其漁隱圖透過荒疏的筆觸，以及乘舟渡向彼岸的圖象，傳遞出元人內心想脫離現實，乘舟航向心中所追尋的桃源仙境，而山水林木、漁人小舟遂成爲其嚮往隱逸，追求另一個美好世界的象徵符碼。鄭允端〈題耕牧圖〉云：

> 幽人薄世味，耕牧山之陰。自抱村野姿，常懷畎畝心。行行南山歌，落落梁甫吟。掛書牛角上，揮鋤几中金。飽飯黃昏後，力田春雨深。四體勤樹藝，三生悟浮沉。巢父世高尚，德公人所欽。伊人去已遠，高風邈難尋。撫卷空歎息，俯仰成古今。〔註110〕

耕牧圖裏隱逸之幽人淡薄世俗名利，懷抱純樸脫俗的出塵之心，自食其力，耕牧田野，此山林隱逸的空間不僅在於其生活型態令人嚮往，詩句同時也強調其主體品格之高尚德性，然而在現世環境裏，此種淡

〔註107〕陸昶編：《歷朝名媛詩詞》，清乾隆癸巳（1773）吳門陸氏紅樹樓刊本，卷九，頁22～23。

〔註108〕同上，鄭允端〈題畫〉，頁23。

〔註109〕同註95，〈後集〉卷十三，頁17。

〔註110〕同上，頁13。

泊恬適的生活空間不可得，而品格清高之君子也已遠去，其高蹈行止
風範已邈遠難尋，不禁令人撫卷長歎。元代特殊異質的蒙古政權促使
男性文人營構出一個精神隱逸的文化空間，藉著詩畫筆墨尋求心靈桃
源與文化歸屬感，同時淡化外在政治社會環境與內在傳統文化的衝
突。〔註 111〕女性身處於此異質的文化歷史情境裏，往往也模仿男性
文人的詩畫形式以及詮釋語彙符碼，故女性題山水圖之題畫詩亦常結
合自我主體堅貞品格，山林隱逸之懷想與桃源仙境之嚮往。另外，故
實人物的題畫詩也是女性書寫題材之一，鄭允端〈題明皇並轡圖〉：「三
郎沈醉後，上馬玉環隨。如何西幸日，不是並鞍時。」〔註 112〕以唐
明皇與楊貴妃之故實詮釋其圖繪，原本兩人是沈醉於繁華富足，聲色
犬馬之生活，然而安史之亂迫使唐明皇往西避難，並在馬嵬坡賜死楊
貴妃，從此不再有並轡騎馬之景。又〈東坡赤壁圖〉：「老瞞雄視欲吞
吳，百萬樓船一炬枯。留得清風明月在，網魚謀酒附髯蘇。」〔註 113〕
此詩前二句描述三國時代赤壁之爭，百萬艘船隻一夕間成灰燼的慘烈
戰況，後二句所營構的赤壁，卻是清風明月的自得怡然之情境，兩者
恰成明顯的對比，隱喻想要脫離世間凡囂爭奪，與好友共清風明月，
網漁飲酒度著逍遙自在的自適生活。

　　明代初期與中期承續宋元題畫詩之發展，女性題畫詩之題材已
漸趨向多元豐富的創作方向，如明代潘氏〈題劉阮圖〉：「千年古木
萬年山，洞口仙蛾自玉顏。劉阮當年那得見，浪傳虛語在人間。」
〔註 114〕東漢永平年間劉晨、阮肇二人入天台山採藥，於山中迷路，
遇到兩位花容月貌之女子，相邀於其家中暫住，半年之後，劉、阮
兩人返家時，發現子孫已歷七世。劉、阮在洞中遇仙人，歷來被文
人墨客所渲染，傳爲佳話，潘氏詩裏道出圖繪上峰巒疊翠，古木參

〔註 111〕　鄭師文惠：《元代題畫詩研究 —— 以花木蔬果爲主》（行政院國家科
　　　　　學委員會專題研究計畫成果報告，1994）。
〔註 112〕　同註 95，〈後集〉，卷十三，頁 17。
〔註 113〕　顧嗣立編：《元詩選》（臺北：世界，1962）〈壬集〉，頁 5。
〔註 114〕　同註 95，〈後集〉卷十四，頁 20。

天，傳說中千年之仙洞猶在，洞裏的秀美仙娥依然仙姿綽約，然而當年的劉、阮那得見，不過是人們誤傳之虛語，潘氏一反男性文人津津樂道的仙遇之說，先從側面描寫千年以來仙娥玉顏依舊卻是孤芳自賞，並無劉晨、阮肇前來，接著正面駁斥其遇仙傳說不過是「浪傳虛語」罷了，女性從另一種角度來詮釋劉阮仙遇傳說，借圖題詩，寫此翻案之詩作，認為劉阮圖不過是男性文人懷想仙侶奇遇之遐思罷了。張引元〈題畫扇貽夫婿〉：「萬玉繞孤亭，聲兼夜泉發。中有遺世人，論詩向明月。」〔註115〕張引元作此詩贈予夫婿，題寫扇面裏圖繪之景物，在深夜泉聲中，有位遺世孤獨之人，對著明月吟詠自己創作之詩句，有著向夫婿請益自己題畫詩創作之意味，請夫婿加以品賞批評，並與之談文論詩。又有〈題修竹美人圖〉：「鎖窗睡起素羅寒，一段春愁蹙遠山。莫向風前彈玉筋，卻教修竹畫成班。」〔註116〕此詩敘說一位閨閣女子的春怨愁思，表達女子處在深閨內幽微隱約的心緒。由六朝至明中葉女性題畫詩之發展，亦延續歷來男性文人題畫詩發展順序，然而在相同的文類形式裏，卻承載女性特有的主體生存情境與情感內涵，或如大義公主借圖寫女子之家國懷抱，並不同於王昭君感傷遠嫁之情；或如薛瑗以寫真圖并題詩寄夫婿，抒寫女性深閨幽怨；或如鄭允端慨嘆身為女子，無緣尋幽訪勝，只能借圖以臥遊，聊抒羨慕仙境隱逸之情；或如潘氏題寫劉阮圖，駁斥仙遇之說，在在都呈現女性主體之幽微心緒。女性面臨不同的社會角色期待，身處不同的生存情境，自我與社會之關係遂呈現與男性文人不同的脈絡，其借圖題詩以抒發感慨的內涵，以及覽畫題詩的作者意圖和讀者期待也因而有不同的關注點，故形成與男性文人題畫詩不同的文類特質。

　　迨至晚明，由於人際網絡更趨開放，市鎮經濟商品網絡的通達，以及詩書畫全才型的男性文人大增，女性題畫詩受到整個文化思潮與

〔註115〕同註104，卷三一，頁6～7。
〔註116〕同上，卷三一，頁7。

時代氛圍的影響，全才型的閨秀與歌伎也因而大增，晚明時期，文人
厲鶚爲女子善書法者立傳，編輯《玉臺書史》一書，至盛清時期閨秀
湯漱玉仿《玉臺書史》的體例而編寫女性畫家傳記，名爲《玉臺畫史》，
其編寫歷代自晉至盛清（乾隆晚期）〔註117〕善畫女性，其女畫家身
分及歷來女畫家總數如圖所示：

時　代	畫　家　身　分					畫　家總　數
	名　媛	姬　侍	宮　掖	名　妓	其　他	
晉	1	1				2
唐	4		2			6
五代	3		2			5
宋	17	3	10			30
金	2		5			7
元	9					9
明	56	9		32		97
清（乾嘉）	36		5	4	14	59

本表參照《玉臺畫史》以及莊申《從白紙到白銀 —— 清末廣東書畫創作與收藏史》，頁40

　　《玉臺書史》與《玉臺畫史》所記載的女書法家與女畫家幾乎都
善寫詩或作詞，有極豐厚的文學素養，再者由歷代女畫家總數而言，
明代有九十七位女畫家，清代至乾隆晚期即有五十九位女畫家，另
外，根據《清畫家詩史》〔註118〕清代能詩善畫之女性達二百四十六
位，相較於前幾代的女畫家數量而言，顯然有極大的成長，可知由明
代至盛清詩書畫兼擅的全才型女性呈現急遽成長的趨勢，此固然受到
整體文藝風潮傾向的影響，同時也是女性主體意識與才識能力逐漸受
到社會的肯定，李又寧先生將晚明至盛清這一段時期，稱之爲中國婦

〔註117〕莊申將《玉臺畫史》所書寫的年代暫定於乾隆十七年以後的乾隆中
　　　　期或晚期，即暫時定在十八世紀的中後期。請參考莊申：《從白紙
　　　　到白銀 —— 清末廣東書畫創作與收藏史》（臺北：東大　1995），頁
　　　　40。
〔註118〕李浚之編：《清畫家詩史》（北京：中國書店，1990）。

女思想的啓蒙時期，﹝註119﹞在緩慢的歷史進程裏，此階段的女性正逐漸由封閉閨閣走向開放人際網絡，由傳統家務女紅轉向才學智識等藝文的培養與發展。晚明至盛清女性題畫詩的發展與其開放的人際網絡有密切的關係，故筆者以題畫詩之閱讀社群爲分類區隔，女性面對不同的閱讀社群，不同型態的價值觀念，遂呈現出女性題畫詩文類的特徵與功能，同時外在的社會環境與閱讀社群的價值觀也交涉作用於女性題畫詩的創作歷程裏。因此，本文以不同型態的閱讀社群來探討女性題畫詩所獲得的社會支持與人際情感交流、酬酢社交等特質。再者，女性創作題畫詩亦有自我抒情的內涵，然而女性坦露自我的心緒須顧及社會所要求的婦德觀，以及社會文化所制約的女性角色規範，種種社會歷史文化脈絡遂交互作用於女性所接觸閱覽的繪畫類別，以及藉畫自我抒情的題畫詩歌裏，故本文另一主軸即是探索女性在晚明至盛清之時代氛圍裏，其自我呈現的題畫語彙裏，如何詮釋自我與他者的人際社交歷程，如何透過圖繪裏才德兼備的模範女性，達成社會學習模仿與自我認同的歷程，以及藉由圖繪物象呈顯女性自我與外物的關係，自我與外在環境互動對話的歷程，而在對話過程裏女性如何內化社會道德價值觀，並進而型塑出內在才德合一的自我。

　　本文在龐雜的晚明至盛清的女性題畫詩作品裏，以閱讀社群與自我呈現作爲論述的兩大主軸，主要在於探討女性面對本身才華與傳統婦德觀的糾葛，自我內在型塑與外在人際網絡之間的互動，並透過女性題畫詩作品呈現出女性自我與社會，自我創作與閱讀社群之間互相的作用與影響，以呈現出晚明至盛清女性如何在傳統社會裏開拓出自我才藝展現的文化空間。

﹝註119﹞ 李又寧，〈明清之際的婦女解放思想綜述〉（《近代中國婦女研究》第三期，1995 年 8 月），頁 143～161。

第二章　晚明至盛清女性詩人創作
之背景

　　女性文學創作作品從晚明至盛清有了突出的表現，相較於歷來
女性文學作品，呈現詩詞作品激增的現象，而且女性所觸及的文類也
不限於詩詞，從正統詩文作品至通俗彈詞小說，皆有女性作者涉足其
中。晚明至盛清女性藉由詩詞、繪畫或是彈詞等多元素材，從事藝術
創作，不僅在創作上，取得豐碩的成果，也展現出豐富的才華與風雅
的品味。晚明至盛清女性詩人題畫詩的創作除了受到當時浸盛的閨
閣詩風影響外，亦受到當時文人畫風潮的影響，故而呈現出豐富多采
的作品。但由於晚明至盛清兩代詩畫活動與社會人文思潮、政經體系
互動更趨密切，故女詩人的題畫詩創作活動往往與當時藝文風尚、文
人獎勵、地域文化、以及文化世族的家學薰陶等等緊密結合。

　　晚明至盛清女性作家的作品大量出現，此一文化現象與心學的盛
行關係密切。〔註1〕詩歌創作主要是內在心性的體現，而純然善性的
心體並無男女之別，所以村言婦語亦有可觀之處；〔註2〕再加上文人

〔註 1〕 關於晚明理學與婦女觀等相關問題，請參鄭培凱，〈晚明袁中道的婦
　　　　女觀〉(《近代中國婦女史研究》，第一期，1993 年 6 月)，頁 201。
〔註 2〕 關於理學與清代婦女創作等相關問題，請參姚品文，〈清代婦女詩歌
　　　　的繁榮與理學的關係〉(《江西師範大學學報 (哲學社會科學版)》，
　　　　1985 年 1 月)，頁 53～58。

的提倡，諸如：王漁洋、袁枚等人，致力提拔獎掖閨秀作家，使得閨中教育除了閨訓之類文字，亦重視文學教育、琴棋書畫等。晚明至盛清之藝文風尙中，詩與畫關係密切，「詩中有畫，畫中有詩」此一美學命題已成爲符合題畫詩審美觀的創作成規（convention）。文人雅士鑒賞繪畫時，往往互相題詩酬唱贈答。或在詩上表達對於繪畫的意見；或借畫作以起興；或賦詩以自況。此種風尙在女性詩人從事家庭聚會、結社活動、雅集交遊，或書信往來之中亦頗爲盛行，閨秀才媛常借題畫作爲溝通媒介，以凝聚女性情誼，並互相砥礪砌磋才藝；同時在濃厚的文學氛圍裏，女性詩人藉著圖詠名播四方，達到傳播詩名畫藝之功能，故詩畫交流使得閨秀的文學活動，呈現豐富的內涵。

　　本章主要論述晚明至盛清女性詩人創作之背景，在繁雜多樣的文化型態與人文思潮裏，筆者主要擷選與女性詩畫創作有關之資料，試圖從男性文人觀點的文集史料裏詮釋與辨析出影響女性創作的種種因素，以呈顯女性創作與整體文化環境的互動關係。以下就人文思潮、地域文化、文人提倡獎掖以及女詩人詩集的編選刊刻等相關問題作探究。

第一節　人文思潮的啓迪

　　晚明至盛清的哲學思潮大抵籠罩在王門流風之中，一方面是承續王陽明心學致良知之說，予以闡述發揚，以王畿與王艮領導的泰州學派影響最爲深遠；另一方面是心學流風漸有積弊，士人因而轉向樸實的經史考據之學，批判心學空疏無本的學風，提倡經世致用的時代文化思潮，或者試圖調合心學與實學，走向折衷之途。這些文化思潮普遍影響時人的人生態度，也影響當時文學的創作理念，因而有公安派、性靈說等理論與作品的交融互動。這些人文思潮直接與間接提昇女性的地位，肯定女性主體性與藝文創作。晚明時期乃是重視婦女創作的啓蒙時期，故本節就當時人文思潮來論述其整體文化價值體系對

於女性地位與創作的影響，以說明其對女性創作所起的啓迪作用。

晚明思想受到王陽明心學的影響極深，王陽明學說主要是心即理、致良知之義，其云：「夫萬事萬物之理，不外於吾心。」〔註 3〕「心即理也，天下又有心外之事，心外之理乎？」〔註 4〕又云：「至於盡性知天亦不過致吾心之良知而已，良知之外，豈復有加於毫末乎？」〔註 5〕可知盡性知天之道即在發覺內心之良知，反求諸己以致其心純善的本然原貌，王陽明云：「所謂致知格物者，致吾心之良知於事事物物也。吾心之良知即所謂天理也，致吾心良知之天理於事事物物，則事事物物皆得其理」，〔註 6〕使得成聖求道的工夫由外逐轉而內求，掃除程朱即物窮理的支離，而能返本歸原。王陽明獨揭良知的宗旨，以爲「只存得此心常見在便是學。」〔註 7〕並以知行合一之理作爲功夫入手處，「知不行之，不可以爲學，則知不行之，不可以爲窮理矣，知不行之不可以爲窮理，則知知行之合一並進，而不可以分爲兩節事矣。」〔註 8〕由於其學說強調知行合一，人人同此良知本性，求得心性之良知即求得天理，故成聖修道之工夫相當簡易明白，其云：「此聖人之學所以至易至簡，易知易從學，易能而才易成者，正以大端惟在復心體之同然。」〔註 9〕其即心即理，即知即行之說，開展一條極其簡易精約、自我圓成體道之路線，以避免程朱之學由心外求理的支節瑣碎。由於人人皆有善的稟性，成聖求道並非上層士大夫才能致之，故王陽明云：「天下之人心，其始亦非有異於聖人也。」〔註 10〕凡者與聖者其善性皆同，若能知行合一，能致其良知，則可超凡入聖，

〔註 3〕 《陽明全書》卷二，〈傳習錄〉中，〈答顧東橋書〉，（四部備要，臺北：中華，1996），頁 5。

〔註 4〕 同註 3，卷一，〈傳習錄〉上，頁 2。

〔註 5〕 同註 3。

〔註 6〕 同上。

〔註 7〕 同上，卷一，〈傳習錄〉上，頁 6。

〔註 8〕 同註 3。

〔註 9〕 同上，頁 11。

〔註 10〕 同上。

故云：「性無不善，故知無不良，知即是未發之中，即是廓然大公，寂然不動之本體，人人之所同具者也。」〔註11〕人人皆有其善性本體，皆可成聖，此以心性本善之觀點泯除凡與聖之界線，「良知良能，愚夫愚婦與聖人同。」〔註12〕又云：「與愚夫愚婦同的，是謂同德；與愚夫愚婦異的，是謂異端。」〔註13〕愚夫愚婦心中亦存有良知，若能在心性上加以鍛鍊，減除障蔽，即可朝向聖人境界，此論點泯除了凡／聖、士／農／工／商、男／女之間凡聖、階級、職業、性別等差異，肯定在追求成聖之道上個人主體的良知並無差別。

明末學術思想沈浸在王學的流風餘波之中，各個思想家對於王陽明良知之說多予以高度的闡發，並引發更大的迴響，其中泰州學派亦採用人人皆有良知，皆可致堯舜的觀點，但不主張當下具足，一悟便得，而以學問爲致聖工夫，強調在日常生活的研磨體認中，使心性明澈通達；亦即在粗茶淡飯，出入起居，人倫物理之間，均可感悟活潑的良知之體。故王心齋云：

> 聖人之道，無異於百姓日用，凡有異者，皆謂之異端。〔註14〕

心齋及其後的泰州學派諸子，特別注重良知在生活日用上的體現，羅汝芳說：

> 學問須要平易近情，不可著手太重，如粗茶淡飯，隨時遣日，心即不勞，事亦了當。久久成熟，不覺自然有個悟處。蓋此理在日用間，原非深遠，而工夫次第，亦難以急迫而成。學能如是，雖無速他之妙，卻有雋永之味也。〔註15〕

通用日常生活的鍛鍊工夫，即可修養成爲聖人，此種平易近人的求聖之道，乃是將聖人內在化、主觀化使聖人概念的通俗化成爲可能。

〔註11〕 同上，〈答陸原靜書〉，卷二，頁 17。
〔註12〕 同上，頁 8。
〔註13〕 同上，卷三，〈傳習錄〉下，頁 13。
〔註14〕 王心齋：《王心齋先生全集》（臺北：廣文，1987），卷一，頁 5。
〔註15〕 羅汝芳：《盱壇直詮：羅近溪語錄》（臺北：廣文，1960），卷下，頁 21～22。

〔註16〕流播所及，造成許多不爲名教牢籠囿限的狂狷之士，晚明李贄即是其一。李贄在思想上深受泰州學派的啓發，他於南都六年，兩次會晤王艮，並與羅汝芳也有過一次晤談，日後無歲不讀其書，無口不談其腹，〔註17〕以爲「穿衣吃飯，即是人倫物理，除卻穿衣吃飯，無倫物矣」。〔註18〕另外他又倡導「童心說」，其云：「夫童心者絕假純眞，最初一念之本心也。若失卻童心，便失卻眞心，便失卻眞人。」〔註19〕可知童心即人之本初善念眞心，李贄又認爲人人皆有童心，卻因聞見道理日益多，反倒障蔽童心而日失，故須護此童心；有如王學主張人人皆具良知本體，但爲物欲所蔽，時不彰顯，故須致良知，故李贄童心之說近於王陽明的良知之學，此或爲其孟子的「赤子之心」與王學「致良知」綜合得來的體悟。〔註20〕其云：

> 夫既以聞見道理爲心矣，則所言者皆聞見道理之言也。言雖工，於我何與？豈非以假人言假言，而事假事，文假文乎？〔註21〕

又謂：

> 苟童心常存，則道理不行，聞見不立，無時不文，無人不文，無一樣創制體格文字而非文者。詩何必古選，文何必

〔註16〕William Theodore De Bary（德巴力）著，吳瓊譯：〈晚明思想中的個人主義和人道主義〉（《中國哲學》，第七輯，1998 年 3 月），頁 181。

〔註17〕李贄〈羅近谿先生告文〉中借僧深有之口述說自己對王艮（龍溪）、羅汝芳（近溪）之崇仰，云：「某自從公（李贄）游，于今九年矣，每一聽公談，談必首及王先生（龍溪）也，以及先生（近溪），……憶公告某曰：我於南都得見王先生者再，羅先生者一，及入滇，復於龍里得再見羅先生焉。然此丁丑以前事也。自後無歲不讀二先生之書，無口不談二先生之腹。」參見李贄：《焚書》（臺北：河洛，1974），卷三，頁 123。

〔註18〕同上，卷一，〈答鄧石陽〉，頁 4。

〔註19〕同上，卷三〈童心說〉，頁 97。

〔註20〕陳萬益即認爲「李卓吾所肯定的童心，即是王陽明所謂本體的良知」，參見《性靈之聲——明清小品》（臺北：時報，1982），頁 90；曹淑娟亦認爲「童心」近於「良知」，但仍有不同之處，參見《晚明性靈小品研究》（臺北：文津，1988），第四章第一節，頁 153～164。

〔註21〕同註17。

　　　　先秦。〔註22〕

由於人人皆有童心，故所作之詩文若能常存童心，則文字自然清新可喜，所以詩何必古選，文何必秦漢，不但積極肯定文人創作眞性情的表露，也兼容閭巷平民的作者群，漸漸泯除聖與凡、雅與俗之間的界線，晚明性靈文學或可說是李贄童心、眞心之說的迴響。

　　王學提倡致良知之說，作爲道德實踐的內在依據；晚明性靈文學思想拈出獨抒性靈，以人人反身可求的性情，作爲文學創作的根源。隆慶、萬曆以後，李贄、湯顯祖、徐渭等人爲前驅，再經公安三袁、江盈科、陶望齡等人相互酬應鼓吹，性靈文學思想終於蔚成一股新興風潮，與前此籠罩明朝二百年的復古思潮相頡頏。入清以後，復古勢力重新抬頭，待袁枚、鄭燮等人性靈之說才再度復甦。

　　性靈文論著重於眞性情的抒發，文字或莊或諧，或深情長慨，或出於一時戲筆，其主旨在於摒斥摹擬，反對沒有自我個性的寫作，所以下筆必須字字從一己胸臆中流出。李贄〈讀律膚說〉云：

　　　蓋聲色之來，發於情性，因乎自然，是可以牽合矯強而致
　　　乎？故自然發於情性，則自然止乎禮義，非情性之外復有
　　　禮義可止也。惟矯強乃失之，故以自然之爲美耳，又非於
　　　情性之外復有所謂自然而然也。故性格清澈者音調自然宣
　　　暢，性格舒徐者音調自然疏緩，曠達者自然浩蕩，雄邁者
　　　自然壯烈，沈鬱者自然悲酸，古怪者自然奇絕。有是格，
　　　便有是調，皆情性自然之謂也。莫不有情，莫不有性，而
　　　可以一律求之哉！然則所謂自然者，非有意爲自然而遂以
　　　爲自然也。若有意爲自然，則與矯強何異？故自然之道，
　　　未易言也。〔註23〕

李贄以性情作爲文學撰作的根源，重視自然的性格發爲自然的音調，並且以美學的觀點對於人之才性的種種姿態作品評，所謂「性格」清澈、舒徐、曠達、雄邁、沉鬱、古怪，是人之才性所表徵出

─────────────────

〔註22〕同上，頁98。
〔註23〕同上，卷三〈讀律膚說〉，頁133。

的種種特質；所謂「音調」宣暢、疏緩、浩蕩、壯烈、悲酸、奇絕，是指文學風格的種種面向，皆從人的才性殊異言文學作品所呈現的自然風味，故「莫不有情，莫不有性，而可以一律求之哉！」一者從人人皆具良知之性而言，故皆能自然止乎禮義；再者從人人自然才質不一言作品風調殊異。江盈科云：「詩本性情，若係真詩，則一讀其詩，而其人性情一入眼便見。」然而「惟勦襲掇拾者襲蒙虎皮，莫可方物。」〔註24〕亦強調性情之真是創作的本源。

　　徐渭在文學創作上，主張文學作品是觸物而興，不可因文而造作，須以情為本，字裏行間流露出作者的才質個性，故反對摹擬剽竊，其撰〈葉子肅詩序〉有言：

　　　　今之為詩……不出於己之所自得，而徒竊於人之所嘗言，
　　　　曰某篇是某體，某篇則否；某句似某人，某句則否，此雖
　　　　極工逼肖，而已不免鳥之為人言矣。〔註25〕

摹擬易墮入前人窠臼，永遠無法使創作達到極致，因為作者的個性已先為既有的模式所規格了，所以徐渭提「本色」論，即要求文學不假雕飾，而以自然的風貌出現，其云：

　　　　世事莫不有本色，有相色。本色猶俗言正身也，相色替身
　　　　也……故余於此本中賤相色貴本色，眾人嘖嘖者，我煦煦
　　　　也，豈惟劇者，凡作者莫不如此。〔註26〕

袁宏道在〈敘小修詩〉云：

　　　　大都獨抒性靈，不拘格套，非從自己胸臆流出，不肯下筆，
　　　　有時情與境會，頃刻千言，如水東注，令人奪魄，其間有
　　　　佳處，亦有疵處，佳處自不必，言即疵處亦多本色獨造語。
　　　　〔註27〕

〔註24〕 江盈科：《雪濤詩評》〈詩品〉條，收錄於陶珽纂《續說郛》（臺北：洪浩培，1964），頁 1。

〔註25〕 徐渭：《青藤書屋文集》，卷二〇〈葉子肅詩序〉，《叢書集成新編》（六八），頁 195。

〔註26〕 徐渭：《徐文長佚草》（臺北：偉文，1977），卷一〈西廂序〉，頁 7。

〔註27〕 袁宏道：《袁中郎全集》，〈序文〉（臺北：清流，1966），頁 2。

從反對摹擬至本色之語，個人展現其自然風格情調，字字皆出自肺腑，故明末文壇能容納李贄的狂放，袁宏道的機鋒，李流芳的狷潔，王思任的諧謔，陳繼儒的和暢，鍾惺、譚元春的幽仄，各寫性情，各自樹立不同的生命情調。性靈文學所標榜「獨抒性靈」給予作者寬闊的言志表意空間，而「不拘格套」又給予作者自由的外在文類形式，由此而得以探索更新的文學領域，所以性靈文論對於文字語言的取擇十分寬泛，他們容許自然的格式，俚語的滲入和諧謔的表現，使得晚明文學蓬勃而多貌，寫作的自由意識，鼓舞著婦女與凡夫走卒，帶動社會的文學風氣。

　　晚明文人往往在心理上對於政治保持退離的態度，另外在山水、文學、繪畫、甚至於宗教上求取寄託，與傳統士人的志向所在有所不同。傳統上文學、政治、文人的緊密關係至晚明已逐漸鬆弛，文人得以在政治場域之外經營一己的自由天地，以更多元化的方式寄託其生命情調。是故文人往往將文學與政治區隔開來，不直接碰觸尖銳的現實問題，將寫作題材由議論政教、負載道統中解放出來，轉爲個人非政治性的生活經驗爲主，並且以自娛的態度看待文學。寫作或閱讀非爲實用目的，而以美感的觀照及獲得藝術趣味爲目的。小品的概念盛行於晚明，乃是與大文（大言）相對的一種創作形式，主要是個人擺脫政治束縛的自由創作，故在形式上不受八股或古文規範等限制，可以活潑多變的形式、新奇獨到的語言表達，隨作者意興而起訖，故篇幅長短極其自由，與傳統崇論弘議相較，顯得偏多短幅。在主題上大有別於詔策奏議等廟堂大言，凡個人生活、心靈經驗俱可筆諸文字，雖在世人相對的概念中，它似乎因以個人爲主而顯得不重要，一如傳統觀念對社稷家國「大我」、與個人情感「小我」所透露的評價，但緣自性情之眞卻讓小品作者肯定自我的創作。〔註28〕

　　晚明文人對於文學，強調反虛僞、反摹擬，故性靈小品文字中以

_____

〔註28〕同註20，頁75。

「眞」論文的觀點往往可見，作者們在論說、序跋、書信各種體裁文字中，皆常論及人與詩文的關係，以眞作爲裁斷作品的原則，甚至認爲女子應當有女子自己的聲音，男性文人不該代爲發言，如此才能保存其眞。鄭之玄〈陳小韞詩序〉對陳宗九之女小韞詩極其賞愛，「駭嘆我輩不如也」，其言曰：

> 古今所傳樂府諸題，其事之關於閨閣者，率男子作女人語，雖工不必肖，若夫以夫人作女人語，則渾身都是矣，此小韞之所以爲詩也。〔註29〕

意即女子撰寫閨閣詩，不必設情而爲，直是眞情流露，肖似其人，故爲男性所不如。該文衛泳收入《冰雪攜》中，評題云：

> 三百篇中多婦女之什，後人極摹擬而不能似。女人詩豈男子所能爲。詩發乎情，所以取其眞也。〔註30〕

亦是相同論點。如此區分男女眞情，過分強調先天已定的差異，不免疏忽男女亦有共通的普遍情感，所以其論點尚待斟酌。但這一論點的出現，在晚明重視抒寫眞性情，以眞取人、論文的背景中，卻是極其自然的事。文中否定男性文人僞裝成女子寫感傷、怨婦之詞，以及歷來由男子所抒發的閨怨傳統之擬陰性書寫方式，對於男性文人「再現」（representation）女子心緒，認爲終究只能「極摹擬而不能似」，是故唯有女子抒發自我感情之書寫方式，才足以代表女子內在自我眞性情的展現。

袁中郎〈敘小修詩〉感慨文人多僞，恐唯有民間眞聲獨能傳後：

> 今閭閻婦人孺子所唱擘破玉、打草竿之類，猶是無聞無識眞人所作，故多眞聲。不效顰於漢魏，不學步於盛唐，任性而發，尚能通于人之喜怒哀樂，嗜好情慾，是可喜也。〔註31〕

性靈之說釀成自由活潑的寫作風氣，即使村夫俚婦，以文字宣洩胸中

〔註29〕鄭之玄，〈陳小韞詩序〉，收錄於明代衛泳《冰雪攜》（上海：中央書店），轉引自《晚明性靈小品研究》，頁175。
〔註30〕同上，頁176。
〔註31〕同註27，卷一，頁3。

不得不發的感情也能獲得文人的認同與尊重,故藝文創作活動的作者群容納不同身分知識的人,民間男女的俚歌俗曲可以和文人的雅章麗製平等而觀,各階層的作者在創作能力上獲得平等的看待,即連閨閣女子亦不必愧於才學不足,而可以自性而發,這種開放自由的創作觀點成為女性創作萌發成長的契機。

　　明代萬曆以後,婦女作家漸興,作品增多,開放自由的文學氛圍以及文化思潮實有相當大的影響。其文人在文學上強調性情自然流露的看法,反映當時思想文化界湧現的一種創新的文化美學思潮,此種思潮的出現與心學思想有關,特別是與泰州學派的後期發展息息相關,從羅汝芳、李贄到袁氏三兄弟、湯顯祖,泰州學派的發展已經從強調道德秩序的「理」,轉到強調個人性情的「情」,此種對具體人生處境的關懷,對日常生活中真實體驗的關注,使得男性文人對婦女的生活與創作各方面產生深度關懷,並對許多行之既久的觀念提出質疑與改革。〔註 32〕另外,文學思潮上小品詩文的觀念將文學創作由「經國之大業,不朽之盛事」〔註 33〕之歷史、社會意義、及發揮民族精神之大向度落實收束到內在深層人性的探討,文學創作不再是昭昭大業,凜凜民族大義的載道工具,而是轉變成對個人生命騷動,慾望宣洩的內向探索,是故女性創作得以在這傳統廟堂大言出現裂痕時刻,成為男性文人關注的課題。綜言之,晚明以來,文壇上對於文學作品的概念與內涵有所轉變,除了崇論弘議之文學作品之外,個人展現自我性情之瑣碎言語也得以受到關注,文學作品只要能關注內在自我的呈露,表達自我之真性情,即使是傾向於世俗人情之生活敘寫也應給予肯定與讚揚,而此種文學觀點也間接或直接地促使一向被認為是細瑣語言、只關注身邊事物

〔註32〕　鄭培凱:〈晚明士大夫對婦女意識的注意〉(《九州學刊》,六卷二期,1994 年 7 月),頁 27。

〔註33〕　曹丕,〈典論論文〉,見明張溥編:《漢魏六朝百三家集》,《魏文帝集》卷一〈論〉,頁 69。

之女性閨閣文學得以開展一方天地。

第二節　地域文化的風尚

　　從明代萬曆以降，崇商奢靡之風籠罩整個江南地區，在江蘇、浙江、安徽一帶，因工商繁榮，財物貨源的集中，人口密集，形成富甲一方的局面，士人與商人階層的流動與互動頻繁，工商地位提昇，社會價值體系鬆動，不僅直接或間接影響藝文活動、詩畫創作的內容與形式，也使得傳統男女性別角色與社會期待有了調整變動的空間。

　　晚明由於江南市鎮網絡的密佈與功能的多向性，〔註34〕於是蘇、松、嘉、湖等府的市鎮呈網絡狀分布，每有一個中心市，周圍便環繞了一群亞市鎮，形成同心圖式的網狀系統。〔註35〕以新興市鎮為商品生產和交易流通的網絡體系，帶動消費力的旺盛，也促使商人形象和社會地位的提昇，然而整個社會習於麗侈，靡於淫巧，形成奢僭之風尚，蘇杭飲食衣服之侈，天下無可匹敵，「富豪貴介紈綺相望」，儼然是一「華美富麗之區」。〔註36〕清初雖遭戰亂的破壞，但很快又恢復江南一帶繁華的風貌。社會的風尚常起源於城市，然後漸漸將風氣擴散到全縣，在晚明四通八達的市鎮是社會風尚最先變化的地區，但到了清代，社會風尚的變化已經普遍到邊陲的山區，〔註37〕晚明與盛清兩個時期商品經濟的發展深入市鎮與鄉間，改變原本的城市鄉鎮地域消費文化，並造成社會結構的變化。

　　江南經濟的昌盛使得市民文化興起，不僅說唱、雜技、歌舞、卜

〔註34〕趙岡，〈明清市鎮發展綜論〉（《漢學研究》第七卷，第二期，1989年12月），頁120。

〔註35〕汪維真、牛建強，〈明代中後期江南地域風尚取向的更移〉（《史學月刊》，1990年，第五期），頁30～31。

〔註36〕張潮：《松窗夢語》，卷七〈風俗記〉，見《叢書集成續編》（二一三），頁423。

〔註37〕巫仁恕，〈明清湖南市鎮的社會與文化結構之變遷〉（《九州學刊》，1991年10月，四卷三期），頁65。

算等娛樂大興，百藝逞能，〔註38〕戲曲小說更是風靡人心，這些地域性的文化娛樂與消費形式，呈現世俗化與商業性格。在賀長齡的〈嚴禁淫戲扎諭〉中具體說明戲曲內容的改變與影響世道人心之深：

> 每見梨園奏曲遇忠孝節義可歌烈泣之事，雖武夫悍卒鄉僻婦孺，無不爲之感泣……。雅道陵遲，澆風競扇。晦邪醜正實蕃有徒，往往以小說淫詞曲爲傅會，但博觀者之一粲，不顧聲色之蕩人。即如水滸西廂，非淫即盜，律以異言亂政之條。其人宜誅，其書宜燬，乃鄉曲無知搬作演戲。不以爲可戒，反以爲欣。眾環觀連村演唱，遂使血氣未定之徒，視打家劫舍爲故常，以偷期密約爲韻事。越禮犯分意惑神迷。烏乎古以防淫，今以助欲；古以宣化，今以長亂。〔註39〕

戲曲演出漸漸脫離祭祀酬神的單純目的，往往搬演水滸西廂、才子佳人等風流韻事，於是形形色色各階層的女性，她們的事蹟透過戲曲小說爲人所熟知。再者，才子佳人的小說劇曲於明清之際風靡一時，郭英德說：「從明代萬曆年間至清代康熙年間，才子佳人戲曲小說風靡一時。它主要以世宦書香之家風流兒女的悲歡離合爲描寫對象，表現出如前此後此的愛情婚姻題材的文學作品迥然而異的審美趣味，成爲文壇上一支突起的異軍。」〔註40〕才子佳人小說中所塑造的女性形象與傳統宗法社會所要求的三從四德往往有所偏離，女主角在愛情婚姻中積極主動地追求美滿姻緣，婚後在家庭中亦展現出地位和影響力。才子佳人戲曲小說中渲染女子靈心巧性，出口成章的才華，而且連婢女也識字讀書。這些女性形象開拓深閨女子的視野，戲曲小說等文類也拓展女子的閱讀空間，故事中女性人物形象又隱隱鬆動傳統的性別意識形態。

〔註38〕 王興亞，〈明代中後期河南社會風尚的變化〉（《中州學刊》1989年，第四期），頁110。

〔註39〕 羅汝懷輯：《湖南文徵》，清同治十年刊本，卷一〇五，〈公牘〉上，頁47～49。

〔註40〕 郭英德，〈論晚明清初才子佳人戲曲小說的審美趣味〉（《文學遺產》第五期，1982年2月），頁11。

　　另外，男劇作家筆下常常表現女性才幹。明代徐渭在嘉靖年間創作《四聲猿》，其中〈雌木蘭替父從軍〉以花木蘭女扮男裝代父從軍為題材，寫出巾幗英雄的慷慨壯懷，〈女狀元辭凰得鳳〉寫黃崇嘏改扮男裝考取狀元，表明女子一旦獲得機會，就可以比男子表現得更為出色。此兩劇，一武一文，充分顯示女子的驚人才幹與英雄氣概。明嘉靖末至崇禎間在世的女性作家顧若璞，讀過徐渭的《四聲猿》後，寫下〈讀《四聲猿》，調寄沁園春〉：

> ……木蘭代父沙場，更崇嘏名登天子堂。真武堪陷陣，雌英雄將；文堪華國，女狀元郎。豹賊成擒，鶡袞新賦，誰識閨中窈窕娘？鬚眉漢，就石榴裙底，俯伏何妨！〔註41〕

引詞中，所讚嘆的乃《四聲猿》中的女主角花木蘭和黃崇嘏，雖身為巾幗，但文治武功尤勝男子，顧若璞不禁嘆曰：「鬚眉漢，就石榴裙底，俯伏何妨！」由對特定對象的欽佩，進而對傳統男尊女卑之性別定位、性別角色有所反思，展現出顧若璞的女性自覺與女性觀照。〔註42〕評點《四聲猿》的澂道人特別指出顧氏「著有《臥月軒稿》行世，今年春秋八十矣，揮毫不倦，間填此闋，其音節豪壯，褒貶謹嚴，堪與是編（《四聲猿》）同垂不朽。因附刻焉。」〔註43〕可知其對顧若璞之詞作的激賞讚嘆之情。

　　從《四聲猿》中，可看出徐渭憤世諷世的抗爭精神和刻意求新的創新意識。此後明末清初出現一大批易性喬裝的戲劇。如明末人所作之《贈書記》傳奇有賈巫雲改扮男子而得官的情節。清初王夫之《龍舟會》雜劇寫謝小娥改扮男裝，為僕三年終而一報家仇。周坦綸作《玉鴛鴦》傳奇，寫文小姐女扮男裝並娶二妻，龍燮的《江花夢》亦有女易男裝的情節。這些男性作家筆下的女扮男裝系列，

〔註41〕　明崇禎間澂道人評本《四聲猿》卷首。參見蔡毅編著：《中國古典戲曲序跋》（濟南，齊魯書社，1989）冊2，頁867。

〔註42〕　華瑋，〈性別與戲曲批評──試論明清婦女之劇評特色〉，（《中國文哲研究集刊》，1996年九月，第九期），頁7。

〔註43〕　同註41。

一次又一次肯定女性的才幹，顛倒著歷來男／女，強／弱，尊／卑的二元價值體系。

　　黃崇嘏等女性名人女扮男裝的情節，尤其得到女性作家的青睞。明妓梁小玉先作《合元記》，曲演黃崇嘏。明末祁彪佳《遠山堂曲品》著錄云：「此即文長《女狀云》劇所演旨。閨閣作曲終有脂粉氣，然其艷香珠彩，時奪人目。紅兒、雪兒、玉娘以一人兼之矣。」〔註44〕清代女劇作家張令儀（1669～1747）繼作《乾坤圈》雜劇演繹黃崇嘏故事，劇本今雖無存，但所存自序已清楚說明創作意圖：

> 造物忌才，由來久矣！……崇嘏以一弱女子，以詩謁蜀相周庠，甚稱美，薦攝府掾，政事明敏，吏胥畏服。……因歎崇嘏具如此聰明才智，終未竟其業，卒返初服。寧復調朱弄粉，重執巾櫛，向人乞憐乎？故托以神仙作間雲高鳥，不受乾坤之拘縛，乃演成一劇，名曰《乾坤圈》，使雅俗共賞，亦足為蛾眉生色，豈不快哉？〔註45〕

張令儀十分欽羨黃崇嘏改著男裝以施展才華，而對於崇嘏重新「調朱弄粉」、「重執巾櫛」，埋沒掉後半生感到惋惜，是故將結局稍作更改，使其不受乾坤男女之性別角色拘縛，最終的目的是試圖通過劇本「使雅俗共賞」，「為蛾眉生色」。由此可知女性閱讀戲曲作品，多對女主角才華洋溢，以及豐功偉業，心生崇敬，甚至在閱讀過程中批判其令人不滿之處，進而自行創作，更改其結局，使聰明才智之女子擁有得以伸展才華的舞台，而不必拘限於男女性別的職能角色。

　　乾隆年間女劇作家王筠所著《繁華夢》，內容寫閨閣女子希望能夠脫離樊籠，大展才華，出人頭地，然而終是一場虛幻夢境，反映當時女才子的功名欲望，仍以男性角色來規範自我，女性只有短暫的性別身分變換，稍得顯才與揚名。同為才媛讀者畢太夫人張藻，對於王氏的才華深感「與有榮焉」。她推崇女作家，稱讚王氏之作可以媲美

〔註44〕　祁彪佳：《遠山堂曲品》，卷五，（臺北：鼎文，1974）頁7。
〔註45〕　胡文楷：《歷代婦女著作考》卷十四，清代八，引錄張令儀：《乾坤圈》自題，頁388。

最優秀的男性劇作，並進而宣稱有時女性的天才，實遠勝男子，其云：
「《燕子》、《桃花》絕妙詞，南朝法曲少人知。天公翻樣輕才藻，不
付男兒付女兒」。據說正是畢太夫人「激賞」王筠的《繁華夢》，而直
接促成該劇的出版。〔註46〕

　　清代另一位女劇作家吳藻所著《喬影》乃一抒情短劇，僅一折。
主人公謝絮才實係作者自我寫照。她自嘆身爲紅顏「束縛形骸」，希
望有較廣闊的天地，於是身著男裝，描成小影，名爲〈飲酒讀騷圖〉，
掛在書齋內。一日又另換閨裝賞玩小影，並讀《離騷》，狂飲痛哭。
劇本一開始她就自謂：「若論襟懷可放，何殊絕雲表之飛鵬。無奈身
世不諧，竟似閉樊籠之病鶴。」〔註47〕對於自己爲性別所限，抱負不
得展，天地之大，惟獨畫上小影爲自己生平第一知己。戲曲中以屈原、
李白、蘇軾、王子喬、劉禹錫等灑落文士自喻，表現出一種豪放之情。
〔註48〕借劇中女才子謝絮才之酒杯，澆自己心中之塊壘，傾訴傳統父
權社會女子有才卻無法施展之悲楚。由此可知，不僅男劇作家肯定女
子舞文弄墨，甚且有女劇作家將女子才智受壓抑的問題，透過戲曲人
物的聲音傳達。我們窺見傳統社會罅隙與異質，這些一向被主流思
想、衛道人士所排拒與裁抑的聲音，經由作家筆下的虛擬人物表達出
其形象所具有的顛覆意義。在江南富庶的地區，戲曲文化深入民心，
既反映現實社會的價值觀，也透過作者、讀者、評者三者密切的對話
激盪出女性的聲音。

　　經濟富饒地區往往亦主導藝術市場的品味趨勢和社會風尚，江南
吳地的藝文風尚向來是引領其他市鎮，爲一般人所效仿，王士性云：
「蘇人以爲雅者，則四方隨而雅之。俗者，則而俗之。」〔註49〕章潢

〔註46〕　同註42，頁16。
〔註47〕　吳藻：《喬影》，收於鄭振鐸編：《清人雜劇》二集（香港：龍門，1969）。
〔註48〕　葉長海，〈明清戲曲與女性角色〉（《九州學刊》1994年7月，六卷
　　　　　二期），頁19。
〔註49〕　王士性：《廣志繹》，卷二〈兩都〉，見《叢書集成續編》（二二六），
　　　　　頁785。

亦謂：「且夫吳者，四方之所觀赴也。吳有服而華，四方慕而服之，
非是，則以爲弗文也。吳有器而美，四方慕而御之，非是，則以爲弗
珍也。服之用彌廣，而吳益工於服。器之用彌廣，而吳益精於器。是
天下俗皆以吳侈，而天下之財皆以吳齎也。」〔註50〕蘇州吳地的社會
風尚透過各種器物商品流通至各地，成爲其他地區模仿學習的對象。
文藝風尚所及，不僅是文人，連市民、商賈皆傾力學習詩書畫藝術，
范濂云：「學詩、學畫、學書，三者稱蘇州爲盛，近年此風沿入松江，
朋輩皆結爲詩社。」〔註51〕詩、書、畫兼擅的文人之風成爲經濟富庶
地區商賈附庸風雅的文化活動，而不再是上層士大夫的專才。再者，
晚明徽商多積極投入文化活動，利用本身饒於貲財的優勢，周旋於天
下名士之間，傾貲投入戲曲、園林建築、刻書、書畫古玩，以及詩文
創作，甚至介入傳統以士大夫階級爲主要消費對象的文物清玩市場，
幾乎扭轉蘇州吳地控制藝術品味的主導權。〔註52〕士商群體的藝術風
尚，形成江南地帶人文蔚然成風的社會氣息，亦影響女子詩畫創作。
若考察晚明至盛清才女的地域分佈，可以明顯地看出集中在江浙一
帶，其階級集中在官宦世家，或商賈之後代。〔註53〕這些書香世家以
及「賈而好儒」之商人皆重視家族及鄉土，以宗族或鄉誼組成交際網
絡，甚至家族與家族之間也以世代通婚擴張其勢力，累世所積澱的文
化資產遂形成地域性的文化世族。〔註54〕出身江南的女性受到地域性

〔註50〕 章潢：《圖書編》（《四庫全書珍本五集》，臺北：商務），卷三六〈三
　　　　吳風俗〉，頁 741。
〔註51〕 范濂：《雲間據目抄》，卷二〈記風俗〉，見《筆記小說大觀》二十二
　　　　編，冊 5，頁 2537。
〔註52〕 林皎宏，〈晚明徽州商人的文化活動 —— 以徽商族裔潘之恒爲中心〉
　　　　（《九州學刊》，1994 年 12 月，六卷三期），頁 54。
〔註53〕 請參胡文楷：《歷代婦女著作考》所提供女作家的生平，可知晚明盛
　　　　清的女作家大多出身於江南地帶的名宦世家。
〔註54〕 此處所指的「文化世族」既包括歷代書香世家，也包括新興的商賈
　　　　階級。商賈階級亦可能與書香世家結成聯姻之好，而形成文化世族。
　　　　關於徽商與文人的聯姻關係，以及商賈兼營「儒」、「賈」兩業，「賈
　　　　而好儒」等特質，請參考林皎宏，〈晚明徽州商人的文化活動 —— 以

文化氛圍，以及世族家學的薰陶，往往能詩善畫，文從簡的女兒文俶
可爲其典型例子：

> 俶，字端容，蘇州人，貢士文從簡女，趙均妻。錢謙益〈趙
> 靈均墓誌〉：靈均娶於文，諱俶，字端容。其高祖父衡山公
> 徵明。端容性明惠，所見幽花異卉，小蟲怪蝶，信筆渲染，
> 皆能撫寫性情，鮮研生動，圖得千種，名曰《寒山草木昆
> 蟲狀》。摹內府本草千種，千日而就。又以其暇畫〈湘君搗
> 素惜花美人圖〉，遠近購者填塞，貴姬季女，爭來師事，相
> 傳筆法。〔註55〕

文俶善繪花鳥蟲蝶，得益於在原生家族受到良好的教育，其高祖父文
徵明是一代繪畫大師，而文氏從文徵明之後，歷文伯仁、文彭、文嘉、
文元直等也都著稱於詩苑畫壇，卓特名家，門風累代而不衰。〔註56〕
故《文氏族譜續集》序云：「吳中舊族以科第簪纓世其家者多有，而
詩文筆翰流布海內累世不絕則莫如文氏。」文俶生在文化世家，自小
接受家學薰陶，善吟詠繪事，嫁與另一個重視文化活動的家族，不僅
夫婿趙靈均是有名的文人，婆婆陸卿子更是當時負盛名的女詩人，所
以文俶婚後常有機會與家中成員墨戲唱和，加上蘇州人文地域文化與
商業活動結合，使得文俶的善繪經由商業網絡擴張其聲名，遠近知文
俶之名者，皆來購買其繪畫作品，名媛貴婦也來拜師學藝。

鄭師文惠說：「明代吳地穩定的生息環境與累世的家族文化的積
累，出現了歷時性縱向式的密集湧現的全才型文化世族，而此全才
型文化世族不僅塑造優良的文藝環境，也主導地域性的文化風尚，
甚至還全方位地輻射至大江南北，對明代文化傳播有不可磨滅之
功。」〔註57〕在傳統父權社會裏，地域性的文化世族雖以父系爲主

　　徽商族裔潘之恒爲中心〉（《九州學刊》，1994 年 12 月，六卷三期），
　　頁 35～60。
〔註55〕同註44，卷五，明代一，頁 66。
〔註56〕嚴迪昌，〈文化世族與吳中文苑〉（《文史知識》1990 年，第十一期），
　　頁 14。
〔註57〕鄭師文惠：《詩情畫意——明代題畫詩的詩畫對應內涵》，頁 166。

軸，但身處在全才型文化世家中的女性，也出現母女、婆媳、姒娌
爲一系的旺盛文化生命力。晚明至盛清，有許多世家大族一門女眷
皆工詩擅畫，繡閣聯吟的情況，如沈宜修與其三位女兒、會稽祁氏
一門等等。其中祁氏家族以明右僉都御史祁彪佳之妻商景蘭爲首，
二媳四女皆工吟，祁門諸女，皆負詩名，其家集題詠，頗爲當時人
所艷稱，《靜志居詩話》〈商景蘭〉條附云：

> 祁商作配，鄉里有金童玉女之目，伉儷相重，未嘗有妾媵
> 也。……教其二子理孫、班孫，三女德淵、德瓊、德茝及
> 子婦張德蕙、朱德蓉，葡萄之樹，芍藥之花，題詠幾遍，
> 經梅市者，望若十二瑤臺焉。〔註58〕

可知祁商二個大家族通婚，當時視之爲才子佳人、金童玉女之美好姻
緣。而由商景蘭所領之一門閨秀皆善題詠，對於進門之媳婦亦鼓勵其
參與吟詠之事。毛奇齡、黃運泰編《越郡詩選》凡例云：

> 閨秀則梅市一門，甲於海內，忠敏擅太傅之聲，夫人孕京
> 陵之德。閨中顧婦，博學高才，庭下謝家，尋章摘句。楚
> 纕趙璧，援婦誡以著書，下客湘君，樂諸兄之同硯，……
> 閨閣風流，莫此爲盛。〔註59〕

閨閣文學風氣之盛除了得益於原生家族重視女子才學之外，是否嫁給
珍惜婦才的家族，也成爲女性能否擁有創作空間的重要關鍵。祁氏一
門婦女皆有才，而子弟亦丰儀俊美，在當時博得「祁門男子盡佳人，
婦女皆才子」〔註60〕的美譽。女性所嫁的家庭內，若有其他年長女性
喜好文學，往往能帶動閨閣內創作之風，如清代女詩人姚令則，爲黃
時序之妻，女作家顧若璞之曾孫婦，有《半月樓集》。《杭郡詩輯》記
其盛：

> 柔嘉（姚令則，字柔嘉）年十四，婦于黃羅扉時序。其祖

〔註58〕 朱彝尊：《靜志居詩話》，卷二〇（臺北：明文，1991），頁 8。
〔註59〕 引自陳維崧：《婦人集》，見《香艷叢書》（一），卷二（北京：人民
　　　　文學，1994），頁 21。
〔註60〕 引自陶元藻：《全浙詩話》，卷五一「祁德茝」條（臺北：廣文，1976），
　　　　頁 6。

> 姑顧和知，以《臥月軒稿》聞于時者，柔嘉井臼餘閒，執
> 經請益。又其姒錢雲儀，蕉園名媛，雅擅清才，繡閣然脂，
> 互有贈答。故《半月樓》一集，遂欲傳祖庭衣缽。〔註61〕

姚令則常向家族中最德高望重的女性請益，加上其他的姒娌也愛好吟詩唱和，在互相贈答之中，自然得以創作，甚至能依家族中一系相承之女性文化，欲傳祖庭衣缽，將《半月樓》作爲顧若璞《臥月軒稿》的傳承，以推崇祖姑之才德。

　　晚明與盛清的江南地帶，士商文化與藝術消費市場結合所形成的地域性風尚，不僅影響士商階層的流動與變化，同時也鬆動傳統禮教對女性的束縛。地域性文化風尚使得江南吳中一帶文風鼎盛，連帶地也使得士商文化家族對於女性書寫的態度較爲開放，家族長輩鼓勵女性從事詩文書畫的創作，同時也帶動家族女性成員參與文藝活動，形成一個小型的家族女性寫作群與閱讀群。另外，地域文化裏的小說戲曲也深刻影響當時女性對於自我認知，面對小說戲曲裏才華洋溢的女性，引起江南閨秀的欣賞與認同，而使得現實生活裏傳統刻板的女性角色職能有所鬆動。同時，江南地帶文化品味與審美觀也帶動閨秀從事詩畫創作與鑑賞活動。是故女性在較爲開放的地域性文化氛圍中，漸漸打開一個屬於女性得以發聲、書寫並承續傳遞的創作空間。

第三節　文人的獎勵提倡

　　晚明受泰州學派思潮影響，提倡「情識」，對於婦女處境及婦女意識特別加以關注的文人，首推李贄、湯顯祖及馮夢龍等人，其對婦女主體意識的認知與討論乃是有意識地站在新的文化觀點上，探討女性才智與女性立身處世的道德標準。〔註62〕李贄對於男女才智是否平

〔註61〕引自施淑儀編：《清代閨閣詩人徵略》，卷二〈姚令則〉（臺北：鼎文，1973），頁26。

〔註62〕鄭培凱，〈晚明士大夫對婦女意識的注意〉（《九州學刊》，1994 年 7

等的看法，在〈答以女人學道爲見短書〉中清楚道出男女智能平等，所謂男子有識見，而婦人之見不足採納，乃是因爲婦人大多居於閨閣之內，男子可以出外增廣見聞，是故人世閱歷不同，造成男女後天見識有長短之別，但並非男女天生即才智有差異：

> 故謂人有男女則可，謂見有男女豈可乎？謂見有長短則
> 可，謂男子之見盡長，女人之見盡短，又豈可乎？〔註63〕

李贄公開稱讚女性才智，對於女性學佛求道亦多所鼓勵，並曾與麻城一帶學佛的仕女書信往返，論學講道，這種對世俗禮法的挑戰，引起當時社會大眾的側目，與衛道人士的懷疑與不安。馮夢龍更擴充「情眞」的理念，欲以情代替理，做爲世間人際關係的基礎，認爲婦女對感情的執著反映自身主體價值的認知，〔註64〕這些對於女性的感情、婚姻以及兩性關係的探討，基本上站在爲女性發言的立場，反映女性現實的境遇，以期鬆動僵化的名教禮法。

另外，文人創作之作品中，對於女性飽受禮教桎梏亦常發出不平之鳴與同情之聲，如湯顯祖塑造出對愛情執著與熱烈追求的杜麗娘，令明清閨閣婦女深深感動。再者，文人創作的筆記、小說和詩話也爲後世保存大量有關女性與文學的軼事，在長期的傳播過程中，文人將它們當作可資閒談的讀物，這些文學軼事與一般的野史遺聞、談詩的小品文字、乃至傳奇小說，在性質上皆是互相交叉重疊的邊緣性寫作，作品所建構出的才女雖是文人想像的投射，但因這些文人筆下的佳人往往才貌雙全，卻在無形之中提昇女子有才的價值：

> 佳人乃天地山川秀氣所鍾，有十分姿色，十分聰明，更有
> 十分風流。有十分姿色者，謂之美人；十分聰明者，謂之
> 才女；十分風流者，謂之情種。人都說三者之中，有一不
> 具，便不謂之佳人。〔註65〕

月，六卷二期），頁34。
〔註63〕 李贄：《焚書》，卷二，頁59。
〔註64〕 同註62，頁40。
〔註65〕 市道人：《醒風流》，第5回〈哭窮途遁跡灌園，得樂地權時作仆〉

才、色、情三者爲佳人必備之條件，故小說中不時強調才子要娶有才
有色，有情有德的絕代佳人爲妻，而在擇偶時深恐對方有才無貌，或
是有貌無才，即使有才有貌而於情甚寡，〔註 66〕也不符合佳人的條
件，必得才德兼備、貌美動人、情意眞誠乃爲理想的終身佳偶。這種
求愛標準，已不是過去的「以貌取人」，也異於傳統儒家的「以才取
人」，而要求才、德、美合一了，論者總結清代部分言情小說所塑造
的佳人典型說：

> 佳人是一代美的典型——這美，是才、美、德、智、膽的
> 完整的統一，而不僅僅是以姿色爲標誌的女人的外貌。在
> 作品中所刻劃的：才，是以長於詞爲特徵；美（這裏單指
> 姿容），多是概念式的虛寫；德，是對愛情的忠貞；智，超
> 越閨秀小天地而洞悉人情世故，頗具慧眼的預見；膽，爲
> 實現理想婚姻而敢作敢爲。這美人的五個標準，也是才子
> 佳人小說的佳人形象的普遍的特徵。〔註 67〕

佳人是上天的傑作，絕世的佳人必備四大條件，即「色期艷，才期慧，
情期幽，德期貞。」〔註 68〕顯而易見，做爲一個空洞的能指，佳人的
形象顯示文人在欲望、文化、情感和道德上對女性的全面要求。〔註
69〕在傳統上此種佳人的形象往往只有從事歌妓之類的女性藉著從良
才得以實現，歌妓在詩詞上造詣頗高，又超越閨秀小天地洞悉人情世
故，且爲追求良緣而敢作敢爲，可說是符合條件的最佳人選。

　　晚明文人喜爲人題文集題詩集，一方面交遊酬酢，一方面自抬身
價，說明一己的影響力，再者，晚明商品經濟的勃興，文化消費能力

　　　　（瀋陽：春風文藝，1981），頁 37。
〔註 66〕劉詠聰：《女性與歷史——中國傳統觀念新探》（臺灣商務，1995），
　　　　頁 122。
〔註 67〕林辰，〈從《兩交婚》看天花藏主人〉附載於萸荻散人《兩交婚》（瀋
　　　　陽：春風文藝，1985），頁 215。
〔註 68〕史震林：《西青散記》，吳震生序（臺北：廣文，1982）。
〔註 69〕康正果，〈邊緣文人的才女情結及其所傳達的詩意——《西青散記》
　　　　初探〉（《九州學刊》，1994 年 7 月，六卷二期），頁 52。

的提高，因而「凡藝到極精處，皆可成名」，〔註70〕文人不一定要出
仕，一樣可憑藉自身才藝，實現理想型態的生活，文人對人生的價值
已有不同的認知與態度，文學、德性與政事三者的聯繫已逐漸解紐，
彼此關係漸形獨立，文人也能認同立德、立功與立言三者皆有其價值
的觀念，是故當文人無意於立功、立德上求成就，遂在立言方面求成
就。而晚明文人對人世事象的觀察，往往強調個人的真意深情，流露
為各各殊異的言行，因而在傳記中表現重真好奇的傾向，所記不必名
公貴人，而偏好鄉野奇士異人，乃至僮僕中性情淳厚別具姿色者，亦
特加愛惜。所以名妓歌女的身份既符合佳人形象，其人格性情若率真
可愛，常成為文人喜提拔的才女，如譚元春〈期山草小引〉為廣陵名
妓王微詩集作序，亦從其人性情談起：

> 己未秋闌，逢王微於西湖，以為湖上人也，久之復還苕，
> 以為苕中人也。香粉不御，雲鬟尚存，以為女士也。日與
> 吾輩去來於秋水黃葉之中，若無者，以為閒人也。語多至
> 理可聽，以為冥悟人也。人皆言其誅茆結庵，有物外想，
> 以為學道人也。嘗出一詩草，屬予刪定，以為詩人也。詩
> 有巷中語、閨中語、道中語，縹緲遠近，絕似其人。〔註71〕

此段文字說明：無法將王微定位於某一身份，王微予人的形象是縹緲
恍惚，讀其詩絕似其人，其詩風格與人格可相呼應也。事實上王微出
身歌妓，先歸茅元儀，後歸許譽卿，文人愛慕王微其人其文皆風流娟
秀，並不介意其事二夫，反而從她多重的身份（歌妓、夫人、善冥悟
之人）肯定其詩作語言活潑多元。可知明末文人著重在女子才藝的賞
識是否符合真性情，而不論其出身高低。

　　明末清初名妓柳如是與錢謙益的一段姻緣，即是為人所津津樂
道，柳如是從良之後，名份歸正，當時的閨媛得以與柳如是交往，詩

〔註70〕　袁宏道：《袁宏道集箋校》，卷五〈寄散木〉（上海：新華，1981），
　　　　頁202。
〔註71〕　《譚友夏合集》（中），卷十〈期山草小引〉（臺北：偉文，1976），
　　　　頁8。

作也間接得到錢謙益的品評，錢謙益嘗爲閨秀黃媛介詩集作序，頗有
讚許之言，其云：

> 今天下詩文衰熸，奎璧間光氣黯然，草衣道人與吾家河東
> 君，清文麗句，秀出西泠六橋之間。馬塍之西，鴛湖之畔，
> 舒月波而繪煙雨，則有黃媛介皆令，呂和叔有言：不服丈
> 夫勝婦人，豈其然哉！〔註72〕

草衣道人即是指廣陵名妓王微，河東君是指柳如是，皆是歌妓出身，
黃媛介是閨秀，三位女性處於不同的社會階級，但所依附的良人皆是
文人階級，使得歌妓與閨秀得以同處一室，吟詩唱和。錢謙益又嘗撰
文序黃皆令詩集，其云：

> 今年冬，余遊湖上，皆令僑寓秦樓。見其新詩，骨格老蒼，
> 音節頓挫，雲山一角，落筆清遠，皆視昔有加。〔註73〕

錢謙益築絳雲樓，黃媛介爲柳如是樓中女伴，二人互爲唱和，錢謙益
爲其集序。〔註74〕拋頭露面的歌妓與深閨內院的名媛藉著詩才，打破
階級界線，藉由文字成爲摯友，男性文人則在女性文字作品中扮演仲
裁評審的角色。閨秀王端淑與柳如是時相往，亦爲閨中詩友，王端淑
寫成《名媛詩緯》一書時，錢謙益嘗題於上云：

> 昔者上官昭容，席人主並后之權，評昆明應制之什，丹鉛
> 甲乙，紙落如飛，遂使沈宋諸人俛首，一時流豔千古。玉
> 映以名家之女，擅絕代之姿，鹽鹽自將，丹黃不御，聊以
> 偏削消此餘閒……；墨兵蕭閒，如吳宮之教女戰。呂和叔
> 〈昭容書樓頭歌〉曰：自言文藝是天眞，不服丈夫勝婦人，
> 悠悠古今，同斯永歎矣。〔註75〕

錢謙益將王端淑評鑑名媛的詩作與上官昭容評應制之什相比，指出女

〔註72〕 錢謙益：《牧齋初學集》，卷三三，〈序六〉，〈士女黃皆令集序〉（臺
　　　　北：商務，1979）頁 29～30。
〔註73〕 錢謙益：《牧齋有學集》，卷二〇，〈贈黃皆令序〉（臺北：商務，1979），
　　　　頁 29。
〔註74〕 關於錢謙益與柳如是、黃媛介的交往可參考陳寅恪：《柳如是別傳》，
　　　　收於《陳寅恪先生文集》（七）（臺北：里仁，1980）。
〔註75〕 同註72，卷四七，〈名媛詩緯題辭〉，頁 8。

性史筆的傳承，語多溢美之詞。

　　晚明開放的文學氛圍重才情，輕名份，與當時文化的主力是一批游離於科舉制式之外，不再以經世濟民爲唯一理想的文人階級有關，〔註76〕他們雅好山水，但重在擁有品賞的興味閒趣，而不必隱居其中，日常家居，或焚香靜坐，或披索三教典籍，流露豁如意態；與人酬酢交遊，則或結交黃冠老衲之流，留連峰泖之勝，談辯禪道之妙，或出入朝貴卿紳之門，與言地方利弊，人才拔舉之事。明末文人所創作的書畫詩文，述寫山水精神，描畫體道境界，彰顯一種迥異世俗的幽情韻致。此外，面對八股文的僵化，他們把閱讀的興趣轉向閨秀詩詞，在《女才子書》序言裏，鴛湖煙水散人由於處在對經典教條喪失研讀的興味，因而到女性作品中品味另一種新鮮的情趣，品賞才女之詩作爲其生活情趣之一。〔註77〕可見不論名妓閨秀，有詩才者，男性文人即大加讚賞。然而歌伎雖才貌雙全，仍不完全符合在道德要求日益嚴格的清代，是故才高、色美、德亦全的閨秀遂取代歌伎的地位，而成爲「佳人」形象的代言人。入清之後由於禮教之制漸趨嚴格，文人筆下讚揚的女性，由歌伎才女轉變爲名媛正娶的大家閨秀，閨閣文學作品經由強固的宗族意識所連繫之文化網絡而得以傳播，才女形象以出身書香門第，貞靜儒雅爲身分標記。

　　毛奇齡與會稽商祁二家爲通家之好，時相往還，諸閨秀時就教於奇齡，嘗自言：

　　予郡閨中能詩者，首推商氏祁忠敏夫人與太君爲同父兄弟、忠敏夫人名景蘭、太君名景徽。予弱冠時，過梅市東書堂（即忠敏公宅），忠敏夫人（商景蘭）出己詩，與子婦

〔註76〕明代文人退離科舉與政治，從事文藝之創作，如蘇州科舉成績非常優異，但文化主流人物並不是科舉功名的士紳階級。請參黃繼持，〈明代中葉文人型態〉（《明清史集刊》，第一卷，1985 年 10 月）；及邵曼珣，〈明代蘇州文人尚趣之研究〉（《古典文學》，第十二集），頁402。

〔註77〕煙水散人：《女才子書》序（瀋陽：春風文藝，1990）。

> 張楚纕、朱趙璧、女湘君四人詩，合作編摘，請予點定，
> 競致蜜餌餳粳，牛潼蟹醢諸甘食。〔註78〕

處於深閨中的女性並沒有歌妓廣結文士的環境，唱和酬贈的對象雖限於家庭成員，然而透過家族與家族的交往連繫，其作品文字仍可以為當時士人所結識欣賞，毛奇齡曾為商景蘭之女祁德淵作〈祁夫人易服記〉一篇，亦言及交往情形：「予少至東書堂時，夫人從母商夫人學詩，而以予通家子，每出諸閨中詩，屬予點定，以故每讀夫人詩為之賞之。」〔註79〕為商景蘭妹景徽詩題辭有云：「才女名踰謝女，不羨因風柳絮之辭，夫婿是劉榛，自傳元日椒花之賦。」〔註80〕景徽有女徐昭華，師事奇齡受業為女弟子，奇齡激賞其才，以為門下雖眾然皆不如，又《西河詩話》中每載徐昭華詩，以及商景蘭諸媳詩，且多有譽辭。

另外，與毛奇齡交善的陳維崧，編有《婦人集》一卷，與商景徽之夫徐咸清往來，故亦樂稱商祁風雅，其撰寫〈閨秀商嗣音詩序〉云：

> 蓋嗣音商夫人者……爾其族望通華，門楣清綺。扶風宅第，
> 惠班則才擅大家；金卯家庭，令嫻則名高三妹。

又云：

> ……加以姊如道蘊，標名德於區中；女是左芬，扇風華於膝下。一門才媛，商雲衣獨矜秀善之稱；兩姓賢甥，祁湘君早得清新之譽。階前鄭婢，並習風詩；座上濟尼，尤長辭令。篇章間作，燃脂而玳瑁千函；倡和時聞，拂素而琉璃萬軸。傅粉薰香之什，字字庾、徐；玉釵羅袖之中，人人江、鮑。〔註81〕

陳維崧稱許商祁兩家結合，一門風雅，商景徽的姊姊乃商景蘭，女兒

〔註78〕毛奇齡：《西河文集》（二二），附《徐都講詩》卷首（臺北：商務，1968），，頁3175。

〔註79〕同上，《西河文集》（十四），〈祁夫人易服記〉，頁2166。

〔註80〕同上，《西河文集》（五），〈為商景徽閨秀詩題端〉，頁172。

〔註81〕陳維崧：《陳迦陵儷體文集》，卷六〈閨秀商嗣音詩序〉，收於《陳迦陵文集》（臺北：商務，1979），頁172。

是徐昭華皆是大家才媛，故稱「姊如道蘊」、「女是左芬」，讚賞其一門聯吟之風。陳維崧嘗評點徐昭華詩，屢致稱賞之情，如評其擬古詩嘆爲奇絕，欲擬和一首，卻屢屢撤筆，毛奇齡云：「千古佳人，能倒卻一時才士乃爾。」〔註82〕陳維崧曾序徐昭華詩集云：

> 此則綺歲揮毫，非關姆教，髫齡握槧，綽有門風。小鬟桂子，揄薄袂以求題；短幅桃花，障輕綃而乞試。母原道蘊，發函而私訝其精；父則徐陵，伸紙而彌嗟其妙。固已才高擊缽，何難譽起連城。況復別裁律絕，極擅清新。上溯齊梁，尤多風骨。……溫邢掩嫭，定空北部之胭脂；鮑謝慚工，直壓南朝之金粉。吳都士女，從前枉說綺羅；越國山川，自此不生花草。傳向梳粧記內，共許無雙，選歸才調集中，還推第一。〔註83〕

當時男性文人與其所稱讚之閨媛才女多有親友關係，男性文人對於閨閣詩才的獎勵提倡建基在親友之誼的立場，其評語多帶有鼓勵女性創作的意味，只要有一言半句佳者，即大加讚賞，所以閨秀背後雖有文人的支持讚譽，但流露出的維護世交友誼的心態與讚許，與嚴格批評鑑賞詩文作品之間仍有一些差距。

另有因文人詩才名聞當時，閨秀寄詩或透過親友將作品面呈，希冀得到名士的指導。王士禎負盛名，有閨秀以詩相質，《帶經堂詩話》卷二十一載云：「潁川劉氏閨閣皆知書，同年公吏部往，爲予述其女姪名第五，幼工詩，兼能古文，從姪擂妻李氏亦工詩。予壬子使蜀，時擂令洪洞，李以詩卷來相質。」又「第五之女姪名令佑……詩詞書跡以至金石篆刻皆臻妙，何巾幗之多才也。」〔註84〕王士禎稱道黃媛介所作小賦「頗有魏晉風致」，〔註85〕又讀顧姒詩詞，以爲「頗有婉麗」，

〔註82〕同註79，頁3184。
〔註83〕同上，《陳迦陵儷體文集》卷五〈徐昭華詩集序〉，頁145。
〔註84〕王士禎：《帶經堂詩話》，卷二〇〈閨閣類〉（臺北：廣文，1971），頁7。
〔註85〕同上，頁5。

尤於其所製詞曲「一輪月照雙一人面」句，大爲讚賞。〔註86〕其門人
李源之妻彭氏，能詩，有《蝶龕集》，士禎爲之作序，並刻之京師，又
舉其〈詠白蓮〉、〈金銀洞〉諸詩，以爲皆斐然可誦。〔註87〕讀王慧詩，
舉其詩作多首，讚其「此等懷抱，亦非尋常閨閤所解」。〔註88〕閨秀詩
經其品題，多能有聞於時。王士禎採列詩媛多人，如倪仁吉〈宮意圖〉、
〈贈董樵絕句〉詩；劉道貞妻馮氏〈春日即事〉詩，耿鳴世妻徐氏〈寄
子中丞〉、〈輓王烈婦畢孺人〉、〈偶成〉諸詩，並以爲「與撚脂弄粉者
迥異」。又錄徐元象〈京口寄父書〉及〈送外絕句〉稱其「詩文有雋才」。
〔註89〕此外，又載有閨秀孔少娥、汪靜宜、蔡潤石、商婉、梁頒……
等諸人詩句，此皆足見閨秀凡有一言半句佳者，多能予以褒揚。男性
文人對於女詩人的詩歌評選標準，往往預設較男詩人的文學成就爲
低，故其褒揚女性作品，常是基於一種多鼓勵多肯定的心態。

　　清代男性文人中，袁枚不僅獎掖閨閤詩作，同時擁有爲數眾多
的女弟子冠稱一時，其詩論以性靈爲標榜，所以對於詩的取擇甚寬，
以爲「詩之奇平艷樸，皆可采取，亦不必盡莊語也。」〔註90〕是以
「婦人女子，村氓淺學，偶有一二句，雖李杜復生，必爲低首者」，
〔註91〕此種理論大膽地擴張詩學的領域，排除文學的貴族性，以詩
歌非學士大夫的特殊品，而是婦人村俗皆可以有所作的藝術。因爲
詩道寬廣，天地間各體題材皆備，詩就性情之所近而抒寫，不必盡
爲朝臣友朋成敗興亡之跡，袁枚此種態度充分表現在其對香奩艷詩
的辯護，〔註92〕以及對閨秀詩的採擇上，閨秀詩因環境受限，其內

〔註86〕同上。
〔註87〕同上。
〔註88〕同上，頁6。
〔註89〕皆見於王士禎：《帶經堂詩話》卷二〇。
〔註90〕袁枚：《小倉山房文集》卷十七〈再與沈大宗伯書〉，收於王英志編：
　　　　《袁枚全集》（七）（江蘇：江蘇古籍，1995），頁285。
〔註91〕袁枚：《隨園詩話》卷三，第50條目，收於《袁枚全集》（三），頁
　　　　84。
〔註92〕袁枚：《小倉山房文集》卷十七〈再與沈大宗伯書〉頁285～286；

涵多不能與文士相比，所以閨情香奩之作亦成其主要素材，是以袁枚的態度和思想早已名動閨幃，所到之處，閨秀名媛投詩寄贈，執贄爲禮者多有之。袁枚晚年更大收女弟子，帶動女性創作風潮，新安汪縠撰《隨園女弟子詩選》序云：

> 隨園先生風雅所宗，年登大耋，行將重宴瓊林矣。四方女士之聞其名者，皆欲爲漢之伏生、夏侯勝一流，故所到處皆斂衽扱地以弟子禮見。先生有教無類，就其所呈篇什，都爲拔尤選勝而存之，久乃裒然成集。〔註93〕

女性拜師問學成爲與其他女詩人、文人交往的另一重要途徑，是故閨秀馬素貞謂：「我朝文化之盛，無以復加，不特文人學士爲能踴躍向風，即閨閣奇才，往往究心詩學。此雖山川靈秀所鍾，要亦賴有人焉提倡之耳。」〔註94〕閨秀王瓊也說：「閨閣成名，不少親師取友之益，而詩篇不朽，尤仗名公大人之知，若昭華之于西河，采于之于西堂，映玉之于松崖，芳佩之于董浦，莫不藉青雲而後顯，附驥尾而益彰。」〔註95〕女詩人的詩名往往有賴男性文人爲之提拔獎掖。晚明至盛清男性文人藉由詩話、筆記採集女性詩作，爲女性詩集寫序，或評鑑其文字作品，建構出女詩人才女的身份與名聲。男性文人所建構出的才女形象，由原本才貌兼備的開放態度，轉而強調德行的重要，於是原本符合才女形象的歌伎，因爲德行上的瑕疵，其才女地位被名門閨媛所取代，也促使清代更多名媛閨秀爲追求才德兼備的女性典範，而投入文學創作活動。男性文人的獎掖女性創作，使得女性獲得更有力的支持，同時閨秀藉由文士與家族的聯繫，得以結識更多女性創作者、文士，開拓其閱讀視野，並與其他女性連結成彼此支持、互相唱和的女性創作網絡。

及同書卷三〇〈答蕺園論詩書〉頁 526～528。
〔註93〕《隨園女弟子詩選》序，收於《袁枚全集》（七）。
〔註94〕王瓊：《愛蘭書屋集》序，見任兆麟編《吳中女士詩鈔》，清乾隆五十四年刊本。
〔註95〕同上，《愛蘭書屋集》附〈王瓊寄呈袁簡齋書〉。

第四節　女詩人詩集的編選刊刻

　　晚明至盛清商業的勃興帶動市民文化品味的提昇，士紳階層的文化教育和藝文活動漸漸與商業活動形成密切的網絡，儒士與商賈藉由儒士鑑賞與商賈買賣詩畫，形成互利的體系，使得商賈與儒士文人的文化品味更爲接近，並互相受到影響，商賈淘選接近文人高雅風尚的創作作品，而儒士文人則因應市場機制而調整自我的創作風格。另外，原本屬於貴族階級的消費品，因爲平民大眾消費能力與文化品味的提高，使得高經濟附加價值的藝術商品，透過經濟結構的質變成爲平民化的商品，是故不論是文士高族或富豪細民皆爭相收藏書畫，因而刺激商人的大量印書，由於書卷畫冊一問世，「無問貧富好醜，垂涎購之。」〔註96〕書坊商人因應市場的需求，市民的喜好而印刷書籍，帶動了小說版畫插圖等通俗文藝的成長。此時，詩、書、畫等傳統文人表情達意的藝術形式，被廣泛地應用於小說戲曲的文本之中，並且透過商業網絡而普及於市民大眾的生活裏。

　　晚明至盛清，書業發達，刻工極廉，書可私印，故刻書相當地輕易簡便，葉德輝《書林清話》載：

> 嘗聞王遵巖、唐荊兩先生相謂曰：數十年讀書人，能中一榜，必有一部刻稿；屠沽小兒，身衣飽煖，歿時必有篇墓誌。此等版籍，幸不久即滅，即使盡存，則雖以大地爲架子，亦貯不下矣。〔註97〕

由於刻工極廉，刻書簡便，大量流通的結果，使晚明至盛清文人寫作態度不再將著述當作藏諸名山、秘之石室，等待千秋百代後才能權衡的事業，而可以在當前與讀者溝通，所以晚明坊間刊刻選集的風氣極盛，並且與肯定選述的文學觀相呼應。晚明至盛清刊刻詩文選集的風氣特盛，一方面是科舉應制促使文人對此類歷代佳文選集需求量大增，書坊大量複製、印刷，再加上整個明代復古之主流使文人想選取

〔註96〕陳繼儒：《史記鈔》序，明泰昌元年烏程閔氏刊本。
〔註97〕葉德輝：《書林清話》（臺北：世界，1968），頁185～186。

心目中理想的作者詩文，作爲學習乃至模擬的典範。另一方面是當代詩人文人想保存當時代的詩文，經由一己的評選編輯爲當代詩文評騭高下。是故晚明至盛清有許多古今文人作品選本，或選刻前代個別作家作品；或會刻當代眾多作家作品；或選輯作品編刊成書。

明代文人鍾惺於〈題魯文恪詩選後〉曾云：

> 觀古人全詩，或不過數十首，少或至數首，每喜其精，而疑其全者或不止。此其中散沒不傳者，不無或有人乎選之？不則自選存其所必可傳者而已。故精於選者，作者之功臣也。〔註98〕

晚明文人的詩文集，或者自選，或待他人相中而選，這些詩文集的目的總是在淘汰未盡善者，留存優秀完善的作品，以期於必傳；詩文選集所保存的作品雖較少，卻反能朗現作者精神，從淘選之中去蕪存菁，作高下優劣的判斷。再者編選的意義在於閱覽作品之際，各出心目與之相遇，因各人性情不同，而有所好尚傾向。編輯者所作取捨，紀錄成書，其目的也在呈現一己之文學觀與價值觀。鍾惺在〈答袁未央〉云：「漢魏唐人詩，所以各成一家，至今日新者，以其精神變化分應取，選之不盡。若佳者一選無餘，則古人亦隘且死矣。選詩如相人，如取其眼耳之靈而手足各體皆爲枯槁棄物，可乎？」〔註99〕鍾惺將「選」的意義引回選者自身，則過程中既有讀書磨鍊的效益，又自然顯露選者的性情器識，而使選本成爲另一種創作成品。譚元春〈古文瀾編序〉云：

> 古人之文不可及矣，生其其後者，無可附益，不能端居無爲，必將穆其瞻矙，暇其心手，出吾之幽光積氣，日與實延，或不能無去取其間，久之成一書，而是人性情品徑，已胎骨于一書之中，因而後之讀是選者，皆曰某氏之書也，

〔註98〕 鍾惺：《隱秀軒詩集》（下），〈題跋〉一（臺北：偉文，1976），頁1387。

〔註99〕 鍾惺，〈答袁未央〉，《鍾伯敬先生遺稿》卷三，明天啓七年徐氏浪齋刊本。

　　則幾于取古人之文而奄有之。夫奄有古人之文，而自成一

　書，其事豈細也哉！〔註100〕

在讀者與作品相遇之際，作者居次要地位，讀者的性情品徑馳騁於選集之中，成為新的選著者，作品亦在讀者的觀照中重獲新生，而此選集實結合讀者的學識與性情品味，也融入選者的價值判斷。

　　晚明評選刊刻的風氣興盛，女性創作作品的評選刊刻也受到男性文人的青睞。晚明文壇文人已開始注意並收集婦女的作品，胡文楷著《歷代婦女著作考》一書中，輯明代婦女二百三十八人，而隆慶、萬曆以後則幾佔半數，可知明代婦女文學發展的概況，幾乎集中於晚明時期，迨至清代，其閨閣文風也可說是承續晚明的女子創作之風氣而更恢闊其局面。〔註101〕可知男性文人編選著述之風對於女性的創作有推波助瀾之功，亦對女性作品有淘汰評選之指導意味，從編選之中執行其道德策略與文藝觀。

　　在晚明至盛清的女詩人選集及別集中，我們可以得知男性文人和女性閨秀如何「合力」重新評價及提倡女性書寫，〔註102〕再者，選集的淘選評價的作用，使當時的女性創作者十分渴望被選入女詩人作品集中，因為選集具有選擇性的典律（selective canons）的作用，其提供「楷模」（models）、「理想」（ideals）以及「靈感」，〔註103〕這些女性詩人的選集展現了女性詩人受到肯定與讚揚（被選錄）的創作作品與題材，給予其他的女性創作者提供了可模仿的對象。這些女性作品提供給深處閨中的女子相當豐富的素材，以及可觸發的創作靈感。此外，對於其他想從事文學創作的閨秀而言，在模仿學習這些典範作品的過程中，選集中的女性作者也成為閨秀心目中的楷模人物。這些才德兼備的女性創作者與及其作品，也就成為許多閨秀心中崇敬的典

〔註100〕譚元春：《譚友夏合集》（上），卷八（臺北：偉文，1976），頁337。

〔註101〕鍾慧玲：《清代女詩人研究》，頁17。

〔註102〕孫康宜作，馬耀民譯，〈明清女詩人選集及其採輯策略〉，（《中外文學》第二三卷第二期，1994年7月），頁29。

〔註103〕同上，頁30。

範與美好的理想。而且透過選集、別集的刊刻，女詩人不再被侷限於
閨中雅集，而得以為世人所結識，進一步爭取社會的認可。〔註 104〕
是故晚明至盛清女性的大量創作形成女詩人詩集編選的風氣，而作品
刊刻、編選又鼓舞女性創作。這些女詩人選集有家族私自的選集或男
性文人採集地域閨秀之作，亦有男性文人收羅各地作品表彰女性之著
作，以及女性自行編選女詩人的選集。這些選刻的詩集其編輯者在觀
念上多能肯定女性藝文的才華，但在各部選集背後，由於編輯者所關
注焦點以及地域文化、家族文風不同，仍有各自所倚重之編選策略。
以下再分述家族刊刻與文士名媛的刊刻情形。

一、家族之刊刻

在士大夫家族所編選的選集、別集之中，刊刻家族女性之作，將
收集其遺稿視為懷念家族女性，並為其傳播美名，因此丈夫收集妻子
的遺稿，兒子為母親整理詩集，父親給愛女刻集，兄弟替姐妹的詩集
寫序，更多的閨秀遺稿被作為珍貴的紀念保存，女子的詩才和詩名正
經由才士之妻、名父之女、令子之母等三種途徑得以顯揚，也真實地
反應出古代女子「三從」的緊密家庭關係。〔註 105〕家族的刊刻，一
方面是彰顯家族教育風氣極盛，甚至及於女子，故刊行其詩稿以榮耀
家門。另一方面家族刊刻女性作品有著濃厚的紀念保存性質。

從晚明至盛清女詩人詩文選集的序或跋中，可以得知家族中掌權
的男性多為女性創作不符合傳統婦道作申辯，女性作品經由丈夫、父
親或兒子的保護與支持得以突破傳統內言不出於外的限制，如趙宦光
序其妻陸卿子《考槃集》云：

> 題曰考槃，非敢刺時，蓋亦寤言弗告云爾。……孰謂屈、
> 宋、蘇、李，盡非作者，然未始以詞藻名家，亦未始以詞
> 藻自好也，其不得已而有言，故自有說，非若閨以內人，

〔註104〕康正果：《風騷與艷情 ── 中國古典詩詞的女性研究》(臺北：雲龍，
　　　　1991)，頁 390。
〔註105〕同上。

行有制而事有從，非詩莫可達其志。〈葛覃〉、〈卷耳〉，大
半閨中之什，此道流播，何代無之。〔註106〕

丈夫為妻子的創作背書，認為妻子並非以詞藻名家，乃為胸中有言，
不得已而吐，如同《詩經》之〈葛覃〉、〈卷耳〉。是故女性心中有情
志想吐露時，「非詩莫可達其志」，再者《詩經》裏也有閨中作品，所
以婦人以詩言志，並不違反道德禮教。又如王鳳嫻每詩成，輒隨手棄
去，其弟王獻吉將其所作裒輯成冊，而以為三百篇多出婦人之手，故
不可輕廢，王獻吉序鳳嫻《焚餘草》即云：

一日謂不肖曰：婦道無文，我且付之祖龍。余曰：是不然，
《詩》三百篇，大都出於婦人女子，〈關雎〉之求，〈卷耳〉
之思，〈螽斯〉之祥，〈柏舟〉之變，刪詩者採而輯之，列
之〈國風〉，以為化始。迺孺人自閨閣以淑行著稱，雞鳴相
夫，丸熊誨子，一身遍歷甘苦，女德婦道姆儀，備於是
矣。……夫且以為壼史，夫且以為閨範，他日採王風者，
將於是乎稽。〔註107〕

王鳳嫻仍囿於傳統婦德男外女內的規範，故認為婦道無文，不可流傳
於外，因而要將自己的作品焚燬，但其弟卻認為《詩經》三百篇大多
出於婦人女子之手，這些女子詩篇，經由採詩者編輯之後，當作教化
人民的經典作品。而王鳳嫻相夫教子，女德婦道皆備，才與德兼之的
閨閣楷模，可為其他女性的典範，正是上位者採集民情風俗時應收錄
之的資料。葛徵奇序閨秀梁孟昭《山水吟》有云：

內姊梁夷氏（孟昭字），夙秉慧姿，兩擅其絕，詩為漢為魏
為唐，畫為晉為宋為元，諸體且備，靡不登峰。……或獻
疑曰：女子庀中饋，恤絡緯，無忘女紅為正耳，管城子墨，
非內事所宜及也。審若斯，則古之詠〈卷耳〉，賦〈蘋繁〉，
警〈雞鳴〉，箴〈雜佩〉者，不得稱淑媛耶？〔註108〕

〔註106〕引自胡文楷：《歷代婦女著作考》，明代二，「陸卿子」條，頁135。
〔註107〕同上，明代一，「王鳳嫻」條，頁73。
〔註108〕同上，明代二，「梁孟昭」條，頁130。

此處進一步將女紅與詩畫筆墨都當作女子應當學習的份內事，以駁斥傳統道德觀中，女子不宜舞文弄墨的觀點，同時也將女子作品比附於《詩經》〈卷耳〉等篇章作品，以爲女子之作既然能納入經書，故女子從事創作不違聖人之教。大部分家族刊刻女詩人作品選集背後的編輯者多爲男性文人，而非女詩人，男性文人重覆地將女詩人選集與《詩經》聯在一起，企圖把女性作品「典律化」（canonize），〔註109〕爲女性創作尋求典範，並且試圖以《詩經》採輯婦人作品來詮釋女性創作符合道德禮教。

在女性詩集刊刻的序跋裏，常見孝子爲母親出版詩集，以誌其不朽之言，如清初顧若璞《臥月軒集》中吳本泰〈後跋〉云：

> 黃夫人（顧若璞乃文學黃東生妻）所著《臥月軒稿》，余既以燦煒二子請，手加刪選評次，而弁其端矣。今年夏六月，夫人六十悅旦，二子圖所以壽母者。母汪然大感曰：余稱未亡人三十年，啜血茹荼，晶汝輩于成也。以有今日，恨不即從父地下，而忍舉介眉之觴，言笑晏晏乎？且禮俗必割牲擊鮮，吾白髮優婆夷，安用。此二子逡巡退，己又念母氏詩文可藉不朽，盍壽梓以壽吾母乎？母猶固不許，壹意欲樽醴，屏庖饌，以齋素作佛事爲亡者資冥福。而二三親知無所效其觴祝，則已釀金授剞劂矣。〔註110〕

顧若璞的二位兒子爲了祝賀母親六十大壽，本擬歡宴大肆慶祝，但母親以本身爲未亡人，不應該如此浮靡鋪張爲由，嚴詞拒絕，於是兒子們改以出版母親詩文爲其祝壽。兒子爲母親出版詩集，其用意多半爲彰顯母儀風範，榮耀母親，尤其是守寡多年的女性，更成爲可資頌揚表彰的對象，而德行高潔的母親所作的詩文自然也是清新雋永，可爲其他女性的模範。是故兒子爲寡母出版詩文集，遂成爲兒子盡孝道的表徵。

〔註109〕同註102。
〔註110〕顧若璞：《臥月軒集》，清光緒二十三年錢塘丁氏嘉堂本，吳本泰後跋。

　　從這些家族刊刻的女性著作中，可以得知晚明至盛清，閨閣詩壇生機盎然，吟箋和唱，往來不絕。晚明閨秀從事詩歌創作較著者有徐媛、陸卿子、王鳳嫻母女、屠瑤瑟姑嫂，方維儀姊妹、沈宜修母女等。這些閨秀彼此之間多有家族血緣關係，或為遠親近鄰，或為姒娌婆媳，往往互相酬詩唱和，形成家族中女性的唱和群體。是故家族刊刻的女性作品，往往將家族女性中母女、婆媳、姑嫂、姊妹等等作品合刻，其中以大家士族最為盛行，其選錄作品常常是將家族女眷作品集成一冊，一方面是彤管聯吟，一門風雅，以榮顯家風；另一方面亦有濃厚的紀念性質。如晚明葉紹袁為沈宜修母女所編輯之《午夢堂集》可為當時家族吟詠之盛作最佳註腳，《午夢堂集》是葉紹袁在崇禎壬申五年（1632）痛失三女小鸞、長女紈紈，悲痛之餘，將其遺集《返生香》、《愁言》出版。再隔一年，母親馮氏去世，次子世偁、世儴也相繼去世，妻子沈宜君受不了如此打擊，終日鬱病，於崇禎乙亥八年秋（1635）逝世，葉紹袁為紀念妻女，將妻女的作品與家中成員的悼念文章合輯斥資出版。〔註111〕

　　迨至盛清，此種家族女性之間酬唱的集體創作依然興盛不已，家族長輩往往彙刻一門閨秀的作品集成一編，如乾隆二十四年袁枚合刊三位妹妹的詩稿，稱為《三妹合稿》，嘉慶二十二年歸安葉氏有《織雲樓合刻》，道光十七年湘陰李星沅合刻郭家祖姑、姊妹等詩作為《湘潭郭氏閨秀集》，其他如《泰州仲氏閨秀詩合刻》、《凝香閣合刻》、《張氏四女集》等等，皆可看出清代閨秀一門聯吟，唱和往返，以及家族女性寫作群的出版概況。〔註112〕

　　家族為女性的詩集出版，不論是單本集子的印行，或諸位家族閨秀群聯合出版，其背後的出資者及支持者，大多為父兄夫婿，或其子姪，其出版用意在於標榜家族女性才德兼備，足以為其他女性的楷模，並且以《詩經》的典範作用來為女性創作合理化。家族女性寫作

〔註111〕李栩鈺：《《午夢堂集》女性作品研究》（臺北：里仁，1997），頁30。
〔註112〕同註101，《清代女詩人研究》，頁41。

群的作品合刻，主要是表揚閨閣之內，一門風雅的盛況，顯示家族文風濃厚，甚至家族內女兒、媳婦也工於吟詩。至於刊刻家族女性的遺稿，往往有紀念保存的意味，睹物思人，閱讀其詩，想見其音容笑貌，故晚明至盛清家族爲女性詩集刊刻的作品中，大部分均爲遺稿。

二、名媛與文人之編選

　　晚明即有文人與名媛爲女性詩歌選集作編纂，書商刊刻女性作品，蔚爲時代風尚，名媛文人的編輯，以及書商的出版，這些現象都說明女性詩歌創作的興盛，也顯示出女性作品受到文人、閨秀的重視。再者，書商願意刊刻女性詩歌選集，除了書業發達，工資極低廉外，代表女性作品有其閱讀群和市場價值。名媛閨秀、文人階層、書商以及女性作品的閱讀群彼此交互影響作用，促使女性詩集的編選更爲蓬勃，也使得女性詩人的創作更爲豐富。

　　晚明文人習於對自己或他人的文學作品作編選工作，以去蕪存菁，面對女性詩歌創作，文人的編選原則乃傾向於收羅散佚的作品，並當作珍貴的史料盡力保存，以作爲歷來女性創作詩歌之依據，明田藝衡《詩女史》序云：

> 男子之以文著者，固力行之緒華，女子以文鳴者，誠在中之閨秀。成周而降，代不乏人，曾何顯晦之頓殊，良自采觀之闕也。[註113]

田藝衡認爲歷代皆有女性創作詩歌，只是沒有人爲女性作品編選採集，女性作品的散佚，由於「采觀之闕」，是故編選女性作品爲其建構歷史脈絡，也肯定這些女性中之佼佼者，其詩文必有可觀之處。晚明葉紹袁跋沈宜修所編《伊人思》亦云：「天下奩香彤管，獨我女哉？古今湮沒不傳，寂寥罕紀者，蓋亦何限，甚可歎也！」[註114]葉紹袁的妻子與三女皆工吟詩，但天下能詩的女子何其多，豈獨其妻女？女子

〔註113〕田藝衡編：《詩女史》十四卷，明嘉靖三十六年刊本。
〔註114〕沈宜修編：《伊人思》，葉紹袁跋語，收於葉紹袁編《午夢堂集詩文十種》，明崇禎間刊本。

作品之所以湮沒不傳，在於少有人對女性作品記錄編纂，也少有人加以認眞地重視，故其妻沈宜修編輯女性詩文選集《伊人思》，卷首云：

> 世選名媛詩文多矣！大都習於沿古，未廣羅今。太史公傳
> 管晏云：其書世多有之，是以不論，論其軼事。余竊倣斯
> 意，既登琬琰者，弗更採擷。中郎悵秘，迺稱美譚。然或
> 有已行世矣。而日月湮焉，山川阻之，又可歎也。若夫片
> 玉流聞，并及他書散見，俱爲彙集，無敢棄云。容俟傳蒐，
> 庶期燦備爾。〔註115〕

此部選集乃爲名媛沈宜修爲保存明代女性詩文作品所作的努力，她認爲當時文人所選的名媛詩文都僅搜羅古代作品，未能及於當時，所以沈宜修盡力蒐集當時已有刻集的閨秀詩文，甚至於散見於他書中，或傳聞裏片言隻語，也都全部網羅彙集，不敢輕易棄之，以求保存其作品。

再者，沈宜修的友人閨秀黃德貞，也曾與同代名媛歸素英、申蘭芳輩主持詞壇，共輯《名閨詩選》。〔註116〕此外，閨秀王端淑所編輯的《名媛詩緯初編》也旨在保存閨秀之作，每恨不多見，故雜採兼收，《名媛詩緯初編》丁聖肇序即云：

> 與其失之刻，毋寧失之恕；與其失之隘，毋寧失之廣；與其
> 失之峻，毋寧失之坦，故自后妃貴嬪、夫人華淑、節烈幽愁，
> 以及小星名樓、緇素黃柔、彝鬟叛髻，莫不駢收。〔註117〕

可知當時的閨秀已能查覺到女性詩作散佚嚴重，如果不加以重視保存，很快就湮沒不傳，是故不論其女性作者出身是貴爲后妃貴嬪，或世所鄙夷的青樓僕婢，皆採擷詩作收入選集之中，以達成保存女性作品之功。

女性詩歌的編選也與晚明性靈文學的提倡有所呼應，《名媛詩歸》云：

〔註115〕同上，沈宜修序。
〔註116〕同註106，清代十，「黃德貞」條，頁506。
〔註117〕王端淑：《名媛詩緯初編》丁肇聖序，清康熙山陰王氏清音堂刊本。

今人工于格套，丐人殘膏，清麗一道，頭弁失之，縷衣反
得之。嗚呼！梅岑水月粧，肯學邯鄲步，蓋病今日之學詩
者，不質近自然，而取妍反拙，故青乃一發于素足之女，
為其天然絕去雕飾，則夫名媛之集，不有禪哉？〔註118〕

明代文人為了應制科舉，時文重制式結構，詩歌創作傾向於復古模擬
之風，晚明性靈文學即反對復古與雕琢字句，故編輯女性作品傳世，
以為閨閣清麗自然的風格對矯正模仿雕飾的文風有所裨益，由此可知
其女性的創作與選集與當時重性靈、去雕飾的文學思潮亦產生互動。
〔註119〕

　　編輯者除了肯定閨閣創作之外，也提出女性創作的詩歌同樣具有
「興觀群怨」的教化功用，趙世杰序《古今女史》云：

吾不知女才之變，窮于何極，而所遘之變漸多，或事同而前
後殊狀，或情一而淺深殊態，併時代之升降，才伎之俊淑，
影樣具見于毫楮，一寓目而興觀群怨，皆可助揚風雅。〔註120〕

可知女性才華豐富而多樣，每位創作者的詩歌雖呈現不同的樣貌，然
而興觀群怨的作用皆寓於詩作裏，可以達到風雅教化的功能。編輯者
有時也將女性作品地位提高到與典範作品同層級，以為其作品堪與典
謨訓誥並垂不朽，如趙時用編《女騷》蒐羅歷代婦女辭章，摘采情詞，
選拔其佳者匯為一集，其序云：「余案牘之暇，一披閱之，翻然神竦，
躍然頤解，乃慨然為之題曰：茲刻也，庶幾與典謨訓誥，並垂不朽，
斯校集之本意也。」〔註121〕此部選集名為《女騷》即有意將所編選
作品比擬為女性作品中的《楚辭》、《離騷》，以比附經典文學作品來
提昇女性作品的地位。

　　編輯者在編選女性作品時，除了作品的文學價值之外，創作者的

〔註118〕舊題鍾惺編：《名媛詩歸》三六卷，明萬曆年間刊本。
〔註119〕同註111，頁26。
〔註120〕趙世杰選：《古今女史》二〇卷，明崇禎元年（1628）刻本。
〔註121〕新安蓬覺生輯，幻成子校，《女騷》九卷，明萬曆四十六年戊午（1618）
　　　　刊本。

出身和品德往往是考量是否編選，以及採詩多寡的重要依據。此即傳統文學批評裏「文如其人」，「詩品與人品合一」的觀點，是故歌伎作品往往被編在書末，或選錄較少作品，或根本將之排除在外。王端淑所編選的《名媛詩緯》中，將一千名女詩人按照其社會地位的高下排列，閨秀被列入「正」類，而歌伎則列入「艷」類，此乃王端淑企圖爲閨秀名媛階層的女詩人，確立出與歌伎不同的文學特質。〔註122〕其中柳如是、李因和王微雖出身爲歌伎，但與文人的婚姻關係使她們從良歸正，也成爲上層階級的閨秀，所以她們被歸於「正」類。然而這些從良的歌伎，其作品仍受到排擠，選集中，柳如是共佔六首，李因只佔三首，與其他閨秀詩人徐媛的二十八首、方維儀的二十首及其黃媛介的十六首形成懸殊的比例。〔註123〕

　　青樓歌伎的作品有妨風雅教化，出身上層階級，且工詩詞的閨秀，才得以保證其詩作的道德價值觀純正無瑕。清代沈德潛「格調說」推尊溫柔敦厚的詩教，以儒家道德價值觀作選詩的判準，以闡揚載道的觀念，所以《清詩別裁》中，即依人品道德觀作爲採集女性詩歌作品的標準。《清詩別裁》凡例有云：

> 閨閣詩，前人諸選中，多取風雲月露之詞，故青樓失行婦女，每津津道之，非所以垂教也。選本所錄，罔非賢媛，有貞靜博洽，可上追班大家、韋逞母之遺風者，宜發言爲詩，均可維名教倫常之大，而風格之高，又其餘事也，以尊詩品，以端壺範，誰曰不宜。〔註124〕

沈德潛認爲青樓歌伎乃爲失去德行之婦女，故其創作乃爲風雲月露之詞，前人雖津津樂道，但基於禮義教化，不予采錄。沈德潛采詩動機既在端名教、重倫常，是以其推譽的重點亦在於此，稱柴靜儀詩：「本乎性情之貞，發乎學術之正，韻語時帶箴銘，不可於風雲月

〔註122〕同註102，頁37。
〔註123〕同上。
〔註124〕沈德潛：《清詩別裁》（臺北：商務，1978），凡例，頁3。

露中求也。」〔註125〕盛讚其詩語發乎性情之貞潔，合乎學術的正道，並謂其「居然儒者」。又如稱方京〈薤上露〉詩：「以守道令名爲不朽，粹然儒者之言」；〔註126〕評袁機〈聞雁〉詩：「自憐隻影，靜正守貞，言外絕無怨尤，可以哀其志矣」，〔註127〕袁機不堪夫婿的虐待，回家之後雖形單影隻，仍貞靜守節，哀傷的詩語之中可顯其心志。評吳巽〈癸丑秋陳妾得舉一子時婿年四旬矣誌喜〉詩：「誌喜中轉復增悲，微特不妒，彌見孝思，此婦德之純者。」〔註128〕沈德潛認爲吳巽本身無子，但其妾能夠爲夫婿添一子，既爲之欣喜，復又爲己身傷悲，但詩句展現出矜持不妒嫉其妾之胸襟，既表達孝思，更爲婦德之純者。

此外，乾隆年間汪啓淑所編輯擷芳集之凡例，共將閨秀之詩分爲十類，節婦、貞女、才媛、姬侍、方外、青樓、無名氏、仙鬼，〔註129〕可知以閨秀德行是否完備，是否爲賢妻良母爲分類的標準，而節婦與貞女更是屬於閨秀中之翹楚，乃是才德兼備的典範女性。道光年間閨秀惲珠所編之《國朝閨秀正始集》以沈德潛所編之《清詩別裁集》爲範本，〔註130〕故採用「溫柔敦厚」的儒家詩旨作爲選集的選錄標準，其例言云：「是集所選，以性情貞淑，音律和雅爲最，風格之高，尚其餘事，至女冠緇尼，不乏能詩之人，殊不足以當閨秀，概置不錄。」又「青樓失行婦人，每多風雲月露之作，前人諸選，津津樂道，茲集不錄。」〔註131〕惲珠以德選詩，而非以詩才論定，故女冠緇尼，青樓婦人皆不得入選，唯性情貞淑、才德俱佳之

〔註125〕同上，卷三一，頁175。

〔註126〕同上，頁177。

〔註127〕同上，頁187。

〔註128〕同上，頁180。

〔註129〕汪啓淑：《擷芬集》，清乾隆飛堂刻本。

〔註130〕惲珠編：《國朝閨秀正始集》，道光十一年辛卯（1831）紅香館刊本，〈例言〉。

〔註131〕同上。

閨閣女性才得以入選。若耶女史潘素心云：「太夫人積數十年之力，蒐羅既富，選擇必精，用以微顯闡幽，垂爲懿範，使婦人女子之學詩者，發乎情，止乎禮義，盡刪夫風雲月露之詞，以合乎二南正始之道，將與班姬伏女媲美千秋，而豈徒斤斤於章句也乎？」〔註132〕《閨秀正始集》編纂的目的即是讓女子學詩能得性情之正，「發乎情，止乎禮義」以爲天下閨閣之典範，另一位閨秀黃友琴云：「夫女有四行，次即婦言，言之不足，而長言詠歎，乃理之自然，苟言出於正，存其言並存其人也，固非以矜張炫燿之意與其間也。」由此可知盛清時期傳統儒家詩旨如何影響女性詩人，〔註133〕再者，女性編纂者也藉由才與德相得益彰的觀點，形塑出才德兼具之女性形象，使得更多女性朝才華與德行並備之方向努力，投入更多的精力培養自我詩畫之才藝能力。另一方面，其編纂者也藉由才德兼備的標準淘選女性的作品，而使得德行完善、才華出眾之精英閨秀備受到社會肯定與讚揚，反之，德行有所缺損之歌伎即被編選者排拒在外，而使得閨秀之精英社群的書寫空間漸漸擴展，成爲女性才德具備之代言人，而歌伎之地位則漸漸下降，淡隱於文學寫作的空間之外。

　　女詩人選集的刊刻主要是受到晚明之後商業發達的影響，形成藝文品味市民化，以及消費大眾化，因而帶動頻繁的文化活動。而晚明至清代興盛的刻書業，使得刻工極廉，刻書的簡便和價格低廉改變了文人創作的態度。由於人人皆可將詩文付梓，所以精蕪並存，因而「選」的工作變得相當重要，再加上「選」的工作可以標舉出文人心中崇尚的古人詩文，作爲學習典範，所以文人以爲編輯之中即蘊藏其性情識器，並展現其文學理念。影響所及女性詩文創作也成爲其關注的對象，不論編選者爲男性或女性，總能抱持肯定女子創作的才情，鼓勵女子創作的態度。家族所刊刻的女性詩稿，其目的在於褒揚家族女性

〔註132〕同上，潘素心序。
〔註133〕同註102，頁42。

才德雙全，並傾向於紀念性質。文人或名媛編選出理想的女詩人選集則希望可以達成三項目的，一者保存女詩人的創作資料，不致於湮沒散佚。二者藉由女子的詩突顯溫柔敦厚的詩教，以詩達成教化的目的，並且爲女性的創作尋求傳統詩教的支持。三者藉由區別女性身份是閨秀名媛或歌伎，將詩品與人品統合，德性之貞潔與淫亂，與詩作境界高尚與低俗等同，使得詩才與德性兩不相妨。豐富的女性詩歌選集促使女詩人的創作量增長，女性藉此展露一己的詩才，博得詩名，而編選者則巧妙地遊走在女性的創作與道德規範之間，潛藏其編選策略，達成其教化目的。

第三章　晚明至盛清女性的詩畫教育與詩畫活動

　　傳統女性教育以家庭教育爲主，其主要的教育目的即是培養女性成爲一位賢妻良母，故其教育內容主要是德性倫理之教育，並且透過各種閨範家訓以及陰陽、尊卑等論述，將男女角色區隔，規劃出不同的社會職能與角色，以落實社會規範，故閨閣教育從只注重倫常道德的規範與女紅家務的訓練，識字讀詩往往被視爲無益於婦德。然而晚明至盛清時期，商品網絡的流通帶動社會整體結構的變化，也使得人際網絡與文化氛圍更爲開放，女性的詩畫創作逐漸漸得到注重，許多編選女性詩集出版流通於社會上層精英社群間，促使閨秀有機會見賞到才華傑出之女性，而有楷模典範可效法之。再加上男性文人漸漸注重女性才智的培養，江南地域的世家大族積極培養女兒成爲才德兼備之大家閨秀，傳統的閨閣教育逐漸漸質變，由原本只注重德性倫常與女紅、家務轉變爲才德兼重，並主張以詩才畫藝之才智教育薰陶培育德性，故才性與德性兼備之女性遂成爲閨秀典範。本章主要探討社會與文化脈絡如何影響女性教育觀點的位移與轉變，再者，亦欲探討晚明至盛清女子才德觀與詩畫創作之間的關係，藉此瞭解女性詩畫家如何在傳統禮教觀及才德觀中，尋求創作的成長空間。

第一節　女性詩畫教育

　　歷來的女子教育雖隨著時間的推移，內容日趨複雜、豐富，但從眾多的女教讀物，諸如劉向的《列女傳》、班昭的《女誡》、明代孝仁皇后所撰的《內訓》、宋若華的《女論語》等，可看出女子教育的內容實質上仍是一種倫常教育。基本框架不脫「男尊女卑」、「男外女內」、「三從四德」、以及「女子無才便是德」等價值觀。〔註1〕主要是把男女天生的差異性，通過社會規範的制約，使得男女生理表徵的差異等同於社會角色的形塑。由於女性將來必需成爲其他宗族的一員，且負有傳宗接代的重責大任，是故封建父權社會對於夫婦之道的論述即放在人文教化理想與倫理道德觀的體系網絡中，如：

> 有天地然後有萬物，有萬物然後有男女，有男女然後有夫婦，有夫婦然後有父子，有父子然後有君臣，有君臣然後有上下，有上下然後禮義有所錯。夫婦之道，不可以不久也。〔註2〕

這段論述將婚姻的性質與意義建構在人文理想及倫理結構之中，居於整個人倫樞紐的夫婦關係，擔負著人文化成的莊嚴使命，〔註3〕所以將女性的職責與活動空間限制在家庭之內，「男子居外，女子居內，深宮固門，閽寺守之，男不入，女不出，男不言內，女不言外，內言不出，外言不入。」〔註4〕「男外女內」的論述規範男性適合向外發展，女性則趨於向內退居；男性追求向外追求功名，女性退居家庭從事家務、育兒工作，如此得以區分男女不同的分工職能，以及男女有別的活動場域。透過男女有別的教育，男女活動空間的區隔，深化男

〔註1〕　閻廣芬：《中國女子與女子教育》（河北：河北大學，1996），頁49～51。

〔註2〕　《易》〈序卦〉，孫貽讓：《周易正義》，卷九（《四庫備要》，臺北：中華），頁9。

〔註3〕　曾昭旭，〈中國傳統文化下的婚姻觀〉（《鵝湖》，九卷一期），頁31～33。

〔註4〕　《禮記》〈內則〉，《禮記正義》，卷二八（《四庫備要》，臺北：中華），頁7。

女之防與尊卑有序的道德理念。《禮記》云：

> 天先乎地，君先乎臣，其義一也。……出乎大門而先，男
> 帥女，女從男，夫婦之義由此始也。婦人，從人者也，幼
> 從父兄，嫁從夫，夫死從子。夫也者，天也；夫也者，以
> 知帥人者也。〔註5〕

又云：

> 婦人有三從之義，無專用之道。故未嫁從父，既嫁從夫，
> 夫死從子，故父者，子之天也，夫者，妻之天也。〔註6〕

父權文化下所界定的女性，依附於父親、丈夫與兒子，本身並不具獨
立性。女性透過婚約關係，以妻子、媳婦、和母親等陰性附屬角色，
才能取得在父系族裔血統中的合法身分。父權文化運用婚姻關係將女
性收編到整個封建專制的權力結構之中，一切人倫關係都歸納到天地
五行陰陽的哲學體系內，有利於朝廷便於行使專權，以強化其政治性
內涵，故《春秋繁露》云：

> 君臣父子夫婦之義，皆取諸陰陽之道。君爲陽，臣爲陰，
> 父爲陽，子爲陰；夫爲陽，妻爲陰。陰道無所獨行，其始
> 也不得專起，其終也不得分功，有所兼之義。是故臣兼功
> 於君，子兼功於父，妻兼功於夫，陰兼功於陽，地兼功於
> 天。〔註7〕

由於傳統封建文化確立陽／陰、君／臣、父／子、夫／妻，二元對立
的意識形態與權力結構，不僅「陰道無所獨行」，而且「貴陽而賤陰
也」、「丈夫雖賤皆爲陽，婦人雖貴皆爲陰」。〔註8〕所以居於下位的社
會角色（臣、子、妻），皆須聽從上位者，不得專斷獨行。根據 Joan W.
Scott 的說法，性別區分主要用來象徵權力關係，往往成爲建構和支
撐權力的基本架構：

〔註5〕　同上，《禮記》〈郊特牲〉，《禮記正義》卷二六，頁11。

〔註6〕　《儀禮》〈喪服傳〉，《儀禮注疏》卷三○，頁9。

〔註7〕　董仲舒：《春秋繁露》，〈基義〉卷十二（《景印文淵閣四庫全書》，臺
北：商務），頁8。

〔註8〕　同上，〈陽尊陰卑〉卷十一，頁5。

> 性別經常爲政治權力所假借，成爲產生、合法化或是批判
> 政治的工具。性別分野隱涉並且建立男女對立的意義，爲
> 了使政治權力正常化，性別隱涉必須顯得確定，不似人爲
> 產物，而看似自然或神創的一部份。〔註9〕

父權建構的性別概念透過天地陰陽運行，化生萬物，賦予其人文尊卑
觀念，使其封建政治權力獲得穩固，君臣有如父子，尊卑上下的地位
是絕對而不可動搖。中國婦女在傳統性別權力結構的層層象徵意義
中，被賦予陰性的角色，再者，天地陰陽之說的高漲將性別階級意識
合理化，是故女性在陰陽權力論述中，被貶抑到最卑下的位子，因而
被剝奪了發言權與主體。

　　傳統文化裏，陽盛陰衰、男尊女卑、男外女內的論述，落實到教
育層面，即是男女教育的差別，〈內訓〉序云：「古代教者必有方，男
子八歲而入小學，女子十年而聽母教。」〔註10〕男女教育的差別不僅
在於形式上，更重要的是體現於教育內容與目的。就教育內容而論，
男子方面，讀書習禮，尋求的是做官（求仕）之途，由修身、齊家、
治國、平天下等逐步從內向外發展。女子之教育，則重於倫理教化，
規範女子爲人女、爲人妻、爲人母、爲人媳的角色職能，接受如何處
理家政的訓練，並負責維繫家族內良好的人際互動，而且女子受教育
的主要場所來自於家庭教育，將來最主要的服務對象是丈夫、兒女、
公婆以及妯娌等親屬，故古代女子的閨範教育主要著重在四德，意即
婦德、婦言、婦容、婦功。班昭的《女誡》云：

> 女有四行，一曰婦德，二曰婦言，三曰婦容，四曰婦功。
> 夫云婦德，不必才明絕異也；婦言，不必辯口利辭也；婦
> 容，不必顏色美麗也；婦功，不必工巧過人也。幽閒貞靜，
> 宏節整齊，行己有恥，動靜有法，是謂婦德；擇辭而說，

〔註9〕 Scott，Joan W. 'Gender: A Useful Category of Historical Analysis' *Coming to Terms: Feminism, Theory, Politics*. Ed. Elizabeth Weed, Routledge, 1989，頁 99。

〔註10〕 明孝仁后徐氏：《內訓》，卷一（《景印文淵閣四庫全書》，臺北：商務），頁 4。

> 不道惡語，時然後言，不厭于人，是謂婦言；盥洗塵穢，
> 服飾鮮潔，沐浴以時，身不垢辱，是謂婦容；專心紡績，
> 不好戲笑，潔齋酒食，以供賓客，是謂婦功。此四者，女
> 子之大節，而不可乏之者也。〔註11〕

婦德居四德之首，是古代女子教育的主要內容，其核心內容有：從一而終、謙卑敬順、孝敬父母和公婆、自奉勤儉、母儀母教。〔註12〕這些教育內容主要是將女子個性形塑成謙卑對人，敬慎曲從的模樣，如《女誡》〈卑弱第一〉亦云：「謙讓恭敬，先人後己。有善莫名，有惡莫辭，忍辱含垢，常若畏懼，是謂卑弱下人也。」〔註13〕又強調女性對人恭敬順從的一面，如《女誡》〈敬順第三〉云：「修身莫如敬，避彊莫如順，故曰：敬順之道，為婦之大禮也。」〔註14〕由於傳統父權結構中，婚姻是女性唯一的歸宿，女性失去婚約的保障，在經濟上失去可依附的對象，在社會上似乎也失去立足之地與合法的身分；再者，女性婚嫁之後，進入一個在血緣上與情感上皆疏離的家族，於是女性的處境變成在家庭外沒有謀生能力，在家庭內沒有歸屬感，這種社會疏離化（social alienation），更使得女性言行舉止必須戒慎小心，以免遭到休妻的命運。是故所有歷來的女教讀物莫不將謙卑敬順當作重要的美德，使女子自我克制，靜默寡言，卑弱下人。至於男性教育的重點乃是才智的發展，女性教育不須重視才智，只須明瞭敬順之道、三從四德等道德倫常之理。歷代史書裏，極度強調婦女貞潔孝順事蹟，亦是以父權觀點為主體的文化標記，然而透過上位者對於貞節婦人加以褒揚的楷模作用，使得男尊女卑、男外女內的論述遂浸滲於社會文化的各個層面，女性才智發展的問題在主流論述下，被推擠至父權社會的邊緣地帶。

〔註11〕 范曄：《後漢書》，卷一一四，〈列傳〉卷七四，〈曹世叔妻〉（《四庫備要》，臺北：中華），頁6。
〔註12〕 同註1，頁51～59。
〔註13〕 同註11，頁5。
〔註14〕 同上。

　　晚明至盛清由於外在社會經濟型態的轉變，文人生活方式的改變，傳統倫常禮制的鬆動，再者，婦女經濟地位產生變化，漸漸導致文化傳統女教思想產生質變。晚明呂坤的《閨範》在歷來女教讀物的道德觀念和規範的演變中，代表一個轉折點。Joanna〈呂坤的新讀者——婦女識字對十六世紀思想的影響〉一文中，指出明中葉以後，經濟發達，城市興起，民間生活日益豐裕，教育也漸次普及。儒者著書立說，開始以民間識字階層作爲對象讀者，從一般市民的生活問題出發，討論儒家道德。呂坤更針對仍是少數但數目漸多的識字婦女，把《列女傳》改編成《閨範》。這本書充分表現他對當時婦女生活中，很多實際問題的看法，並且有確切的認識和同情的態度。他強調《列女傳》中的婦女獨立思考、擇善固執、處變圓通的能力，又強調男女在內在外有很多可以較量之處。〔註15〕雖然傳統女教讀物所傳達出的觀念思想至晚明有鬆動的裂隙，但依然強調女性德性的重要，這些女教讀物代表統治階級想通過思想文化領域的建構，達到對人民的控制，可視爲官方的正統女教；相對於民間自發或流傳的觀念思想之自然闡述，民間的文人與新興市民階級對於婦女問題的看法，可視爲非正統女教。正統女教在女性實際生活運用上，已產生應然與實然的落差，非正統女教反而更貼近社會現狀，兩方的矛盾在明末清初日趨尖銳。呂坤的《閨範》代表正統女性教育；另一方面，明末清初的思想家從不同角度抨擊男尊女卑，主張男女平等。明清之際可說是婦女思想的啓蒙期，〔註16〕諸如李贄、馮夢龍、袁枚等人主張女子作詩歌、

〔註15〕 Joanna Handlin, 'Lu K'un's New Audience: The Influence of Women's Literacy on Sixteenth-century Thought'，Margery Wolf & Roxane Witke eds., *Women in Chinese Society*（Stanford: Stanford university press, 1975）可參酌陸鴻基，〈中華婦女史研究——綜述一些近年的外文著述〉，收錄於張妙清、葉漢明、郭佩蘭合編：《性別學與婦女研究——華人社會的探索》（臺北：稻鄉，1997年），頁84。

〔註16〕 關於明清文人關注婦女問題，請參李國彤，〈明清之際的婦女解放思想綜述〉（《近代中國婦女史研究》，第三期，1995年8月），頁143～161。

參與文學生活、婚姻自由的思想，文人將反正統的婦女思想與反理學、反三綱等思想結合，發出對正統女教的強烈衝擊。〔註17〕

　　晚明至盛清有許多男性文人對於女子才智問題、文學生活予以關切，如李贄認爲男女皆可受才智教育，對於世人所譏諷的「婦人之見」十分不以爲然，因爲人的識見長短是不可以性別論定的，《焚書》卷二「答以女人學道爲見短書」云：

> 謂人有男女則可，謂見有男女豈可乎？謂見有長短則可，
> 謂男子之見盡長，女子之見盡短，又豈可乎？〔註18〕

他認爲人的性別可以分男女，但是人的識見優劣卻不能以男女性別來評斷之，身爲男性不一定才智見識皆卓越，身爲女性不一定才智見識皆狹隘卑俗。又云：

> 設使女人其身而男子其見，樂聞正論而知俗語之不足聽，
> 樂學出世而知浮世之不足戀，則恐當世男子視之，皆當羞
> 愧流汗，不敢出聲矣。此蓋孔聖人所以周流天下，欲庶幾
> 一遇而不可得者，今反視之爲短見之人，不亦冤乎！冤與
> 不冤與此人何與？但恐傍觀者醜耳。〔註19〕

可知當時女性的才智識見漸受重視，傳統男尊女卑、內言不外出等論述已有所鬆動。另外，明清商品經濟的發展促進社會文化市民化，婦女參與經濟生產，也間接促使女性地位產生變化，使得相對寬鬆的非正統女教受到民間文化的認同，Joanna Handlin 的研究指出十六世紀以後，由於經濟的蓬勃發展，女性識字率全面提昇的現象。〔註20〕Paul Ropp 也強調江南地帶爲主的上等家庭，似乎流行且鼓勵女性讀書識字，一方面可以增加適婚條件，另一方面也可以讓深處閨中的閨女開

〔註17〕　同上，頁 156。
〔註18〕　李贄：《焚書》卷二，〈答以女人學道爲見短書〉，頁 59。
〔註19〕　同上，頁 59～60。
〔註20〕　Joanna Handlin, 'Lu Kun's New Audience: The Influence of Women's Literacy of Sixteenth-Century Thought' in Margery Wolf & Roxane Witke eds., *Women in Chinese Society*（Stanford :Stanford university press, 1975）頁 13～38。

暇時打發時間。〔註21〕Dorothy Ko 更提到了有專門教閨中女子的職業女閨塾師的存在。〔註22〕可知明清時期對於女性的教育逐漸遍重才智教育、藝文教育。對於傳統女性教育裏認爲所謂婦人之事，並不包括詩文畫藝的學習，至晚明時期，上層士大夫的家庭對於女子學文的態度已有些改變，葉紹袁對於婦人不得學習翰墨，僅能從事家務女紅的學習，頗覺謬誤，曾於其妻沈宜修編《伊人思》中，撰小引云：

> ……然嚶鳴猶切求聲疇，婉孌無容同好歟？奚必蓉桂綰釧，榴黛梳釵，碧篦調笙，紅祠按舞，蘚膏麂翠之旨，梭躡流黃之機，迺稱婦女事哉？〔註23〕

序其女葉紈紈《愁言》云：

> 婦女之事，內則備矣，櫛縰笄總外，所佩帨刀礪觿、金燧箴管、線纊帨裂、衿纓綦屨之屬，爰迨饎酏酒醴、芼羹菽麥、棗栗飴蜜、菫荁粉榆兔薨者，靡不瀹髓以滑之，而不及乎文章歌詠，文章歌詠猶之錦繡纂組，害女紅者也。顧大小二戴，昔稱傳會，而十五國風自西河被服，概可溯焉。黃鳥金罌，垂徽后姒，肥泉籊竿，摽芳衛女，澣衣匪石，寫怨之原，飛蓬樹萱，紆懷之祖，大聖人察性考質，在所不廢，載揆上古有娥皇娥，眞膚未晰，然聲音被乎閨閫，則由來尚矣，余內人解詩，并教諸女，文彩斐亹，皆有可覽觀焉。〔註24〕

傳統婦人之事，即囿限於家務事的操作，對於詩詞歌詠總認爲是無益於女教，但葉紹袁認爲女性教育學習女紅家事，固然相當重要，文章歌詠陶冶女子情性，也同等重要，若說吟詩作文會妨害家務的學習，

〔註21〕 Paul Ropp, 'The Status of Women in Later Imperial China: Evidence from Letter, Law and Literature', Presented at the American Historical Association, Washington D. C., Dec. 1987, Unpublished.引自魏愛蓮作，劉裘蒂譯，〈十七世紀中國才女的書信世界〉(《中外文學》第二二卷，第六期，1993 年 11 月)，頁 77。

〔註22〕 Dorothy Ko, *Toward a Social History of Women in Seventeenth-Century China*，Ph.D. dissertation, Stanford University, 1989, chapter 2。

〔註23〕 沈宜修：《伊人思》，葉紹袁序，收錄於葉紹袁編《午夢堂集詩文十種》。

〔註24〕 葉紈紈：《愁言》，葉紹袁序，收錄於《午夢堂集詩文十種》。

則《詩經》中女性作品，聖人並不刪廢，可知閨閫之聲亦有可覽觀之處。葉紹袁一家，由於妻子沈宜修出身吳江望族，叔沈璟乃是與湯顯祖齊名的戲曲家，沈家與馮夢龍之輩亦有所往來，家庭濃郁藝文風尚，使得沈宜修熱中文學，以課兒女繼承家學為己任，三個女兒與沈宜修常常相對吟詠，時人讚譽為「居恆賡和篇章，閨範頓成學圃」。〔註25〕《鸝吹集》中說明沈宜修對女兒的教育自誦詩至認字、閱讀、做詩作文皆親自力為，至十二、三歲，再要女兒學刺繡，教以琴棋書畫，以圖示之：

沈宜修教育女兒之課程表〔註26〕

2～4 歲	誦詩：包括白居易琵琶行、長恨歌、楚辭、詩經
4～11 歲	認字、閱讀、造句
11～12 歲	作詩、作文、學刺繡
13～15 歲	學琴、棋、書、畫

　　由表可知沈宜修對女兒相當重視智性與才藝的教育，與以往只注重女子閱讀女誡閨訓的作品，並強調家務操作等傳統女子家庭教育有相當的差異。沈宜修亦有詩句〈夏初教女學繡有感〉云：

　　憶昔十三餘，倚床初學繡。不解春惱人，惟譜花含蔻。十五弄瓊簫，柳絮吹粘袖。挈伴試鞦韆，芳草花陰逗。十六畫蛾眉，蛾眉春欲瘦。春風二十年，脈脈空長晝。流光幾度新，曉夢還如舊。落盡薔薇花，正是愁時候。〔註27〕

由詩句可看出一位閨秀的成長歷程，十三歲開始學刺繡女紅，尚是童稚年紀，不解春愁，十五歲學音樂簫竹琴藝，十六歲已是亭亭玉立的待嫁女子，已知畫蛾眉，修飾容顏。沈宜修教導女兒時回憶起自己青

〔註25〕 同註 23，見一行道人大榮，〈葉夫人遺集序〉，收於《午夢堂集詩文十種》。

〔註26〕 譯自 Dorothy Ko' Pursuing Talent and Virtue: Education and Women's Culture in Seventeenth-and-Eighteenth-Century China', *Late Imperial China*, June 1992 Vol.13, No.1，頁 13。

〔註27〕 同註 23，《鸝吹集》卷上，頁 2。

春少女時期，如今爲人妻，爲人母，不禁喟嘆韶光易逝，曉夢如舊。
雖然沈宜修的教育內容將才藝培養視爲主要內容，但最終目的仍是將
女兒教育成有教養，才德兼備的大家閨秀，以尋覓美滿的歸宿。晚明
另一位才女顧若璞對於女兒的教育更加愼重，特地延請老師指導，卻
遭到當時婦人的嘲諷，〈延師訓女或有諷者故作解嘲〉云：

> 二儀始分，肇經人倫。夫子制義，家人女貞。不事詩書，
> 豈盡性生。有嫗諷我，婦道無成。延師訓女，若將求名。
> 舍彼女紅，誦習徒勤。余聞斯語，未得吾情。人生有別，
> 婦德難純。詎以閨壺，弗師古人。邑姜文母，十亂並稱。
> 大家有訓，內則宜明。自愧惷愚，寡過不能。哀今之人，
> 修容飾襟。弗端蒙養，有愧家聲。學以聚之，問辯研精。
> 四德三從，古道作程。斧之藻之，淑善其身。豈期顯榮，
> 愆尤是懲。管見未然，問諸先生。〔註28〕

顧若璞對於正統女教，三從四德並未加以否定，然而「婦德難純」，「不
事詩書，豈盡性生」，由閱讀古人詩書中汲取智慧，並非如婦人所諷
刺不遵內則，婦道人家捨女紅，爲求詩名。可知當時文人階層的女性
家庭教育除了德性的培養，也相當重視文學方面的學習。而且閨秀學
習的對象往往來自於家族內女性長者的教導，以及女性同輩親友之間
的觀摩交流，觀諸晚明至盛清善吟詩繪作的母女、姊妹、妯娌、姑嫂
比比皆是，可知閨秀藉由家族女性親友擴展人際網絡與創作空間，以
詩畫創作彼此互動品評，建立屬於閨秀深閨內的女性社群，並凝聚女
性情誼與女性文化。〔註29〕

　　除了家族內女性長者的教導之外，父兄輩對於閨閣女性的創作活
動亦有相當大的影響，對於女性耽於吟詠也多能以寬容態度看待，清
代邢順德的父親邢普田撰《蘭圃小傳略》云：「時以官閑多暇日，課
諸女孫讀，自女誡、小學、四書、毛詩外，旁及子史諸書，諸女孫亦

〔註28〕 顧若璞：《臥月軒稿》，卷二，頁 1～2。
〔註29〕 Dorothy Ko, *Teachers of the Inner chambers-Women and Culure In Seventeenth-Century China*，頁 203。

時時請業焉，而順德尤酷嗜吟詠，先君子見而奇之曰：『詞意閑雅，能得唐人瓣香，其殆學女學士乎！然讀書以明理涵養性情之助，男女當不異也。』」〔註30〕男女讀書皆能夠涵養性情，明白是非，此已有男女智能平等之意，甚至當女兒在詩才上有特殊表現時，並不以傳統非婦人之事苛責，反而顯露讚許之意，如慕德琰所作詩，其父慕飛瞻讀之心喜，方文耀慕氏傳有云：

　　……與兩女兄實為閨中三秀，而德琰尤工吟詠，飛瞻（其
　　父）固粹儒也，為上海名諸生，膝前惟以三珠自娛，並授
　　孝經、小學、女誡，令為儒門賢淑女，老懷足矣。及吟詠
　　漸多，體裁又極工雅，飛瞻亦心竊喜之。〔註31〕

又李國梅善詩，其父李瀚深為獎賞，李麟《林下風清集》序云：

　　籀史先生，其金父也。負高才而博於學識。……見韞菴時時
　　作吟哦聲，知其有所搆，索觀而韞不肯出，即指庭前鳳仙花，
　　命之詠，且曰：詩若不成，吾即焚爾所讀書矣。韞菴立成一
　　絕句以進，先生閱之，喜甚，書一聯揭諸其寢閣曰：題詩雲
　　起珊瑚架，作字煙飛鸞鳳箋。蓋深予之也。〔註32〕

晚明至盛清士大夫的家庭教育不僅對女子詩文寫作給予較寬闊的空間，當時文人所注重的書畫也一併成為女性學習的才藝與發展的領域。《盛湖志》：「易眛娘居松陵舜水鎮。祖某累貲億萬，父盡散其貲，畜古名畫，架藏百卷為率。眛方四五歲，性聰良，善記誦，公嘗舉古人姓名教以所作某畫，眛即指第幾卷中，靡不悉符。公以是愛之，令司畫，呼曰畫奴。」〔註33〕易眛娘由於父親喜愛名畫繪作，因而自幼即浸染於文人品味之中。沈宜修小女葉小鸞「兼模畫譜，而落花飛蝶，極其靈巧。」〔註34〕閨秀女性透過臨摹古畫、畫譜汲取繪畫技巧，並培養其審美品味。《墨林今話》卷十六謂顧蕙云：「幼稟庭訓，善寫生，

〔註30〕汪啓淑編：《擷芳集》，卷五○，〈邢順德〉條，頁11。
〔註31〕同上，卷五，〈慕德琰〉條，頁20。
〔註32〕同上，卷四五，〈李國梅〉條，頁1。
〔註33〕胡文楷：《歷代婦女著作考》，頁103。
〔註34〕同註23，沈大榮，〈葉夫人遺集序〉。

神明矩矱，下筆便工。」〔註35〕又《墨林今話》卷十一謂女冠王嶽蓮云：「能詩善小楷，工畫蘭竹，四方名流爭訪之。」〔註36〕可見當時象徵文人品味的詩書畫鑒賞創作活動，也滲透、影響閨閣教育。女性所嫁的對象—文人，在明清之際，由於商業活躍，商賈與市民階層的興起，文人因而產生社會位階與生活型態的改變，詩書畫一貫的才藝成爲文人的身分標記，文人生活由政治仕途的追求，轉而傾向於藝文活動。〔註37〕由於女性所適對象本身產生內在質變，間接助長女性教育由注重德性到才德並重。才德兼備的女性成爲新的楷模典型，使得許多士大夫家庭努力教育女兒學習詩文畫藝，得以在婚後與夫婿吟詩唱和，以增加女性婚後的生存條件，並增添閨閣生活情趣。

女性的教育從傳統的男尊女卑、男外女內，強化男女差異性的論述，到了晚明至盛清由於經濟發展，人民生活型態的改變，加上當時女性所依賴的對象—文人對於男尊女卑思想觀念的摒棄，以及文人本身品味、階層、生活型態的改變，使得女性教育雖然仍以家庭教育爲主，但除了品德教養之外，也逐漸注重才智教育，而家庭教育受到整個文化思潮的影響，對於女性的詩畫教育的態度，從否定轉變爲肯定，甚至於鼓勵，使得女性才藝得以在閨閣之內展現光華。

第二節　才與德的論辯

中國傳統文化中對於才德問題，往往是重德不重才，孔子云：「有德者必有言，有言者不必有德」，〔註38〕宋人司馬光也曾對才德輕重

〔註35〕蔣寶齡撰，蔣茞生續：《墨林今話》，卷十六，〈顧蕙〉（上海掃葉山房，1925），頁633。

〔註36〕同上，卷十一，〈王嶽蓮〉，頁393。

〔註37〕關於晚明文人型態的改變請參黃繼持：〈明代中葉文人型態〉《明清史集刊》第一卷，1980年10月；及黃明理：〈「晚明文人」型態之研究〉，《國立臺灣師範大學國文研究所集刊》，第34號，1990年6月。

〔註38〕《論語》〈憲問第十四〉，《論語注疏》，卷十四（四庫備要，臺北：

與君子的關係提出說明：「德勝才謂之君子，才勝德謂之小人」，才德爭辯關乎社會價值觀，重德性的倫理訴求，確立君臣、父子以及夫婦等人倫關係，引申而來的三綱五常，對於社會階級的維護與鞏固更有莫大的影響，是故不論男女皆深受重德輕才的文化制約與規範。然而晚明社會重商傾向，市民階層的興起，牽動社會觀念的變革，加上文人性格與生活型態的轉變，在態度上避離政治，並且將文藝創作視為寄託生命情志與理想的天地，故對於有才之人特別憐惜，因而鬆動傳統才德觀。

　　晚明至盛清婦教問題的才德觀，隨著社會傳統道德規範的變遷，大家閨秀的才德問題也成為熱烈議論的焦點。本節第一部分已略述閨閣教育，並指出晚明閨中教育產生質變的原因，可知閨秀的教育雖以德性為主，但文學陶養也日益受到重視。名門閨秀雖與歌伎同樣工書畫，有詩名，然而歌伎本身即以藝事人，所以並不生發才德問題，但名媛的閨中教育本是要訓練出一位賢妻良母，是故名媛閨秀學習詩文創作時，並無益於婦功。再者，閨閣詩文教育存在著才與德的爭辯，才主要指文才，與婦德是互相抵觸還是相輔相成，當時並沒有共識，維護傳統婦德者，認為詩文翰墨非婦人之事，如明末《溫氏母訓》：「婦女只許粗識柴米魚肉數百字，多識字，無益而有損也。」〔註39〕限制女性識字及閱讀範疇，阻礙聞見知識的增長，再如汪淇不教女兒識字，黃周星寫給女兒的家書中提及：「汝向我求作詩之法，吾聞之不復傷心，使汝為男子也，此作詩之法，豈待求而後告之哉？今汝既不幸為女子矣，並讀書寫字亦可不必，況欲求進于讀書寫字之上乎？……其他文章事業，留諸庚甥可也。」〔註40〕明顯流露出讀書識字男女有別，女性最重要在於德性與美貌，求取美滿的婚姻作為歸

　　　中華），頁1。

〔註39〕　明溫以介：《溫氏母訓》（《景印文淵閣四庫全書》，臺北：商務），頁1。

〔註40〕　汪淇箋定，清吳清雯評：《尺牘新語廣編》，清康熙七年蜩寄別業刻本，黃周星，〈寄長女非紫〉，第二四卷〈閨閣〉，頁5。

宿，至於文章事業劃分在男性的領域中，女性不須涉足。《兩浙輶軒續錄》卷五十三〈吳筠〉條云：「婦幼聰悟……十歲後殫力於詩，由漢魏至近時名集，靡不采攬，先母以吟詠非閨人所宜，稍課以女工，遂絕口不敢言。」〔註41〕又《名媛詩緯初集》卷十七〈姜廷梅〉條云：「喜唐詩，然作詩殊不求工，隨口成章，曰：詩詞非女子事也。成即投諸水火。」〔註42〕可知當時閨閣之內女性的閱讀範疇已跨越女教等讀物，漢魏至明末等名家詩文集，皆是其閱讀內容，詩不再侷限於《詩經》，唐詩宋詞亦是閨秀朗朗上口的教材，耽於吟詠的閨秀日趨增多，但傳統閨範勢力依然龐大，以「吟詠非閨人所宜」，或「詩詞非女子事」來遏止女性舞文弄墨。吳文媛於其《女紅餘緒》自序中，嘗謂其祖教以《內則》，並以筆墨爲戒，云：

> 乃以方字三千，教以聲韻，內則一篇，訓以箴規，既而復誡曰：女子之識字也，不過數千，不必墨舞而筆歌，焉用執經而難字，宜勤工於繡作，莫懶惰於饋事。〔註43〕

可知傳統的婦德規範僅需教以識字，能讀懂女教《內則》等讀物即可，女子不必爲作詩吟詞，或閱讀艱深的經史而傷神，必須勤奮於織紡針繡等婦功，文末列舉數件女子閑居閨中，所應努力注意的家務瑣事。可知當時大家閨秀的家風雖教以識字，甚至詩詞創作等文學活動，但總以女子結婚後所要求的三從四德教育爲主，因而翰墨文章，詩詞經史皆非婦人之事。

　　另一方面，晚明以來「女子無才便是德」、「才多福薄」等思想甚囂塵上，〔註44〕社會上興起一股不教女子讀書認字的趨向，家教庭訓

〔註41〕 阮元：《兩浙輶軒續錄》，清嘉慶六年（1801）仁和朱氏錢塘陳氏同刊本，卷五三，頁6。

〔註42〕 王端淑：《名媛詩緯初集》，卷十七，頁15。

〔註43〕 吳媛，〈女紅餘緒〉《清代名媛文苑》〈序第二〉，頁39，附於王文儒編：《清文匯》（八）（臺北：世界，1961）。

〔註44〕 據陳東原考證「女子無才便是德」於明末開始盛行，見《中國婦女生活史》，頁184；劉詠聰則認爲晚明出現此種思想，見《女性與歷史——中國傳統觀念新析》（臺北：商務1995），頁89。

或立下「女子勿使之學書，勿使之觀史」〔註45〕之規範；或主張「禁女子不得識文字」、「詩詞歌詠，斷乎不可」〔註46〕皆明言限制女性識字讀書，或創作詩詞發爲歌詠，呂坤曾言「今人養女多不教讀書識字，蓋亦防微杜漸之意。」〔註47〕可見當時人認爲女性讀書識字之後將會敗德，諸多戲曲小說中的才子佳人以詩詞唱和，志趣投合，竟私訂終身，故世人認爲：有才華的女子容易有淫行，須防範於未然，此即呂坤當時閨閣教育不教女性識字，在於防微杜漸之意。再者，當時歌伎多爲詩詞書畫皆擅之全才型的才女，如秦淮四名妓，柳如是等人，有才思之女子酬張和李、吟風弄月，此非良家閨秀所應爲之事，更犯了「內言不出於閫外」的大忌。女子多才亦容易遭天忌，導致命運多舛，福薄夭壽的悲劇，汪淇於《尺牘新語二編》序文提及女子才能的社會意義，以爲女子的好學定當遠甚過男子，其云：「女子不好學則已，女子而好學定當遠過男子，何也？性靜心專而無外務以擾之也，然才人美人兩者，元屬造物所忌，即分而爲二，猶慮福慧之難雙，況以美人而復兼才子，則命薄者不將亦薄耶。」〔註48〕此乃延伸古來才命相妨的觀念，有才之文士，際遇每多乖舛，不如庸庸碌碌，當個凡夫俗子，平淡一生，而女性既有才又色美，更易遭造物者所忌，故福慧難雙全。商景蘭說：「大抵士之窮不窮於天，而窮於詩。女之夭不夭於天，而夭多才。」〔註49〕這類關於閨秀名媛才能妨福之嗟歎充斥於文章中，黃周星《唐詩快》：

　　嗟乎！世間至難得者佳人也。若佳人而才，豈非難中之難？

〔註45〕竇克勤：《竇靜庵遺書》，康熙間刻本，〈尋樂堂家規〉，〈教女〉，頁3。

〔註46〕陳兆崙：《紫竹山房詩文集》，乾隆間陳桂生刻本，卷十四，〈湯母路太恭人傳〉，頁23。

〔註47〕呂坤：《閨範》，明萬曆庚寅（1590），卷二，〈女子之道〉，頁4。

〔註48〕汪淇箋定，清徐士俊評：《尺牘新語二編》清康熙丁未（1727）刊本，卷二四〈閨閣〉序目。

〔註49〕商景蘭，〈琴樓遺稿序〉，見王秀琴：《歷代名媛文苑簡編》，（上海：商務印書館，1947年），頁20。

> 乃往往怫鬱流離，多愁少歡，甚至橫被刑戮，不得而死。
> 如張麗華、上官昭容（上官婉兒）皆斬於軍前，王韞秀、
> 魚幼微（魚玄機），具斃於杖下。白刃血蜿蟺之頸，赤棒凝
> 脂之膚。人生慘辱，至此已極。夫造物之待才人，固極刻
> 毒矣，何其待才媛亦復爾爾耶？〔註50〕

黃周星總結佳人才婦之不幸際遇而抒發的同情之聲，晚明葉紹袁之
妻女皆有才而早殤，其激切的悲痛之情，更於字裏行間表露無遺：

> 我内人沈宛君（宜修），夙好文章，究心風雅，與諸女題花
> 賦草，鏤月裁雲，一時相賞，庶稱美譚，而長女昭齊（紈
> 紈），逾二十以鬱死，季女瓊章（小鸞），方破瓜以仙死，
> 今宛君又以孝慈感悼，短算長徂，流水無歸，彩雲去遠，
> 遺文在篋，手澤空悲，珠玉停輝，瓊瑤隕色。甚矣才之累
> 人！令宛君與兩女未必才，才未必工，何致招殃造物，致
> 忌彼蒼？〔註51〕

葉紹袁的妻子與兩女均為赫赫有名的才女，卻早逝，再加上最小的女
兒葉小鸞死後魂魄受戒於大師，戒絕「綺語」，改名「智斷」的故事，
〔註52〕當時甚撼動人心，使人更加認同才多福薄，才能妨命之說法。

　　當時也有另一面反對壓抑女子發展智能的聲音，呂坤認為當時
人不願教女子識字讀書的教育，深恐其情思流露，而有淫行，「然女
子貞淫，卻不在此，果教以正道，令知道理，如《孝經》、《烈女傳》、
《女訓》、《女誡》之類，不可不熟讀講明，使他心上開朗，亦閨教
之不可少也。」〔註53〕所以正統女教亦鼓吹女子應讀書寫字，以培
養純良的心性，清初王相母親之《女範捷錄》〈才德篇〉亦云：「男
子有才便是德，斯言猶可；女子無才便是德，此語誠非。」〔註54〕

〔註50〕 李治撰，陳文華校注：《唐女詩人集三種》（上海：上海古籍出版社，
　　　　 1984年），頁143。

〔註51〕 葉紹袁序《午夢堂詩文十種》，頁4。

〔註52〕 同上，《續窈聞》，收於《午夢堂詩文十種》，頁13。

〔註53〕 同註47。

〔註54〕 《女範捷錄》收於王相箋註，鄭漢校梓：《女子四書》（廈門：宏善，
　　　　 1936），頁24。

除了傳統閨閣教育支持女性以才來修養其德，讀書以明正道外，名士與閨秀也駁斥詩詞非婦女之事的說法，並以才德兼備作爲女性典範，梁小玉《古今女史》:「夫無才便是德，似矯枉之言，有德不妨才，眞平等之論」〔註 55〕陸卿子更直言詩爲婦人職內之事，其〈題項淑裁雲草序〉云：

> 我輩酒漿烹飪是務，固其職也，病且戒無所事，則效往古女流，遺風賸響而爲詩，詩固非大丈夫職業，實我輩分內物也。〔註 56〕

陸卿子認爲固有的酒漿烹飪雖是女子份內事，閒暇之餘仿效古代才女，吟詩作對，承風雅之遺教，詩詞本來就不是大丈夫之業，乃女子分內之事，此將詩歌寫作的男女界線泯除，並以儒家傳統所謂詩詞乃小道，駁斥時人認定筆墨爲男子之事，婦人不宜的觀念。葉紹袁又以爲德、才、色爲婦人三不朽，而考查婦人之德性不如衡量婦人之才，來得確實可知，其序沈宜修《鸝吹集》:

> ……才既不易言，而色又欲諱於言，士大夫又不肯泯泯其家之婦人女子，則不得不舉二者以盡歸之於德，於是閨傳青史，壺列彤碑、湘東三管，靡可勝書矣。……蓋其名彌茂，斯其飾彌工，家本膴華，必陳害澣之誦，質弛脂黛，蚤著無非之儀……低徊聽聞之餘，幾有無徵不信之慨，則考德故弗若衡才實矣。所以大聖人刪詩三百，於婦女所作，無論采薇捋苢，飛雉流泉，即狡童狂且之什，在所不廢。〔註 57〕

由於稱讚女子才華不得輕易說出口，若稱美其色相又必須避嫌，以免流於登徒子之輕薄，所以只好將女子才貌之美盡歸於德性之下，歷來史書閨傳皆以德爲立傳標準，葉紹袁卻認爲：「考德故弗若衡才實」，再者，孔子刪詩三百，卻對婦人之作予以保存，可知《詩經》亦不廢

〔註 55〕陸周壽昌輯：《歷代宮閨文選》，道光廿三年長沙周氏小蓬萊山館刊，卷八。

〔註 56〕江元祚：《續玉臺文苑》，明天啓崇禎間遞刊本，卷三。

〔註 57〕同註 51，沈宜修：《鸝吹集》，葉紹袁序。

女子之言。

　　女性學詩作文，以及琴棋書畫等技藝所牽涉到的才德問題，一直到清代依然爭論不休，尤其經歷明末政綱紊亂，禮教崩壞的混亂局面，清朝士大夫意圖振興儒學傳統，提倡返回樸實之學的道路，然而江南一帶經濟活動並沒有隨著改朝換代而停頓，至康乾時代，整個江南地域的經濟與文化市場更加蓬勃活躍，大家閨秀從事詩畫創作，刊刻印行作品的現象普遍存在，引起衛道人士相當多的指責與批評，此時掀起另一波女性教育才德爭辯，袁枚與章學誠為婦教所展開的爭辯即頗具代表性，袁枚認為詩詞自有其寬闊境界，非說教之工具，因此詩詞固不必為道德所役，亦應超乎學行之上，嘗謂：

> 詩境最寬，有學士大夫讀破萬卷，窮老盡氣，而不能得其
> 閫奧者；有婦人女子，村氓淺學，偶有二句，李杜復生，
> 必為低首者。此詩之所以為大也。作詩者，必知此二義，
> 而後求詩於書中，得詩於書外。〔註58〕

袁枚以性靈說的文學主張，認為婦人與村夫雖無讀破萬卷的豐富學養，然而人之性靈純真無別，婦人女子偶而亦有精彩詩句，彷彿李、杜復生，得見其真性情。所以袁枚在清代乃是婦女文學之提倡者，其晚年也積極收授女弟子，編有《隨園女弟子詩選》，對於隨園女弟子之詩作，當時閨閣女流無不景從，引起廣泛影響。

　　袁枚生長在一個女子皆能詩的家庭，幼時其姑母曾為助讀，〔註59〕故從各種經典中為女性創作詩文溯源，尋求正統詩教經史裏支持女性創作的論點，如：

> 論者動謂詩文非女子所宜，殊不知易卦兌為少女，而聖人
> 繫曰「朋友講習」，離為中女，而聖人繫曰「重明以麗乎正」，
> 其他三百篇〈葛覃〉、〈卷耳〉，誰非女子之作，迂儒穴陘之

〔註58〕《隨園詩話》，卷三，第50條目，收於《袁枚全集》（三），頁84。
〔註59〕袁枚：《小倉山房文集》，卷五，〈亡姑沈君夫人墓誌銘〉，收於《袁枚全集》（二），頁90。

見，誠不然也。〔註60〕

又云：

> 俗稱女子不宜爲詩，陋哉言乎！聖人以〈關雎〉、〈葛覃〉、〈卷
> 耳〉冠三百篇之首，皆女子之詩。第恐針黹之餘，不暇弄筆
> 墨，而又無人唱和表章之，則淹沒而不宣者多矣。〔註61〕

此論點在明末已有許多支持女性創作之文士與閨秀已提及，運用溫柔
敦厚之詩教爲經典，且〈關雎〉、〈葛覃〉、〈卷耳〉皆女子之詩，爲女
性創作加以合理化，再以易卦兌爲少女，閱讀女性詩文不僅有益教
化，而且得其性情之正，所以袁枚不但招收女弟子，爲其編輯詩集，
也在《隨園詩話》中遍採閨秀之詩，予以品評。及至袁枚逝後，攻擊
最激烈者，莫過於章學誠，以爲袁枚標榜聲氣，濫採閨閣之詩，已失
去詩話的立場，甚至懷疑這些探輯閨閣詩作編輯者的動機，不是純粹
地獎勵後學，乃在蠱惑良家士女吟風弄月，章學誠在所撰〈詩話〉篇
中，即針對這些閨秀詩話作如下抨擊：

> 古今婦女之詩比於男子詩篇，不過千百中之十一，詩話偶
> 有所舉，比於論男子詩，亦不過千百中之十一，蓋論詩多
> 寡，必因詩篇之多寡以爲區分，理勢之必然者也。今乃累
> 軸連編，所稱閨閣之詩，幾與男子相埒，甚至比連母女姑
> 婦，綴合娣姒姊妹，殆於家稱王謝，戶盡崔盧，豈壺內文
> 風，自古以來，於今爲烈耶？君子可欺以其方，其然豈其
> 然乎？且其敘述閨流，強半皆稱容貌，非誇國色，即詡天
> 人，非贊聯珠，即標合璧，遂使觀其書者，忘爲評詩之話，
> 更成品艷之編，自有詩話以來所未見也。〔註62〕

章學誠認爲採輯編章以創作者詩作成品數量成正比，女子之詩應該屬
於少數，然而這些編輯者竟將閨秀之詩連編累卷，與男子之詩的數量
幾乎相當，一卷閨秀之詩中作者盡是家族親屬，母女婆媳，或自家姊

〔註60〕 同上，卷三二，〈金纖纖女士墓志銘〉，頁587。
〔註61〕 同註58，《隨園詩話補遺》卷一，第62條目，頁570～571。
〔註62〕 章學誠：《章氏遺書》（上），卷五，〈詩話編〉（臺北：漢聲，1973），
　　　　頁98。

妹，互相吹捧標榜爲一門風雅，「家稱王謝」，「戶盡崔盧」，實在有欺騙大眾之嫌。再者，詩話中敘述女性詩人，多半稱讚其容貌，盡是傾城傾國之色，天上仙人之姿，或強調婚姻之幸福美滿，才子佳人珠聯璧合，令閱讀者根本忘記此爲詩話，把閨閣之詩視爲才女美色當前的品艷文章。又云：

> 後世婦學失傳，其秀穎而知文者，方自謂女兼士業，德色見於面矣。不知婦人本自有學，學必以禮爲本，舍其本業而妄託於詩，而詩又非古人之所謂習辭命而善婦言也；是則即以學言，亦如農夫之舍其田，而士失出疆之贄矣。何足徵婦學乎？嗟乎！古之婦學，必由禮以通詩，今之婦學，轉因詩而敗禮。禮防決，而人心風俗不可復言矣。〔註63〕

婦人之學以禮爲本，學習詩作乃是使婦言純善有禮，得體適切，非後來敗壞禮法的綺語。又云：

> 婦女内言不出閫外，詩話爲之私立名字，標榜聲氣，爲虛爲實，吾不得而知也，……乃知閨閣稱詩何從按實。觀其鏤雕纖曲，醖醸尖新，雖面目萬殊，而情態不異，其爲竄易飾僞，情狀顯然，豈無靜女名姝，清思佳什，牽於茅黄葦白，轉覺惡紫奪朱矣。〔註64〕

「不學詩無以言」乃傳統詩教，故婦女學詩亦爲說話符合溫柔敦厚之詩學教化，然而婦女不但喜吟誦唱和古今詩詞，當代的詩話又大量搜羅女性詩作，女子亦沾沾自喜，不守「內言不出閫外」之婦德，再者所作詩文雖面目萬殊，所表達之情懷單一，似乎是他人代筆之作，所謂閨閣詩文集令人感到僞作成分至多，濫竽充數。由於「內言不出閫外」乃閨秀所應遵循之禮法，所以詩文酬答，妓女之流無妨，名門閨秀則斷斷不可：

> 前（明）朝虐政，凡縉紳籍沒，波及妻孥，以致詩禮大家，多淪北里。其有妙兼色藝，慧擅聲詩，都士大夫，從而酬

〔註63〕 同上，卷五，〈婦學篇〉，頁108。
〔註64〕 同註62。

唱；大抵情綿春草，思遠秋楓，投贈類於交遊，殷勤通於
燕婉；詩情闊達，不復嫌疑，閨閣之篇，鼓鐘闔外，其道
固當然耳。……是知女冠坊妓，多文因酬接之繁，禮法名
門，篇簡自非儀之誡，此亦其明徵矣。……良家閨閣，內
言且不可聞，門外唱酬，此言何爲而至耶？〔註65〕

明代的刑法有將罪犯之妻女流放娼妓家的處置方式，所以名門閨秀之
詩禮大家，多淪落爲北里校書，自唐代以來能歌善舞、色藝雙全的女
冠坊妓以藝事人，遂成爲女性之中善詞章之佼佼者，再者，「夫傾城
名妓屢接名流，酬答詩章，其命意也，兼具夫妻朋友，謂善藉辭矣。」
〔註66〕文人與歌伎交善兼具夫婦之儀與朋友之誼，而交遊酬和、思君
懷友之詩歌篇章又多托言男女之情，〔註67〕故歌伎與士大夫間酬唱贈
答，交遊聚會，不會招惹嫌疑，然而名門閨秀，須謹守禮法，內言且
不可隨便聞問，更何況是門外唱酬，豈非不守婦德，更壞男女之大防？
故云：「蓋文章雖曰公器，而男女實千古大防，凜然名義綱常，何可
誣也？」〔註68〕文章雖人人皆可創作閱讀，然而仍需謹防男女之界
線，男女不應以文字隨意酬贈應答，此乃關涉名義綱常。所以章學誠
對女子將著作示人，頗不以爲然，作〈婦學篇〉批評之：

近有無恥妄人，以風流自命，蠱惑士女；大率以優伶雜劇
所演才子佳人惑人。大江以南，名門大家閨閣，多爲所誘；
徵詩刻稿，標榜聲名，無復男女之嫌，殆忘其身之雌矣。
此等閨娃，婦學不修，豈有眞才可取，而爲邪人播弄，浸
成風俗，人心世道，大可憂也。〔註69〕

晚明至盛清大量衍生出才子佳人的戲曲小說類型，不論對方的家世、
階級、地位，男主角需清俊秀逸，才華出眾，女主角必詩畫皆擅，才
貌雙全，以才作爲雙方是否結合的標準，雖然才子佳人只是男性文人

〔註65〕同註63，頁106～107。
〔註66〕同上，頁106。
〔註67〕同上。
〔註68〕同上。
〔註69〕同上，《章氏遺書》（中），〈外編〉，卷二〈巳卯箚記〉，頁894。

在政治失意，功名無望的落魄中，才華贏得佳人的青睞之欲望投射。
但現實生活中，閨秀與才子閨房吟和，文士與名妓結爲連理等風流韻
事，卻風行於江南一帶，贏得許多女性的認同。所以大江以南，名門
大家閨秀多被戲曲中佳人才子之浪漫情節所感染，學習詩畫等才藝，
刊刻詩稿，從師問學，故章學誠認爲這些女子，不修練婦學，培養婦
德，反而被一些不恥的男性文人利用播弄，世道人心，令人憂心。又
以爲閨閣投詩乞題足以敗壞婦德，其所撰〈婦學篇〉有言：

> 夫佻達出於子衿，古人所有；衿標流於巾幗，前代所無。
> 蓋實不足而爭騖於名已，非夫而藉人爲重，男子有志皆恥
> 爲之，乃至誼絕絲蘿，禮殊授受，輒以緣情綺靡之作，託
> 於斯文氣類之通，因而聽甲乙於臚傳，求品題於月旦，此
> 則釵樓句曲，前代往往有之，靜女閨姝，自有天地以來，
> 未聞有是禮也。〔註70〕

章學誠認爲女流應自限閨中，謹守正道禮法，以爲當時之所謂才女，
有慧無學，敗禮壞德，視古傳女訓如糞土，唯汲汲於炫才而已。蓋古
來婦德皆以「內言不出閫外」爲準則，傳統儒家才德觀亦以露才爲士
君子大病，故清代大家閨秀對於將詩作刊布於世，大多視爲沽名釣譽
之舉，深信刊刻所著有踰身分，於是自焚詩稿成爲保其名節之舉。〔註
71〕沈隱在其〈幽憤言自序〉云：「閒居無事，楮墨自娛，但以閨詞無
補世風，閫論恐譏大雅，故累葺累焚，荄夷半盡。」〔註72〕又如《眾
香詞射集》「紀松實」條云：「年三十七而卒，屬纊之前一日，檢其稿
焚之曰：我生平可以告無愧者，酒食是議，毋父母貽罹而已。此不足
留，此徒增良人傷感耳。」〔註73〕詩詞非女子之事，且無益於世風，
創作動機純粹爲消遣抒懷而作，此風雅作品流傳於後，反而予人不莊

〔註70〕 同註63，頁107。
〔註71〕 據康正果：《風騷與艷情 —— 中國古典詩詞的女性研究》（臺北：雲
龍，1991），頁370。
〔註72〕 見汪啓淑編：《擷芳集》，卷七三，「沈隱」條，頁3。
〔註73〕 徐樹敏，錢岳同選：《眾香詞》，〈射集〉（臺北：富之江，1997），頁
28。

重的形象，有辱父母之名，故不願留予後人口實。因此，女子平日創作時往往對作品不加珍惜，甚至在病歿前焚稿毀棄，以保身後之名節。女子從事創作有其才名與婦德的兩難處境，傳統上，女性須以闈德自持，不可以才藻炫人。在明清，名門閨秀在家族之內的文學活動，詩畫習作，只能當作修養德性的方法之一，但論及將作品刊刻出版，或將詩畫贈送販賣，將詩畫作品展露於男性文人（尤其是家族外的文人）面前，就避免不了遭受衛道人士認爲不守內言的禮法。女性拋頭露面（exposure），炫耀才技，以博名聲，故當白夫人爲某男性文人求索王貞儀之詩時，王貞儀認爲：「儀智淺學疏，雖喜耽翰墨，而從不輕易出以示人，不攻謂勤愼內修也，亦非自以爲是也。其所以甘於隱秘者，唯守內言不出之調，以存女子之道耳。」〔註74〕又云：「女豈矜文藝，唯教德禮持，有才非故晦，端慮外人知。」〔註75〕有才華不得爲外人所道，因爲在男女之防的論述裏，任何由女性所從出、或與女性相關聯的事物，都被等同於女性自身，所以章學誠認爲閨秀詩話根本就是讓男性閱讀者臆想貌美才女的品艷之書，再者詩畫乃緣情綺靡之作品，將詩示人彷若是女性內在情意流露於他人面前，此種求名無節之舉對閨秀而言無異於貞操受辱。〔註76〕

　　雖然章學誠對於當時男性文人吹捧女性作品，乃著眼其色而非其才，又對於女性不守婦德，汲汲於求名，壞其世道風俗，大加嚴厲批評，但章學誠仍肯定女子應受文辭教育：

　　　　或以婦職絲枲中饋，文辭非所當先，則又過矣。夫聰明秀慧，
　　　　天之賦秉初不擇於男女，如草木之有英華，山川之有珠玉，

〔註74〕王貞儀：《德風亭初集》卷四，〈答白夫人〉，見《叢書集成新編》（一九八）頁5。

〔註75〕同上，卷十，〈示妹〉，頁2～3。

〔註76〕孫康宜指出：清代閨禁文才的社會定位，和十八世紀英國女性確有巧合。其時英倫極端派婦女認爲，女人出版品形同失去貞操，因爲這樣不啻把隱私赤裸裸呈現在大眾目前；白璧蒙塵，有違閨內女誡。見孫康宜著，李奭學譯，〈明清詩媛與女子才德觀〉（《中外文學》，二一卷十一期），頁62。

> 雖聖人未嘗不寶貴也。豈可遏抑？正當善成之耳。〔註77〕

章學誠也認爲天賦秉異不擇於男女，女子若有才賦也應循序養成，不可加以遏抑。從另一角度看章學誠的猛烈抨擊，可知當時江南一帶的上層士商家庭，不但善於培育女子詩文才藝，而且文士與閨秀之間的詩畫活動，酬贈唱和，已衝出閨閫之限，甚至女性向男性文人從師問學之風盛行，女子詩稿創作經由他人採輯或家族刊刻而流佈四方，這些現象都足以說明當時女性創作活動的豐富生命力。許多女詩人在詩集中對自己的創作辯護，認爲才德兼備應是女性致力追求的夙型典範，才藝的發揮並不會妨害女性名節的固守，女詩人蔣季錫《晚晴樓詩稿》序云：

> 余聞王化始於閨門，故孔子刪詩，先列二南，關雎爲宮人所詠，至〈葛覃〉、〈卷耳〉，則后妃親製焉。乃後世每以才思非閨閣之事。其亦聞聖人之教歟？抑東萊氏所謂不以理視經，而以經視經者歟？〔註78〕

蔣季錫沿襲舊說，將《詩經》中〈二南〉、〈關雎〉、〈葛覃〉當成女性創作的典律，從民間婦女的歌謠，至宮女所吟詠，后妃所創作，這些婦女之言全納入聖人之教的體系中，故文明教化從閨中詩歌教育開始，才思乃閨閣之事，才德並重的說法成爲閨閣作家寫作的重要憑藉。趙棻撰〈顧孺人傳〉云：

> 余聞之詩曰：無非無儀，惟酒食是議。禮曰：內言不出于梱。婦人者，謹內則而已，立德、立功、立言，非其職也。顧詩三百篇，婦人女子之辭居其半，抑又何歟？經不云乎，婦德、婦言、婦功，婦人德功，或不必同男子，言則無以異也。古婦人以立言著者，魯之敬姜，漢之班昭尚已，班氏女誡，不越閨門。敬姜訓子，通乎天子、諸侯、大夫、士庶，均有切于先王治化之原。立言如此，雖聖人無以易焉，是安得以無

〔註77〕同註63，〈婦學篇書後〉，卷五，頁109。
〔註78〕《清代名媛文苑》序第二，附於王文儒編：《清文匯》（八）（臺北：世界，1961）頁15。

> 非無儀，內言不出概之歟？夫徒尚文采，無益理道，雖公卿
> 達官之言，無足取也。苟有補于世道人心，雖田夫牧豎之言，
> 不可廢也，而況婦女之賢者乎？〔註79〕

趙棻進一步將男子的立德、立功、立言，與女子婦德、婦言、婦功相
提並舉，各有其表現施展才華的天地，雖然德與功不必男女皆同，但
文章言語則男女不異，《詩經》大半採集婦人歌詩，此乃教化之源，
豈可以「內言不出」圈限女子之言？再者，辭章言語只分有無益於世
道人心，不分達官布衣，階級性別，故女子賢者之言不可廢。閨秀吳
琪序鄒漪《紅蕉集》有云：

> 古今女子之傳，豈必以詩哉？文章節義，俱屬不朽，然歷
> 選人代，鬚眉丈夫，罕或兼擅，況吾儕閨閤笄縱乎？女子
> 之正，無非無儀，苟絺句繪詞，與文士爭伎倆，抑非閫職
> 所宜矣。然不可謂文辭遂妨於節行也。由來黃鵠鳴哀，青
> 陵矢志，節行且彌增其光烈焉。然則女子又何必不以詩著
> 乎？粵稽女媧煉頑石以成質，飛五色彩麗雲霞，嬴女托寒
> 蓑以矢音，應六律韻諧鸞鷟，自是文心既闢，逸響相繩，
> 若皇娥王母、唐山夫人、班婕妤、卓文君、蔡文姬、甄后、
> 左妃、道蘊、令暉輩，指不勝屈。〔註80〕

女子吟詩弄詞雖非與文士爭伎倆，但文辭與節行並非不可並存，除了
詩歌，文章節義俱屬不朽之事，女性皆應親近之，此乃擴充女子可以
閱讀的文類不必限於女教讀物，創作的文類也不必只限定於詩詞，嚴
肅的文章亦可傳之千古，並列舉古來才德兼備之傑出女性，指出女性
文學之傳承系統，以資吾輩作爲崇仰效法的對象。又閨秀金朝麟云：
「然閨中筆墨，不過抒寫性靈，非欲樹幟文壇也。……竊思婦人不學，
寧知閫範；男子不學，詎識修齊。」〔註81〕閨閤舞文弄墨，以抒寫性
靈，言情表志，並非汲汲於才名，而是爲了修養自我，陶冶性情，故

〔註79〕趙棻：《濾月軒文集》，見《叢書集成續編》（一五八），頁22。
〔註80〕同註78，頁7。
〔註81〕同上，金朝麟，〈織餘偶筆自序〉，頁6。

女性有才識亦有助於理解閫範，並進而修身養性，持家教子，就如同男子必須識字讀書、學習詩文，以明修身、齊家、治國之道。閨秀將才學智識視爲婦學之內容，鼓勵女子應學習詩文，藉以提昇自我之性情涵養，並有助於婦德。

　　不僅歷來詩詞經史等辭章是女性極力爭取，需要閱讀與創作的文類，明清興盛的戲曲小說往往也成爲女性的讀物，閱讀書目深度與廣度的增加，影響女性的思想，也動搖傳統閨閣教育，從劇曲小說作家與評論家不乏女性的參與，如女詞家吳藻自寓之作《喬影》雜劇，〔註82〕可知劇曲小說深入閨閣及其影響。女性閱讀劇曲小說時，對劇中女主角才情讚佩不已，如清劇作家趙對澂寫女子遭逢亂離，題壁述懷的《酬紅記》傳奇，黃燮清寫永康烈婦吳宗愛殉節事蹟的《桃谿雪》傳奇，以及蔣士銓爲明寧王宸濠妃婁氏伸冤解詆的《一片石》雜劇，女讀者的劇評都是特別關懷女性的人生景況，只是關注的焦點除了情愛婚姻，而在女性的「才」與「德」是否隨著生命的結束而湮沒無聞。批評者表達了對女性也能留名不朽的願望：「艷色清才幾合并，能傳姓字死猶生。世間薄命知多少？豈獨傷心杜宇聲。」〔註83〕又如：「佳人黃土，小劫紅羊，永沒孤芳，胡可勝道？所幸吳君康甫，攝篆是邦。乘軺式廬，披荊拾艷……從此海內爭傳絕，閨中自有千秋矣。」〔註84〕這些女性的劇評者，既閱讀劇本情節，同情劇中人的際遇，同時也將一己身爲女性，才智備受壓迫的不平之鳴，以及冀望伸展才華的願望寄託於評論書寫之中，其女性觀照透露出藉由才華得以千古留名的豪情。

〔註82〕此劇收於鄭振鐸纂集：《清人雜劇初集》，頁 295～300。

〔註83〕上元女史王瑾《酬紅記》題辭，引自《中國古典戲曲序跋彙編》，冊2，頁 1216。

〔註84〕錢塘女史關瑛《桃谿雪》後序，引自《中國古典戲曲序跋彙編》，冊3，頁 2175。關瑛，錢塘諸生蔣坦，著有《三十六芙蓉詩存》、《夢影樓詞》詩詞書畫皆精。參見梁乙真編：《清代婦女文學史》（臺北：中華，1979 年），頁 278～281。

　　從晚明至盛清女性教育的才德爭辯未曾止歇，衛道之士從「內言不出」、男女之防，以及「才能妨德」、「才多福薄」等觀點切入，認為女性才藝出眾容易遭天忌，而命運乖舛，福壽盡折。女性詩畫創作酬贈他人，刊刻流傳，觸犯了「內言不出閫外」之禁忌，而且大壞男女之防，作品更是流於男性文人品艷消遣的對象。然而社會風氣的傳播，經濟商品的網絡流佈，文學戲曲之觀念轉化，以及男性文人的提倡鼓勵，使得女性敢於現身說法，肯定婦言有其價值，追溯《詩經》的教化功能，並認為抒情表志有益婦德，為婦言的刊布流行尋求合理的生存空間，既符合傳統父權禮教觀點，又重塑出才德雙全的女性形象，並且致力實踐之，為女性才藝尋求社會與文化的定位。

第三節　才德觀與女性的詩畫活動

　　自從文人畫蔚然成風之後，在畫上題詩傳達墨戲的興味，或以詩文類表達對繪畫的詮釋，成為一種審美旨趣。迨至明清詩畫合一已是一種審美共識，〔註85〕詩人畫家將詩書畫視為文人必備之才。題畫詩的發展到明清，可說是蔚為大國，從大量的題畫詩作品及選集，說明了清代對題畫詩整理搜羅的成果較歷代更為突出，而畫家文人自編題畫詩集，更是成為當時風尚。主流文化風潮與審美品味或多或少影響閨秀教育，以往閨秀教育中，為了使其明瞭閨訓，故教以識字兼及詩畫，但是傳統道德觀對於女性從事詩畫創作，其觀念仍停留在歌伎為營生而學習詩畫的階段，歌伎拋頭露面，周旋於男性文人之間的形象，以及歌伎身份所牽涉的道德問題，使名門閨秀多視詩畫創作無益於婦德，唯有閨訓類文字的書寫不牽扯到道德問題。然而從另一角度論之，這些閨秀名媛與為了營生學習才藝的名妓，雖然社會角色迥異，出身背景及家庭地位大相逕庭，然其文化處境皆為受過基本詩文

〔註85〕關於詩畫合一的問題，請參考鄭師文惠所著：《明人詩畫合論之研究》（政治大學中文所碩士論文 1988）。及林素玟：《晚明畫論詩化研究》（淡江大學中文所碩士論文，1994）。

教育的「才女」。他們或在家內，或在青樓，或在文壇，場所雖異，其從屬對象則一：同爲在官或在野的士大夫；其所受的教育，除閨訓文字外，亦閱讀儒家經典，諸如四書五經，並且學習詩畫的創作與鑒賞，因此所謂才女的品味及文化素養，實與才子所側重的琴棋書畫相仿。〔註86〕從晚明到盛清的詩歌選集中，女詩人的身份角色除了歌伎之外，屬於上流社會的大家閨秀，其作品數量凌駕於歌伎之上，甚至編輯者的編選原則往往將女詩人是否爲閨閣名媛，言行品格是否符合婦德當作採選詩作的標準。〔註87〕這個現象與當時才德觀的爭辯、閨閣內的詩畫教育、及符合才女形象的歌伎和閨媛，兩者角色的互換與錯置有關，以下就這些問題析論之。

十七世紀（晚明至清初）才女形象與歌伎重疊，歌伎不論在現實生活或文學想像中，已成爲「才女」的典型。〔註88〕所謂歌伎等同於才女的流行形象再借由才子佳人的締結良緣予以提昇社會地位，昔日的名妓因爲從良，且從良之後素行端正，博得世人的認同與讚賞，是以才德一體成爲晚明至清初歌妓晉身之策，如：柳如是與錢謙益就是其中著名的例子。晚明文人對「才」情有獨鍾，〔註89〕視之爲生命理想，能詩善畫的歌伎成爲文人欣賞的對象，然而這些歌伎雖以才藝獲得文人青睞，從良之後亦不以「才」炫人，強調的反而是「德」。〔註90〕希望藉由言行謹守婦德而擺脫低下的出身，晉身閨秀之列，是以才德之間，反看重德行，雖有詩畫創作，不敢隨意示人。

〔註86〕 Dorothy Ko, *Teachers of the Inner Chambers: Women and Culture in Seventeenth-Century China*（Standford: Stanford University Press, 1994）

〔註87〕 關於明末至清代對於女性詩歌作品的採集原則與編選策略，及歌伎與閨秀作品選錄數量的比較，請參考孫康宜作，馬耀民譯，〈明清女詩人選集及其採輯策略〉（《中外文學》第二三卷第二期，1994 年 7 月）。

〔註88〕 同上。

〔註89〕 請參本論文第二章。

〔註90〕 孫康宜著，李奭學譯，〈明清詩媛與女子才德觀〉（《中外文學》第二一卷第一一期），頁 62。

　　另一方面，自晚明至盛清閨中教育傾向於文學的教養，〔註91〕與閨訓類著作提倡的以道德教養爲主的女子教育，〔註92〕多有不合之處，使得名門閨秀得以受到家學薰陶接受完善的詩畫教育。在晚明與盛清注重情性，強調性靈的文學環境下，藉由筆墨抒發性情的創作觀，也促使閨媛的創作相對地獲得較大的空間；加上許多開明的文士對詩媛往往敬重有加，對於女性的創作也起推波助瀾的效果，梁乙眞云：

> 有清一代，二百餘年間，其婦女文學之所以超邁前古者，要亦在倡導之有人耳。西河、漁洋，樹之於前；隨園、碧城，崛起於後，而其間復有畢秋帆、阮芸臺、杭菫浦、陳其年、郭頻伽……諸人之推波助瀾。於是閨禕英奇，玉臺藝乘，遂極一代之盛矣。〔註93〕

清代男性文士對於閨閣創作的支持讚賞，使得想以文名著稱於時之閨秀女子紛紛立言，並且對創作給予肯定的態度，認爲才與德可並行不悖，如閨秀黃友琴云：「周南居國風之首，而〈關雎〉、〈葛覃〉、〈卷耳〉、〈樛木〉，先列婦人諸作，是知畫眉點頰者，不廢言志申懷，其從來遠已。」〔註94〕將女子的創作抬高至《詩經》的地位，以《詩經》中亦有婦人之言，而名列經典之作，借以肯定才思乃閨閣之事，與聖人之教並不違背。又閨秀潘素心亦云：「詩三百篇，大半皆婦人之作，而二南冠以關雎，蓋正始之道，教化之基，所以風天下端閨範者，在是矣。」〔註95〕閨秀認爲女子詩文之創作若能得溫柔敦厚之詩旨，並成爲天下閨閣之模範，則有助於王者教化之風。可知閨秀將自我的創作動機合理化與社會化，並進而將學習詩文、增進才識納爲婦學之範疇。另外，清代士大夫階層的家庭，在觀念上多能不受縛於女子無才即德的俗見，且有進而序以督課獎勵，如陳端生、陳長生之祖父陳兆崙，官太

〔註91〕　如：明末才女沈宜修在其《鸝吹集》中敍其女的課程規劃。
〔註92〕　如：明代呂坤：《閨範》所提出者。
〔註93〕　梁乙眞編：《清代婦女文學史》（臺北：中華，1968），頁215。
〔註94〕　惲珠編：《國朝閨秀正始集》，黃友琴，〈閨秀正始集序〉。
〔註95〕　同上，潘素心，〈閨秀正始集序〉。

僕寺卿，曾撰〈才女說〉一文，即在闡明女子之宜於詩教，其云：

> 世之論者每云：女子不可以才名，凡有才名者，往往福薄。
> 余獨謂不然，福本不易得，亦不易全，古來薄福之女，奚
> 啻千萬億，而知名者，代不過數人，則正以其才之不可沒
> 故也。又況才福亦常不相妨，……嫻文事，而享富貴以沒
> 世者，亦復不少，何謂不可以才名也。……誠能於婦職餘
> 閒，流覽墳索，諷習篇章，因以多識故典，大啓性靈，則
> 於治家相夫課子，皆非無助。……又經解云：溫柔敦厚詩
> 教也。柔與厚，皆地道也，妻道也。……由此思之，則女
> 教莫詩為近，才也而德即寓焉矣。〔註96〕

溫柔敦厚的詩教即與閨閣的教育相合，這段話代表了知識家庭的態
度，又如毛秀惠之父毛鶴汀也以為學詩能得性情之正，正以為淑媛，
王愫〈女紅餘藝〉跋云：

> 外舅鶴汀先生，博洽淹貫，為藝林祭酒，畢生心力萃於詩，
> 凡燕居對客談詩而外無雜言，故即課女亦以詩。……每謂
> 詩本性情，試觀國風所錄半出閨禕之作，苟有得於溫柔敦
> 厚之遺，何患不為淑媛。於是朝披夕諷，得于庭訓者有年。
>
> 〔註97〕

家族長者鼓舞閨秀作詩乃本於溫柔敦厚之詩旨，以教導閨秀成為端莊
賢慧的淑媛為目的。又李學溫喜詞，其父翰林學士李中簡亦不禁止，
所撰〈亡女墓誌銘〉即言：「初余教諸女識字，女長尤慧，讀《論語》、
《國風》、《列女傳》、〈女誡〉、《小學》諸書，能通其大義。為詩婉約
成體，既又好為小詞，予素不喜詞，然以其性情所近，又所作往往不
戾風雅，故勿禁也。」〔註98〕閨秀李學溫自幼除了閨訓類的書籍之外，
亦遍讀《論語》、《詩經》等儒家經典作品，作詩有婉約之風，並且好
為小詞，其父雖不喜歡詞作，但以其詞與女兒的性情相近，而且所作

〔註96〕陳兆崙：《紫竹山房詩文集》，乾隆間刊本，卷七，頁6。
〔註97〕王愫：《女紅餘藝》跋，見汪啓淑編：《擷芳集》卷二九，頁12。
〔註98〕同上，李中簡，〈亡女墓誌銘〉，卷六五，頁15。

之詞又符合風雅之旨，故並不禁止女兒作詞。由以上例舉，可知士大夫家庭並不以爲學習詩文有妨賢媛淑女的教育，反而以爲有益於性情的涵養，且閨門能詩，適足以表現家門風雅，在這種觀念下，閨秀的文才自然得到了相當的鼓勵和舒展。

在晚明至盛清由於才女配才子的風氣盛行，夫唱婦隨和「一門風雅」的情形所在多有，此有助於女子提高詩才，激發詩興。在夫妻之間妻子的詩才得到鼓勵、切磋的對象，很多才女的詩都是在與丈夫的詩名互相輝映下著稱於世。商景蘭是明代著名的才女，進士祁彪佳之妻，夫婦婚後唱和，伉儷甚篤。清代閨秀沈善寶描述才女孟緹之家居生活：「迨夫結褵名族，補袞深閨，雲翹仙侶，本異凡人，……繞膝兒聲清雛鳳，拔金釵而沽酒，相敬如賓，袖以添香，終溫且惠，蘋蘩偶暇，呼新婦以推敲，花柳方妍，偕稿砥而討論。」〔註99〕閨房唱和吟詠，推敲討論文學作品，成爲女性嚮往之婚姻生活。另一個才女席佩蘭在隨園女弟子中名列第一，她與丈夫孫湘原俱耽於吟詠，由於旨趣相投，兩人的日常生活充滿風雅的情趣。如席佩蘭〈題子瀟畫梅〉：「冰雪聰明玉作胎，宛然花放近瑤臺。枝旁添箇如盤月，直并前身畫出來。」〔註100〕席佩蘭於夫婿畫梅圖上添個明月，以映照梅花之冰清玉潔。夫婦兩人平日吟詩作畫，互相品評，也對親友的作品作藝術鑒賞評論活動，使得閨房有如學舍，兩人享受共同閱讀書籍的樂趣。如席佩蘭〈宛仙畫春蘭數朵，子瀟添梅一枝，于旁戲題〉：「鬢側幽蘭意態殊，妝臺點筆自臨撫。詩人彊爲添梅萼，知道花枝肯合無。」〔註101〕席佩蘭摯友屈宛仙畫春蘭圖，孫湘原於蘭旁添梅一枝，而席佩蘭再戲題詩句，戲問夫婿於蘭花旁畫梅數朵，畫面是否相襯協調？可知夫婦兩人生活之風雅。孫湘原

〔註99〕同註94，沈善寶，〈澹藕軒初稿序〉，頁22。
〔註100〕席佩蘭：《長眞閣詩集》卷四，附於孫湘原《天眞閣集》，清嘉慶間刊本後印本，頁16。
〔註101〕同上，頁15～16。

的詩集名爲《天眞閣集》，而其妻席佩蘭的詩集名爲《長眞閣集》，亦有兩人恩愛情誼天長地久之義蘊含其中。由此可知女性的婚姻生活亦影響其創作，其才識若能得到夫婿之讚許認同，不僅能得到夫唱婦隨，閨房唱和之婦德美譽，亦得到較自由寬廣的創作空間。

此外，隨著社會風氣的開放，女性自身對於傳統才德觀也漸漸傾向於大家閨秀須才德兼備，閨秀林以寧稱許徐德音「夫人文與福齊，才兼德茂」，〔註102〕丁佩云：「漫說中郎有女，久焚筆硯，早知識字爲引恨之媒，無意詩歌，益悔聰明乃稱愁之果，覽君巨集令吾開顏，福慧雙修，一洗儷白妃青之習；德言兼備，迥殊裁紅刻翠之詞。」〔註103〕丁佩讚揚沈善寶能福慧雙修，德言兼備，一洗前人所謂女子識字學文則才福相妨之刻板印象。又潘素心亦推崇汪端「博通經史，兼工六法，德言俱備，福慧兼全，其長於吟詠自不待言。」〔註104〕女性以才德相彰，福慧雙全，兼有婦言與婦德，相互期許與讚譽，甚至於閨秀認爲「鹿車躬挽，桓少君應愧無文；鴻案相莊，孟德耀何知作賦」，〔註105〕批評歷來爲史書所稱許的賢婦列女，如桓君甘於貧寒淡泊之生活，孟氏舉案齊眉，雖有賢德，然而既無才識，亦不知如何作詞賦，可知才德兼備，福慧雙修已成爲女性所追求的楷模典型。再加上，當時能詩善畫之閨秀往往成爲知己，結爲社盟，彼此以作者／讀者／評者等多重身份，鑒賞彼此詩畫作品，互相支持與鼓勵，如吳中十才女結清溪吟社，〔註106〕社員之一尤澹仙云：「沈君持玉，吳中女士也，性靜淑，好讀書，與余姉娅姊妹常得相聚，論詩頗有同見，或題吟詠，或尙論古昔，即有聞而笑之者，余二人卒莫之顧也。」〔註107〕尤澹仙與沈持玉皆爲清溪吟社之成

〔註102〕徐德音：《綠淨軒詩鈔》，清康熙刻本，林以寧，〈綠淨軒詩鈔序〉。
〔註103〕同上，丁佩，〈鴻雪樓初集序〉，頁38。
〔註104〕同註95。
〔註105〕同註94，沈善寶，〈澹菊軒初稿序〉，頁23。
〔註106〕關於女性雅集結社將於第四章第二節述及。
〔註107〕尤澹仙，〈停雲閣稿序〉，收於任兆麟編：《吳中女士詩鈔》，乾隆五

員，兩位才女與家族姊妹論詩題詠，評論古今史實，旁人雖視之爲
閨閣閑情遊戲，而竊笑之，但閨秀仍耽於讀書議論、題詩寫作之樂。
又李掌珠云：「不獨女嬰秀句，剪翠裁紅，更兼姻亞同門，敲金戞玉，
洗詞之祝，各抒抱負之懷。」〔註108〕可知閨秀一門姊妹、姻婭聯吟
唱和，並擴及其他家族之名媛才女雅集聚會，論詩吟詠，並相互酬
詩贈答，作畫題詩，如汪端〈題佩仙夫人聽香讀畫圖〉：「香界悟蘭
因，畫理通詩境。嬋娟姑射姿，游目自心領。」〔註109〕閨秀認爲詩
理與畫理相通，畫境須與溫柔敦厚之詩教相合，以抒發性靈，啓迪
心智，而且詩與畫之結合，亦使詩情與畫藝相互映發，故學詩作畫
皆能怡養情性，成爲悟道修身之進路。故許多才華洋溢的閨秀認爲
才藝不僅不會妨礙德性，甚且有助於德性之培養，如隨園女弟子夏
伊蘭作詩云：

> 人生德與才，兼備方爲善。獨至評閨材，持論恆相反。有
> 德才可賅，有才德反損。無非亦無儀，動援古訓典。我意
> 頗不然，此論殊褊淺。不見三百篇，婦作傳匪鮮。〈葛覃〉
> 念父母，旋歸忘路遠。〈柏舟〉矢靡他，之死心不轉。自來
> 篇什中，何非節孝選。婦言與婦功，德亦藉茲闡。勿謂好
> 名心，名媛亦不免。〔註110〕

夏伊蘭反駁世人重德輕才的偏頗，申述女子才德兼重的觀念，甚至認
爲文才對於德性不但無違，而且有所助益。閨秀自身對於才德觀敢於
跳脫傳統棄舊，除了當時開放的文化風尚，另一點是歌伎等同於才女
的觀念此時已有所轉變，如前所述歌伎在此時爲了提高社會地位，從
良之後反而重視德行，深恐言行落人口實，是故謹言愼行，欲藏才華。
反之，清代崛起的名媛閨秀藉由雅集聚會得以廣泛交遊，甚且出現孋

十四年（1789）刊本。

〔註108〕 同註94，李掌珠，〈花萼聯珠集序〉，頁42。

〔註109〕 汪端：《自然好學齋詩鈔》，同治十三年（1874）重刊本，卷三，頁
17。

〔註110〕 見徐世昌編：《晚晴簃詩匯》，卷一八八，夏伊蘭，〈偶成〉（臺北：
世界，1961），頁11。

畫維生或寫詩營生的女詩畫家，〔註111〕於是所謂大家閨秀與歌伎傳統漸漸合流，世學家女遂取代歌伎才女的地位。〔註112〕

女性詩畫活動雖受到社會風氣之開放，以及家族長者的支持，或夫婿之鼓勵而得以培養其詩畫創作之才能，然而現實環境內仍有諸多種種有形、無形之文化、社會機制限制女子藝文創作的空間，駱綺蘭爲她的閨中詩友編一冊詩選，名曰：《聽秋館閨中同人集》，她在爲該集所寫的序言中詳述女子從事創作的艱艱處境：

> 女子之詩，其工也，難於男子。閨秀之名，其傳也，亦難
> 於才士。何也？身在深閨，見聞絕少，既無朋友講習，以
> 淪其性靈；又無山川登覽，以發其才藻。非有賢父兄爲之
> 溯源流，分正僞，不能卒其業也。迄于歸後，操井臼，事
> 舅姑，米鹽瑣屑，又往往無暇爲之。才士取青紫，登科第，
> 角逐詞場，交遊日廣；又有當代名公巨卿，從而揄揚之，
> 其名益赫然照人耳目。至閨秀幸而配風雅之士，相爲倡和，
> 自必愛惜而流傳之，不至泯滅。或所遇非人，且不解呻唔
> 爲何事，將以詩稿覆醯甕矣。閨秀之傳，難乎不難！〔註113〕

駱綺蘭之文寫出女性在從事創作時所面臨的困境，由於歷來的閨範文字以女兒、妻子、母親等角色定位女性，規範女性的生存空間僅止於家庭之內，其人際關係網絡也被約束在親族之間，因而見聞絕少，無朋友講習，亦無山川登覽，若有父兄提攜教導，才有可能從事詩歌創作；然而嫁作他人婦之後，在繁瑣的家務勞動下，常常無暇作詩詞，只有艷羨才士登科第，角逐詞場，受到當代名公巨卿的揄揚。如果閨秀能許配給懂得風雅的才子，夫唱婦隨則成閨房樂事，不幸所遇非人，將詩稿盡數毀棄，由此可知當時女性從事藝文創作的環境仍處處充滿著艱辛與限制。冼玉清在《廣東女子藝文考》自序談及才女成名的三種條件時說：「其一，名父之女，少稟庭訓，有

〔註111〕 最著名的是明末清初的才女，黃媛介與吳山。
〔註112〕 同注76。
〔註113〕 轉引自胡文楷：《歷代婦女著作考》〈附錄〉，頁90。

父兄之提倡，則成就自易。其二，才士之妻，閨房唱和，有夫婿爲之點綴，則聲氣易通。其三，爲令子之母，儕輩所尊，有後嗣爲之表揚，則流譽自廣。」〔註114〕是故傳統的才德觀對女性創作依然造成某種侷限，使得女性詩畫創作的環境與傳統的三從關係相符合，女性必須依賴父兄、夫婿或兒子的支持，才能得到詩畫創作的空間。

　　從以上的立論，可知晚明至盛清雖有囿於道德識見之儒者，亦不乏支持詩媛立言之文士，女詩人夾在維護婦德與張顯才名的縫隙中，對於書寫的態度往往呈現兩極現象，從以下的題畫詩也可以窺見對文名與婦德的矛盾情境：

　　　珍禽翔雲宵，山林一迴顧。池魴送江河，願渠得所去。嚴妝既已竟，旭旦戒蘭馭。施衿申丁甯，未語淚先墮。詩人悲萵藚，甥獨丁此苦。有姊嫁遠方，歸安限禮數。有兄守衡門，尺水困濡呴。豈無強近親，相視等陌路。外家誼獨真，寒暑無異遇。惟我與汝母，同懷意深固。汝母失養年，遺汝在嬰孺。雖非握手託，默默相委付。汝隨嚴親游，飄搖亦云屢。桓山悲別離，哀音向誰訴。……室有盈架書，腹汝飽竹素。秀眉日連娟，豐容逾修嫭。湖水伴輕漸，東風綠芳樹。婿家宜姑蘇，諏吉告迎娶。慰我十年心，肇汝百年務。臨當加景行，且復須臾駐。念甥少小日，穎出抱神悟。七歲裁小詩，往往有佳句。所惜女子身，講授乏師傅。但從意匠營，頗合風雅趣。擬古攬荃桂，體物妙風絮。夫子論詩苛，瘢垢好磨鑢。紛綸辨真僞，許汝得參預。郎君詩禮門，況聞美無度。淵源有舅嬖，別集久傳布。相攸善所歸，豈在盛名具。芳辰愛景光，帷房樂恬豫。唱酬陶性情，琴瑟宛在御。梁孟暨鮑桓，庶幾古賢慕。尚須勤婦職，才名非所據。結帨示成人，著代行降祚。寒溲奉席祉，甘滑調匕箸。紉綴夜鐙遲，盥櫛晨雞曙。使令宜敬承，意指勿輕忤。所貴睦上下，但莫惑婢嫗。柔順汝性成，迂懦我所慮。行己苟不誠，發言亦何怖。佩汝白玉珩，願汝節

行步。衣汝紅羅襦，願汝保和煦。外祖舅父母，各各汝告
語。一一識諸心，久久勿遺誤。述昏儓有詩，申情儓有賦。
江鱗既東來，雲鴻亦南鴍。毋以女蘿蔦，而忘宛童寓。雖
無毛裏恩，亦復關肺腑。墨車已授綏，畫舫待津渡。佇立
望去輪，輾轉不知處。感念何時平，釋此心神注。〔註115〕

此首題畫詩置於畫幅之後，故可洋洋灑灑數百言，梁德繩題女甥汪端
〈明湖飲餞圖〉，詩句詳敘其甥女之養成教育，在未出閣之前，已能
誦讀作詩，然而「所惜女子身，講授乏師傅，但從意匠營，頗合風雅
趣」，自小雖乏師傅講授，但飽覽詩書，有詩文才華，且所作之詩尚
合風雅之趣，然而作者以替代母親的身份，諄諄告誡其甥女「尚須勤
婦職，才名非所據」，殷殷嚀叮侍奉公婆須柔性委婉，勿輕忤意旨，
家事方面要克勤克儉，處處以婦德爲依歸。清代社會對女性言行多依
循傳統的標準，士大夫家庭中，女子受教育的機會較多，但對於吟詠
詩詞，繪畫創作，門風保守的家族也持反對意見，如《眾香詞》〈射
集〉「王璋」條載云：「女工鍼指，無不精妙，人皆孝，詩詞雖其所長，
然舅宇台先生，西泠理學名儒也，最惡婦人詩作，璋體舅意，即絕筆
不作。」〔註116〕可知閨秀教育雖教以基本詩文，家族成員對於女子
寫作仍多否定態度。是故在清代雖有王士禎、袁枚等開明之士，然而
大部份男性文人或家族對於婦女從事書寫仍認爲是不守本份之舉，
「蓋功令所崇，賢才爭奮，士之學業等於農夫治田，固其理也，婦人
文字非其職業，開有擅者，出於天性之優，非有爭於風氣，騖於聲名
者也。」〔註117〕男性向外求取功名，奮鬥於學業事功，理所當然，
而女性則居內室，應專注於家務女紅，筆墨文字非婦人之事，若有女

〔註115〕梁德繩，〈小韞甥女于歸吳門，以其愛詩，爲吟五百八十字送之，
　　　　即書明湖飲餞圖後〉《晚晴簃詩匯》卷一八六，頁33；另汪端：《自
　　　　然好學齋詩鈔》卷二，頁21～22，亦見此詩，詩題〈原作題女甥汪
　　　　端明湖飲餞圖〉。
〔註116〕徐樹敏、錢岳編：《眾香詞》，〈射集〉「王璋」條，頁36。
〔註117〕章學誠：《章氏遺書》，卷五，頁105。

子能擅筆墨文字，也是天性資質優異，但不可隨意將作品傳播於外，博取詩名，仍應守「內言不出閫外」之閨範。此種外在定型的傳統軌式，使多數女子也內化為不移的律條，在內外雙重的壓力下，婦女的創作自然受限於環境與題材，此亦是女詩人與傳統男性詩畫最為歧出的一點。

孫康宜說：「我認為中國婦女的文學文化生發於才德合一又互斥的弔詭中，要了解她們認同和消釋弔詭的方式，也唯有由才德問題下手。」〔註118〕事實上，所謂才德問題並不產生在女子讀書識字，而生發於藝文創作乃是文字筆墨並非女性角色的職能與範疇，再者，將詩畫作品示人，刊刻詩稿，觸犯「內言不外出」的規範。從這兩點立論，閨閣詩畫教育的養成使女子得以吟詩作畫，但其創作態度卻受困於傳統才德觀而夾在才名與婦德之間。是故許多想要從事詩畫創作的閨秀，往往以詩畫藝文創作有益於德性來作為認同其本身創作行為的觀點。再者，藉由家族親友網絡獲得社會支持，經由父親、丈夫、兒子的鼓勵支持，或女性親友的互動交流，開展其閱讀空間與人際網絡，以抵擋衛道人士的嚴厲批評，並挑戰傳統的才德觀，爭取較自由寬廣的創作空間。

〔註118〕孫康宜著，李奭學譯，〈明清詩媛與女子才德觀〉（《中外文學》第二一卷第十一期），頁6。

第四章　晚明至盛清女性題畫詩之閱讀社群

　　中國詩歌一向具言志抒情之傳統，然詩歌之創作，除抒發自我之性靈外，亦具高度之社交性，尤其題畫作品從元明以來，其酬唱社交的性質漸趨濃厚，[註1] 男性詩人畫家藉由詩畫結社酬和等藝文活動與其他詩畫家溝通，使詩畫作品容易獲得直接的反應，得到發表的機會，甚至得以流傳名世。反觀歷代女詩人的作品常常只在受限制的圈子裏流通，加上傳統婦言不出閨閣之限，女性作品的流通性往往受阻，導致女性文名不彰。但在晚明至盛清時期，甚至女詩人也有雅集結社的情形，因而得以與家族成員以外的女性甚至男性談文論藝，形成一種閱讀女性作品的社群。[註2] 筆者在此所謂的閱讀社群，乃是指鑒賞女性詩畫作品所形成的不同閱讀型態，根據其活動成員與活動場合大略區分為四種閱讀社群：第一種是家族鄉里閱讀社群，此種社群建基於

〔註 1〕　關於明代題畫詩的酬唱社交性質漸趨濃厚的諸多問題，請參考鄭師文惠所著：《詩情畫意──明代題畫詩的詩畫對應內涵》第五章，頁 347～368。

〔註 2〕　Dorothy Ko 在處理明清才女文化時，也將女性之間的緊密聯繫稱為女性社群（women's community），並細分為家族之內（domestic）、半家族式（social）以及家族以外（public），見 Dorothy Ko, *Teachers of the Inner Chamber -Women and Culture in Seventeenth-Century China*，頁 14～16。

家族血緣關係與鄉里地域性之成員，在形式上並無正式的聚會模式，較傾向於家族鄉里的內向性聚合之性質。第二種是雅集結社之閱讀社群，在此種閱讀社群裏有正式結社的社交型態，亦有非正式社集，而純屬於私人情誼的交流，筆者將之分述爲非正式的雅集社交與正式結社團體兩個單元論述。雅集結社的閱讀社群所指乃是識字婦女與文人雅士在雅集聚會中閱讀或鑒賞女性詩畫作品，而在心理上產生一定的聯繫感，其中創作者與欣賞者可能沒有血緣關係，而且並無固定的聚會形式或正式的歸屬團體；至於正式結社之社交型態乃是指特定地區有組織的女性結社團體。這些女性社員或者聚會，或者通信，彼此交換作品，互相支持鼓勵創作，同時以作者／讀者／評者的角色溝通，產生互動。第三種是從師問學的閱讀社群，筆者除了著重在女性詩畫家經由從師問學的活動，而與男性導師與男性友人從事詩畫交流活動外，亦探討女性透過向同一位男性導師問學進而形成閨閣女弟子間彼此的交往情形，以及詩畫創作的閱讀鑒賞活動。第四種閱讀社群乃是歌伎與文士之閱讀社群，閨秀與歌伎雖然都是識字婦女，但階級上的不同，造成社會角色與社會期待的明顯區隔，筆者希冀能夠從閨秀與歌伎作品所形成不同的閱讀社群中，解讀出豐富多元的女性創作經驗，再者，筆者特別著重在晚明至清初時期才華特出的歌伎，此乃因爲進入盛清之後禮教更趨嚴屬，女性需才德合一才得以成爲典範女性角色，故許多搜羅女性作品的詩文集皆以閨秀爲收集對象，而以歌伎德性有缺憾，不予收錄；再加上江南地域士大夫與儒商家庭有意培養女兒成爲才華洋溢的才女，因此，能詩善文的上層階級閨秀遂取代歌伎的地位，根據《玉臺畫史》所載：明代歌伎能詩擅畫者有 32 位，入清之後，至乾嘉時期僅有 4 位歌伎，而閨秀名媛詩畫兼擅者在明代 56 位，清代（至盛清）有 36 位，[註3] 亦可知明清之際社會價值觀對女性角色的德性要求轉趨嚴格，而歌伎的地位下降，由於盛清時期歌伎

〔註 3〕 請參考本書第一章第二節所製圖表，頁 43。

的資料零散，搜羅困難，故筆者著重於討論晚明至清初的歌伎題畫詩作品。另外，本節所選錄的題畫詩作，主要集中在女詩人爲他人畫作品題之作，筆者的目的在於從這些他題的題畫詩裏，一探晚明至盛清女性參與文學活動，以及組織女性詩畫閱讀社群之概況。

第一節　家族鄉里之閱讀社群

　　相對於其他開放性的女性閱讀社群，閨秀詩媛得以與家族之外的女性，甚至於男性文人詩畫唱和的盛況，晚明至盛清女性仍多與內向性家族鄉里成員進行詩畫交流，由於閨秀女性詩畫教育與培養多仰賴於家學薰陶，故女性文學活動仍多數傾向於內向性的家族鄉里聚會，這類聚會其成員多侷限於有血緣關係或聯姻關係的家族親屬，另外，其閱讀社群亦由血緣家族成員爲基礎往外擴張延伸，家鄉鄰里緣於地域之相近，其間所熟識的親族友朋遂成爲閨秀作品的讀者與品評者，故在題畫詩作品中特別再標舉出家族鄉里成員的閱讀社群。此種家族閱讀社群的活動方式，乃源於傳統道德觀對婦女的要求：曰三從、曰四德，所謂的四德從班昭所著《女誡》的闡釋中爲：「夫云婦德，不必才明絕異也；婦言，不必辯口利辭也；婦容，不必顏色美麗也；婦功，不必工巧過人也」。〔註4〕從中可以得知一個婦人所應培育的理想人格乃是一種內歛的典型，婦女既主內，其重責大任只在於相夫教子，所閱讀的教科書乃是閨訓類文字，所學習的技藝乃是操持家務，所活動範圍大致仍圍限在家庭與閨房內，相對於男子外向性求取功名的要求，此種女子內向性的要求，主要在於使內外有別的道德理念具體呈現在女性教育上，是故女子四德中婦德、婦言、婦容、婦功自不須耀目，以婉委收歛爲尚，而其交遊範疇也以親族鄉里內向性的社群爲主。

　　如筆者在論文第三章所述，女子從事創作有其才名與婦德的兩難

〔註4〕見范曄：《後漢書》卷一一四，〈列傳〉卷七四，〈曹世叔妻〉，頁6。

處境，傳統上，女性須以閫德自持，不可以才藻炫人。在晚明至盛清，女性詩畫教育根柢淵源於家學培養，女性私下培養文才或詩畫習作，當作德性的修養並不爲過，但論及作品公開出版，或將詩文示於男性文人（尤其是家族外的文人），就避免不了拋頭露面（exposure），露才揚己之議。另一方面在男女之防的論述裏，任何由女性所從出、或與女性相關聯的事物，都被等同於女性自身，尤其詩畫創作有極高的抒情成份，將詩畫示人彷若是內在私密的情思顯露在外人眼前，此種求名無節之舉對閨秀而言無異於貞操受辱。〔註5〕是故雖有女詩人文學結社活動，但大部份的閨秀仍不敢輕易將創作示人，而得以參與鑒賞活動者也多限於同性之間，爲了兼顧婦德要求與才藝興趣，家族聚會中親族鄉里之間的酬唱往返成了女詩人最佳發表的舞台。

一、女性親族

在家族聚會中，我們可以看到母親（或婆婆）、姑嫂、妯娌、姐妹等家族中喜愛文學的女性，藉著親屬關係，組合一個小型女性創作群與讀者群。另一方面，在婦女的教育過程中母親佔據一個相當重要的地位，如沈宜修在《鸝吹集》中說明對於女兒的文學教育，自誦讀至認字、閱讀，作詩作文，至十二、三歲，令其學繡，教以琴棋書畫皆親自力爲。女性文化萌生於深閨內院中母女之間的親密聯繫，女兒的文學素養在母親指導下獲得滋長。〔註6〕在晚明至清代婦女中常有母女皆負才名的情形，如沈宜修及其女兒，黃媛介及其女，商景蘭及女兒、兒媳，周映清與三個女兒及三個媳婦等等，一門女眷皆負才名，可知母親督導女兒繼承家學之功不可沒。而愛好文學的女性親屬藉家

〔註5〕 孫康宜指出：清代閨禁文才的社會定位，和十八世紀英國女性確有巧合。其時英倫極端派婦女認爲，女人出版品形同失去貞操，因爲這樣不啻把隱私赤裸裸呈現在大眾目前；白璧蒙塵，有違閨內女誡。孫康宜著，李奭學譯，〈明清詩媛與女子才德觀〉（《中外文學》，第二一卷，第十一期），頁62。

〔註6〕 有關母親在女兒教育上扮演的重要角色，可參 Dorothy Ko, "Teachers of the Inner Chambers", 頁 158～168。

庭聚會使詩畫創作得到發表的機會，諸如沈宜修與女兒葉小鸞亦師亦友的關係，沈宜修曾謂葉小鸞乃吾小友，而葉小鸞曾有〈慈親命作四時歌〉等與母親唱和詩作，〔註7〕另外，沈宜修與女兒們曾吟詠梅花百首，集成《梅花詩集》，足以說明閨閣內母親與女兒唱和自得於文學天地中；又商景蘭與四女二媳在黃媛介造訪其家族時，家中的女眷皆與黃媛介唱和盛況，載入《名媛詩緯初集》；又姜廷枏乃王端淑之弟媳婦，曾以詩記載與王玉隱、王玉映、徐子貞、祁悟因等小姑與妯娌看玉蘭花之風雅行止。〔註8〕王靜淑（玉隱）寫詩以記初夏同玉映、玉曠兩妹，徐子貞、祁悟因、姜遂箴三弟婦游山之經歷；又倪宜之曾於歸寧祖居時，得家姑心惠詩並步其原韻與之唱和，〔註9〕可知閨閣女子與家族女眷，祖姑妯娌唱和之情況相當頻繁。

　　當時名媛閨秀往往是詩畫兼擅之才女，不僅在詩文創作上迭有佳績，也常與家族裏的女眷以詩畫酬贈。周蘭芳〈春日寫竹寄姊沈夫人〉：「新籜初舒雨後枝，碧含香破淡相宜。爲君寫出疏欄影，一片寒光照墨池。」〔註10〕在春暖花開時節，繪寫竹枝以酬贈其姊，以寄寓姐妹皆愛竹之雅興幽趣。張常熹〈子玉二嫂索畫歲朝圖〉：「爆竹聲初報，花看次第新。偶烘寒硯水，笑贈畫樓人。會有連番喜，眞無一點塵。不堪時贈意，聊以祝長春。」〔註11〕女詩畫家張常熹應家族內二嫂的要求，於新春時節繪〈歲朝圖〉並題詩贈送給二嫂，將一己祝福新春平安和樂之心意藉筆墨傳達。又王士禎《居易錄》云：「黃石齋先生道周繼配蔡夫人名石潤，字玉卿，今年將九十，尚無恙能詩，書法學石齋，造次不能辨，尤精繪事，常作瑤池圖，遺

〔註7〕　葉小鸞：《返生香》，〈慈親命作四時歌〉，收於葉紹袁編：《午夢堂詩文十種》，頁2。
〔註8〕　王端淑編：《名媛詩緯初集》卷十七，頁7。
〔註9〕　同上，卷十四，頁15。
〔註10〕　湯漱玉輯：《玉臺畫史》，周蘭芳，〈春日寫竹寄姊沈夫人〉，頁22。
〔註11〕　李濬之：《清畫家詩史》，〈癸下〉，張常熹，〈子玉二嫂索畫歲朝圖〉，頁15～16。

其母太夫人云。」〔註12〕蔡石潤夫人精於繪事，常作象徵福壽的〈瑤池圖〉，以贈祖姑，表達一己孝思。又惲珠〈題自畫荔枝〉：「一枝磊落裏瓊漿，寫出泉州十八娘。清饌記曾供大母，堆盤佳果滿筵香。（案：荔枝在東甌時每從海舶購得供奉祖姑）」〔註13〕惲珠雖是自題自畫荔枝，然而詩畫作品完成之後，家族內成員必定是最先欣賞的閱讀者，詩畫描述爲婆婆購得所喜愛的荔枝，以供奉婆婆，既以詩畫自娛，同時也寫出家庭內婆媳和睦，事親至孝的情景，成爲家族內安樂富足的圖象符號，爲家族鄉里及世人所樂於稱道，是故在徐乃昌所編輯《清詩匯》與李浚之所輯《清畫家詩史》皆收錄此詩。在題畫詩頌揚慈親的詩中我們發現阮元妻子、側室及子婦皆參與創作的情形。劉繫榮〈題石室藏書圖〉云：

> 聞昔我祖姑，貞靜本淑質。相夫兼教子，治家敦樸實。卓識明大誼，忠厚積隱德。克篤生吾親，年已近三十。吾親總角時，聰明即起特。作詩見清新，讀書深有得。所以吾祖姑，愛親尚柔克。嚴法孟母遷，勤效敬姜織。教親窮經史，必當求絕識。教親務聖學，不可聽異術。教親明世務，通達貴正直。教親習禮儀，謙約尚謹飭。每當塾課歸，親即侍几側。凤夜奉慈顏，動必循典則。書聲四處聞，闇然居石室。嗟乎吾祖姑，鄉閭本共式。披圖神往之，能不憶當日。〔註14〕

又謝雪〈題石室藏書圖〉：

> 盥手披圖看遺跡，圖中石室神仙宅。卷軸參差疊六經，都是慈親手所積。當日嚴親游歷時，慈親彝訓在書帷。自課四聲通韻語，膝前把卷勝名師。敬睹遺容開淚目，依稀小榻依花木。秋庭新爽扇涼生，石室紬書隨意讀。幼學初資

〔註12〕 同註10，頁24。
〔註13〕 惲珠：《紅香館詩草》，〈題自畫荔枝〉，見《叢書集成續編》（一七六），頁10。
〔註14〕 見徐世昌編：《晚晴簃詩匯》，卷一八六，劉繫榮，〈題石室藏書圖〉，頁39。

慈教成，壯學還因嚴訓行。一品紫泥封誥後，聖人許說顯
親名。（案：夫子嘗未有顯親揚名之諭旨。）〔註15〕

劉蘗榮是阮元兒媳，謝雪是阮元的側室，從詩句中可知婦女嫁入婆家
之後，對婆婆必須視同自己的母親，所以極力從昔日聽聞得來的婆婆
言行中，重塑出一個德性高潔的母親形象。這類的題畫詩除了孺慕之
情溢於言表之外，尚具有鮮明的倫理教化性質，蓋婦女學習文字之
後，非張揚其才名，而必須有益於婦德，才德之間德性擺在第一順位，
題畫詩中關於孝親主題之作，既無損於道德的完美形象，有益於品德
與節操之提昇，更可顯揚親名。又如孔璐華〈題石室藏書圖〉：

敬題藏書圖，盥手展卷軸。開圖心更傷，先姑倚書屋。端
嚴坐幽居，風景滿清目。詩書藏石室，庭前陰桐竹。夫子
尚幼年，侍親捧書讀。我舅因遠遊，慈訓嚴且肅。夫子本
好學，顯親與宗族。哀哉孝思純，每憶慈親哭。命吾當勤
儉，往蹟說心曲。詩書親口傳，典衣買薪粟。常自憶昔時，
抱恨意未足。我聞惟淚下，哽咽對清燭。未得侍慈顏，百
身何所贖。銜哀拜遺容，濡毫更莫祝。〔註16〕

劉文如〈題石室藏書圖〉：

開匣拜遺容，悽然心暗傷。未及見慈親，惟見圖卷長。夫
子秉遺教，顯親早名揚。當年課夜讀，教以古文章。治家
似鍾郝，半典嫁時裳。聚得千卷書，訓以石室藏。夫子成
德器，終天憶北堂。四祭陳五鼎，舉爵每徬徨。哀哉寸草
心，難報春暉光。於今選樓上，即是古墨莊。聖恩酬母德，
更圖一品妝。〔註17〕

唐慶雲〈題石室藏書圖〉：

選樓啟匣蒸香煙，共仰慈親意黯然。今日華封真一品，當
時庭訓比三遷。半園花木歸圖內，萬卷詩書在膝前。石室

〔註15〕同上，卷一八六，謝雪，〈題石室藏書圖〉，頁38。
〔註16〕孔璐華：《唐宋舊經樓詩稿》，清道光闕里刻本，卷三，劉蘗榮，〈題
石室藏書圖〉，頁15。
〔註17〕同註14，卷一八六，劉文如，〈題石室藏書圖〉，頁36。

洞天皆福地，好將仙館説瑯嬛。〔註18〕

孔璐華是阮元的繼配，劉文如、唐慶雲都是阮元的側室，此三首詩皆強調其慈親已逝，媳婦拜見慈親遺容，黯然神傷，由於無法侍奉慈親，只得遣筆墨大加讚揚其德行，並爲自己無法侍慈顏，似乎在婦德上不得圓滿，深深抱憾。從這些詩句中，題目及內容皆十分相近，推想可能是阮太夫人受封一品夫人時，眾女眷借〈石室藏書圖〉，發爲吟詠，歌頌慈親高德懿風，並表達孝思之心。王照圓亦有〈題阮太師母石室藏書小照〉（案：芸臺先生夫子己未會試座主也。母夫人氏林，性耽墳典，圖中小像獨坐石上，芸臺先生執書侍立於前。）：「纂詁挈經萬卷收，瑯嬛仙館翠煙浮。齋名積古從公定，（案：先生有績古齋，後改積古。見挈經書室文集。）室有藏書是母留。儉素時妝無一點，丹青小照足千秋。應知淡月疏桐夜，緬想音容在選樓。（案：先生所居係李善注文選樓。）」〔註19〕王照圓是阮元的孫媳婦輩，由王照圖對阮太師母的追想緬懷與崇仰之情，可知此時阮元母親的形象已被建構爲家族裏的品德貞潔，完美無缺的模範女性，而且爲世世代代子孫們追隨敬仰。由於其家族成員歷來對於此幅《石室藏書圖》不斷地歌詠詮釋，阮元母親成爲家族內子孫與女眷們所認同與崇敬的完美母親形象，而此《石室藏書圖》在多首題畫詩的詮譯建構之中遂成爲家族女性自我追求的母親象徵符碼，同時也成爲阮元家族文化內特有的象徵符碼。在子孫媳婦不斷地追想緬懷裏，《石室藏書圖》與世代所積澱的題畫詩遂成爲阮元家族歷史圖象與家傳墨寶，圖繪與題畫詩成爲偉大崇高的母親象徵，對世代子孫散佈著一種內在的影響力，此即要成爲家族成員所認可敬重的女性，唯有如同阮元母親的品德貞潔無瑕，是故，圖繪與題畫詩遂成爲一種家族內崇高女性權力象徵的符碼。

　家族之內新婦與婆婆之間，或元配與側室之間往往是有權力結

〔註18〕 唐慶雲：《女蘿亭詩稿》，清道光刻本，卷四，〈題石室藏書圖〉，頁7。

〔註19〕 同註14，卷一八六，王照圓，〈題阮太師母石室藏書小照〉，頁61。

構上的關係，新進媳婦必須尊敬順從家族內女性長者，並以女性長者生活起居之嗜好喜愛、制定之家族內規爲閨範準則，鄒賽貞云：「明日迎其母太夫人來養，每值公暇，則率其子孫，日具酒饌于茲山，稱觴戲綵以爲壽，隨其所欲者，極力爲之，惟恐其少有拂耳。于是太夫人盤桓陟降乎茲山之間，俯視群彙之暢達，遐眺萬姓之宴安，懽忻夷愉，康寧饜鑠，不必割肥烹鮮而甘且腴矣。即諸景分題曰：東山愛日，撮其要也，余既各繪圖而復爲之詠。」〔註20〕鄒賽貞爲祖姑太夫人之大壽，不僅率子孫備佳餚美饌，戲綵祝壽，最主要地，必須隨太夫人之所欲，極力搜羅辦妥，惟恐拂逆太夫人之心意，同時鄒氏還親自作畫，完成十多幅象徵長壽多福的圖繪，並每幅圖皆題詩以歌詠之，鄒氏費心巧思題詩作畫以作爲太夫人的壽禮，傳達其敬愛孝親之心意。由此可知所謂男主外女主內不光是一種道德規範，內外之別最實際的意義在於日常生活上的分工，家族內的大小事，舉凡關乎家務女紅、子女教育、祭祀祝壽筵席等，女性皆在家族內佔有相當地位的發言權與決定權。婦女研究先驅 Margery Wolf，早於七十年代即根據臺灣的田野調查立論，強調女性在中國家族制度中的角色並非一成不變，而是順著成長的年序使身份地位有所轉變，自閨女、新婦、人母、主婦而至熬成婆，每段落具有不同的生活節奏、須肩負的責任，及權力分配。而新婦入門，除順應以男性爲本位的宗族要求外，也需要順從家族內的大婦或婆婆，而這些掌權的女性長者亦暗自建構一個以母性爲中心的陰性家庭，從中行使權力，叫兒媳唯命是聽，女性雖稱內人，並不俯仰父權鼻息求存。〔註21〕新婦以獲得婆婆的歡顏確保其家族地位，並且在德行亦以孝親爲首；而前面所述阮元家族裏妻妾們以題畫吟詩來讚揚清高貞潔的母德，此乃家族藉由女眷們讚頌祖姑的題畫詩，可以再次

〔註20〕同註 10，「鄒賽貞」條，頁 22。

〔註21〕Margery Wolf, *Women and Family in Rural Taiwan*（Stanford: Stanford University Press, 1972）。

進行婦德教育，強調女性德性著重在成爲一位品格無瑕的賢妻良
母。所以這類女性孝敬慈親、緬懷慈親的題畫詩作，一方面頌揚其
姑之高風懿德，傳達孝思，一方面也可表明自我嚮往此種崇高偉大
的母親形象，並且致力追求之。

　　女性爲了在才與德之間取得平衡立足點，往往也以孝敬慈親爲
名，作爲創作詩畫的理由，如孔淑成〈侍母點消寒圖〉題畫詩云：

　　堂上傳呼停繡襦，慈萱看此掌中珠。鶴眠積雪三三徑，猩
　　點消寒九九圖。月影清如今夜好，梅花香似去年無。眼前
　　索笑隨弟妹，博得歡顏韻不孤。〔註22〕

「眼前索笑隨弟妹，博得歡顏韻不孤」，在女性文字作品中，常見將
娛樂慈親當作創作的動機，以娛親的孝道爲名，避免遭人非議，畢
竟即使在才女文化盛行的明清，書寫對傳統婦女而言乃是一個逾越
分際的舉動，而寫作這類娛親、顯親、孝親之題畫詩，不僅避免了
才與德之爭，也符合閨訓之規範。任玉卮〈敬題先嚴雙棲圖〉：「圖
就嚴親清健容，薇花夜月兩溶溶。應憐母氏留長恨，故遣丹青覓舊
蹤。」〔註23〕在這首原本是題寫先父的題畫詩中，卻是爲了體貼守
寡的母親，故遣丹青尋覓先父蹤影，藉以稍稍安慰母親悲傷的心情。
此等以孝親爲名，從事詩畫創作的憑藉，在女性創作歷程裏履見不
鮮，此也可以視爲女性兼容才性與德性的另一種呈現。由此可知這
類關乎慈親形象的題畫詩創作，一定是有關於孝親主題的繪作，然
後將詩題於畫作或觀畫吟詠，在閨秀家庭聚會中，詩作完成之後，
經由母親、姑嫂、弟妹等傳閱，此類對慈母形象歌功頌德的作品，
一方面可以博得上位者（母親等掌權者）的歡心，表示一己對母親
崇仰之心，另一方面傳閱於鄰里，其嘉言美行受到讚揚，甚至收錄
於詩集中的機會也大於其他類型的創作。在女性的詩畫創作空間
中，家庭聚會的形式可說是最安全而不爲人所詬病，但隱性存在的

〔註22〕同註14，卷一八四，孔淑成，〈侍母點消寒圖〉，頁27。
〔註23〕同上，卷一八六，任玉卮，〈敬題先嚴雙棲圖〉，頁13。

母性爲中心之權力結構，某種程度上，或多或少左右著女性創作的素材及主題內涵，是故家族內小型閱讀群雖提供婦女創作的動力及詩畫交流的機會，但也在某些方面予其限制和阻礙。

此外，以母性爲中心的陰性家庭，掌權者除了婆婆之外，也可能是元配，或有子嗣的繼配，若此代理母親（婆婆、或元配等掌權者）喜歡舞文弄墨，那麼閨秀集體創作，雅集聚會或從事文學活動會直接或間接受到鼓勵，並且在聚會中亦有機會得到年長女性指點與支持。從陰性家庭權力結構立論下，母親（或者代理母親）的角色對於閨秀所組成的微型近親讀者群有舉足輕重的影響力，其角色無異於開放式結社活動中男性贊助者與指導者的地位。如湘潭郭氏姐妹自幼即寄宿於姑姑家中，由於受到其姑姑對文學愛好的影響，而詩畫創作不懈，其姑姑郭友蘭亦是出身於書香世家，曾有〈題大姊畫蘭〉：「枝枝葉葉不相侵，一種孤高寄素心。卻憶曲闌橫十二，香風拂處畫長陰。」其二：「靈根生長在瀟湘，熟讀離騷寄興長。先我有君多妙悟，一時燦作筆頭香。」〔註24〕郭友蘭字素心，故云其姊畫蘭將一種孤高的情懷贈素心，即以蘭象徵品格的孤高，故郭友蘭以詩酬謝其姊畫蘭相贈。又〈自星沙歸後寄懷錦裳三姑並謝惠菊花便面〉云：

> 西風催放桂花新，小住名園又幾旬。江上雲鴻前度迹（予客姑家二次），燈前姻婭一家人（浣香女爲姑子婦）。盤餐爲我親調鼎，風雅如君自絕塵。湘水無情送歸棹，漫思往事一傷神。感君情重寫秋姿，贈當河梁柳一枝。名畫自來閨閣少，幽香還勝玖瓊貽，繁華掃盡方徵品。投報無由祇有詩，爲恐拂來增悵望，風神想見淡粧時。〔註25〕

郭友蘭到三姑家中作客，並探視自己嫁作人婦的女兒王繼藻（浣香），返家之後，以詩酬謝三姑的熱情招待，以及三姑親手所繡的菊花便面，由於其女兒即三姑的媳婦，故云：「燈前姻婭一家人」。再

〔註24〕　郭友蘭：《貯月軒詩集》，〈題大姊畫蘭〉，收於李星沅編：《湘潭郭氏閨秀集》，清道光十七年（1837）湘陰李氏刊本，頁5。

〔註25〕　同上，〈自星沙歸後寄懷錦裳三姑並謝惠菊花便面〉，頁7。

者，三位閨秀皆工詩畫，因此郭友蘭云：「投報無由祇有詩」，唯有以三位閨秀皆能領略的詩歌語言才足以表達自己內心最深切的謝意，可知題詩作畫在女性閱讀社群之中，已經是一種連繫女性之間親密情感的語彙符碼。由郭友蘭題寫給大姊與三姑、女兒的題畫詩中，可知郭氏三位姐妹生長於家族裏女性長者詩畫兼擅的環境，再加上姑姑與舅母常常指導她們的詩畫作品，故三位姐妹成長過程中，不乏許多詩畫創作練習與作品發表的機會，並且姐妹還曾聯吟結社，如王繼藻〈見梅花初開有懷郭笙愉姊〉：「老樹寒香破，春歸人未歸。一枝衝雪放，三載與君違。憶昔同聯社（姊同結梅花詩社），清吟對落暉。而今空悵望，離思滿柴扉。」〔註26〕王繼藻於初春時節見梅花初放，回憶起昔時姐妹聯吟結詩社的情景，而今姐妹各嫁他方聚少離多，不禁離思滿心懷。

　　除了郭氏家族女性閱讀社群之外，王氏姐妹詩作合輯成《棣華館詩課》，亦是家族女性閱讀社群的最佳呈現，其中《棣華館詩課》卷四有一百首題畫雜詩，前有小序云：「閒窗學畫，每成尺幅，輒系小詩若干首，略以花時先後爲次。」家族姐妹們以四季花卉爲主題，先圖繪之，再寫小詩若干首以吟詠之，故寫作一百首花卉題畫詩，此一百首題畫詩的呈現可知其姐妹喜愛創作之熱情，同時也可知三姐妹在創作百首題畫詩過程之中，也有練習題畫詩作，彼此互相切磋砥礪的作用。王氏姐妹尚有〈比屋聯吟圖〉的吟詠，王采蘋〈題仲遠舅氏師比屋聯吟圖〉：

> 畫中清景依然在，轉眼滄桑人事改。回首歡悰不可尋，把卷流連動遲慨。憶昔蘭陵比屋時，棣華荊樹喜駢枝。百篇斗酒青蓮興，一卷憂時杜老詩。班左才華亦殊絕，玉臺各擅生花筆。聯吟鎮日掩柴扉，身外浮雲忘得失。最惜飢驅事遠游，天涯憔悴倦登樓。征鴻千里書難達，春草池塘夢

〔註26〕　王繼藻：《敏求齋詩》，〈見梅花初開有懷郭笙愉姊〉，收於《湘潭郭氏閨秀集》，頁4。

亦愁。已恨頻年悵離別,那堪杜宇還啼血。寶瑟聲寒湘水
雲,玉笙吹冷緱山月(包孟儀妗氏卒後,孫叔獻姨丈師暨
先君復相繼卒)。盡室從官到武昌,匆匆哀樂最神傷。江山
勝跡宜圖畫,華館春風護筆床。陶令高懷最清逸,分陰共
惜深宵月。一樣聯吟似昔時,夢中清淚常嗚咽。變徵歌成
泣鬼神,離騷九辯意同論。微才欲續中情賦,顧影難爲失
怙人。嬋娟環珮紗帷側,弄墨然脂永朝夕。觴詠風流又一
時,高堂明鏡星星白。京國棲遲憶大姑(謂孟緹從母),雲
山目斷正愁余。何當一棹歸帆穩,更寫聯吟第二圖。〔註27〕

可知王氏三閨秀在舅舅家中受到家風影響喜愛吟詠創作,其舅母率領
這些閨秀一門聯吟,「班左才華亦殊絕,玉臺各擅生花筆。聯吟鎮日
掩柴扉,身外浮雲忘得失。」後來其舅母隨宦遠遊,與王氏姐妹離別
經年,舅舅與王氏姐妹再聚首時,其妗母已逝,人事已非,王氏姐妹
對著圖繪「一樣聯吟似昔時」,然而情景依舊,人事全非之感,不禁
「夢中清淚常嗚咽」,但爲了不負妗母對其姐妹們詩歌才華的栽培,
閨秀們「嬋娟環珮紗帷側,弄墨然脂永朝夕。觴詠風流又一時,高堂
明鏡星星白。」齊聚一堂,舞文弄墨,以寫聯吟第二圖。又王采蘋亦
有詩云:

謝庭風雅聯珠璧,十載相依共晨夕。從官又向楚天來,千
古江山留勝跡。一簾花氣護琴堂,萬戶絃歌傳巷陌。簿領
勞人百事煩,分陰退食猶珍惜。刻燭清宵各賦詩,棣華高
館夜遲遲。相看一樣中天月,故里清歡入夢時。蘭陵城中
有茅屋,小隱居然絕塵俗。三徑黃花瀲酒香,一庭修竹捎
雲綠。落落高懷澹有餘,聯吟逸事記新圖。朱陳結契應千
代,昭憲才華喜共居。轉瞬倥匆人事改,罡風小劫飄塵海。
賣宅重爲千里游,披圖剩有三人在。痛絕緱山月夜笙,鶴
歸何處覓江城。萋萋碧草梁鴻廡,寂寂荒阡有道塋。別鵠
歌成最蕭瑟,聲聲叫徹啼鵑血。飄瞥流光感逝波,蒼茫往

〔註27〕 張晉禮編:《棣華館詩課》,道光三十年(1850)武昌棣華館刊本,
卷二,王采蘋,〈題仲遠舅氏師比屋聯吟圖〉,頁10~11。

事驚華髮。花縣春風日正長，一門家學紹中郎。傳書嬌女
趨庭候，弄墨名姬曉鏡傍。此日畫圖宜更作，圖中添寫人
如玉。愧我長懷附尾慚，千秋佳話聯芳躅。〔註28〕

昔日閨秀齊集以謝庭詠絮之才，一門聯吟之風雅盛事，曾歷經十載晨
夕的美好時光，然而時光倏忽，轉瞬間人事已改，往昔閨秀於今只剩
三人，只能從圖繪裏追憶昔時聯吟逸事。往事蒼茫，而今圖中閨秀也
已早生華髮，思及「一門家學紹中郎」，這一門家學繼承之責需要有
中興之傳人，故「傳書嬌女趨庭候，弄墨名姬曉鏡傍」，將昔日聯吟
盛況再傳遞給下一代閨秀，將女兒教養為詩書畫兼擅的大家閨秀，使
「此日畫圖宜更作，圖中添寫人如玉。愧我長懷附尾慚，千秋佳話聯
芳躅」，母親與女兒世代交替間傳遞閨閣家風，使一門聯吟佳話永續
不絕。此說明其家族閨閣內的環境氛圍，有女性長者對其文學創作的
支持，使得女性能自得於創作詩畫的天地；迨閨秀們創作出優秀的詩
畫作品，滿足家中女性長者的殷切期許與長年才德教育，成為報答女
性長者慈愛的一種孝親表現，同時也可視為相對於父系血緣家學傳續
的父權體制下，另一種女性之間隱含存在私密的閨閣系譜傳承脈絡。

二、鄉里親友

　　女性題畫詩家族鄉里的閱讀社群，除了上述較為內向性的純粹女
性家族閱讀社群之外，亦有與男性詩畫唱和的詩作，如與夫婿或兄弟
等其他家族親友唱和的情況，如王芳與〈題子餐畫〉：「藥草依巖碧，
秋山出岫高。眾芳搖落盡，流水自朝朝。」其二：「江靜水釣冷，煙深
鳥夢柔。空林無月到，野艇為誰留。」〔註29〕王芳與題其夫婿之畫作，
詩句道出山水畫裏幽遠閒適之意境。又席慧文〈題外竹籬茅舍圖〉：

茅屋任意斜，竹籬有序次。莫笑似農家，得此良不易。君
非風塵人，亦少溫飽志。親老已懸車，難免菽水計。名利
久澹忘，升沈無所繫。負郭苦無田，折腰非本意。何時遂

〔註28〕同上，卷二，王采蘩，〈題仲遠舅氏師比屋聯吟圖〉，頁11。
〔註29〕同註8，卷十八，王芳興，〈題子餐畫〉，頁15。

初心，繪圖聊自慰。我亦愛圖閒，偕隱身堪寄。惟祝君早
歸，領略圖中味。〔註30〕

席慧文題寫其夫婿所繪〈竹籬茅舍圖〉，詩中突顯一位賢良的妻子能
領略丈夫圖繪裏淡泊隱逸的深意，然而「負郭苦無田，折腰非本意」，
受困於生活，丈夫卻必須為五斗米折腰，妻子見丈夫繪茅屋圖以寄其
心志，深知丈夫淡泊名利，想遠離浮沈之仕宦生涯，故云：「我亦愛
圖閒，偕隱身堪寄。惟祝君早歸，領略圖中味。」妻子表明願與夫婿
偕隱於山溪茅屋，甘於平凡隱逸的生活，題詩以呈現一位賢淑妻子的
心意。郭步韞寫給兒子的題畫詩〈小松題蓮兒便面〉云：「門閭牢落
黯魂銷，愁對英英徑寸苗。敢詡蟠根能得地，每期飛節早沖霄。侵陵
儘有風霜苦，灌溉全憑雨露澆。自古奇才說梁棟，他年肯構見丰標。」
〔註31〕此乃描繪出一位母親辛苦地養育年幼的兒子，如同照顧一株小
松，費盡心力為其擋風遮雨，給予甘美的雨露灌溉，期待兒子由小松
長成強健卓越的棟樑之才。在家族內除了夫婿、兒子之外，女性亦與
其他男性親族詩畫酬唱，葉小鸞〈雲期兄以畫扇索題賦此〉：

春來處處盡芳菲，寂寂山花映水飛。水色似明春月鏡，花
光欲上美人衣。子規啼老無人處，蝴蝶滿山粉落絮。邈然
青天不可攀，惟見江水流潺湲。江外雲山幾曲重，丹崖翠
岫交蒙茸。霏微煙際桃花雨，氤氳香前薜荔風。松聲一響
度萬壑，下有幽人桂艇泊。扣舷長嘯數峰青，臥看吹花巖
下落。沈沈谿畔石屏開，裊裊游絲綴綠苔。碧羅倒掛互千
尺，深山寂靜真幽哉。白雲千古悠悠在，獨坐對此心徘徊。
前溪流出胭脂水，疑是漁郎渡口來。〔註32〕

葉小鸞將雲期族兄畫扇內所繪的山水圖比擬為可隱逸之仙境，「江外
雲山幾曲重，丹崖翠岫交蒙茸。霏微煙際桃花雨，氤氳香前薜荔風。」

〔註30〕 同註11，〈癸下〉，席慧文，〈題外竹籬茅舍圖〉，頁12。
〔註31〕 郭步韞：《獨吟樓詩》，〈小松題蓮兒便面〉，收錄於《湘潭郭氏閨秀
　　　　集》，頁2。
〔註32〕 同註7，葉小鸞：《返生香》，〈雲期兄以畫扇索題賦此〉，頁4。

在雲山疊嶂，桃花紛飛的山水裏，彷彿有幽人划著扁舟停泊於此，自在悠然於寂靜深山之中，葉小鸞臥遊於畫扇內的山水仙隱之境，藉由隱逸自適之高懷比擬其兄品格之高蹈，充分顯現山水畫扇的文人式審美旨趣。陸向芝〈題畫梅扇面寄族兄樹棠〉：「南望韶陽郡，迢迢路五千。寒窗梅正放，芳訊到尊前。淡墨揮毫易，春風得氣先。（案：時姪輩赴春闈）一枝遙寄意，珍重附雲箋。」〔註33〕陸向芝以畫梅扇面與題詩寄給將遠遊的族兄，將梅所隱寓的家鄉親情，以及女詩人內心祝福之意，呈現於淡墨揮毫的雲箋裏。郭潤玉〈題南屏兄壯遊萬里圖即以贈別〉云：

> 剛從泮水詠詩回，又向蟾宮踏月來。拾得科名如芥蒂，阿兄原是挾天才。雲階聯步亦前因，轉瞬扶搖拜紫宸。快馬輕裘燕市路，春風應護看花人。雁塔題名羨少年，此行猛著祖生鞭。碧桃紅杏多顏色，領取蓬萊第一仙。謝庭詠絮共依依，畫裏爭看興欲飛。為祝阿兄無別語，明年早著錦衣歸。〔註34〕

此乃郭潤玉題寫其兄將遠遊謀取功名，憶及昔日謝庭詠絮的手足之情，依依難捨，然而為著其兄的仕途與功業，只有無語地祝福其兄早日衣錦榮歸。

家族裏的男性親友，舅舅與伯父往往也佔有相當重要的地位，有時舅舅或伯父會給予經濟資助，甚且幫助撫育姐妹的子女，成為家族裏的代理父親。王氏姐妹除了上述所談關於深閨裏純粹女性的家族閱讀社群之外，亦題寫多首以舅舅為主題的題畫詩作，且多是姐妹一門聯吟之盛況，王采蘋〈題族舅氏張見津先生洞庭更生圖冊〉：

> 洞庭之水如天浮，清宵月出飛扁舟。長風倒吹雪浪立，一葉飄轉沈洪流。千里天涯急負米，望雲陟屺嗟淹留。驚心應感嚙指痛，出險益切臨深憂。中流一壺古所貴，尺木直與星槎

〔註33〕同註11，〈癸下〉，陸向芝，〈題畫梅扇面寄族兄樹棠〉，頁5。

〔註34〕郭潤玉：《簪花閣集》，〈題南屏兄壯遊萬里圖即以贈別〉，頁10～11，收錄於《湘潭郭氏閨秀集》。

伴。蒼茫遇頃絕篙楫，乘興便欲凌滄洲。雲旗飄飄海若馭，
瑤瑟渺渺湘靈愁。飛廉奔命弭素節，馮夷擊鼓騰青虯。此時
奇懷轉浩蕩，足踏駭浪排潮頭。湖波不沒若平地，呵護定集
神靈儔。舊游回首四十載，白髮舟舟耆顏秋。文章致用足經
國，帷幄借箸多奇謀。良材厚德自天祐，有孚習坎心能休。
塵襟洗濯豁胸次，百川奔注霜毫柔。畫圖記事會深意，平陂
倚伏豈有由。垂堂晏坐昔聞戒，峻坡叱馭無夷猶。達人知命
必齊物，風輪月窟皆天游。列仙海上正招手，三山縹渺浮靈
邱。大椿輪囷八千歲，紫芝萬本如雲稠。飄然擲杖化龍去，
下視四瀆同浮漚。游蹤指點尚可識，九嶷一髮窮吟眸。群真
鼓掌發大笑，枕中仙夢何悠悠。〔註35〕

詩句描述出洞庭湖水之蒼莽猛急，飄出一葉扁舟，其舅就如同那飄搖
的扁舟，「千里天涯急負米，望雲陟屺嗟淹留。驚心應感嚙指痛，出
險益切臨深憂。」為生民百姓米糧奔波於千里天涯之間，匆匆四十載
已過，舅舅早已白髮蒼蒼容顏老，昔日文章經國，運籌帷幄之雄情壯
志，彷彿已漸漸消弭，看著〈洞庭更生圖〉似乎能洗濯塵襟，豁達胸
次，洞庭湖內百川奔注，筆墨霜毫卻輕柔延綿，此時王采蘋筆鋒一轉，
圖繪深意溢於言表，將舅舅在政壇的起起伏伏，比喻為洞庭湖內難以
駕馭的水勢，個人在政治上的得失起伏是沒有自由的，不如作個達天
知命的求道者，訪求海上仙境，於風輪月窟之間漫遊，尋著仙人指點，
追覓遊蹤，在安然自適的生命裏企盼遙遠的枕中仙境。又王采蘋亦題
詩云：

大水無津涯，濟川用舟楫。天生舅氏才，攸往占利涉。壯
游輕四方，矯矯思特立。楚國多奇材，諸侯肅長揖。如何
洞庭君，執節相晉接。歸舟盪雲水，儵忽飄一葉。雲旗森
已張，水府勢欲入。中洲渺何許，彼岸浩無及。愾然念衰
親，負米事方急。臨深古所戒，行險氣已懾。蒼茫萬頃中，
滅頂爭呼吸。浮沈依片木，駭浪不可躡。龍君鑒精誠，未

〔註35〕　同註27，《楝華館詩課》卷六，王采蘋，〈題族舅氏張見津先生洞庭
　　　　　更生圖冊〉，頁12。

敢輕結納。蒼生倚籌贊，帷幄有盛業。忽忽四十年，殊猷
建蒐業。決勝嫖姚軍，高懸徐孺榻。風雷屬奇偉，艱阻祥
所集。益知造物心，動忍專厥習。至今利濟懷，醰醰百川
合。頤神轉超曠，鶴髮未蕭颯。千秋留畫圖，觀水堪足法。
〔註36〕

王采蘩面對此幅〈洞庭更生圖〉將詮釋的重點放在舅舅治理洞庭湖的
功績上，讚揚舅舅經世濟民之才識，在湖水氾濫成災時，心雖掛念家
中衰親，然而仍以生民之利益爲優先考量，在舅舅歷四十年整頓之
下，終能使百姓安居樂業，不受水患之苦。舅舅雖是立下豐功偉業，
然而其面對生命的態度卻是怡然超曠，留此圖畫，也爲後人留下觀水
治水之法，以及一位爲生民立命之文人表率。又王嗣徽亦題詩云：

洞庭波靜月明時，負米聞吟陟屺詩。忽地風濤飄斷梗，天
空水闊有誰知。倚閭人在計歸程，呼吸安危萬種情。合向
方壺求大藥，便浮仙杖下蓬瀛。幕府雍容展異才，畫圖蹤
跡水雲隈。君山山色還如昨，誰放扁舟訪舊來。〔註37〕

又王采藻云：

片木陵千頃，煙波寄此身。飄飄水雲裏，疑是謫仙人。尺
幅勢千里，湘波六月寒。好將忠信意，寫入畫圖看。〔註38〕

王祥珍亦有〈題見津族父洞庭更生圖冊〉云：

洞庭湖水似蓬瀛，萬頃洪濤得更生。回首前塵三十載，游
蹤猶認岳陽城。幃幄奇才舉世傾，天教絕境盪奇情。畫圖
千載傳佳話，便抵遊山駕碧鯨。〔註39〕

由於題詠相同的人物與題材，所以題畫詩的內容皆相當接近，王氏姐
妹與堂姐妹一起觀畫題詩，題畫人物張見津的事功與生平經歷就在後
輩的題詠裏，漸漸積累而成爲家族後生晚輩的表率，成爲整個家族榮

〔註36〕同上，王采蘩，〈題族舅氏張見津先生洞庭更生圖〉，卷六，頁12～
13。
〔註37〕同上，王嗣徽，〈題族舅氏張見津先生洞庭更生圖〉，頁13。
〔註38〕同上，王采藻，〈題族舅氏張見津先生洞庭更生圖〉。
〔註39〕同上，王祥珍，〈題見津族父洞庭更生圖冊〉。

耀的表徵。王氏姐妹尚有題寫唐子方功業事蹟的題畫詩，如王采蘋〈題唐子方方伯夢研圖冊〉：「雪聲銘識尚如新，片石流傳絕代珍。草檄昔曾隨上將，策勳今喜佐良臣。精誠入夢真非偶，神物依歸信有因。鐘鼎功名垂盛世，千秋忠悃一朝伸。」〔註40〕此乃藉圖繪讚詠其方伯精誠忠義的愛國情操，以及其千秋留芳的功名盛業。又王祥珍亦云：「崎嶇炎嶠困孤城，此研真如玉帶生。末造奇才憐辱戮，千年貝石聚精英。心期曠世猶相感，勳業乘時喜漸成。莫訝諄諄夢中語，好憑麟閣駐榮名。」〔註41〕詩中也讚揚方伯乃是奇才精英，勳業功成，榮名顯揚。又王嗣徽云：「當年清夢記河濱，一研流傳解擇人。毅魄千秋依片石，新詩萬本頌奇珍。鼎彝著績銘同久，起喜虞歌筆有神。微物至今方得所，遭時顯晦漫深論。」〔註42〕方伯的功績，以及堅毅的勇氣與魄力，藉由片石記載下來，讓時人不斷地歌詠追思。又王采藻云：「河山瓦裂恨千秋，萬事滄桑片石留。九志未忘經世略，欲憑嶽牧展勳猷。夢裏衣冠話最真，神交落落豈前因。忠良易地原無二，認取匡時柱石臣。」〔註43〕此也讚詠唐子方經世有謀略，乃是忠良之士等忠義形象詮釋圖繪。藉由題畫詩作，稱揚其親友的高潔品格，不凡的生活經歷與曠達自適的生命主體，成為親族鄉里題畫詩作的主要書寫主題。家族女眷的集體吟詠，不僅可說明女性詩畫作品閱讀社群生發於家族親屬人際網絡之內，同時也說明女性的集體題詠乃是透過詩畫創作來深層了解與認識家族鄉里內楷模人物與重要事件，並且經由親族之間互動與創作更進一層去閱讀與書寫家族鄉里歷史；在此同時，家族內的長者也透過女性集體吟詠再次進行倫理教化的培育，以書寫詮釋忠孝愛國的男性人物，作為忠孝倫常的圖象符碼，在家族所形成的社群互動之間建立女子忠貞的家國意識。

〔註40〕同上，卷二，王采蘋，〈題唐子方方伯夢研圖冊〉，頁7。
〔註41〕同上，王祥珍，〈題唐子方方伯夢研圖冊〉。
〔註42〕同上，王嗣徽，〈題唐子方方伯夢研圖冊〉，頁8。
〔註43〕同上，王采藻，〈題唐子方方伯夢研圖冊〉。

　　由於中國男性文人常常為功名必須出外遠遊，故妻妾與丈夫相處的時間往往並不長久，母親與兒子、或兄妹姐弟之間也往往因為婚嫁，或是男性求取功名，而相隔兩地經年，再加上傳統男女之防種種因素，是故女性於深閨內院裏最常接觸到的仍是家族內的女眷，以及家族之外的女性，故女性親友往往成為女性詩畫作品的主要閱讀社群。鄰里家族間的閱讀社群與雅集聚會之閱讀社群仍有所區隔，鄰里家族主要側重在相鄰地域間不同家族閨秀往來，並擴及閨秀之親族，而雅集聚會除了主要是集體之活動外，閨秀乃散居各地，私下的連繫主要依賴書信交遊，而且雅集聚會之閱讀社群不具有親屬關係，同時也不限於鄰近之地緣關係。鄰近的家族間，閨秀常藉詩畫唱和互相往來，彼此拜訪對方家族，情同手足，故常以姐妹相稱之，王貞儀尊稱李英和為姊，當李英和以畫蘆雁扇寄贈王貞儀時，王氏以詩答之云：「江鄉風急起寒筇，歷亂煙光清淺沙。正是秋高菰米熟，相攜新侶伴蘆花。」又「古來畫鴈妙林良，今日閨中得李孃。六角忽傳霜月下，令人那不憶瀟湘。」〔註44〕圖象雖是蘆雁，然而王貞儀藉畫抒情，讚嘆李英和雖為閨閣中人，然其畫雁可比林良妙筆。女性親友的詩畫酬贈亦具世俗性格，如方靜繪寫花鳥便面，以祝賀節孝三姊宋夫人，並題詩云：「碧玉桃開二月天，盤根錯節自年年。枝頭好鳥青鸞種，應興瑤池一樣傳。」〔註45〕以枝頭花鳥象徵喜氣吉祥之意來祝賀其姊節孝受表揚。身處於相鄰的地域鄉里之閨閣女性，往往藉由詩畫創作的共同興趣而時相請益，詩畫唱和，趙棻題寫曹耕瑤女史小照，其詩云：

　　　瓊花玉貌共爭輝，如此姿容見亦稀。疏影一庭人不到，濛濛香霧浥羅衣。閒庭寂寞倚闌干，冉冉香風繞筆端。凍萼乍開和月冷，獨吟詩句鬥清寒。雅稱梅妝便不群，衣香花

〔註44〕　王貞儀：《德風亭初集》，卷十，〈李姊英和以畫蘆雁扇見寄作二絕句答之〉，頁19。
〔註45〕　同註11，〈癸上〉，方靜，〈寫花鳥便面祝節孝三姊宋夫人并系以詩〉，頁28。

氣兩難分。清詞誰是知音客，繡閣良朋有左芬。(案：謂表姐
歸佩珊、懋儀、耕瑤、居卿，時曾與倡和)〔註46〕

以疏梅暗香比喻曹耕瑤美麗的姿容與清新的品格，而在清寒的冬日裏
吟詩作詞，誰是知音客？閨閣的女性自是良朋益友，趙棻此指其表姐
歸懋儀與曹耕瑤時相唱和，由此可知在鄰近地域之間，閨秀彼此透過
對詩畫創作共同的興趣，而建立起屬於女性的鄉里人際網絡。郭潤玉
與江南地域負盛名的閨秀亦有詩畫酬和，曾與吳縣的陸韻梅有多首題
畫詩唱和，〈琇卿夫人贈紅梅小幅詩以誌謝〉：

一枝艷拂玉釵斜，多謝仙人蕚綠華。分得綵毫傳倩影，月
明紅雪印梅花。冰紈初展靜中看，寶鴨香沈繡閣寒。好是
羅浮殘夢覺，半窗風送珮珊珊。〔註47〕

陸韻梅字琇卿，出身於官宦世家，工詩善畫，尤工花卉，〔註48〕乃
是鄰近鄉里所稱揚的大家閨秀，郭潤玉能得到陸韻梅所繪紅梅小幅
自是深感榮幸，展圖觀畫細細品賞，詩云：「一枝艷拂玉釵斜，多謝
仙人蕚綠華。」將陸韻梅所繪的梅花比喻爲夢裏所遇的仙子，表露
其內心對夫人畫藝的讚嘆，同時也是對夫人本身審美品格的崇敬。
又〈題琇卿女士畫蝶〉「翩翩蝶影夕陽溫，細草如茵有夢痕。一陣東
風吹又醒，探花新入鳳池園。」〔註49〕其畫蝶彷彿已化身爲栩栩如
生的蝴蝶，翩翩飛舞於細草花叢間。郭潤玉不僅和秀卿詩畫酬和，
並且時常互相拜訪，如郭潤玉〈喜琇卿夫人過訪〉：「門小駐七香車，
翠羽明璫出大家，我作天台圖畫看，仙雲濃護碧桃花」又云「妙繪
時將百合重，戶聆玉屑感殷勤，一春好事知多少，才識東風又識
君。」〔註50〕郭潤玉與江南地域另一位名門閨秀沈纕亦有詩畫唱

〔註46〕趙棻：《濾月軒集》，卷上，〈題曹耕瑤女史吟到梅花字亦香小照三
　　　　首〉，頁2。
〔註47〕同註34，〈琇卿夫人贈紅梅小幅〉，頁20。
〔註48〕同註11，〈癸下〉，「陸韻梅」條，頁17。
〔註49〕同註34，〈題琇卿女士畫蝶〉，頁21。
〔註50〕同上，〈喜琇卿夫人過訪〉，頁22。

和，如〈題沈湘佩女史畫杏花扇面〉「名花細意寫齊紈，隱隱脂痕尚未乾。好是春風捲簾坐，一枝紅豔倚闌干。」又「妙繪依稀點絳霞，況兼錦字蘸輕紗。天然一種生春手，半寫詩情半寫花。」〔註51〕詩句讚揚沈湘佩妙筆繪出杏花神韻，細細觀賞之下，彷彿春天蓬勃的生意與風情已走入閨閣內，而「天然一種生春手，半寫詩情半寫花」，可知畫中彷若有詩情，詩情與畫意相呼應，更加令人讚賞。言下之意，郭潤玉自是期許自己的詩句能與畫面相襯，將畫裏詩情傳遞出來。又〈再題湘佩梅林覓句圖〉：

> 羨君妙筆絕無塵，林下風光別有春。想是羅浮舊仙子，一枝香雪認前身。半姿瀟灑出塵寰，心比幽蘭鎮日閒。吟到暗香清似水，自鋤明月下春山。廿年閨閣久知名，佳什傳來別樣清。難得相逢似相識，騷壇好共結詩盟。〔註52〕

郭潤玉早已久聞沈湘佩之畫藝與詩名，內心十分企慕，欣羨沈氏有生花妙筆，林下之風，將之比喻爲冰清玉潔的梅仙子，故有瀟灑之丰姿，吟詩吐句別有一番風采，郭潤玉與沈湘佩相識之後頗爲交契，希望彼此能以詩畫共結詩盟。女性之間討論詩畫，互相切磋琢磨其技藝，以精湛的筆墨贏得其他女性的認同與讚揚，可知上層閨秀已將工詩善畫作爲女性精英身份的表徵之一，不論是在閨閣之內或是與其他家族的閨秀交往，皆以詩畫作爲其共同的語彙與交流的形式，並以詩畫成就作爲自我價值的指標之一。

閨秀詩畫作品往往先經由家族內閱讀社群的認可與肯定，然後由家族小型的閱讀群再往鄉里成地域輻射性擴散，使得閨秀作品經由家族鄰里的傳播表揚而擴張其閱讀社群，如陸向芝工畫能詩，與姊向英有合繪百蝶圖，名噪一時，王士祿側室何春渚諸人均有題跋。〔註53〕吳騫納其妾徐貞，閒暇時教之唐人小律，「其於文藝，以謂吟詠非婦

〔註51〕 郭潤玉：《舊花閣遺稿》，〈題沈湘佩女史畫杏花扇面〉，收於《湘潭郭氏閨秀集》，頁4～5。

〔註52〕 同上，〈再題湘佩梅林覓句圖〉，頁5。

〔註53〕 同註11，〈癸下〉，「陸向芝」條，頁5。

人事，故常事隱諱，唯題予（其夫婿）荊谿載石圖，及綵雲便面詩，流傳於外。」〔註54〕雖然徐貞以爲吟詠非婦人事，故常隱諱不彰其創作，但鄉里閨秀卻透過其夫婿以及徐貞小影，認識這位女性及其作品，並以詩來記錄她的生活痕跡，林屋女史胡坤〈題珠樓小影〉云：「弄珠樓際弄珠人，欲賭嬋娟未有因。且喜圖中今識面，果然絕世好豐神。海昌麗則記曾編，多賴鳥絲寫共傳。儂更愛吟君句好，不如歸去看蠶眠。（案：拜經樓主人集閨秀詩爲《海昌麗則》）。」〔註55〕拜經樓主人即吳騫，曾集閨秀詩編爲《海昌麗則》，閨秀從詩句與圖繪裏想見其人，感受其風采。荊南女史黃蘭雪亦云：「彼美桐谿淶，披圖貌宛然。丰神眞婉娩，標格想清妍。慧業霞牋裏，齋心繡佛前。從知參妙諦，即是散花仙。」又「墨妙工句染，伊人水一方。能參三昧句，愛作六朝妝。香散熏鑪側，花明錦瑟旁。甯殊廣寒闕，仙子伴吳剛。」〔註56〕從圖繪裏詮釋徐貞生命的姿態，既有美麗容顏又有詩才，並供奉齋心繡佛，參人生妙諦，得與夫婿唱和偕樂，藉以詠讚徐貞的豐足的人生歷程。又《梧門詩話》云：

> 湘花女史周氏，蘇州人，姿性明麗，歸山左詩人劉松嵐爲簉室，蘭雪贈以字曰湘花。潘榕皋農部奕雋爲畫蘭代照，蘭雪詠其事，傳誦於時。湘花因繡〈蘭雪夫婦石溪看花詩〉相報，江以南題詠甚眾。〔註57〕

吳蘭雪家庭一門風雅，不僅爲書香世家，家族內女性亦詩畫兼擅，其妹與其妻皆有慧才，成爲江南地域一帶令人稱羨的風雅世家。吳蘭雪和劉松嵐爲好友，而周湘花爲劉松嵐之簉室，周湘花繡〈吳蘭雪夫婦石溪看花詩〉，金逸和駱綺蘭皆有〈題周湘花女史繡吳蘭雪夫婦石溪看花倡和卷〉以表達嚮往此種夫婦唱和之樂。又《然脂餘韻》云：「東鄉

〔註54〕　徐貞：《珠樓遺稿》，附於《拜經樓集外詩》，吳騫序，見《叢書集成新編》（七三）。

〔註55〕　同上，林屋女史胡坤，〈題珠樓小影〉，頁8。

〔註56〕　同上，荊南女史黃蘭雪，〈題珠樓小影〉。

〔註57〕　法式善：《梧門詩話》，卷十五（臺北：文海，1975）。

吳蘭雪，一門風雅，元室蕙風閣主人劉淑石溪工詩，蘭雪應禮部試北
上，女弟素雲畫《杏花雙燕圖》贈行，蘭雪作絕句四首，蕙風和云：『阿
妹拈豪落綵霞，阿兄新句稱籠紗。去時恰似辭巢燕，歸日應簪及第花。
征騎衝寒雪滿衣，畫圖長與駐春暉。上林見說花如海，願學紅衿只並
飛。』」〔註58〕吳蘭雪應禮部考試須北上遠離家鄉，其妹吳素雲畫《杏
花雙燕圖》以贈行，吳蘭雪作題畫詩四首以和此圖繪，其妻劉蕙風亦
題詩和此圖，同時於詩中寄寓一個妻室期許丈夫功名來歸，並與其比
翼雙飛之綿綿情意。女性的詩畫作品原本只留存於家族深閨內流傳，
然而往往經由家族成員的評品覽賞，並傳閱於其他親友，而使閨秀作
品流傳於鄉里親友之間，不僅擴展女性作品的閱讀社群，同時也讓其
他家族的女性得以觀摩鑒賞，如上述吳素雲所繪《杏花雙燕圖》經由
其兄傳閱於其他親友，金逸有詩詠之：「一枝紅雪艷生成，小燕呢喃話
曉晴。不向繡窗披畫卷，朝來忘卻是清明。多君早負謫仙才，合醉瓊
林第一杯。明歲酒邊如畫裏，簪花人共燕歸來。」〔註59〕金逸呈現吳
素雲的圖繪深意，同時亦將吳蘭雪當成自己的兄長般，期許他如畫裏
所繪，簪花人與燕同歸故里，亦傳遞出對友人遠遊趕考的祝福之意。
如駱綺蘭亦曾題吳蘭雪《杏花雙燕圖》：「酒罷河橋落日斜，一鞭走馬
到京華。青袍綠似天街草，沾得新紅燕蹴花。」又「閨中徐淑本能文，
鮑妹丹青更絕倫（案：謂令政蕙風夫人，暨令妹素雲女史）。轉眼曲江
春讌罷，折花先報兩才人。」〔註60〕詩裏除了吟詠吳蘭雪金榜題名之
外，亦讚揚其妻子與妹妹的詩畫才能，同時道出倚門閨閣企盼焦急之
心，希望簪得花魁時能先向兩夫人報消息。駱綺蘭同爲女性，對於女
性深處於閨閣內等待的心情能感同身受，故道出鄉里姐妹們共同倚門

〔註58〕 王蘊章：《然脂餘韻》，見杜松柏輯：《清詩話訪佚初編》（臺北：新
文豐，1987），頁21。

〔註59〕 袁枚編：《隨園女弟子詩選》，卷二，金逸，〈素雲女士爲其兄蘭雪畫
《杏花雙燕圖》〉，頁41。

〔註60〕 駱綺蘭：《聽秋軒詩集》，清乾隆金陵龔氏刻本，卷三，〈題蘭雪杏花
雙燕圖〉，頁4。

眺望的心聲。吳蘭雪離鄉之後，金逸又曾題詩云：「分明深巷買來遲，恰勝娟娟帶露時。是否天涯游子淚，新紅彈上杏花枝？」及「翠羽紅襟映夕暉，畫圖寂寞伴書幃。故園雙燕應相語：二度來尋人未歸。」〔註61〕此乃呈現其鄉里家族親友都在殷切企盼遊子來歸，遊人未歸，圖繪人也深感寂寞，「故園雙燕應相語：二度來尋人未歸。」則將吳素雲所繪《杏花雙燕圖》當成鄉里的文化圖象，鄉里親友皆在殷殷探問，遊子何日歸故鄉。由此可知鄉里地域的人際網絡亦是家族親屬關係的延伸，異姓家族之間雖然沒有血緣關係，然而其地緣關係卻使彼此之間亦如同一個大家族，互相照顧與關懷。當一個家族有子遠遊他鄉，鄉里裏的其他家族亦會寄予關心與祝福；而當家族有子衣錦榮歸或金榜題名時，整個鄉里亦會同感榮耀，並且將這位傑出人才當作鄉里表率。是故家族親屬關係擴大至地緣關係，使得一鄉一里之內皆是鄉親，皆是父兄姐妹，鄉里人際網絡的開展，遂使女性有更寬廣的視野，結識更多愛好詩畫的閨秀，並且增加詩畫作品發表展現的機會。

　　在旁系親族與鄉里親友的女性閱讀社群裏，女性相當關注其他家族女性的婚姻生活內涵，而且女詩人與家族之外的親友詩畫贈答時，所關注的焦點常置放在夫妻家庭生活，以及賢妻良母的角色扮演與生命歷程。王仲瞿與其夫人金雲門僑居於吳地，偕隱於詩畫唱和之生活，其夫人金雲門作《留待山居圖》以寄志，並請當時頗負盛名的閨秀席佩蘭題詩，其詩云：

　　　　昭明老佛守柴關，畫地詩天閣一間。占盡洞天仙偶福，更從何處買青山。秫秔三頃樹千章，只費將軍紙半張。多少眼前心事在，願天輕易莫斜陽。杜陵廣廈萬間春，未必他年語果真。留得桃花源一記，後人想殺此中人。如此安排亦大難，百年風雨幾宵安。不如眼底真消受，茶熟香溫幾遍看。〔註62〕

〔註61〕　同註59，金逸，〈讀《香蘇山館集》，有題《杏花雙燕圖》詩兩絕句，復和二首〉，頁41。
〔註62〕　席佩蘭：《長真閣集》，卷五，〈秀水王仲瞿孝廉良士與其配金雲門夫

席佩蘭詩句透露出杜陵廣廈與桃源仙境皆太遙遠，唯有眼前這幅夫唱婦隨之偕隱圖才是人間至勝仙境，可知席佩蘭認爲能與夫婿詩畫唱和於山溪野徑間，以寄其高曠遠邁之志，乃是閨秀圓滿幸福的生命姿態。又駱綺蘭〈題汪心農南園春色圖兼寄碧珠、意珠二姬人〉：

> 曩讀夢樓先生詩，心慕南園春色麗。揭來吳下寓虎邱，卻望金閶咫尺地。二珠匿我何太深（案：心農納二姬人，一碧珠，一意珠，皆學書於夢樓師，聰慧過人，此南園圖所由作也）未肯柔橈下衡泌。譬如寶玉必三襲，爛漢榮光肯輕示。那知奇豔難久藏，畫裡窺觀如面值。羨汝慧齊福亦齊，玟珚雙栖天所賜。茵薀兼逢大婦賢，梨栗還添阿侯戲。我如獨鶴常孤鳴，援筆題詩轉增媿。詩成鄭重寄粧臺，翰墨有緣終把袂。〔註63〕

汪心農與袁枚、王文治等吳地文人皆有往來，駱綺蘭從師問學於袁枚與王文治二人，再加上地緣關係，故結識汪心農，並與其碧珠、意珠二姬人以詩畫相唱和，一般文人常常援請畫師圖繪其生活裏重要値得紀念之事，圖繪而成，往往繫以事件主人之名，至於圖繪的原始作畫人則往往不得知，而且當文人題寫其他文人的圖繪時，往往題詩歌詠圖繪主人的高風亮節，至於圖繪者之精心巧構常只是一筆帶過，若圖繪者是文人家中的姬妾，更常遭受到忽略，而隱沒不彰。然而駱綺蘭在詩題上就突顯此題畫詩乃寄給碧珠、意珠二姬人，因爲汪心農此幅圖乃其二姬人所繪而成，同樣身爲女性，駱綺蘭特別加以關注屬於女性才藝方面的卓越表現，而且也道出家姬的繪作完成之後，原是深藏於閨閣之內，爲主人或家屬所欣賞，不可自行將詩畫之作表露於外，故駱綺蘭云：「二珠匿我何太深」，即指二姬人不肯將圖繪示人，但是汪心農將此幅家姬傑作展示於親友間，並且遍邀文人閨秀題詠，故「那知奇豔難久藏，畫裏窺觀如面值」，駱綺蘭觀畫之後讚賞其畫筆傳神

人僑居吳門，隱于詩畫，夫人作留待山居圖寄志屬題其意〉，頁16。
〔註63〕同註60，卷三，〈題汪心農南園春色圖兼寄碧珠、意珠二姬人〉，頁15。

－150－

韻，使人觀畫如觀賞江南春色。女性才華受到肯定自是一件值得榮耀之事，然而「羨汝慧齊福亦齊，玳瑁雙栖天所賜」，能夠福慧雙齊才是身爲女性最幸福之事，有才慧卻福薄命舛仍非女性之福，唯有尋得可倚賴的美滿歸宿，又能與夫婿閨閣詩畫唱和，福慧雙至方是女子終身之幸。而這二姬人不僅福慧雙齊，「葛藟兼逢大婦賢，梨栗還添阿侯戲。」還能遇到有賢德的大婦，得以善待這夫婿新納的二位姬人，使她們能自在地於閨閣內詩畫創作。此與上述的家族內陰性權力核心有相當密切關係，陰性權力的掌權者不一定是婆婆，有時是第一位入門的正室，也就是大婦，或是特別受寵的側室，在中國傳統家族裏元配與其他側室，側室與特別受寵的側室之間，其間關係亦相當微妙，常必須遵循長幼有序及先來後到的規範，妻妾之間倘若彼此爭寵或妒才，在婦德上也是有缺憾。是故駱綺蘭羨慕此二位姬人既有詩畫創作之才華，又有美滿的婚姻生活，而且在家族裏妻妾皆爲有德性之女性，不曾彼此爭寵或妒忌，相處和樂融洽，福慧雙全，才德兼備，此即是女性人生最圓滿的圖象。詩末駱綺蘭慨嘆自己身世，因其早寡，又只有一位女兒，有詩畫慧才卻福薄命苦，希望以「詩成鄭重寄粧臺，翰墨有緣終把袂」，與此二位姬人以筆墨結緣，以詩畫酬和，互相切磋詩才與畫藝。

　　閨秀與女性鄉里親友酬和，其題畫詩的呈現大多依循賢妻良母的定向思維，宣揚標榜品格清高，德性無瑕的模範女性，並且從傳統圖象語彙裏再拈出屬於女性特殊生命主體。如杜漪蘭〈題麻姑介酒圖壽朱遠山夫人〉：「瑞雲芳草絕纖埃，萬綠輕紅點翠苔。爲報麻姑將進酒，唧書青鳥昨飛來。」其二：「釀得瓊漿太液春，上元同壽李夫人。蓬萊清淺何須問，應記前身侍玉宸。」杜漪蘭於明末清初之際遭變亂隨丈夫四處流寓，與李元鼎的夫人朱遠山朝夕唱和，成爲彼此閨閣內私交甚篤之好友，此乃以麻姑獻壽的典故來向朱遠山夫人祝壽。其三：「繽紛玉樹舊天潢，秀出瑤林絕眾芳。近說名流濂國雅，分將珠采耀珪璋。」此是誇耀朱遠山夫人蕙質蘭心，才貌皆冠蓋群芳，爲名流雅

士們所稱道。其四：「河山欹岸世情疏，風雨難銷萬卷書。怪得中朝企司馬，畫眉相對有名儒。」不論外面世事風風雨雨，對於杜漪蘭而言，朱遠山夫人與夫婿畫眉相對之樂才是女性心中所企盼的。其五：「畫荻如丸姆教存，翩翩公子紹龍門。金鑪正好披宮錦，暫著斑衣慶石園。」〔註64〕一位女性除了成爲賢妻之外，能畫荻教子彰顯母德更是內心深處最殷切期望之事，然而據《名媛詩緯初集》記載：「江西戊巳之變，詩篇零落，後聞夫人（杜漪蘭）生五女，讀書而有雋才，皆適名閥，夫人以無子憂傷，不復事筆墨。」〔註65〕杜漪蘭雖聰慧有詩才，且五個女兒皆爲大家閨秀，好讀書有雋才，得以嫁給名閥望族，然而傳統上，無子可承香火對女性而言是一件深受打擊之事。沒有子嗣意味著這位女性無法在家族內鞏固其地位，或者藉由兒子擁有繼承財產權，保障自己晚年的生活，也無法爲此婚約家族培育榮耀家門、建立事功的後代，最重要的，沒有子嗣可傳宗接代即代表婦德不圓滿。所以杜夫人爲無子而憂傷抑鬱，不再有筆墨吟詠之事，亦可知在爲朱遠山夫人祝壽時，「畫荻如丸姆教存，翩翩公子紹龍門」，既祝福朱夫人福壽雙全，也暗地道出自己內心渴求一子的心聲。

對一位女性而言，女性的生命價值往往寄託在成爲一位德高望重的母親，故許多女性題寫〈課子圖〉，以呈現一己嚮往母親崇高貞潔的形象。駱綺蘭〈自題秋燈課女圖〉云：「江南木落鴈飛初，月色朦朧透綺疏。老屋半間燈一盞，夜深親課女兒書。」〔註66〕詩句呈現一位早寡的婦人在老屋孤燈下，親自教導女兒讀書，身爲母親面對育子與生活的辛勞困苦，突顯在詩畫的描繪裏。駱綺蘭這幅圖繪引起鄉里間許多文人與閨秀的共鳴，袁枚、王文治、曾燠等文人皆有題詠，閨秀畢繡佛與其姪女蓮艇亦有題詩，駱綺蘭題詩酬謝云：「瑤臺冰雪仰丰神，敢向騷壇躡後塵。千載金閨添韻事，謝家三代有詩人（案：張

〔註64〕同註8，卷六，杜漪蘭，〈題麻姑介酒圖壽朱遠山夫人〉，頁24。
〔註65〕同上，「杜漪蘭」條。
〔註66〕同註60，卷一，〈自題秋燈課女圖〉，頁12～13。

太夫人詩集海內共推，今繡佛暨蓮艇皆工詩，計三世矣）。」又云：「偶
將圖畫寄妝臺，多感題詩費妙才。穉女也知新句好，琅琅燈下誦千回。」
〔註67〕詩句除了感謝畢繡夫人與其姪女題詩，傳達其仰慕之情，同時
也以此閨閣韻事來自我期許「敢向騷壇躡後塵」，並以畢夫人一門風
雅，閨閣聯吟之風來期待自己作稱職賢德的母親，使自己所教養的女
兒亦工吟詠，希冀將來母女二世代也能聯吟，在閨閣詩壇傳佳話。女
性書寫鄉里裏關於慈親主題的題畫詩，除了自我呈現其崇仰母親的高
尚形象外，亦有標榜鄉里閨秀高潔品格的酬贈世俗性，並在歌詠賢妻
良母的形象時，更加鞏固女性的職能與女性角色規範，以及傳統婦德
價值觀，趙棻〈題陳心壺夫人（瑛）寒燈憶子圖〉云：

> 綠隙風搖小穗紅，一編午夜記丸熊。童烏早逝倉舒天，燈
> 火寒窗悔折菱。羊祜金環事恐虛，紅花照壁淚沾裙。重門
> 深掩黃昏早，怕憶當年爲倚閭。〔註68〕

此乃突顯兒子早逝，母親含淚悲苦的心情。沒有子嗣的悲痛成爲女性
心裏的夢魘，杜漪蘭夫人雖有五女，但乃悲其自己無子，駱綺蘭雖有
一女，但仍悲嘆自己如孤鶴般獨鳴，而陳心壺失去兒子，更是悲慟。
子嗣在女性做爲母親的生命歷程裏有特殊的意義，養育子女乃是母親
的重責大任，尤其傳統觀念裏，婚姻最主要的目的即是延續家族血緣
命脈，完成世代交替的任務，是故女性對自我價值生命的延續逐寄託
於下一代子女身上。再者，生男或生女雖都是親生骨肉，但「得有一
子」對女性而言，不僅具有完成傳宗接代的表徵意義，同時亦有實質
經濟與權力地位的賦予，所以古來母以子貴，子嗣往往成爲女性在家
族裏最重要的資產與依靠。因此，女性進入婚姻之後，往往複製父權
體系的道德價值觀，希望自己的兒子求取功名，克盡孝道，一方面藉
由兒子榮登仕途以揚眉吐氣，榮顯父母，同時女性也藉由兒子在家族

〔註67〕　同上，卷二，〈謝繡佛夫人暨令姪女蓮艇夫人題《秋燈課女圖》〉，頁
　　　　　11。
〔註68〕　同註46，《濾月軒詩續集》，卷上，〈題陳心壺夫人（瑛）《寒燈憶子
　　　　　圖》〉，頁4。

裏謀得權勢地位，故母親亦不斷在家族內複製男外女內、男尊女卑的觀點，並且劃分男性出外求取功名，女性深居閨閣內學習家務女紅，並以丈夫兒子為生命主軸等等父權體系中性別區隔價值觀。

在母親與兒子之間緊密的臍帶關係，尚須有忠孝節義的意識型態作為基礎，兒子出外為生民百姓奔波此乃忠貞於國家，回到家族內則要遵循孝道侍奉母親，女性依靠兒子盡忠孝之道即可獲得極高的榮耀與權勢。再者，宣揚父權忠孝之意識型態與婦德職能，乃是成為賢妻良母的象徵行為，亦可獲得鄉里親友的稱譽讚賞，故女性書寫鄉里親友的題畫詩裏，忠孝倫常之道成為一再引述的主題，席佩蘭〈題汪瀚雲員外（梅鼎）琴養圖一鈔〉云：「抱得泠泠太古琴，松風穩侍北堂深。一雙宛轉調絃手，七十婆娑戲綵心。應傲履霜聲慘切，肯緣流水感升沈。由來知子無如母，不要從人覓賞音。」〔註69〕此乃以養琴來突顯汪員外的孝思之心，並以琴音來比擬知子莫若母，不需要再覓知音，此說明母親與兒子之間血緣臍帶的濃厚情感。湯雨生請閨秀趙棻題寫母親的《斷釵圖》，詩云：

> 玉碎孤臣事已休，深閨釵折恨悠悠。謝家才調鍾家操，合把丹青倩虎頭。傳家忠孝仰清門，碧血丹心正氣存。今日花釵賡九樹，紫泥綸綍似春溫。〔註70〕

湯雨生其母為楊太夫人，繪有《斷釵圖》，請鄉里的名媛趙棻為其題詩，女性斷釵的行為本身即有強烈的忠孝意涵，且慎重其事地繪成圖繪供鄉里親友歌詠吟讚，可知其詩與圖皆有濃厚的倫理教化意味，並且此圖繪與題詩不僅供給後代子孫處世為人的規範準則，亦成為以忠孝傳家的家族傳統表徵與文化圖象。又趙棻〈題鮑聽香（正言）聽烏圖〉：

> 鮑君至孝曾閭徒，哀啼愁聽霜天烏。老烏引將八九雛，飛鳴食宿時相呼。雛成反哺娛桑榆，暮齒不復憂菽芋。一朝羽化殞厥軀，眾雛如泣聲嗚嗚。聞之淚下沾衣襦，同心相

〔註69〕 同註62，卷五，〈題汪瀚雲員外（梅鼎）琴養圖一鈔〉，頁12。

〔註70〕 同註46，卷下，〈湯母楊太恭人斷釵圖湯雨生參戎（貽汾）索題即次太恭人韻〉，頁21。

感誠非誣。斯意為乞良工摹，水墨傳出心縈紆。坐令觀者生悲吁，我初去國來西吳。庭闈無恙雙親俱，豈知一別歲月徂。靈椿先萎萱復枯，烏私莫遂願竟孤。輸君孺慕久不渝，忍教握管題斯圖。〔註71〕

趙棻依循烏鴉知反哺之恩的傳統圖象語彙來讚揚鮑聽香乃至孝之子，然而鮑君孝養父母之心尚未完全實現，年邁的父母已仙逝，趙棻覽圖題詩亦興起孺慕之情，念及自己婚後遠離父母，一別經年，父母先後去逝，反哺之願未能實現，不禁悲從中來，藉由觀畫題詩一抒失親的愁悵，以聊慰自己與鮑君思親之情。由此可知題畫詩不僅填補畫面空白之處，將未竟之意詮譯於詩句裏，同時作詩者與讀詩者皆在圖象語彙裏抒解失親的痛苦，並互相得到安慰。趙棻〈月冷峰青圖〉詩前小序云：「從姪霞莊（維嘉）有妾李二姐，京師人，霞莊以府經歷，分發廣西，道出漢陽病卒，二姐吞金以殉，年僅十九，族姪右卿（光弼）遷其櫬歸厝宗祠側，為作此圖。」〔註72〕為了紀念這位忠貞的女性，不僅圖繪之且題詩歌詠其事蹟，詩云：「亂峰銜冷月，悽絕暮汀前。屬纊江南客，收帆漢北船。盛年傷玉折，壹志勝金堅。想見從容際，丹青莫可傳。」又「吾祖殉王事，傳家有素風。餘慶三世後，大節一門中。巾幗能知義，泉臺倍慰忠（案：四川有慰忠祠祀金川殉節，諸公先祖與焉）。先塋歸骨晚，今幸九京同。」〔註73〕一位姬妾由於德性的貞潔而在家族歷史內佔有一席之地，並且透過題詩作畫不斷地追懷感念，家族成員在追懷其貞烈之事蹟時，整個鄉里家族的忠貞史蹟也在不斷追想覆誦，因而在為這位貞烈女子題詩作畫的歷程中，家族歷史也在不斷重新建構與詮釋，貞節婦女的事蹟融入家族歷史之內，同時家族藉由貞婦事蹟再次宣揚鞏固傳統忠孝節義的價值觀。再者，家族透過題詩作畫給予貞婦榮耀表徵，此種象徵行為樹立了貞婦

〔註71〕同上，〈題鮑聽香（正言）聽烏圖〉，頁10。
〔註72〕同上，《濾月軒詩續集》，卷上，〈月冷峰青圖〉，頁25。
〔註73〕同上。

節婦的崇高地位，對家族內每位女性起著教育與典範作用。故在題畫詩反覆述說的忠孝節義事蹟裏，詩畫回歸到原先載道教化的功能，圖繪與題詩成爲標顯榮耀的形式，因而詩畫本身即具有權力的作用與表徵符碼的功能。

　　由詩畫本身所具有的權力作用與表徵符碼的功能，女性與鄉里家族閱讀社群互動時，女性運用題畫詩的形式，將圖象的詮釋指向家族倫理道德觀，以獲得鄉里親友的認同肯定，同時家族閱讀社群也讓女性所觸及的題畫題材與內容承載著教化意義與功能，並隱隱顯示出這類忠孝傳家、賢妻良母的主題才是適合於女性題畫的文類，是故在女性自我認同與鄉里家族的讚許雙向交互作用之下，女性在題寫鄉里世族的題畫詩時，亦呈現出家族倫常教化的觀點。如趙菜題族兄趙青士的《茶甌對說詩圖》云：「至樂在家庭，風雅共研討。四海多朋儔，無如弟昆好。揮灑我自豪，簡練人誰識。風味亦如茶，甘從苦中得。大雅久已淪，何處有眞訣。請以禪喻詩，佛言不可說。」〔註74〕人間至樂是在家庭之內，風雅之道亦在其中，四海各處雖有許多朋友同儕，卻不如自家兄弟之眞摯情意，趙菜的題畫詩構築一幅家族姊妹昆弟互相問學請益之圖象。周之瑛〈題讀書秋樹根圖〉云：

> 微霜下木末，丹黃變庭綠。翻風颯高寒，清籟散嚴壑。中有幽居人，曠焉絕塵俗。把卷坐林根，忘形靜耽讀。兀兀千古心，爛爛雙電目。道妙一以探，神理早涵蓄。茂先三十車，金樓八萬軸。秘之生蠹魚，曷若貯諸腹。用舍得自然，縱橫洵足樂。先生黃門裔，書倉有舊築。東箭與南金，世譽仍相屬。稽古繼前榮，好學眞爲福。〔註75〕

世族交替間，對後代子孫殷殷企盼的即是讀書求精進，以榮登仕途，

〔註74〕 同上，卷上，〈題趙青士（遴）半耕（莘）茶甌對說詩圖三首〉，頁28。

〔註75〕 周之瑛：《薇雲室詩鈔》〈題讀書秋樹根圖〉，見《叢書集成續編》（一八一），頁7～8。

光耀家門，故周之瑛題寫鄉里黃先生於秋樹根下忘形耽讀的形象，並
讚譽其家族不僅黃先生好讀書，其先祖與後代子孫皆能從讀書裏取得
至樂之境，世代好學之精神繼承先祖榮衛，可謂以書香傳世家，獲得
鄉里一致交相讚譽，而家族世代所營造的書香家風使得家族榮顯，子
孫皆得福祉。趙棻曾題寫多首鄉里董姓家族的畫作，董家父子皆善
畫，圖繪完成之後，請名媛閨秀趙棻題詩，詩作裏多次讚譽董氏父子
精湛的詩畫才藝，「詩名王內史，畫品李將軍」，[註76]「謝庭矜玉樹，
弱歲擅清名。淡泊書中味，煙霞物外情。才華侔孝綽，風度數慈明。
想見探幽去，山靈抗手迎。」[註77] 在代代世族的傳承裏，子孫繼承
家風並加以發揚光大，遂成為每個家族最關注的焦點，故女性的題畫
詩也就時時浮現世代相承的頌讚之詞，趙棻〈題鈕山琴（蟠）臨野老
屋圖〉：

> 松陵江水清如玉，鈕氏由來推世族。玉樵先生古君子，著
> 述千言我曾讀。文采風流過百年，臨野猶存數椽屋。雲仍
> 賢裔有山琴，祖德難忘慕遠心。已倩荊關傳舊跡，還從里
> 黨乞新吟。吾甥交君託知己（君與壺山甥友善），每向騷壇
> 張壁壘。今年攜圖來東苕，謬以題詞強相委。展圖根觸桑
> 梓情，老成雖往深仰止。我家海畔高昌鄉。亦有先人舊草
> 堂。老屋三間風雨破，閒園半畝蘚苔荒。何時得把歸帆整，
> 渺渺吳淞煙水長。[註78]

詩裏頌揚鈕氏家族世代淳厚書香之風，並稱譽鈕山琴請畫師圖繪臨野
老屋圖，以闡述紹繼祖德，追懷先祖之孝心，同時趙棻的家族晚輩（壺
山甥）也與鈕山琴結交為知己，可知兩家族本是世交，故請閨秀趙棻
為畫題詩，趙棻展圖觀覽，思及故里山水，遂觸動思鄉桑梓之情，詩
末女詩人說道自己家族內也有荒廢的舊草堂，歷經風吹雨打已成破舊
的老屋，田園半畝也已荒蕪，何時歸故里整頓其田園草堂，對一位嫁

[註76] 同註46，卷上，〈題董樂開（榮）柳陰消夏圖〉，頁20～21。
[註77] 同上，卷上，〈題董研齋（思）雲壑探奇圖〉，頁18。
[註78] 同上，卷下，〈題鈕山琴（蟠）臨野老屋圖〉，頁20。

予他鄉的女子而言恐怕難已實現這個願望。故女詩人詩句裏透露內心期盼自己家鄉的後輩晚生也能效法鈕氏家族，承繼祖德與祖傳，重振家園門風。

　　由以上論述，我們可以得知女性在家族鄉里閱讀社群裏的書寫主題與道德傾向，由於面對的閱讀社群乃是家族鄉里的成員，故互動酬和之中，女性多將繪畫詮釋的指向建構在倫理常規的基礎上，一方面是家族鄉里的文化氛圍影響女性的創作，另一方面女性也將鄉里所賦予的倫理規範加以內化，故其所書寫的題畫詩所傳遞出的女性與男性有一定的形象模式，書寫男性人物時，多將其塑造爲建立功業、榮耀鄉里的忠良之士，或者繼承家學，宏揚祖德的賢達子弟，成爲一種外向性，求取功名、經世濟民，以顯揚家族鄉里的男性楷模，其本質則是移孝作忠的意識型態，家族鄉里期待男性忠君愛民的表現，其實質上乃是孝順意識型態由「家」層面提昇轉移至「國」層面的反饋模擬。〔註79〕而書寫女性人物時，多將其塑造爲相夫教子、賢淑明理的形象，成爲一種向內發展，孝順公婆，勤儉持家之賢妻良母即是女性楷模，其本質是孝順賢德的女性規範。通過這種男女職能的劃分，男性所追求效忠的對象乃是天下國家、百姓生民；而女性所忠貞的對象乃是家族社群、父母、公婆與夫婿，此種男女區隔有著定向的結構模式，男／女，君／臣，國／家，男性對國效忠，女性對家效忠，此則決定了男女內外發展，生活空間與接觸的人際社群網絡。此種社會化的男女典型，促使女性處於家族鄉里的閱讀社群之內，在題畫詩裏呈現出男女模範人物的定式表徵，男性爲忠臣孝子，女性爲賢妻良母，藉以區隔劃分男女的不同，並在書寫過程中更加確認身爲女性必須遵循的職能與規範，在區隔的同時，又彰顯出男女皆需忠孝家國的意識內涵。總言之，內向性的家族鄉里閱讀社群正是讓此類具倫理教化意味的詩畫作品傳閱於

〔註79〕魯凡之：《中國社會主義論》（臺北：南方，1987），頁20。

鄰里親族內的女性，在圖繪詩作裏再次培養教育女性內在道德品格，一方面可以藉由題畫詩使閨閣女性的才德爲家族增添榮耀，同時也藉由女性詩畫作品宣揚女性閨範道德品格，以作爲家族鄉里其他閨秀女子的模範。詩畫語彙所建構賢妻良母典範，儼然已成爲一種閨秀階層的象徵符碼。

第二節　雅集結社之閱讀社群

　　女性作品的讀者由家族鄉里之閱讀社群漸漸向外延擴展，而形成雅集結社之閱讀社群，其人際網絡更爲開放寬廣，跨越血緣性與地域性，而自由地與家族鄉里之外的女性或男性文人詩畫往返，酬和贈答。雖然雅集結社的基礎仍與親屬族裔、地域文化息息相關，但女性透過雅集結社時，眾多成員不同家族背景、不同鄉里文化的相互激盪，相互啓發，則營造出較家族鄉里開放的創作氛圍，故閨秀社集之象徵行爲與詩畫創作仍有其特殊之處，因爲面對屬性不同的閱讀社群，即表現出不同的社群象徵符碼。筆者在本節將雅集結社之閱讀社群略區分爲雅集與結社兩種型態，雅集之社群主要是指非正式的私人情誼交流與詩畫贈返，女性與男性文人在聚會裏閱讀品評，或題詩作畫，彼此之間可能沒有血緣關係，而且並沒有固定的聚會形式，或正式的集會團體。除了論述女性雅集聚會之狀況外，特別著重於閨秀脫離原本的家族鄉里進入另一個地域文化的情形，探討當閨秀面對不同層次、不同地域文化背景的閱讀社群時，對於其題畫詩的創作產生什麼影響？至於結社之閱讀社群，則是指在特定地域正式的女性結社團體，時常舉行詩畫社集，彼此互相觀摩作品，互相評品鑒賞，以增進才學識見爲努力的方向，並以創作詩畫抒發性靈爲其社集活動的目標。以下就這兩種社群型態論述之。

一、雅　集

　　閨秀在傳統婦德「內言不出閫外」的倫理規範下，一直夾在婦德

與才名的兩難困境，再加上女性書寫將自我情思呈露於外，因而引發男女之防的道德問題，使得一般女性難以在文學創作上有突出的表現。然而晚明開放的文化氛圍，使得男性文人雅士漸漸肯定通俗文學的價值，因而俚歌巷謠，村言婦女皆有可觀之處，另外「凡藝到極精處，皆可成名」，〔註80〕「詩文書畫得一可以霸」〔註81〕等觀念促使男性文人運用詩書畫以及各項技藝來呈顯自我主體，再加上禮教的鬆動，促使女性漸漸認同以書寫來記錄生活點滴之創作行為，並透過同輩友人的詩畫贈答活動，達成一種情感交流之回饋，甚至於閨秀將題畫詩與繪作的創作行為當作閨秀社群之集體象徵行為。此時閨秀詩畫作品所贈答的對象不侷限於有血緣關係的親族，而是在開放性的社群網絡中，藉由筆墨與其他閨秀或文士溝通。

明清兩代鼎革之際，政治的混亂狀態，使得江南地區許多人家園遭到破壞，流離失所，此時出現一些為謀生而賣字鬻畫，擇地而居的女性創作者，使得少數閨秀才女，出現在類似西方文藝沙龍的聚會中，由此接觸到男性文人。王端淑、黃媛介、吳山等人皆曾於男性文人鄒漪住處聚會，彼此酬和詩作，故鄒漪將這些名媛詩作編輯成《詩媛八名家集》。〔註82〕《尺牘新語》編者汪淇之伯父汪汝謙定期於其杭州的船上舉行才子才女的詩集酒會，〔註83〕活躍於這些場合的女性包括閨秀與歌伎，同時也在聚會中結交當時負盛名的文士。其中以黃媛介最為人所熟知，黃媛介字皆令，出身嘉興望族，明亡後，轉徙於吳、越之間，〔註84〕《無聲詩史》載其居無定所，「困

〔註80〕 袁宏道：《袁宏道集箋校》，卷五，〈寄散木〉，頁202。
〔註81〕 李因：《竹笑軒詩集》，抄本，葛徵奇序。
〔註82〕 鄒漪編：《詩媛八名家集》，清順治十二年，鄒氏驚宜齋刻本。另外，魏愛蓮（Ellen Widmer）作，劉裘帝譯，〈十七世紀中國才女的書信世界〉亦討論閨秀聚會集社之事，見《中外文學》二二卷，第六期，1993年11月），頁63。
〔註83〕 鄧漢儀：《天下名家詩觀初集》，清乾隆十五年至十七年（1750～1752）仲之琮深柳讀書堂重修本，卷十二，頁22。
〔註84〕 沈善寶：《名媛詩話》，卷一，收於杜柏松主編：《清詩話仿佚初編》

于樵李，躓於雲間，棲於寒山，羈族健康，轉徙金沙，留滿雲陽。」
〔註85〕至順治初，黃媛介才在書畫家聚散地西湖畔暫居，賣詩畫維
生。〔註86〕明清之際，出身於江南大家的王端淑，在明亡後，也因
家計日困，而僑居西湖，自售書畫筆札，王端淑乃王思任之女，其
父官明朝禮部右侍郎，王端淑爲名門望族之後，《名媛詩話》云：「玉
映（王端淑）天資高邁，楷法二王，畫宗倪米，幼即博通經史。」
〔註87〕其父嘗撫而憐之曰：「身有八男不易一女。」〔註88〕可知王端
淑才學識見與鬚眉男子相較毫不遜色，而且其傑出才能亦受到清朝
當局的矚目，朝廷欲延攬她至宮廷中教諸后妃，〔註89〕王端淑曾在
紹興、北京等地居留過，後遷往杭州，積極參與詩畫社團及詩文雅
集聚會。在顛沛流離之際，黃媛介與王端淑多以詩畫作品互相交流，
如王端淑〈爲龔汝黃題黃皆令畫〉：

　　　孤亭秋樹色，即是雲深處。寫此數峰青，倒逐扁舟去。〔註90〕

王端淑在當時文名遠播，黃皆令（即黃媛介）亦是文壇之女傑，兩人
均是閨秀詩人中之佼佼者，由於兩人皆擅詩畫，因此常藉由文字與畫
作彼此交心，畫中的山水經文字的詮譯，開展筆墨之外的畫境，「寫
此數峰青，倒逐扁舟去」，所表現的語境是王端淑爲黃媛介所代言，
黃媛介因爲家貧，必須拋頭露面周旋於名媛文士之中，奔波於吳越之
間，然而自有其潔白之志，王端淑爲黃皆令申述其志，不僅呈露其自
我主體內涵，亦擴充其畫之境界，文字與繪畫在此際形成一種潛在的
對話，彷若是兩位作者的主體共同呈顯在畫紙文字中，使得詩境與畫

　　（九）（臺北：新文豐，1987），頁4。
〔註85〕姜紹書：《無聲詩史》，卷五，頁86，見《畫史叢書》（二）（臺北：
　　　　文史哲，1974），頁1044。
〔註86〕王端淑：《名媛詩緯初集》，卷四二，頁10。
〔註87〕同註84，卷二，頁5。
〔註88〕同上。
〔註89〕清馮治堂纂輯，吳晉參訂：《國朝畫識》（臺北：廣文，1978），卷十
　　　　六，頁1。
〔註90〕徐世昌編：《晚晴簃詩匯》，卷一八三，頁47。

境形成交流。王端淑有〈寄皆令梅花樓〉詩云：「買舸急欲探先春，風雪偏羈病裏身。聞有梅花供色笑，客途如爾未全貧。」其二：「凍筆塗殘半是鴉，剡溪渺渺竟迷槎。相逢只恐梅花笑，謂我春來不憶家。」〔註91〕從詩句中得知王端淑視皆令爲知己，傾吐內在愁苦心緒，王端淑晚年窮愁潦倒，貧病交迫，以賣書畫維生，思及友人黃皆令，便以隨手塗鴉的方式抒發其相同境況的感慨，兩首詩中寒冷蒼茫、孤寂飄渺的意象，與其生命的境況息息相關。由於生存環境的變遷，使得閨秀女性得以跨越家族界線，彼此以詩畫作品互相交流。

　　明清鼎革之際，女性亦有隨著父親、丈夫或兒子官職的升遷或貶謫，遂離開熟悉的家園，到另一個迥異的生活環境，因而擴張其活動空間與見聞視野，同時也接觸到更多元的社群型態。明末從夫離鄉走任的深閨女性中，較負盛名的有徐媛從夫范允臨赴滇任兵部主事，寄寓滇南邊城，董斯張序云：「吾姊范夫人隨其夫子宦游四垂，而名城，而蕪陰，吊古中宵，酸風射眸，觸境成詠，鬱爲名作，最其後，萬里入滇，溯大江而道黔巫，滇山水爲西南險絕……無不從翠幰中領略其喬詭瓌瑋，可駭可怡之，概而出之爲驚人鳴。」〔註92〕徐媛隨夫婿宦遊西南滇城之後，其詩文創作遂有驚人之句。另外，李因嫁葛徵奇爲妾後，隨著其夫婿「泝太湖，渡金焦，涉黃河，汎濟水，達幽燕，從游著十五載。」〔註93〕李因跟隨夫婿在政壇上的遷移而旅遊各地，得以廣見各地珍藏的藝文創作，吳泰昌云：「（李因）案舉以齊眉，書讀其等身，身薰四種之好，香濯十樣之名，琉璃硯匣自足清娛，翡翠筆床堪資雅玩。每匠意寫生，披綃滲墨，禽鳥啅擲，花竹歆斜，則逸趣冷然，冶秀獨絕。」〔註94〕可知其家居之中搜羅各地之珍玩文物，並培養激發李因創作的美感經驗。另外，

〔註91〕同註86，卷四二，頁11。
〔註92〕徐媛：《絡緯吟》，董斯張序，萬曆癸丑吳郡范氏刊。
〔註93〕李因：《竹笑軒詩抄》，抄本，葛徵奇序。
〔註94〕同上，吳昌泰序。

清代陳書原本由於夫家貧困而賣畫自給，後因其子位居高官職位，榮顯其母親的身份地位，使陳書得以躋身北京文化圈。《國朝畫徵錄》云：「上舍家貧而好客，夫人典衣鬻飾以供，嘗賣畫以給粟米，雖屢空，晏如也。課子嚴而有法，子陳群，康熙辛丑進士，入翰林，今官通政北直學政。」〔註95〕陳書的早期作品爲了因應市場的商業性格與取向，故汲取江南一帶職業畫家的繪畫風格，以花卉、翎毛、人物爲創作主要素材，如附錄圖 4-1〈歲朝麗景〉，及圖 4-2〈歲朝如意吉祥〉，兩幅畫皆於雍正年間所創作，可明顯看出模仿職業畫家的構圖筆觸，及世俗商業化之取向。然而隨著兒子官職的提昇，進入北京的文化氛圍之後，開始創作大幅山水畫，以回應體制內的文人畫風，模仿當時公卿大臣所喜愛的正統文人畫題材，並與當朝達官貴人交往酬酢，使得陳書整體畫風有極大的轉變，〔註96〕閱讀社群的變化刺激她創作的題材由花卉、人物轉向仿古的正統山水畫。由於陳書兒子位居要職，在官場扶搖直上，其閱讀社群從地方性鄰里鄉親轉變至中央政府的權要高官，閱讀社群所呈現不同的審美品味直接、間接影響到陳書的創作，再加上其子錢陳群將她的畫作進呈皇上，皇親貴族因而也成爲陳書繪畫作品的閱讀者，陳書一幅現存作品〈仿王蒙夏日山居〉（圖 4-3），其畫目前藏於臺北故宮，畫面上乾隆御題多達四次；另一幅畫作〈山窗讀易〉（圖 4-4）畫上不僅有乾隆的親筆之書，更集合當朝權重一時的大臣和珅、梁國治、董誥爲之作跋。陳書詩畫作品的閱讀社群由家族、鄰里，擴展至江南地帶的市民階級，又隨著兒子的官宦生涯，得到皇帝御筆題畫詩於其畫作上，故陳書的生平事蹟與繪畫才華得以載入史傳之中，成爲才德兼備的模範女性。陳書作品的閱讀社群由市民階層提昇至皇親

〔註95〕 張庚：《國朝畫徵錄》，清代傳記叢書（臺北：明文書局，1985），冊 71，頁 163。

〔註96〕 賴毓芬：《前進與保守的兩極──陳書繪畫研究》，臺灣大學藝術研究所碩士論文 1996，頁 124。

貴族階層，其間閱讀社群階層的變化，除了影響其繪畫題材與風格
之外，同時也左右題畫詩的書寫，在現存的陳書繪畫作品中，花卉、
人物等早期小幅作品，少見有題畫詩創作，但在晚期的山水畫作中，
文人雅士、達官貴人，以及乾隆親筆的題畫詩大量留存，這個現象
說明題畫詩的創作，有著標舉特定文人階層身份的文化功能，文人
在欣賞繪作之後，題詩以表明對於畫作的認可，繪畫作品也得以增
加身價，流傳於世。明清時代的女性雖然大部份囿限於環境而足不
出戶，但仍有些女性借由省親，從夫宦游，或持家之餘出遊取樂，
得以接觸到其他家族，以及不同社會階層的成員，家和外在的空間
在此類女性生命歷程中其實是相當有彈性。〔註97〕女詩畫家經由不
同的環境洗禮，接觸不同的社會階層，不同的社群文化，因而在創
作上展露出更豐富的風格。

　　不同家族之間，女性交誼互贈詩畫其實是一種社會性的社交行
爲，當他人以圖餽贈時，此行爲有著將彼此私密深厚的情誼藉由繪作
的形式加以保存，對方收到繪作，思及筆墨之外所涵蓋的情意，於是
提筆賦詩以表達內在的心緒，這種餽贈的意義類似於贈答詩的創作，
只是表情達意的工具，由詩的形式延伸至繪畫筆墨形象，《然脂餘韻》
云：「金壇女史吳香輪規臣，一字蕚卿，工畫花卉，風枝露葉，雅秀
天然，嘗以便面〈九秋圖〉貽友人。」〔註98〕女詩畫家吳香輪善繪花
卉，曾以便面圖贈送友人，以呈顯兩人友好之情誼。晚明以來圖繪創
作被賦予文人表情言志的美學觀，並具畫風與人品結合的審美傾向，
〔註99〕是故繪畫作品也成爲人際往返溝通，主體言志抒情的媒介之

〔註97〕　關於明清婦女的活動空間，請參見高彥頤，〈「空間」與「家」──論
　　　　明末清初婦女的生活空間〉(《近代中國婦女研究》，第三期)，頁21
　　　　～50。

〔註98〕　王蘊章：《然脂餘韻》，卷一，頁9，收於《清詩話仿佚初編》(八)，
　　　　頁287。

〔註99〕　關於明代詩畫合論的問題，請參考鄭師文惠：《明人詩畫合論之研
　　　　究》，政治大學中國文學研究所碩士論文1988。

一。如：姚允迪〈徐夫人以西湖圖見贈，走筆謝之〉：

> 狂沙入戶春風顛，他鄉度日如度年。囊琴束書了不御，羈
> 愁忽忽心茫然。謝君惠我圖一幀，西湖萬里來窮邊。不知
> 兩眼困塵土，斗覺滿座生雲煙。前年我亦曾游此，正值柳
> 嫩花初妍。艤舟處處尋古勝，孤山山下重流連。逋翁已沒
> 梅鶴老，野桃蹊杏空婥娟。夜登湖樓更幽絕，明月恰挂山
> 之巔。枯桐一奏萬籟息，平湖十頃波紋圓。臨風舉酒吸清
> 影，乃知人世別有天。分無仙骨難久住，惟有清夢時相羣。
> 竭來西游真謬算，癡蠶自縛亦可憐。春光九十過已盡，一
> 花一草俱無緣。得歸茅屋願亦足，此身敢望棲林泉。羨君
> 家居山水窟，百年相對真神仙。何時暫脫塵俗累，許我來
> 賦重游篇。〔註100〕

在姚允迪這首題畫詩中提到她重遊西湖時，徐夫人以西湖圖贈之，
姚允迪臨別之際藉西湖之景自傷懷抱，也是向同為女性的徐夫人傾
吐心曲。一幅山水秀麗的西湖圖，題詩人卻心生慨嘆「乃知人世別
有天，分無仙骨難久住」、「一花一草俱無緣」、「得歸茅屋願亦足」，
對於曾經兩度游西湖，因而嚮往西湖之景的姚允迪而言，能夠在江
蘇西湖畔搭間小茅屋即滿足其願，然而現實情況卻是只能望圖感
慨，羨慕徐夫人家居山水窟，詩末寄託來日暫時拋脫塵俗之累，重
遊西湖的渴望。畫面上西湖美景如在目前，所題詩句宛然道出婦女
想超越環境加諸其身的種種限制。在女性閱讀社群中，雖然女詩人
有機會與男性詩人談論文藝，但在明清仍屬少數，所以女詩畫家所
接觸者大多是其家族成員及當時的名門閨秀，不同家族之間的女性
因為仰慕彼此的詩畫才藝，互相拜訪酬唱，以詩詞畫作贈答送別，
使得詩畫作品的交換與分享成為不同家族女性間近乎儀式性的聯繫
原則。〔註101〕

〔註100〕同註90，卷一八四，頁80。
〔註101〕見 Dorothy Ko, *Teachers of the Inner Chambers-Women and Culture in Seven-teen Century China*，頁77。

二、結　社

　　晚明至盛清的女性詩人畫家除了跨越家族之限與其他家族閨媛聯吟唱和，也以結社的方式發表其詩畫創作。如王端淑有詩題云：「上元夕浮翠吳夫人招同黃皆令、陶固生、趙東瑋、家玉隱社集，拈得元字。」〔註102〕此社集乃是吳夫人招同黃皆令、王端淑，以及王端淑之姐姐、嫂嫂等組合而成。清初閨秀結社著稱於時者，首推蕉園詩社，此詩社成員中，又有蕉園五子與蕉園七子的雅稱，蕉園五子的說法有二種：《西泠閨詠》卷十「亦政堂詠顧玉蕊條」云：「招諸女作蕉園詩社，有蕉園詩社啓。蕉園五子者，徐燦、柴靜儀、朱柔則、林以寧，及女雲儀也」。〔註103〕《全浙詩話》卷五十一引《湖墅詩鈔》則云：「柴季嫻工書畫，與林以寧（亞清）、顧姒（啓姬）、錢雲儀、馮又令諸女士稱爲蕉園五子。」〔註104〕又有七人組成蕉園吟社，《名媛詩話》載云：「（柴季嫻）嘗與閨友林亞清、顧啓姬、錢雲儀、馮又令、張槎雲、毛安芳諸君結蕉園吟社，群推季嫻爲女士祭酒。」〔註105〕其中有五人與《全浙詩話》所引相同。這幾位蕉園閨秀皆爲浙江錢塘人，彼此有姻親關係，如林以寧乃顧之瓊（顧玉蕊）的次媳，錢雲儀爲顧之瓊（顧玉蕊）的女兒，顧啓姬爲林以寧表姐，朱柔則是柴靜儀的兒媳，可知閨秀的結社仍帶有濃厚家族血緣姻親關係，此外，江南地緣關係亦是彼此結識成爲詩畫之友的重要因素。江南閨秀彼此以詩畫交流，閨中之友藉血緣網絡開展，進而跨越家族藩籬，建立起以鄰里鄉黨的地緣關係爲主之閱讀社群。林以寧跋馮嫻《和鳴集》云：「余少也讀書，苦無所資，獨與伯嫂顧重楣稱筆硯友，不知海內名媛，詩學稱最者幾人？」〔註106〕又云：

　　　　夫人第宅去余不數里，又忝戚誼之末，而詩文翰墨，嚮余

〔註102〕同註86，卷四二，頁7。
〔註103〕陳文述：《西泠閨詠》，卷十，見《叢書集成續編》（六四），頁1～2。
〔註104〕陶元藻：《全浙詩話》，卷五一，頁2744～2745。
〔註105〕同註84，卷一，頁18，總頁碼551。
〔註106〕林以寧，〈和鳴集跋〉，王文儒編：《清代名媛文苑》，跋第四，頁51。

> 不一覯焉。……遂因詩啓以得見於夫人，夫人忘其卑幼而
> 引與交，月必數會，會必拈韻分題，吟詠至夕，且又各推
> 其姻姬，若柴季嫻、李端明、錢雲儀、顧啓姬，人訂金蘭，
> 家饒雪絮，聯吟卷帙，日益月增，所恨吾嫂仙游，不獲躬
> 逢其盛，可爲永嘆！〔註107〕

這些閨秀平日即有相同的藝文興趣，在年長夫人家中每月聚會數次，
拈韻分題，彼此成爲閨中密友，又浸染於結社活躍的地域文化，故模
仿當時江南文士珠聯迭唱，同聲相應的結社活動。詩社的活動聲容浩
大，漸漸有更多的成員加入，而統稱爲蕉園詩社，如《眾香詞》〈禮
集〉「錢鳳綸」條載云：「……與姊靜婉、柔嘉、柴季嫻、如光、顧仲
楣、啓姬、李端方、馮又令、弟婦林亞清結社湖上之蕉園，春秋佳日，
即景填詞，傳播騷壇，稱一時之盛。」〔註108〕除了固定場所的聚會，
閨秀也結伴出遊，即景吟詩弄詞，如《杭郡詩輯》記其春日郊遊賦詩
的情景云：

> 是時武林風俗繁侈，值春和景明，畫船繡幕，交映湖滑，
> 爭飾明璫翠羽，珠鬘蟬穀，以相夸炫，季嫻獨漾小艇，偕
> 馮又令、錢雲儀、林亞清、顧啓姬諸大家，練裙椎髻，授
> 管分箋，鄰舟游女望見，輒俯首徘徊，自愧不及。〔註109〕

蕉園詩社的活動，在當時頗受矚目，閨閣之內彤管聯吟，鄰里傳爲美
談，《眾香詞》〈禮集〉「柴靜儀」中記載著：「一時閨中才子錢雲儀、
林亞清、顧仲楣、馮又令，連車接席，筆墨唱和，說者謂自張夫人瓊
如、顧夫人若璞、梁夫人孟昭而後，香奩盛事，于今再現。」〔註110〕
這些閨秀多詩畫皆擅，柴靜儀有《凝香室詩鈔》、《北堂詩鈔》，又工
寫竹梅，〔註111〕林亞清也工詩畫，馮又令（馮嫻）下筆文如凤構，
尤工繪事，可知其聚會借由題詩吟詠，彼此砥礪，切磋詩藝畫境。其

〔註107〕同上。
〔註108〕徐樹敏、錢岳編：《眾香詞》〈禮集〉，頁14。
〔註109〕引自施淑儀：《清代閨閣詩人徵略》，卷二「柴靜儀」條，頁25。
〔註110〕同註108，頁18。
〔註111〕同註84，及李浚之：《清畫家詩史》，〈癸上〉「柴靜儀」條，頁480。

中顧姒〈題林亞清（林以寧）畫〉云：

> 梅花竹葉互交加，濡墨淋漓整復斜。憶得昨宵明月下，橫
> 拖疏影上窗紗。〔註112〕

可以想見當時林以寧將畫作完成之後，請顧姒加以品題，畫面上梅花
和竹葉枝橫交縱，墨色淋漓，詩人想起昨晚清朗明月下，梅花悄悄綻
放，拖著疏影印在窗紗上。林亞清能文章，工書善畫，尤善畫梅竹，
此幅梅竹圖經顧姒清新的詩句品題之後，更增加畫面美感，引讀者遐
思。顧姒有〈佳人醉〉詞，其序云：「余與表妹林亞清、同社柴季嫻，
最稱莫逆，早春晤亞清時，曾訂春深訪季嫻於牡丹花下。今花期已屆，
而人事頓非，余以畫眉人遠，牢愁困頓，作此志感。」〔註113〕顧姒
與林以寧、柴靜儀最稱莫逆之交，此外，林以寧的作品集結出版時，
馮嫻、柴靜儀還加以閱讀評點，故當柴靜儀仙逝時，林以寧作〈哭柴
季嫻（柴靜儀）〉詩云：

> 婆娑壁間畫，手澤獨芳鮮。清夜發光芒，睨視不敢前。想
> 見落筆時，氣足而神全。非徒貌幽花，自寫翠袖翩。每思
> 棄塵務，從君事丹鉛。豈期不我顧，倏忽長相捐。一慟雲
> 爲愁，梁月藏嬋娟。〔註114〕

詩中著筆墨於柴氏的畫藝，既痛悼柴靜儀其人格，又讚譽她的才藝，
因爲繪畫藝術貴在傳神，此神韻乃畫家心魂所繫，亦即畫家精神的再
現，所以稱讚其畫之神韻，其實也正是追念其人的品志操持。柴靜儀
工寫竹梅，竹梅皆象徵高雅清幽之品，林以寧睹畫思人，借畫哭友，
以幽花喻畫者，可知閨秀的詩畫符碼對應模式傾向於男性文人詩畫內
涵之呈顯方式。

　　蕉園詩社的社員大多是同里世交，或有姻親血緣的家族親戚，基
本上仍不脫血緣家族與家鄉鄰里的閱讀社群型態。由兩個或三個以上
的家族集合而成閨秀的社集方式，可知家族親友成爲閨秀結社之基本

〔註112〕同註90，卷一八四，頁5。
〔註113〕同註108，〈樂集〉「顧姒」，頁79。
〔註114〕林以寧撰，馮嫻、柴靜儀評：《墨莊詩鈔》清康熙刻本，卷二，頁6。

型態，再由此基本閱讀社群往外延伸輻射至家鄉地域鄰里之其他家族閨秀，結合其喜愛詩畫之同好，共同創作，交流鑒賞。

至盛清乾隆年間有清溪吟社，又稱吳中十子，以張允滋為首，其社員大都出自於吳地之世族，或本為世交，或者慕名而至，成員為江蘇吳縣人，不再僅有姻親姊妹，而擴大及於不同家族的名媛閨秀，社群型態較前開放。《然脂餘韻》云：「吳門張滋蘭允滋，與張紫繁芬、陸素窗瑛、李婉兮嬿、席蘭枝蕙文、朱翠娟宗淑、江碧岑珠、沈蕙孫纕、尤寄湘澹仙、沈皎如持玉，結清溪吟社，世所傳吳中十子者是也。有吳中十子詩鈔，論者謂媲美西泠十子。」〔註115〕這十位名媛閨秀平時相互問學，以詩畫創作互勉，張允滋將各人作品編選，集成《吳中十子詩鈔》，又稱《吳中女士詩鈔》，張允滋的夫婿心齋居士任兆麟序《吳中女士詩鈔》云：

> 戊申（乾隆五十三年）冬，選錄清溪（張允滋）詩稿竟，攜質吾師竹汀錢先生，先生許其詩格清拔，為正一二字，亟寓書仁和汪訒菴兵部，編入《擷芳集》矣。清溪曰：滋素不善詩，實藉同學諸女士之教，其可弗彙萃一編以行世乎？且志一時盛事也。因檢篋衍中先後惠示并酬贈之什，於吳中得九媛，各錄一卷，請余閱定焉。〔註116〕

任兆麟於己酉（乾隆五十四）年間閱定《吳中女士詩鈔》，張允滋與夫婿偕於林屋山中，故此詩集又名《林屋吟榭》。張允滋認為自己得以精熟於詩歌創作，乃得力於平日與諸多閨秀女士彼此唱和，互相交流創作經驗，以及閨媛間詩歌作品的觀摩學習，張允滋表姪宋林云：「（張允滋）逮歸我表叔心齋居士，倡隨之暇，益工聲律，又得碧岑江夫人（江珠）為閨中良友，一吟一詠，此唱彼和，如電掣風追，各擅其勝，于是粧台繡榻之旁，不啻樹之壇坫矣。」〔註117〕張允滋婚

〔註115〕 同註98，卷二，頁11。

〔註116〕 任兆麟序：《吳中女士詩鈔》，《吳中女士詩鈔》心齋居士任文田（兆麟），清溪女史（張允滋）選錄，己酉年（乾隆五十四年）夏鐫。

〔註117〕 《吳中女士詩鈔》宋林跋。

後在夫婿的鼓勵與指導下，與更多吳中閨秀以筆墨結緣，張允滋與江碧岑為閨中良友，吟詠唱和間，彼此以才華相激勵，相互競妍。任兆麟亦云：「邇年（張允滋）又與耘芝（席蕙文），蕙孫（沈繏）訂道義，交詩筒往還，殆無虛日。」〔註 118〕可知這些閨秀既為文學創作者，亦為彼此文學作品的閱讀者，並對其作品評論商討，增字減字，刪修校補，耘芝女史席蕙文〈讀清溪夫人詩集，內載碧岑子（江珠）寄贈佳章，一往神交，偶成短句寄呈〉云：

> 翰墨旖檀香氣和，靈機慧業小維摩。文心已共禪心定，好
> 句何須費琢磨。展卷琳琅筆似椽，清新俊逸見斯篇。祗因
> 悟得空中色，硯沼依然開白蓮。〔註 119〕

可知席蕙文與張允滋熟識之後，閱讀其詩集，於詩集中發現江珠（碧岑）寄贈的詩句，閱讀之後讚賞不已，與其筆墨神交，提筆寫下讀詩的心得與讚嘆之情。沈繏云：「余初不喜填詞，相饋之餘，停鍼之暇，惟斤斤于五言七字中，……後與清溪張姊交，觀其作詞，能移我情。歲戊申，始研心音律。……既清溪歸江城，音信與余往來稍疏，然夜闌燭炮，每寄新詞相商榷，未嘗不以風雅為宗。」〔註 120〕沈繏本不喜填詞，與張允滋交往後，始研究詞律。迨張允滋嫁給任兆麟之後，這些與之唱和的閨秀更近而求教於任兆麟，常常拿詩作請教之，夫婦儼然成為吳中女士閨壇之領袖，江珠為席蕙文詩集《采香樓》序云：「吳中女史以詩鳴者代不乏人，近得林屋先生提倡風雅，尊閫清溪居士為金閨領袖，以故遠近名媛，詩簡絡繹，咸請質焉。」〔註 121〕諸吳中閨秀以任兆麟夫婦為核心，彼此結識形成一個開放的閱讀社群網絡。

這些閨秀於乾隆五十三年臘月有社集聚唱之事，江珠云：

> 清溪、素窗、蕙孫皆吳中女史也，惟茲媛並號大家，王夫人

〔註 118〕同註 116。
〔註 119〕同上，此詩收於江珠：《青藜閣》，編入《吳中女士詩鈔》，頁 5。
〔註 120〕同註 106，沈繏，〈浣紗詞〉自序，頁 18。
〔註 121〕江珠序席蕙文《采香樓》。

擅林下之風，顧家婦亦閨房之秀。聞道香名，人人班、謝；
傳來麗句，字字徐、庾。……于是香盦小社，拈險韻以聯吟；
花月深宵，劈蠻箋而酬酢。並繡五色之霞，奇才倒峽；互競
連珠之格，彩筆摩空。接瑤席而論文，宛似神仙之侶；樹吟
壇而勁敵，居然娘子之軍。麗矣名篇，美哉盛事。〔註122〕

當時吳地閨閣名媛常常社集聯誼聚會，以文學活動切磋詩藝為聚會之
宗旨，押險韻創作，互相吟唱，並且彼此較勁競賽，議論文學作品，
有時也在夜晚時分，花前月下，共吟佳篇，酬酢賦詩。由此而知，上
層階級的女性集會間賦詩互贈，以及琢磨詩詞，討論藝文乃為經常性
之活動，而押險韻作詩乃是一種對詩作能力的自我肯定與自我磨練，
可知閨秀們創作詩歌的能力已達一定程度。乾隆五十四年春，尤澹
仙、沈持玉加入香盦小杜，原本的社集陣容更壯大，任兆麟云：「今
春寄湘（尤澹仙）偕其外妹沈媛皎如（沈持玉），錄所作詩相質，遂
與清溪締交，入吟榭焉。」〔註123〕乾隆五十四年，春夏之交，諸閨
秀曾舉行翡翠林雅集，沈纕云：「月滿花香，夜寂琴暢，珠點夕露，
翠濕寒煙。於是啣流霞之盃，傾華崦之宴，飲酒賦詩，誠所謂文雅之
盛，風流之事者矣。況夫君子有鄰，名流不雜，援翠裾而列坐，俯磐
石以開襟，終讌一夕，寄懷千載。是時也，莫春駘蕩，初夏恢台之交
耳。」〔註124〕凡此對於閨秀女性吟詩作賦，視為文雅之盛會，風流
之事，與傳統婦言不出於外的觀念，似乎有道德認知上的差距。可知
在江南吳中地帶，文士詩畫結社之風，也影響閨中女性，女性模仿楷
模人物—男性文人賦詩作畫，雅集結社的集體行為，不僅可藉由聚會
活動談詩論藝，並進而結成女性集團，此外，此種模仿男性文人結社
行為以及詩畫的酬贈活動，也成為上流社會女性視之為風雅的標誌。
再者唯有知書達禮的閨秀才能詩書畫並擅，故女性進而在此種聚會中

〔註122〕江珠，〈自序詩稿簡呈心齋先生〉，見《青藜閣》序。
〔註123〕尤澹仙：《曉春閣》任兆麟序。
〔註124〕沈纕，〈翡翠林雅集〉序，見《吳中女士詩鈔》。

達成潛意識中「女文人」的身分認同。

以下將吳地清溪吟社的社員及其交往的文士閨秀所創作的題畫詩臚列如下：

作者	題 畫 詩 篇 名	出 處	附 註
張允滋	題江碧岑龍女抱經圖昭即和見贈原韻同心齋作	《潮生閣》頁 13	吳中十子
張允滋	題袁簡年丈給假歸娶圖	《潮生閣》頁 13	題袁枚之圖
潘奕雋	庚戌上巳爲紫虁女史畫梅併題即和清溪女史韻祈正	《潮生閣》又一	紫虁女史即張允滋的妹妹
張 芬	題梧竹畫扇	《兩面樓》頁 16	字紫虁吳中十子
朱宗淑	題徐元歎先生晤言圖	《修竹廬》頁 3	吳中十子
朱宗淑	題趙承旨畫蘭同沈蕙孫妹作	《修竹廬》頁 4	心齋先生課
張 因	題碧岑居士龍女抱經圖照印贈	《青藜閣》頁 5	字淨因江夏女史
鍾若玉	自題畫梅贈碧岑	《青藜閣》頁 6	元圃女史
江 珠	心齋兄攜黃椒升讀書秋樹根圖屬題	《青藜閣》頁 13	
沈 纕	楊太眞華清宮上馬圖	《翡翠樓》頁 5	吳中十子
沈 纕	美人撲蜨圖	《翡翠樓》頁 6	
沈 纕	方正學畫竹讚心齋先生家藏	《翡翠樓》頁 6	
沈 纕	題心齋居士小影	《翡翠樓》頁 9	
沈 纕	題趙承旨畫蘭	《翡翠樓》頁 10	
沈 纕	題二喬觀兵書圖	《翡翠樓》頁 11	
沈 纕	題柳蘼蕪小影	《翡翠樓》頁 15	柳蘼蕪即柳如是
尤澹仙	題畫	《曉春閣》頁 9	吳中十子
尤澹仙	題紫虁張姊梅花畫扇	《曉春閣》頁 14	
沈持玉	山林避暑圖	《停雲閣》頁 4	吳中十子
沈持玉	出塞圖和段女史杏煙韻	《停雲閣》頁 4	

此表取材自《吳中女士詩鈔》所收錄的作品，由這個表格可以發現一些女性題畫詩創作活動中，頗值得注意的現象：

一、題畫詩傳統上分爲自題自畫及題他人之畫兩種賦詩類別，在

二十首題畫詩中有十二首確定爲題他人之畫的作品，可知女性題畫詩創作以酬贈往還爲主。

二、女性題畫詩的贈答對象以女性爲主，可知詩畫酬贈仍隱約存在男女嚴防的界線。

三、女性題畫詩的創作既以群體互動，酬贈往還爲主，故同時吟詠同一幅畫的集體創作常見於詩作之中。

贈畫讀詩的文人活動，本是晚明以來全才型文人詩書畫兼擅的標誌，女性在傳統婦德的要求下，須以筆墨爲戒，然而江南閨秀透過社群成員間的互動鼓舞，詩畫才華成爲其閨秀階層與群體認同的身份標誌。女性社員之間詩畫酬贈活動固然緣於雙方情感交流互動，同時也在此詩畫創作與閱讀社群裏獲得女性情誼的社會支持。另一方面閨秀在詩畫創作活動揮灑其豐富的筆墨才情，此詩畫才華遂使這群閨秀有別於其他閨秀，所以閨秀將詩畫才藝當作此女性社群的象徵行爲，藉以象徵自我成爲接近於男性文人才藝的女性精英份子，並透過此象徵行爲藉以認同自我、肯定自我。女性題畫詩的創作基礎也在集體儀式性的贈畫題詩行爲中確立其精英閨秀之身份內涵。〔註 125〕故題畫詩的創作乃在閱讀社群的群體互動之下而產生，因此，無論詩文風格、內容取向皆有強烈的同質性，此種詩畫同質性乃在於個體處於某種社會地位的群體中，以學得此一團體特定的生活方式，〔註 126〕來取得自我身分認可，並以同類與同題的創作作品互相觀摩學習，以達到凝聚女性社群情感的功能。張允滋〈題江碧岑（江珠）龍女抱經圖照和見贈原韻同心齋作〉：

> 愛君才格壓群芳，綺閣吟來字字香。俠骨仙姿尤絕世，不教翰墨擅瓊章。卸盡鉛華禮法王，笑余詞贅也憨狂。朝來試把芙蓉鏡，定有毫端白玉光。〔註127〕

〔註 125〕關於儀式行爲與符號象徵的關係請參見亞伯納·柯恩，宋光宇譯：《權力結構與符號象徵》（臺北：金楓，1987），頁 3～13。

〔註 126〕梅家玲：《漢魏六朝文學新論》（臺北：里仁，1997），頁 178。

〔註 127〕張允滋：《潮生閣》，詩有小序云：「碧岑江氏名珠廣陵人，寓吳著

另有江夏女史張因〈題碧岑居士（江珠）龍女抱經圖照印贈〉其一云：

> 珠簾不卷坐焚香，小字維摩病合當。要識多才天亦忌，蓮
> 臺只合拜醫王。已歸淨土結蓮胎，更向塵寰見異才。讀盡
> 儒書千萬卷，又從佛座授經來。月容花貌稱仙裳，環珮玲
> 瓏八寶裝。聽向人天諸眷屬，本來色相兩俱忘。勞勞濁世
> 厭塵氛，法界花香淨許聞。解得人生都是幻，一時苦海化
> 慈雲。蘇臺翹首悵雲天，邛上鶯花只自憐。羨殺君家好兄
> 妹，雙懸綵筆吐花鮮。臙脂不畫牡丹紅，懶向窗前課女紅。
> 又見宣文施絳帳，幾多桃李坐春風。〔註128〕

由這兩首詩中可知江珠畫〈龍女抱經圖〉贈送給張允滋夫婦，任兆
麟（心齋）先寫詩和之，張允滋也仿之創作一首題畫詩，另一位女
詩人張因也看到這幅畫而題詩和之，兩首詩句雖是配合圖畫吟詠龍
女，但字裏行間隱隱以龍女比喻江碧岑多才多藝，熟知佛理禪機，「愛
君才格壓群芳」、「讀盡儒書千萬卷」、「懶向窗前課女紅」、「幾多桃
李坐春風」等詩句，都藉由表面讚賞龍女的形象，實則暗喻江珠博
學多聞，江珠和沈纕在清溪吟社中被目爲兩女博士，乃爲吳中十子
之翹楚，在詩社中課詩時，江碧岑往往拔得頭籌。〔註129〕江珠才識
卓越，亦曾爲士子評定課卷，曾云：「小寶晉齋以諸君子會課卷，請
余評定甲乙，是宵閱盡。」〔註130〕小寶晉齋爲沈纕的居處，而當時
爲應試科第之士子，分韻題詩、課文以練習科舉應試，請江碧岑裁
判評審，〔註131〕可見江珠雖身爲女子，具有爲士定課卷評定甲乙等
第之學識，諸閨秀對她相當崇敬，故詩句將龍女與江珠形象重疊，
也描繪出閨秀心中理想的女性，女紅功課似乎被擱置一旁，能夠讀

　　　有小維摩詩集。」，頁13。

〔註128〕此詩收於江珠：《青藜閣》，頁5。

〔註129〕請參鍾慧玲：《清代女詩人研究》政治大學中國文學研究所博士論
　　　文1981，頁149～150。

〔註130〕江碧岑，〈鳳凰臺上憶吹簫〉詞，自註，見張珍懷選注：《清代女詞
　　　人選集》（臺北：文史哲，1997），頁69。

〔註131〕同上。

盡千萬卷儒書，吟出妙詩好詞，展現出眾的耀眼才華，成為此閱讀
社群中女性共同模擬塑造與認同的典型。江珠選擇「龍女」作為自
我象徵的符碼，《法華經》曾描述龍女自幼即喜讀經書，能悟佛理，
因修行《法華經》悟道，而即身成佛，〔註132〕故江珠以繪畫筆墨描
摹龍女，藉以比擬心目中所嚮往乃是聰慧的女性形象。再者，江珠
本身即常參佛理，讀佛書，並自號小維摩，所以繪《龍女抱經圖》
傳遞出自我認同的女性模範，藉以自我期許，亦有以龍女有慧根能
悟佛理之形象來自我比擬。另外，經由諸人的題畫詩補足其畫面待
開發的縹緲詩意，也透露出深刻禪理，如「本來色相兩俱忘」、「解
得人生都是幻」、「一片苦雲化慈海」，閨秀群體經由對理想女性刻畫
塑造，進而學習模仿，並希冀透過禪修苦學之後悟得人生真諦，以
解脫現世之苦海。由此可知女詩畫家以創作典型女性形象來彼此鼓
舞、彼此激勵，此不僅可看出女性詩畫家以文字立言，以才藝立功
的自覺性體認，也可看出女性社群的集體認同。

　　另一首元圃女史鍾若玉〈自題畫梅贈碧岑〉詩云：

　　　　吟情漫道得禪機，聊借幽窗縱筆揮。疏影最宜明月映，淡
　　　　無言處是耶非。〔註133〕

此詩將梅花高潔形象與江珠平日談禪說理的形象相結合，而玄妙的禪
機一如梅花窗上疏影，淡似無影，若有似無，詩人彷彿在無言的靜默
時刻，領會奧妙禪機，鍾若玉與江碧岑一方面藉詩歌吟詠心中之情
感，一方面也在詩歌語言中漫談禪道，江碧岑之說禪鞭辟入理，使鍾
若玉領悟禪機，於是梅花、疏影與禪道、詩人自己，以及受贈者江碧

〔註132〕《法華經》所述之掌故。指八歲的龍女，因受持《法華經》之功德
　　　　而即身成佛。據《法華經》〈提婆達多品〉第十二所述，在法華會
　　　　上，文殊菩薩告訴智積菩薩，娑竭龍王女年甫八歲，以修行《法華
　　　　經》故，可故得成佛，智積菩薩聞言後，甚感懷疑，其時，龍女忽
　　　　現於會中，並頭面禮敬，以偈讚佛。見《妙法蓮華經》（臺北：世
　　　　樺，1988），頁442～446。
〔註133〕江珠：《青藜閣》，頁6。

岑，在原本單純的梅花圖中產生多重指涉，形成一種複聲音調，眾聲喧嘩的對話情況，〔註 134〕受贈者也由詩的語言與畫面間梅花的意象符號多重詮釋與衍生，與題詩兼贈畫者互相溝通對話。

又尤澹仙〈題紫虁張姊梅花畫扇〉：「東風昨夜來，一枝春色靜。空山不見人，月明瘦孤影。」〔註 135〕另一首水雲漫士潘奕雋容臯所作〈庚戌上已爲紫虁女史畫梅併題，即和清溪女史韻祈正〉：「欺雪非矜艷，橫煙最耐寒。西山千萬樹，不許熱人看。」〔註 136〕潘奕雋乃吳地名士，與任兆麟夫婦有所來往，亦曾爲《吳中女士詩鈔》寫序，清溪女史即張允滋，其妹乃紫虁女史張芬，潘奕雋爲張芬作畫題詩，並且與張允滋唱和，此乃文士與閨秀運用詩畫形式溝通交流。尤澹仙所作題畫詩乃張芬所畫的梅花畫扇，兩首詩皆產生於梅花圖繪完成之後，並且都在詩中表露梅花孤高雅潔的美好形象，梅花傲然挺立於冰天雪地之中，一種孤寒傲氣的氣質，經由題詩而瀰漫於詩畫對話空間裏，梅花可以象徵隱逸之士高處不勝寒之景況，亦可表露女性貞潔，靜處於孤寂深閨，有著瘦弱寂寞的背影。本詩雖是傳統梅花意象的定式比興，但兩組詩並置之後，從閨秀詩畫習作中，我們可以窺知女性努力學習模仿梅、蘭、竹、菊所代表深層文化意涵，以及晚明以來文人畫所刻意強調人品與風格的統一傾向，〔註 137〕而將實體物象賦予抽象的人文意義。

沈纕題趙承旨畫蘭：

> 可憐王者香零落，憔悴瀟湘第一枝。空說王孫留綵筆，難爲騷客寫愁思。故宮落日悲荊棘，周道秋風怨黍離。何處托根猶故土，淡煙細雨伴江籬。〔註 138〕

〔註 134〕「複聲音調」，「眾聲喧嘩」乃巴赫汀之理論，請參劉康：《對話的喧聲——巴赫汀文化理論述評》（臺北：麥田，1995）。
〔註 135〕尤澹仙：《曉春閣》，頁 14。
〔註 136〕張允滋：《潮生閣》，頁又一
〔註 137〕鄭師文惠：《明人詩畫合論之研究》政治大學碩士論文 1988，頁 154。
〔註 138〕沈纕：《翡翠樓》頁 11。

又朱宗淑亦有〈題趙承旨畫蘭同沈蕙孫妹（即沈纕）作〉

> 數枝披拂倚春風，想像王孫翰墨工。忽憶託根空谷裡，可
> 堪移植暮煙中。荃茅變化傷殊轍，禾黍蒼涼閟故宮。一幹
> 一花心事在，所南風格有誰同。〔註139〕

沈纕、朱宗淑同爲趙承旨所畫的蘭花題詩，相同的題材，相同的詩歌
形式，所云的詩旨亦雷同，可見女性題畫詩創作之群性色彩濃厚，處
於類似的地域文化，又與同一階層之閱讀社群互動，故對同樣畫作解
讀出類似的詮釋觀點。詩中「所南風格有誰同」，以鄭思肖（所南）
《墨蘭圖》裏所繪「失根的蘭花」作爲眼前趙承旨這幅畫的對話對象，
並且延續文人失根的憂愁離思，故國蒼涼悲戚之感，雖然同一幅畫作
已經爲詩歌題材作規範與侷限，但兩首詩所透露出女性寫作群不僅學
習男性文人詩畫筆墨形式，而且也承載傳統文人所積澱的深層文化，
內化爲女性詩畫創作時的思考模式，並表現在女性筆墨創作的書寫規
約中。當女性在閱讀社群裏以詩畫互動時，筆墨圖像與詩歌意象所互
涉的文化傳統與比興寄託，也就成爲女性精英社群所仰賴的特殊語言
符號，熟識這套詩畫語言符號，使個別成員對群體有向心力，而此群
體特色使她們得以有別於一般女性。

　　女詩人自題詩畫贈予另一位女性，或爲其他女性之畫作題畫
時，固然緣於彼此相知相賞、相近相契，發於內在情感的交流感應，
然而，其背後也隱藏如社會學家所認爲有著深刻象徵意涵的儀式行
爲：一位閨秀能夠經由詩畫形式表達心緒，傳遞出她已經具備與文
人內涵世界溝通交談的資格與能力。女性之間彼此的詩畫酬贈意味
著：女性運用男性文人專屬的溝通模式，再者詩畫創作是男性文人
精英份子的行爲表徵，故女性能以詩畫傳達情感心志，表示女性創
作詩畫乃是屬於女性精英份子的溝通方式，象徵女性精英社群的儀
式行爲。通過此種儀式行爲，個人始得以融入於精英群體，成爲女
性詩畫社集的一員，並在社群的集體活動獲得希望的評價、自我的

〔註139〕朱宗淑：《修竹廬》，自註：「心齋先生課」，頁5。

肯定和自我的完成。〔註140〕女性題畫詩的創作乃基於群體活動的互動，題畫與賦詩構成一個創作整體，畫者、題詩者、畫面筆墨形象與詩歌語言皆濃縮凝結爲符號與符號間的交互指涉，觀畫者賦詩詮釋畫面形象，間接隱喻畫者人品學識，並開展畫面物象背後所傳遞文化喻意的符號網絡，再以物象符號意義與畫者人品連結，傳達題詩者心理崇仰之情，環環相扣，構成一組完整符碼意義的互涉詮釋。畫面上的詩歌語言與繪作物象形成互動的對話狀態，其中尚包括畫者與題詩者、贈者與受贈者、創作者與詮釋者種種豐富的互動歷程，此歷程關涉他人與自我雙方意圖互相了解，互相以符碼詮釋的互動行爲。女性受圍於傳統的規範，是故以地域性的閨秀爲交往對象，跨越家族血緣的界線，但仍以家族關係的姊妹互相稱謂，以姊妹情誼型態聚會，此乃內言不出於外傳統規範的衍伸，這些閨秀雅集結社的意義，在於標舉出詩畫互評、揮灑筆墨創作、與閱讀典籍以博古通今，藉由這些儀式行爲以有別於其他識字女性，並且以翰墨辭賦發揮內蘊才情，作爲入社女性的身份認可，以凝聚女性精英群體的寫作群與閱讀群，藉由閨秀人我互動、模仿男性文人結社和追隨楷模女性（張允滋、江珠、沈纕）的閱讀與創作活動，得以爲深閨女性爭取較合理而開放的創作空間，並自成一女性特殊的閱讀社群。另一層女性雅集結社的意義，在於藉親族關係或詩畫文字結緣，開拓一屬於女性得以暫居本位的社交空間與文化上的發言地位，閨秀才媛的交遊顯示同性之間彼此聲援的重要，女性之間形成姊妹之情誼、互相問學或形成讀者與評者間的關係，而女性結社活動遂聯繫家庭集會與文人結社的雙重性質。〔註141〕故女性題畫詩的創作，遂主要以閨秀間親戚朋友所展露的女性深厚情誼爲基調，以精英社

〔註140〕 有關儀式行爲，請參照亞伯納・柯恩，宋光宇譯：《權力結構與符號象徵》頁3～13。

〔註141〕 魏愛蓮（Ellen Widmer）作，劉裘蒂譯，〈十七世紀中國才女的書信世界〉（《中外文學》第二二卷，第六期，1993年11月），頁55。

群的儀式行爲與創作互評、互相詮釋爲支援網絡，開發出女性閱讀社群與文學創作的交涉與互動。

第三節　從師問學之閱讀社群

　　晚明至盛清閨秀除了組織女詩人的結社團體之外，從師問學的風氣亦盛行，許多閨媛受業於有才名的男性文人，甚至亦有女詩人作家成爲「閨塾師」的情形。〔註 142〕在晚明至盛清閨閣名媛受業於男性文人，著稱於當世者，首推晚明的李贄，以及盛清時期隨園、碧城；隨園即是指袁枚，碧城即是陳文述。明末李贄提倡男女兩性平等觀與男女才智並無差別論，〔註 143〕其觀念及與士人妻女論學等行爲，在當時被目爲異端。李贄是在麻城講授佛學時，與閨秀論道問學，《焚書》中收有〈觀音問〉十七條，就是和麻城一帶學佛的上層閨秀仕女論學的信札，由於李贄與女弟子之間的問學活動偏向佛學討論，〔註144〕與題畫詩的創作較無關涉，故本節論述的焦點將放在隨園與碧城師生題畫詩的創作活動。探討女詩人在從師問學的活動裏，接觸到較開放的社交網絡之後對詩畫創作素材與內涵的影響，以及此開放性社交網絡所組成的閱讀社群與題畫詩創作之間的關係。

一、隨　園

　　江南地帶在明代末年兵燹所造成的損害，使得人們流離失所，伴隨而來的是商品經濟的衰微與市鎮的沒落，這種情形一直到乾隆時才恢復往日的規模，以蘇州府、松江府市鎮的發展爲例，明代萬曆年間

〔註 142〕關於婦女作爲閨塾師的問題，請參考 Dorothy Ko 的著作，*Teachers of The Inner Chambers-Women and Culture in Seventeenth-Century China*（Stanford University Press Stanford, California 1944），亦可參考鍾慧玲：《清代女詩人研究》，頁 195～199。

〔註 143〕請參考本論文第二章第一節。

〔註 144〕關於李贄在麻城與仕女的問學交往，請參考鄭培凱，〈晚明士大夫對婦女意識的注意〉（《九州學刊》1997 年 7 月，六卷二期，總期第 2 二期），頁 36～38。

是一個高潮，清代乾隆年間又是一個高潮，與正德年間相比，市鎮幾乎增加一倍，〔註145〕可知清代至乾嘉時期進入太平盛世，經濟繁榮，文藝發展也隨之興盛蓬勃，隨著江南地域商品網絡的流通，以及文風鼎盛，使得社會風氣漸漸開放，對於女性的教育日益重視，尤其是世家大族對於閨秀教育更爲注重。這些閨秀或受到家學薰陶，或延攬老師指導，再加上江南地域文風的濡染，使得閨秀能詩善畫者眾多。再者，因爲男性文人對女性創作多抱持嘉勉鼓勵的態度，所以有閨秀執贄求教，願列門牆，因而形成文壇上特殊的現象。盛清時期尤以袁枚、陳文述門下女弟子最爲著稱，幾乎各達數十餘人。〔註146〕

袁枚倡導性靈說，主眞性情，重個性，尚才氣，與沈德潛格調派及翁方綱肌理派相抗衡，〔註147〕並且廣收弟子，曾自述云：「以詩受業隨園者，方外緇流，青衣紅粉，無所不備。」〔註148〕袁枚於晚年廣納女弟子，並在《隨園詩話》中博採女子詩，爲女性詩歌保存表彰，唯恐其湮滅。其對於女性創作的鼓舞與尊重，使得女詩人才能得以發揮，並進而促成閨秀競相作詩的文化氛圍。其女門生前後達數十餘人，紅粉桃李，絳帷受贄，門生王汝翰推爲空前之舉，嘗撰文述之至詳：

　　且夫殷淳撰集，嘗輯裙衿，不必其身在門牆也；常璩成編，遍傳閨閫，不必其親承几案也。元常筆勢之妙，僅傳諸茂狩；伏生尚書之文，偶授之女子。豈有願爲都講，竟在竇妻鮑妹之倫；籍甚妝臺，悉呈宋艷班香之製。輝瞻南極，近躔有織女之星；光炳青藜，耀目盡天孫之錦。而先生則年登大耋，瓜李無嫌；口喚曾孫，姬姜盡拜，閨中淑艷，盡識耆卿，梱內英奇，群欽張祐。翩然立雪，有女如雲；或半面未逢，先寄瑤華千字；或片語初接，立呈麗製數篇；

〔註145〕樊樹志：《明清江南市鎮探微》（上海：復旦大學，1990），頁94。

〔註146〕鍾慧玲：《清代女詩人研究》，頁161。

〔註147〕王英志，〈隨園「閨中三大知己」論略——性靈派研究之一〉（《文學遺產》1995年，第四期），頁101。

〔註148〕袁枚：《隨園詩話補遺》卷九，收於王英志主編：《袁枚全集》（三），頁780。

或清談甫竟，旋美膳之親調；或畫象偷描，輒心香以供奉；
或千篇手繡，五色買幼婦之絲；或一字代更，三匹下兜羅
之拜。琉璃研北，非白傅之什不吟；翡翠窗南，惟徐陵之
序是乞。先生手持玉尺，量向金閨，開高會於聖湖，徵新
篇於茂苑。簪花之格，臨池而爭角其工，賦茗之章，入手
而群驚其麗，敏傳擊缽，大張娘子之軍；譽起連城，足奪
士夫之氣。此惟夏侯授經義於宮中，差齊茲盛舉，彼東坡
遇名媛於海中，尚遜此休風者矣。〔註149〕

可知袁枚晚年大收女弟子，其聲名遍傳閨閣，故當時的女詩人多因仰
慕袁枚文名而成為隨園女弟子，有藉父兄夫婿關係得以投卷請益者；
有未曾晤面，而先呈詩求教者；亦有袁枚聞其詩名，親自登門求晤，
而後收為弟子者。隨園師生關係的形式並不拘於門牆之內，或藉由書
信往返，呈其詩作；或會面晤談，即席創作。至於供奉先生等弟子之
事，女詩人或繪其畫像，以心香供奉，或雅集清談，親調美饌；或繡
袁枚詩作，日日吟唱；或得到袁枚指導，更動詩作數字，女詩人心誠
悅服，深深叩拜。流風所及，使得袁枚所收隨園女弟子在當時幾乎成
為閨秀詩媛的代言人，不僅個個工詩善畫，且品潔性高，平日言行及
詩畫創作也成為名媛閨秀學習的對象。袁枚編纂《隨園女弟子詩選》，
選收二十八人佳作（今本僅存十九人），以席佩蘭詩列首位，袁枚推
舉她「詩冠本朝」，〔註150〕席佩蘭亦對袁枚推崇備至，〈上袁簡齋先
生〉詩云：

慕公名字讀公詩，海內人人望見遲。青眼獨來幽閣裏，縞
衣無奈澣妝時。蓬門昨夜文星照，嘉客先期喜鵲知。願買
杭州絲五色，絲絲親自繡袁絲。

又云：

〔註149〕王汝翰，〈隨園前輩八十壽言〉，《續同人集》卷一，收於《袁枚全
　　　　集》（六），頁7。
〔註150〕席佩蘭有〈以詩壽隨園先生，蒙束縑之報，且以「詩冠本朝」一語
　　　　相勖，何敢當也，再呈此篇〉一詩，見席佩蘭：《長真閣集》卷三，
　　　　頁4。

> 深閨柔翰學塗鴉，重荷先生借齒牙。漫擬劉惔知道蘊，眞
> 推徐淑勝秦嘉。解圍敢設靑綾幛，執贄遙褰絳帳紗。聲價
> 自經椽筆定，掃眉筆上也生花。〔註151〕

大家閨秀的藝文創作在傳統封建社會中，當作修身養性的工具是被贊
同的，然而一旦成爲獨立創作的詩畫並流傳於家族之外，被男性文人
所品鑒、觀賞，就成爲違反禮教，觸犯男女之防的大忌。不過袁枚卻
收授女弟子，在她們詩歌創作上有所指點，席佩蘭等有心於詩歌創作
的閨閣女子，認爲能得到名滿天下的詩人袁枚指導，實是莫大的榮
耀，故席佩蘭云：「解圍敢設靑綾幛，執贄遙褰絳帳紗」，對於袁枚敢
突破世俗禮教之批評，對閨閣女子創作予以獎掖提攜感激不已，又
云：「聲價自經椽筆寵，掃眉筆上也生花。」可知當時閨秀是積極於
文學創作，並希冀經由名詩人的指點能夠有所精進，或者藉由男性詩
人評定其詩作，以獲得女詩人之美名。同時，從事創作的閨秀也想藉
由名詩人的讚賞與肯定，來扭轉世人對於女性學詩的觀念與態度，藉
以說明女性創作雖然是閨閣之作，亦能博得妙筆生花之讚譽。

此外，袁枚曾於杭州西湖畔大會女弟子，舉辦兩次盛大的詩會，
與女弟子晤面切磋詩藝，使名列女弟子的閨秀聲名大噪，引起更多世
人的注目，聲名爲之流播，也使得更多閨秀投身於女弟子之列，閨秀
錢琳云：「詩壇久作風騷主，閨閣頻添弟子班。」〔註152〕可見閨秀執
贄問學之盛況。第一次的杭州湖樓盛會在乾隆庚戌五十五年舉行，《隨
園詩話補遺》卷一云：「閨秀吾浙爲盛，庚戌春，掃墓杭州，女弟子
孫碧梧邀女士十三人，大會於湖樓，各以詩畫爲贄，余設二席以待之。」
〔註153〕可以想見當時名媛閨秀向袁枚請益，論詩評畫，極盡吟唱之
樂。孫雲鳳〈湖樓送別序〉描述當時的盛況云：

> 我隨園夫子行年七十，婦孺知名，所到四方，裙釵引領。

〔註151〕同上，卷二，頁16。
〔註152〕錢琳，〈隨園先生再游天台而歸，招集湖樓作別，分得「山」字〉，
　　　　袁枚編：《隨園女弟子詩選》卷四，收於《袁枚全集》（七），頁94。
〔註153〕同註148，卷一，頁553。

　　庚戌四月十三日，因停掃墓之車，遂啓傳經之帳，鳳等摳
衣負笈，問字登堂，一束之禮未修，萬頃之波在望，暢幽
情於觴詠，雅會者英；作後學之津梁，不遺閨閣。持符召
客，女弟子代使者之勞，……群季乏地主之儀，能無愧也，
先生具門人之饌，有是禮乎！其時風雨有聲，煙波無際，
山花留紅，堤草桑綠。不櫛進士，競傳擊缽之詩；掃眉才
人，獨逞解圍之辯。或眞珠密字，寫王母之靈飛；或吐綠
攢紅，畫仲姬之花竹。鳳率同小妹，濫廁諸君，既衣香鬢
影之如雲，亦柳絮椒花之滿牘。〔註154〕

十三位隨園女弟子原本是深居閨閣之內的淑媛，不能輕易與親族之外
的閨秀與文人詩畫吟和，然而透過執贄問學的社交活動，可以與當時
的名媛、文人悠遊於湖光山色之間，從事詩畫創作活動，「或眞珠密
字，寫王母之靈飛；或吐綠攢紅，畫仲姬之花竹」，經由詩畫交流鑒
賞活動之中，激勵彼此的詩畫創作，也開闊閨秀的眼界，增加其閱讀
經驗，更重要的是見識平日無緣深入交往之家族外的女性創作者。女
性閱讀其他閨秀詩畫作品，有助於增進女性對於自身從事創作的信
心，另外，女性創作及閱讀社群的集體經驗，也使閨秀們凝結出女性
創作的楷模形象，及可資學習的女性典範作品。第二次的西湖盛會，
在乾隆壬子十七年春舉行，袁枚於相同地點再次宴集女弟子，增收數
位女弟子，孫雲鶴云：「斯樓曾宴集，此日復登臨（案：庚戌先生來
杭，亦以是日宴於此樓）。浮荇涵芳沼，餘花綴綠陰。舊游還歷歷，
弟子更森森。（案：潘錢兩女史新受業）。講席奇方問，離筵酒又斟。」
〔註155〕袁枚因湖樓之會盛極一時，遂請婁東尤詔、海陽汪恭於嘉慶
元年繪成《湖樓請業圖》，以誌其盛事。《湖樓請業圖》繪有女弟子十
三人，對於此圖之人物佈景，在徐珂《清稗類鈔》〈師友類〉「袁子才
有女弟子」有所記載，徐珂云：

<hr>

〔註154〕同註152，卷一，孫雲鳳，〈湖樓送別序〉，頁29～30。
〔註155〕同上，卷三，孫雲鶴，〈隨園先生再游天台歸，招集湖樓送別分韻
　　　　（得「臨」字）〉，頁82～83。

　　乾隆壬子三月，袁子才寓西湖寶石山莊，一時江浙女弟子，
各以詩來受業。因屬尤某汪某寫圖布景，其在柳下，姊妹
偕行者，湖樓主人孫令宜臬使之二女雲鳳、雲鶴也；正坐
撫琴者，乙卯經魁孫原湘之妻席佩蘭也；側坐其旁者，大
學士徐文穆公本之女孫裕馨也；手折蘭者，安徽巡撫汪又
新之女纘祖也；執筆題芭蕉者，汪秋御明經之女姉也；稚
女倚其肩而立者，吳江李寧人臬使之外孫女嚴蕊珠也；憑
几拈毫，若有所思者，松江廖古檀明府之女雲錦也；把卷
對坐者，太倉孝子金瑚之室張玉珍也；隅坐於几旁者，虞
山屈婉仙也；倚竹而立者，蔣戟門少司農之女孫金寶也；
執團扇者，即金纖纖，吳下陳竹士秀才之妻也；持竿而山
遮其身者，京江鮑雅堂郎中之妹，名之蕙，字芷香，張可
齋詩人之室也；十三人外，侍隨園老人側，而攜其兒者，
子才之姪婦戴蘭英也，兒名恩官。〔註156〕

徐珂詳細記載當時繪於此圖的十三位女弟子的布局位置與形象，及
其出身家世，可知這些識字女性多是中上層階級士人之妻女，其來
自於詩香世家，皆是當時知書達禮的大家閨秀，平日休閒生活不乏
家庭性質的文藝聚會。由其繪圖的布局位置及所傳遞出的形象，大
抵與男性文人雅集圖有不同的側重點和審美品味，女性雅集圖強調
女子才性之外，亦強調女子身爲母親或妻子的角色，故繪其稚女倚
其肩，或繪其攜兒撫孤之形態，皆著重其女子德性之一面，與男性
文人雅集圖側重聚會之逸趣行樂有所不同。再者，傳統婦德所要求
的封閉性家居生活，對於身處於經濟發達，人文薈萃的江浙閨秀而
言，內在與外在的社交活動似乎更有其彈性空間，〔註157〕女詩人得
以加入袁枚所召集的詩會，一方面是得到父兄、丈夫的贊同（家族
的支持），當作是從師問學的活動，如孫雲鳳的父親孫嘉樂曾有〈上

〔註156〕徐珂：《清稗類鈔》（臺北：商務，1966），〈師友類〉「袁子才有女
　　　　弟子」。
〔註157〕高彥頤，〈「空間」與家 —— 論明末清初婦女的生活空間〉（《近代中
　　　　國婦女史研究》，第三期），頁21～50。

隨園先生書〉云：「兩小女素仰先生，又性好筆墨，俾爲程式，大女
（孫雲鳳）不揣固陋，率爾奉和寄政，亦可謂不自量之至矣。……
逎先生復俞君蒼石書中，過蒙獎許，并索其舊作，無知小兒女猥辱
宗匠垂青，榮幸無比。」〔註158〕可知閨秀與袁枚書信往返，贈詩唱
和，對家族而言是一種呈詩求教的問學行爲，並不構成敗德的行爲。
又如金逸臨終前對夫婿陳竹士曰：「吾與先生一見，已足千秋，所悁
悁而悲者，吾聞先生來，即具門狀，招十三女都講作詩會於蔣園，
畫諾者已九人，而吾道不得執筆爲諸弟子先，此一憾也。我尙有書
中疑義，欲面質先生，而今亦復不及，此二憾也。」〔註159〕可見閨
秀心中對袁枚奉爲親師，其仰止之情也能爲家族內父兄、夫婿所理
解，故閨秀得以與袁枚之間私下贈答往返，詩畫交流。另一方面閨
秀參加袁枚所舉辦的詩會，雖是模仿男性文人的雅集盛會，但是這
些閨秀都自稱爲女弟子，參加聚會主要目的是向男性文人請益，增
加見聞與學問，此是一種高尙風雅的行徑，與歌伎周旋於文人之間
的雅集歡宴，其性質有所不同。此種種複雜的社會心理、文化、經
濟等等脈絡互動之下，遂產生女詩人從師問學的閱讀社群及雅集聚
會，並得以見容於強調婦德的閨秀階層與詩禮世家。

　　袁枚在《湖樓請業圖》繪成之後，邀請時人及女弟子對此圖題詩
吟詠，戴蘭英〈題《湖樓請業圖》〉云：

詩人慧業雅作圖，公獨創以湖樓呼。湖樓幾輩豪吟客，散
盡名士歸名姝。十三行已早馳譽，後進追攀輒棄去。公因
小阮憐鄙人，丹青補在空虛處。松風琴韻笑語頻，點筆憑
欄態度眞。興到偶然拈彩筆，德孤今喜結芳鄰。卷中淑媛
均作手，況復先生誠善誘。心香一瓣奉南豐，事業名山永
不朽。湖面朝朝鏡影清，湖樓夜夜哦詩聲。尚書口授今文
經，九十不倦老伏生。賤質年來飽霜雪，蒙公一片婆心切。

〔註158〕同註149，卷四，〈文類〉，頁87。
〔註159〕袁枚：《小倉山房（續）文集》，卷三二，〈金纖纖女士墓誌銘〉，收
　　　　於《袁枚全集》（二），頁587～588。

　　　　同坐春風偲獨親，平生佳話逢人說。〔註160〕

「湖樓幾輩豪吟客，散盡名士歸名姝」，可知畫中除了袁枚之外，即
十三位女弟子，在此聚會裏「松風琴韻笑語頻」，但「點筆憑欄態度
眞」，閨秀們對於創作之事抱持相當認眞的態度，「興到偶然拈彩筆，
德孤今喜結芳鄰」，隨著創作逸興遄飛，平時無法相識與相聚的閨秀，
今日得以筆墨結緣，互相交流詩畫，觀摩學習，又有名師指點，如沐
春風之中，與其他閨秀「同坐春風偲獨親，平生佳話逢人說」。對於
社交侷限於地域親族的閨秀而言，能夠與來自不同家族的女性文藝創
作者，同聚一堂，並且接受大詩人袁枚的指導，實是無上光榮。這些
杭州閨秀集會於西湖，形成一個以袁枚爲中心，向外輻射的社交網
絡，在吟詩作畫的交流活動中，匯集成一個屬於開放性且流動的閱讀
社群。

　　另一位女弟子吳瓊仙也寫詩傳述此圖，〈隨園先生枉過里門，出
《十三女弟子湖樓請業圖》命題賦呈〉詩云：

　　深閨柔翰半荒蕪，破格憐才有此無？一路春風吹不斷，眞
　　從白下到梨湖。才子掃眉數十三，湖樓佳會一時難。自慚
　　香草童蒙拾，也許隨眉入講壇。論文有素見無緣，月子兩
　　頭那得圓。賴有畫圖傳仿佛，不然何處覓飛仙。（案：謂纖纖
　　夫人）〔註161〕

吳瓊仙自述處在深閨之中，其筆墨已半荒蕪，袁枚破格憐才，願將她
置於十三女弟子之列，因而十分感念袁枚的提拔。再述十三位掃眉才
子得以齊聚，實屬難得，湖樓一別，恐怕佳會難再。「賴有畫圖傳仿
佛，不然何處覓飛仙」一句，指經由繪圖得見金逸（纖纖夫人）的形
象，同時藉由具體圖象的表述得以讓其他的閨秀憑圖追憶當時雅集盛
況，回味各個女詩人吟詩作畫的豐富才情與神態。席佩蘭亦作詩記述
此畫云：「先生端坐彩豪揮，爭捧瑤箋問絳幃。中有彈琴人似我，數

〔註160〕同註152，卷五，戴蘭英，〈題《湖樓請業圖》〉，頁137。
〔註161〕同註152，卷六，吳瓊仙〈隨園先生枉過里門，出《十三女弟子湖
　　　　樓請業》命題賦呈〉，頁145。

來剛好十三徽。（案：畫余坐苔石畔撫琴）」〔註 162〕此圖對於閨秀而言是一種記錄，記錄著當時湖樓請業的盛況，閨秀對於自己得以入畫，與其他名媛並列，得以與老師同時呈現在一幅圖畫之中，成爲他人吟詠的對象，對於閨秀而言無疑地是一種榮耀的表徵。

　　繪畫本身是一種文化物品，當畫作在生產與使用中所造成的各種文化脈絡，促使繪畫被賦與多重的身份價值與文化意義。〔註 163〕是故從圖繪的產生與使用脈絡中，我們可以解讀出相當豐富的文化訊息，而題畫詩的文類功能之一，即是詮釋繪畫的產生與使用脈絡，進而擴及文化意義。從這幾首閨秀的題畫詩之中，我們可以得知詩歌與繪畫本身所散發出的權力特質，以及權力所帶來的階層與身份的區隔作用。在隨園的閱讀社群裏，師生之間的交往，閨秀與閨秀之間，以及其他男性文人與閨秀交往，這一切社交行爲，透過有階層區隔性的詩畫閱讀社群，使得閨秀透過袁枚而互相交流，並進而相互影響，並相互制約著對方的行爲，產生所謂「社會性的相互作用」。在此社會性的相互作用中，權力的作用被界定爲「一部份人在另一部份人身上施加有意圖、有效應的影響的行爲」，〔註 164〕因而權力成爲一種有意圖、有效應的影響。在隨園的閱讀社群中，老師袁枚，其他男性文人，以及傑出女弟子擁有影響其他閨秀的權力，乃在於他（她）擁有爲人所稱道的特殊詩畫才藝。在清代的時空脈絡裏，並非所有女性都有接受詩畫教育的機會，因此，唯有懂得詩歌語彙的女性才得以成爲袁枚賞識的女弟子；唯有懂得傳統詩畫關係，並能夠鑑賞詩歌文學的女性，才能應用題畫詩此文類，創作出得以呈現詩畫關係的詩歌作品，求教於袁枚。是故吟詩作畫成爲一種精英象徵行爲，詩畫語彙成爲一種權力的象徵符號，閨秀擁有詩

〔註162〕同註150，卷四，〈隨園先生命題十三女弟子湖樓請業圖〉，頁 2。

〔註163〕王正華，〈傳統中國繪畫與政治權力 ── 一個研究角度的思考〉（《新史學》八卷三期），頁 162～163。

〔註164〕丹尼斯・朗著，高湘澤、高全余譯：《權力：它的形式、基礎和作用》（臺北：桂冠，1994），頁 4～5。

才畫藝就能得到男性文人的賞識，能得到其他女性的尊崇，此種男性文人對於女性的影響力就是一種權力的作用，而擁有詩畫才華的女性又比其他女性擁有較佳的優勢，詩畫才能於是被賦予特有階層所必須學習的精英行爲，透過詩畫能力的鑑定，這群女性即被劃歸爲懂得精英文化與文人品味的階層，因而擁有特殊的權力。再者，袁枚女弟子不只十三位，是故這些閨秀能夠被繪成具體形象，畫入《湖樓請業圖》者，似乎是屬於雀屏中選的一群，象徵著這群閨秀是被袁枚認可爲詩情才藝極佳，家世德性清白無瑕的女性佼佼者，繪畫本身即傳達出權力的運作與影響。是故，從閨秀的題畫詩之中，我們可以得知其對袁枚的崇仰之情，能夠得到袁枚的賞識與垂青，代表自己的才華受到當代大詩人的肯定。另外，閨秀將自己得以被繪入《湖樓請業圖》中，當作一種身分表徵—代表自己是隸屬於閨秀階層中，擁有文人的特質與才華，不僅知書達禮，而且是詩書畫兼擅的掃眉才子。

題畫詩的文類功能除了上述代表文人的一種身分表徵之外，另一項重要功能即是展現自我與他人，閱讀者與創作者互動交流的社會性人際網絡。人際網絡亦涉及人與人之間社會性的交互作用，透過題畫的象徵行爲，可以看到在從師問學的閱讀社群裏，老師／女弟子，男性文人／女性閨秀，精英閨秀／一般女性，層層的階級區隔與權力結構的運作形態。詩畫的創作與鑑賞既被當成一種身分表徵，屬於社會上流階層的行爲指標，江南地帶的世家大族多培養子女擁有詩文閱讀，書畫鑑賞的基本能力，是故閨秀多能詩善畫，從師問學的活動也多經由詩、畫、書信的形式交流，一方面代表著向男性文人虛心求教之意；另一方面也在彰顯自己雖身爲女性，但擁有類同文人的才情，閨秀藉由對文人詩畫語言符號的模仿與學習，印證自己是有能力、有資格進入男性文人談文論藝的閱讀社群之中。因此，我們可以從隨園此一閱讀社群裏，看到袁枚以詩畫的藝術形式作爲與閨秀交往的符號信息，如席佩蘭云：

南極文昌應一身，幸瞻藜杖拜星辰。十年早定千秋業，片
語能生四海春。詩格要煩裁偽體，畫圖何敢秘豐神！願公
參透拈花旨，可是空王座下人？（案：時方以拈花小影乞題）
〔註165〕

「詩格要煩裁偽體，畫圖何敢秘豐神」，詩要裁偽體，表達眞性情，
而圖畫必須傳神韻，乃是呼應袁枚所倡性靈說的理論，席佩蘭透過她
對老師學說的理解與認知，表達於詩句之中。再者，由詩句最後的案
裏，可知席佩蘭以拈花小影向袁枚乞題，最後二句詩句乃是作者透過
圖繪裏拈花小影之符碼，認爲老師參透拈花之旨，就能即刻得道，以
拈花之象徵符碼來推崇老師，通篇以精練的詩歌語言形式結合圖彙語
碼來傳遞對於老師形象的詮釋。

　　自唐宋以降，品題畫作即爲文人所熟知的詩畫交融形式，而且靈
活地運用各種文體創作於畫作之中，題畫實際上已成爲文人必備的一
種人文素養，一種詮釋繪畫的修辭方式。迨至明清題畫詩更具有濃厚
的世俗應用性質，〔註166〕且富於社交方面的意義。一圖既成，遍請
社會名流文人題畫，成爲標榜風雅品味的中上階層酬酢行爲。風氣所
及，閨秀亦有爲他人題畫的作品，或請名士文人爲之題畫的交流活
動。閨秀經由寫詩題畫的社交行爲，一方面得以表徵一己的身分，另
一方面也得以與社會裏屬於精英階層的男性文人對話交談。袁枚《隨
園雅集圖》曾請周月尊題詞，《隨園詩話》卷二載云：

余畫《隨園雅集圖》，三十年來，當代名流，題者滿矣，惟
少閨秀一門，慕湘香夫人之才，知在吳門，修札索題，自
覺冒昧，乃寄未五日，而夫人亦書來命題采芝小照，千里
外不謀而合，業已奇矣。余臨採芝圖副本，到蘇州告知夫
人，而夫人亦將雅集圖臨本見示，彼此大笑。〔註167〕

〔註165〕同註150，卷二，〈上袁簡齋先生〉，頁16。
〔註166〕關於明代題畫詩趨向世俗化的問題，請參考鄭師文惠：《詩情畫意
　　　　——明代題畫詩的詩畫對應內涵》。
〔註167〕袁枚：《隨園詩話》，卷二，第30條目，收於《袁枚全集》（三），
　　　　頁43。

袁枚畫《隨園雅集圖》，圖成遍請名士文人題畫，但仍少閨秀一類，故請閨秀周月尊爲之題畫。袁枚與周月尊的社交活動經由彼此的賞畫、題畫，及筆墨創作裏，充分得到共鳴和心靈交流。袁枚再將此事題詩紀事，並告知其夫婿畢秋帆，秋帆先生曰：「白髮朱顏路幾重？英雄所見竟相同。不圖劉尹衰頹日，得見夫人林下風。」〔註168〕在此詩句裏不僅讚賞周月尊夫人有林下之風，而且以英雄所見相同，說明女性之才智與男性相較並不遜色，由此亦窺見隨園的閱讀社群給予女性開放性的發言空間，也能尊重女性的心性主體。可知爲他人題畫的行爲本身，即富含社會性的文本，將詩歌原有個人情懷抒發的性質，與社交規範相互通匯互滲，題畫詩遂成爲人際間溝通往還的模式之一。袁枚亦命女弟子之一的駱綺蘭題《隨園雅集圖》，詩云：

> 昨從畫裏游，命題圖中句。圖中共五人，丘壑各分布。先生獨撫琴，趺坐倚高樹。面目尚依稀，鬚眉已非故。勝會詎偶然？存亡慨天數。（案：圖中沈歸愚、蔣苕生兩先生俱已下世。）只今小倉山，煙雲萬重護。我無班、左才，握筆不敢賦。遍讀琳瑯詞，鏗鈞奏《韶頀》。況得米顛書，龍蛇走縑素！（案：卷中有夢樓先生題詠）當共西園圖，壽齊金石固。〔註169〕

駱綺蘭披圖觀覽，袁枚命她題詩，詩中提及《隨園雅集圖》所繪的人物，以及王文治的題詩，一方面慨嘆圖繪裏「面目尚依稀，鬚眉已非故」，時光不饒人，五位圖中人，今已有兩位謝世，存亡乃是天數所定。另一方面謙虛自道：「我無班、左才，握筆不敢賦」，再加上圖裏原有王文治的詩句，但師命不敢違，於是以謹慎的心情題筆作詩，詩末將《隨園雅集圖》與《西園雅集圖》並稱，以頌揚《隨園雅集圖》有永恆的價值，可與金石同壽。閨秀得以與男性文人詩句並列於此圖的題詠中，對閨秀而言無疑是極大的殊榮。由此可知，圖繪與題畫詩在內

〔註168〕同上。
〔註169〕駱綺蘭：《聽秋軒詩集》，卷一，〈隨園雅集〉，頁12～13。

容和功能上，成爲閨秀人際往還之中頌揚稱美、周旋應酬的正式媒介，閨秀將詩歌的形式、語言應用在圖繪上，除了要求社交應用性質之外，同時兼具發表創作，以藉名士圖繪傳播聲名之效果。再者，詩作完成後女弟子必須將詩呈予袁枚品評，故老師命女弟子題畫亦有磨鍊弟子詩才之意味，因此，閨秀題畫詩內涵即使是揄揚稱美爲主題，也能在頌揚對方的同時，隱含閨秀對自我的期許和個人性情特質的展現。

　　袁枚尚有《歸娶圖》，亦命女弟子題詩，駱綺蘭〈題簡齋夫子《給假歸娶圖》〉詩云：

　　　　不意杖朝日，重披合巹詞。詞林增故事，海內補新詩。官馬穿花疾，宮袍拂柳遲。只今圖畫裡，如見少年時。〔註170〕

又錢琳亦有〈奉題隨園先生《歸娶圖》〉云：

　　　　玉堂佳話久流傳，卻扇詩成五十年。絲竹東山尚偕隱，翰林春夢早游仙。問天長乞清閒福，展卷重添筆墨緣。他日後堂花似雪，可容來作女彭宣？〔註171〕

這兩首題畫詩都配合圖繪以袁枚爲主題，書寫文人少年得志，官馬穿花，宮袍拂柳的情景。錢琳詩末以「他日後堂花似雪，可容來作女彭宣？」作結，彷彿是對自己的期許，也對女性在封建時代無法追求利祿，展露頭角，以及自由創作有所感慨。

　　另一位女弟子戴蘭英爲袁枚姪婦，曾於乾隆壬寅四十七年春，在陽羨官署拜見袁枚，其後歷經十四年，於乾隆乙卯六十年袁枚八十大壽時，才再度拜謁，自稱女弟子。戴蘭英〈祝隨園夫子壽和孫小姐韻〉詩云：「憶別慈顏十四年（案：壬寅春於陽羨官署得見先生），膝前重拜老神仙。」並圖繪〈秋燈課子圖〉贈送袁枚，作爲束修，袁枚題詩云：「不料乖離十四年，霜蘭雪竹容顏改。贈扇題詩當束修，年年春仲望來游。（案：近亦自稱弟子）」戴蘭英雖爲袁枚姪媳，然而道遠途滯，難以親炙袁枚。戴蘭英〈隨園夫子惠題《秋燈課子圖》志謝〉：

〔註170〕同上，卷二，〈題簡齋夫子《給假歸娶圖》〉，頁2。
〔註171〕同註152，卷四，錢琳，〈奉題隨園先生《歸娶圖》〉，頁94。

翁惜才名噪天下，惜墨南金重無價。春三聞泛武林舟，急命工師繪圖畫。杖朝令旦容繽紛，欲乞題詩日不暇。辱承收錄付侍史，頓釋從前心膽怕。一回瞻拜一回幸，五月頻煩三枉駕。白門歸棹甫經旬，兔毫躍起珊瑚架。寄來展誦琳瑯句，細楷高年眞寄托。九天雲影忽下垂，千里河源驚直瀉。卷中差比無鹽齊，林下慚非詠絮謝。九齡稚子課未成，一盞秋燈責難卸。蒙公椽筆撰長歌，仰公蓮峰聳太華。濫廁弟子十三行，我較名妹有憑藉。夫婿君家舊竹林，一脈師門非外借。倉山山色晚愈青，道遠楓江阻親炙。深閨寂處提倡少，擬托閑吟興輒罷。從今暗裏金針度，絡繹抽思晝復夜。蛩音豈非許田易？鴻藻翻同鄭璧假。後來貂續屬誰手，海內何人不避舍？投贈拚將精衛填，巾幗愚痴願宥赦。〔註172〕

戴蘭英是透過親族關係得以拜袁枚爲師，所以詩云：「濫廁弟子十三行，我較名妹有憑藉。夫婿君家舊竹林，一脈師門非外借。」對於袁枚亦充滿仰慕之情，能夠得到親筆題畫詩，自是感到欣喜莫名。對於自己詩才不及謝道蘊，實在是因爲身爲女性必須面臨的創作困境，「九齡稚子課未成，一盞秋燈責難卸」，沒有太多的閒暇讀書、創作，此也呼應圖繪《秋燈課子圖》的主題，社會對於女性的期待仍建基在母親育兒課子的角色上，再者，「深閨寂處提倡少，擬托閑吟興輒罷」，處在深閨之中，無師友相親，也無長輩提倡詩畫創作，常常使創作的興致驟減。然而詩末吐露出閨秀對於文學創作仍抱持熱忱，「投贈拚將精衛填，巾幗愚痴願宥赦」，願整個社會能體會女性對於創作那份熱情痴愚，以及女性創作環境的艱難。

閨秀以從師問學爲目的的閱讀社群，其社交網絡不僅只於從師的對象袁枚，同時透過袁枚的人際網絡，結識相當多愛好文藝的閨秀與男性文人，這些女性或寫詩或繪作，彼此觀摩學習，有時亦伴同夫婿與其他男性詩人作詩畫創作的交流。隨園女弟子中，其詩才最傑出者，當推席佩蘭，其題當時名士郭頻伽《萬梅花擁一柴門圖》

〔註172〕同上，卷五，戴蘭英，〈祝隨園夫子壽和孫小姐韻〉，頁136～137。

詩其一云：「美人翻作羅浮夢，幻出孤邨處士家。一片水雲渾不辨，是人家與是梅花？」其三云：「細嚼梅花可療饑，花香兼可當薰衣。幾生修得中間住，掃盡閒雲不啓扉。」〔註173〕女詩人觀畫吟詠，前一首詩作，柴門的意象與傳統高士的隱逸形象重疊，第二首詩句雖延續隱逸與柴門的定向比興，但隱約中將女子倚柴門的形象與梅花作結合，柴門似乎成爲女子的隱喻，一個封閉的象徵，然而梅花高潔卓立，花香暗浮動的純眞美好，令詩人興起「幾生修得中間住，掃盡閒雲不啓扉」的念頭，指柴門雖緊閉，但其心境卻是逍遙自得。《然脂餘韻》云：「汪宜秋〈題郭頻伽水屯圖〉云：『深閨未識詩人宅，昨夜分明夢水屯。卻與圖中渾不似，萬梅花擁一柴門。』頻伽因復作《萬梅花擁一柴門圖》，遍徵題詠。虞山孫子瀟室人席佩蘭，題詩三截。」〔註174〕汪宜秋（即汪玉軫）是江南閨秀，郭頻伽是鼓吹婦女創作的文士，可見當時經由從師問學與雅集聚會，女詩人得以開拓一己的視野，在一個集體創作的題畫活動中，借圖詠結識更多的文人雅士及女性詩畫家。

在隨園的文學活動中，常可見其夫婦偕同創作，如金陵閨秀陳淑蘭，受業於隨園，乃鄧宗洛妻子，嘗各畫蘭竹數枝，贈毛俟園廣文，毛謝以詩云：「閨中清課竅冰紈，夫寫篔簹婦寫蘭。料得圖中愛雙絕，水晶簾下並肩看。」〔註175〕由詩中可見宗洛夫婦兩人皆善詩畫，伉儷甚篤，且女詩人以夫之名，合力發表創作，在當時被視爲一種風雅之事。陳竹士與其妻金逸乃是隨園內爲眾人所稱羨的神仙夫妻，金逸去逝後，隨園閨秀們皆有題詩悼念，鮑之蕙〈題虎山尋夢圖〉有序云：

　　吳門陳竹士，曾偕尊閫金纖纖女士虎山唱和。甫及歲餘，而
　　纖纖物化，欲作《虎山尋夢圖》以寄意，適得陸定子畫幅，

〔註173〕同註150，卷四，〈汪宜秋女史題郭頻伽秀才水屯圖云：深閨未識詩人宅，昨夜分明夢水屯，卻與圖中渾不似，萬梅花擁一柴門，秀才因復作萬梅花擁一柴門圖〉，頁12。
〔註174〕王蘊章：《然脂餘韻》卷一，頁274。
〔註175〕同註167，卷六，第106條目，頁199。

若預爲留贈者。翰墨因緣非偶然也，爰題小詩紀之。〔註176〕
其詩其一云：「虎山重訪舊遊蹤，山自嶄岏柳自濃。惟有水魂無覓處，
淒涼孤棹夢惺忪。」〔註177〕金逸逝後，陳竹士得到《虎山尋夢圖》，
以紀念其夫婦偕遊的昔日情景，其將圖繪遍徵題詠，鮑之蕙詩其二
云：「珠聯玉和幾經秋，佳偶人間罕白頭。今日披圖思往事，一坪芳
草替人愁。」〔註178〕女性的大部分生活空間在婚姻與家庭生活，是
故覓得良婿乃是最深切的願望，而得以與佳偶白頭偕老更是可遇不可
求之事，閨秀披圖思往事，憶及陳氏夫婦恩愛之情，更添惆悵。席佩
蘭亦有《虎山尋夢圖》三首亦吟詠其事，詩其一云：

美人玉骨化姍姍，應是吹笙崔背寒。只在萬重香雪裡，餞
餬煙月認來難。

其二：

重來何處覓詩魂，踏遍空山逕不溫。雲散有根蟾有魄，當
年春夢獨無痕。

其三：

一片傷心畫不眞，空持破鏡認前塵。百年先有人圖出，潘
岳詩情奉倩神。〔註179〕

圖繪雖是虎山風景，然而題詩者注入主觀情思，一方面懷念金逸之詩
才，另一方面呈現陳竹士之哀傷，虎山風景依舊，然而已無處覓其妻
之身影。又駱綺蘭〈題陳竹士虎山尋夢圖〉（案：竹士與其配金纖纖
聯吟於虎山之畔，纖纖逝後，竹士欲繪圖紀之，適得前明劉淵所作圖
因乞余題）云：「重到名山訪舊遊，斷煙荒艸纜孤舟。分明當日聯吟
處，嗚咽溪聲似淚流。」其二：「欲繪丹青妙手無，難從夢境寫模糊。
何期三百年前客，豫譜傷心入畫圖。」〔註180〕亦是以陳竹士與金逸

〔註176〕同註152，卷四，鮑之蕙，〈題虎山尋夢圖〉，頁107。
〔註177〕同上。
〔註178〕同上，頁108。
〔註179〕同註150，卷四，〈虎山尋夢圖〉，頁2～3。
〔註180〕同註169，卷三，〈題陳竹士虎山尋夢圖〉10～11。

夫唱婦隨之風雅盛事為描繪焦點，而今只能觀覽丹青圖繪，再也難回到昔日情景，只能將傷心之情寄予畫圖裏。由詩句裏也可知閨秀對於美滿良緣的價值觀乃是建構在夫婦志趣相投，是故詩畫唱和，夫唱婦隨之風雅生活成為上層閨秀心目中所追尋的美滿婚姻模式。

　　再者，透過隨園，閨秀結識相當多當時頗負盛名的文人，如袁枚序駱綺蘭《聽秋軒詩集》云：「今之詩流往往文而不采，有聲而無音殊，非惻隱古詩之意，惟京江夢樓先生（王文治）論詩與余意符，居與汝鄰，盍往學焉，佩香從之。」可知駱綺蘭除了從師於袁枚之外，又透過袁枚的引荐而得以問學於王文治。又曾燠序駱綺蘭詩集《聽秋軒詩集》云：「余嘗從其師夢樓老人（王文治）見其《秋燈課女圖》題絕句云：『一燈雙影瘦伶俜，窗外秋聲不可聽。兒命苦於慈母處，當年有父為傳經。』駱得詩，故以『聽秋』名其軒也。」〔註181〕《墨林今話》亦云：「（駱綺蘭）嘗繪《秋燈課女圖》徵題，賓谷先生有「窗外秋聲不可聽」之句，因以聽秋名其軒。」除曾燠外，袁枚、王文治、趙翼等人均有題詩。〔註182〕可知閨秀藉由從師問學提供許多詩畫創作的機會，並透過圖詠贈答而擴展其人際網絡，閱讀社群的擴張使得閨秀接受到更多的文化刺激，並使得其創作更加豐富，其見識也更加寬廣。隨園是一個開放性的創作空間，所發生的影響力不僅在於隨園內的創作，它同時發掘許多愛好文學的名媛閨秀，形成一個廣大的，開放性女性作品閱讀社群。

　　金逸是袁枚所激賞的才女之一，在金逸題畫詩中，我們可以得見隨園女弟子之間社交不僅限於隨園，甚至讀者群更可擴及閨秀的親族，如〈吳素雲女士寫秋芳圖寄其仲兄蘭雪，法時帆學士見而愛之，以曹墨琴夫人〔註183〕手書洛神賦冊易去，甲寅春日蘭雪過吳門，屬

〔註181〕　同上，曾燠序。
〔註182〕　袁枚詩見《小倉山房詩集》卷三四，王文治詩見《夢樓詩集》卷二〇一，趙翼詩見《甌北詩鈔》卷七。
〔註183〕　曹貞秀，貞秀字墨琴，長洲人教諭王芑孫室，墨琴年二十三歸山人為繼妻，墨琴無金粉之好，所好作詩寫字，山人有詩名，復以書稱

詠其事〉云：

> 將書易畫未嫌憨，好事他年著美談。我意不如仍付與，兩
> 瑤函供一詩龕（按：時帆先生有詩龕）。

又：

> 清狂竊笑應無加，讀畫居然願望奢。乞寫一枝持贈我，病
> 維摩瘦侶秋花。〔註184〕

吳素雲作秋芳圖給其兄，卻讓法時帆以曹夫人的洛神賦交換而去，這段軼聞趣事由金逸筆下寫來，語詞生動，趣味橫生。江南閨秀聚會頻繁，袁枚《小倉山房文集》云：「吳門多閨秀，如沈散花（沈纕）、汪玉軫、江碧珠等，俱能詩，推纖纖（金逸）爲祭酒。」〔註185〕閨秀結社庚和無虛日，鄉里老人稱許其社集爲眞靈會集。〔註186〕沈纕與江碧珠等吳門閨秀也曾結清溪吟社，世所稱吳中十子，論者以爲可以媲美蕉園七子，〔註187〕由此可知女詩畫家常以創作來彼此鼓舞，彼此激勵。席佩蘭〈宛仙海棠雙鳥畫卷〉云：「海棠絲軟晚風輕，枝上開關鳥對鳴。畫亦有詩詩有畫，卿須憐我我憐卿。白描更比丹青好，素手能教氣韻生。恰與趙家添故事，管夫人竹共佳名。」〔註188〕席佩蘭題寫屈宛仙之畫作，兩人詩畫合作，畫有詩境，而詩亦有畫境，如同兩人互相交心，彼此相知相惜，最後讚賞屈宛仙之畫，雖是白描但比著色之丹青更加氣韻生動，而其畫藝更可比美管夫人之墨竹。吳瓊仙〈懷鍾元圖夫人〉云：「汀蘭江芷碧離離，欲采幽芳寄遠思。自有清歌翻《白雪》，可無小字寫烏絲？一燈挑盡花開少，短札修成雁過遲。何日扁舟

於世人，或持縑素求山人書者，必兼求墨琴書。見施淑儀編：《清代閨閣詩人徵略》，卷六，頁19。
〔註184〕徐世昌編：《晚晴簃詩匯》，卷一八六，頁61。
〔註185〕同註159，頁587。
〔註186〕同上。
〔註187〕梁乙眞：《清代婦女文學史》，頁154。清溪吟社已於第四章第一節有所論述。
〔註188〕同註150，卷三，〈宛仙海棠雙鳥畫卷〉，頁14。

長泖上，剪殘畫燭共論詩？」﹝註189﹞吳瓊仙和鍾元圃乃閨中知己，結識於隨園，故寫詩殷殷扣問，何時能再共泛舟長泖上，夜深剪燭論詩文？又吳瓊仙有〈題惜芳女士《月地花天圖冊》用隨園先生韻〉：「憶昔春殘夜，清歌聽上耶。三分纖月影，一樹小桃花。蟬鬢堆輕霧，弓鞋印軟沙。幾時重見過，好煮鳳團茶。」﹝註190﹞此詩以袁枚詩作之韻再創作，說明當時惜芳女士《月地花天圖冊》乃流傳於隨園之內，袁枚的友人與女弟子皆閱覽過此幅圖冊，並題詩吟詠之，吳瓊仙的詩句裏傳達出閨秀女性聚集一堂，欣賞桃花月影之美景，並希冀能再次團聚煮茶賞花月。隨園所聚集的閨秀常以詩畫交流彼此交契，盧元素〈和佩香夫人（駱綺蘭）〈四十感懷〉原韻即題畫梅爲壽〉：

> 春風艷桃李，胭脂濕晨露。所尚在顏色，繁華作恩遇。奈何時世妝，妖媚故學步。我生慕高潔，此獨不我與。乍聞夫人來，歡然愜心素。未見冰玉姿，擬獻《梅花賦》。梅花植靈苑，安得象外句？曷若以畫爲，疏枝影橫布？瓊英寒雪綴，清風暗香度。何當葊綠華，移植竹西路？芳意尚可攀，幽情欲成痼。所結歲寒交，遠避凡卉妒。誰與作疇侶？凌波珮鳴璐。神仙匪難期，塵夢慮勿寤。香遠具別韻，清極得靜趣。絕無瑕與玷，美列鍾會庫。所惜在萍水，牽船易爲渡。安得王雪坡，與之卜鄰住？盤桓撫梅龍，對坐參佛悟。人生如浮雲，即此已前數。吟情與禪理，朗徹視寒兔。﹝註191﹞

盧元素將駱綺蘭當作閨中知己，故於其四十壽辰時，以一幅〈畫梅〉祝賀，並閱讀駱綺蘭所作〈四十感懷〉一詩，其詩簡述四十年成長的生活歷程，盧元素不僅以圖繪祝壽，並和其〈四十感懷〉，以其原韻，

﹝註189﹞ 同註152，《隨園女弟子詩選》卷六，吳瓊仙，〈懷鍾元圃夫人〉，頁138。

﹝註190﹞ 同上，卷六，吳瓊仙，〈題惜芳女士《月地花天圖冊》用隨園先生韻〉，頁146。

﹝註191﹞ 同上，卷五，盧元素，〈和佩香夫人（駱綺蘭）〈四十感懷〉原韻即題畫梅爲壽〉，頁127。

作題畫詩一首，詩句裏配合圖繪梅花的意象，將梅清新可人的形象，與凌霜勁節，清香暗傳的物象賦予人文的意義，以梅比擬駱綺蘭的操守品格，並將其早寡撫孤女的堅毅性格表達出來，最後以參佛理悟道，解脫現世苦海，到達極樂的彼岸來互相期許。又盧元素〈菊花有名「黃鶴翎」者，為佩香夫人題畫二首〉：「昔人已乘黃鶴去，誰剪修翎作此花？應是神仙好詩酒，卻吟秋興到陶家。」其二：「分將額上新顏色，笑向東籬為寫真。聽說于濛已仙去，范金今始鑄花神。」〔註192〕秋菊所象徵的隱逸意象成為閨秀間互相贈答的詩畫題材，藉由自然物象的超俗脫塵，以砥礪自我與閨中知己之品德性情。王倩〈嵇天眉公子以駱佩香女史所贈《芍藥》一幅索題，為賦二絕〉：「葉剪琉璃玉不寒，斜枝低亞曲闌干。十年夢想揚州種，今日先從畫裏看。」其二：「春淺春深蝶自知，風吹芳氣軟如絲。王孫愛作天涯客，特寫將離贈一枝。」〔註193〕嵇天眉公子乃袁枚之友人，駱綺蘭繪《芍藥》一幅贈之，嵇公子得其畫後，再請另一位隨園女弟子王倩就圖題詩，詩句隱隱道出男性文人喜浪跡天涯，深閨女性只能靜靜等待，而芳華已漸漸凋逝的傷春之感。張玉珍〈題織雲探梅圖〉：「小雨疏疏濕淺沙，南枝消息早橫斜。生成瑤島無雙品，來訪春風第一花。隨意梳妝憐雅素，有情吟賞惜芳華。多君畫本流傳後，從此孤山屬謝家。」〔註194〕織雲指另一位隨園女弟子廖雲錦，此詩亦以梅高雅有情之姿態比擬閨秀廖雲錦。閨秀之間常以題寫對方小照的形式來達成情誼的交流，並表達一己對對方崇仰之心，如孫雲鳳〈題淨香女史小照〉：「新月簾鉤前，楊柳春風裏。靈秀出鉛華，微芬托蘭芷。佳句誦百回，美人隔千里。盈盈不相見，把卷空仰止。披圖慰素思，相去不盈咫。日色槐影中，蟬聲柳陰起。忘言對芙蕖，幽懷淡如此。獨立清風來，遠香在秋

〔註192〕 同上，卷五，盧元素，〈菊花有名「黃鶴翎」者，為佩香夫人題畫二首〉頁129。

〔註193〕 同上，卷五，王倩，〈嵇天公子以駱佩香女史所贈〈芍藥〉一幅索題，為賦二絕〉，頁117。

〔註194〕 同上，卷三，張玉珍，〈題織雲探梅圖〉，頁71。

水。」〔註195〕又王玉如〈題淨香女史小照〉：「先生筆底掃纖埃，千里遙聞絕調才。料得繡餘清詠處，冷香飛入句中來。」〔註196〕淨香女史即是指盧元素，詩句皆以盧元素的才藝與品格爲書寫重點，以描摹出一位值得崇敬，才德兼俱的模範女性。又孫雲鳳〈題席佩蘭女史拈花小照〉：「想承衣缽侍蓮臺，親見天花落又開。詩境忽從禪境悟，不教散去卻拈來。天然小像寫豐神，國色無雙四座春。應笑西湖諸弟子，從游不及畫中人。」〔註197〕佛教裏拈花微笑之妙境來比擬席佩蘭的詩境，以及其高超的品格，甚至於認爲其他西湖弟子的學識不如席佩蘭。在濃厚的文學氛圍裏，清代的閨秀藉著圖詠得以名播四方，使其文學活動呈現了豐富的內涵。

閨閣之中有聚飲繪圖，而徵詩紀盛以爲風雅，如屈秉筠（宛仙）曾招邀友伴十二人宴聚，席中並以古代名姬爲各月花史，而以與會閨秀分別屬之，作雅集圖，當時文人多有賦詠，孫原湘撰〈蕊宮花史圖並序〉詳其原委，有云：

> 柔兆執徐之歲，百花生日，宛仙夫人招集女史十二人宴於韞玉樓，謀作雅集圖，以傳久遠，患其時世粧也，爰選古名姬按月爲花史，以江采蘋愛梅，梅花屬焉；蘭有謝庭之說，以屬道韞；梨花本楊基蛾眉澹掃之句，以虢國當之，牡丹有一撚紅，本以太眞得名；榴花屬潘夫人爲處環榴臺也；西子有采香涇，蓮花系之；秋海棠名思婦花，開於巧月，採蘇蕙若蘭故事牽合之；麗華有嫦娥之稱，以之司桂；賈佩蘭飲菊酒駐顏，宜令主菊；芙蓉稱蜀主，錦城最盛，故屬花蕊夫人；惟子月山茶絕少典要，以袁寶兒爲司花女屬焉；水仙則凌波仙子盈盈微步，其洛神乎！分隸既定，作十二闋，各拈得之。自正月至十二月爲謝翠霞、屈宛仙、言彩鳳、鮑遵古、屈宛清、葉苕芳、李餐花、歸佩珊、趙

〔註195〕同上，卷一，孫雲鳳，〈題淨香女史小照〉，頁20。
〔註196〕同上，卷四，王玉如，〈題淨香女史小照〉，頁96。
〔註197〕同上，卷一，孫雲鳳，〈題席佩蘭女史拈花小照〉，頁28。

－199－

　　　　若冰、蔣蜀馨、陶菱卿、席佩蘭、長幼間出，不以齒也。
　　　　爰命畫工以古之裝寫今之貌，號蕊宮花史圖。〔註198〕

此十二位閨秀，屈宛仙、鮑遵古、歸佩珊，席佩蘭等皆爲隨園女弟
子，席佩蘭藉由屈宛仙所繪蕊宮花史圖而結識其他閨秀，其詩自序
云：「宛仙作蕊宮花史圖十二人者，各有未相識也。今歲春遊趙若冰、
李餐花、言采皇、言淡玉、陶菱鄉相見于舟次，而余與宛仙尤聞聲
相思，顧未得預焉，因紀其事，兼寄宛仙。」詩云：「一笑相看似舊
知，畫中相識已多時。不期好會由天定，作合良緣是水嬉。倉卒尙
愁稱謂誤，歡逢猶道見憐遲。並船片刻休嫌短，勝似臨風兩地思。」
〔註199〕席佩蘭由圖繪裏先認識這些詩才橫溢之閨秀，及至春遊才與
這些閨秀晤面，有種相識恨晚之感，然而此片刻相聚猶彌足珍貴，
因爲她與知己屈宛仙並無太多機會相見，只能兩地相思。

　　閨秀之間經由從師問學的活動拓展其閱讀社群，以寫詩題畫作爲
社交媒介，也藉以展現才德兼備之女性典範。才媛藉師生關係或詩畫
文字結緣，開拓一屬於女性得以暫居本位的社交空間，與文化上的發
言地位，閨秀才媛與男性文人的交遊顯示男性文人鼓勵支持的重要，
女性得以跨越家族深閨的界線，與文人雅士和其他家族的閨秀才媛形
成師生之誼、或讀者與評者間的關係，並且形成一個開放性的閱讀社
群以溝通女性閨閣與男性文人世界。

二、碧　城

　　當時結社團體除了著名的隨園之外，尙有陳文述所收的碧城女
弟子，梁乙眞云：「有清一代，提倡婦女文學最力者，有二人焉，袁
隨園倡於前，陳碧城繼於後……其紅粉桃李，不及隨園門牆之盛，
而執經問字之姝，要皆一時之彥也。」〔註200〕陳文述有側室名管筠，

〔註198〕孫原湘：《天眞閣外集》，卷六，〈蕊宮花史圖並序〉。
〔註199〕同註150，卷五，頁1。
〔註200〕同註187，頁165。

所居曰小鷗波館，常聚集當時閨秀吟詩唱和，如金順〈題管夫人畫竹〉：「墨妙由來數仲姬，閨房靜對寫風枝。王孫若解凌霜節，合署鷗波老畫師。」〔註201〕金順在管夫人的畫作中，讚揚其善書畫，並結合竹子凌霜勁節的文化內涵，比喻管夫人堅貞不二的節操。管筠亦有與閨秀唱和的詩畫作品，如〈寫碧城摘句圖竟題詩〉：「奇句如飛仙，長嘯弄雲碧。天門掃落花，春山橫一尺。月華飄羽衣，鶴背夜吹蓬。」又：「驚句如俠客，使筆如使劍。星斗寂無聲，青天碧雲斂。夜中紅線來，冰雪芙蓉豔。」及：「俊句如名士，鶴立山雞群。六朝舊明月，清談生古春。吐咳弄珠玉，齒頰含風雲。」又：「麗句如佳人，天然出名靚。發豔梨渦嬌，吹芳蘭氣靜。玉鏡一泓春，照見桃花影。」〔註202〕在管筠創作此〈碧城摘句圖〉之後，一位碧城女弟子辛絲創作另一首詩與管夫人唱和，名為〈題鷗波夫人碧城摘句圖〉詩云：「明珠作佩玉為臺，錦字迴文妙翦裁。春到牡丹纏國色，人言太白是仙才。定知燕寢焚香坐，如見鸞岡寫韻來。我是碧城詩弟子，焚香一讀一徘徊。」〔註203〕可以想見當時閨秀們聚集在碧城，由鷗波夫人管筠主持盛會，各個名媛創作詩句聯吟，吟罷由管夫人作一總評，於是題詩以飛仙、俠客、名士、佳人來比喻閨秀們所作的奇句、驚句、俊句、麗句，此乃女性之間集體詩畫創作。繪作題詩完成之後，辛絲再借畫敘事，歌詠女詩人們在碧城吟詠唱和的情景，詩末並以自身為碧城詩弟子，得以參與此種盛會感到無上殊榮。

　　從女詩人題畫的詩句裡，我們可以想見題畫詩這類富酬唱性質的文類，仍多圍限在女詩人及名媛閨秀的閱讀社群裡，少見為男性文人題詩題畫，使得婦女藉詩畫組成一個在心理上有共同聯繫的社群。在當時雖也有與男性文士酬唱的作品，大部分是因為此男性文人是女性詩社支持者，或提供女詩人聚會場所的男主人，在清代願

〔註201〕同註184，卷一八四，金順〈題管夫人畫竹〉，頁87。
〔註202〕同上，卷一八六，管筠，〈寫碧城摘句圖竟題詩〉，頁84。
〔註203〕同上，卷一八七，辛絲，〈題鷗波夫人碧城摘句圖〉，頁8。

意鼓勵女性從事創作的文人仍是少數，且多集中在江南地區，大部份文人受傳統「閨範」觀念影響，並不樂見婦女寫作。是故在男性文人的筆下，閱讀女性作品具新鮮或好玩的效果，只有從女性彼此之間的往返書信或結社活動裏，才可以看到一個明顯的「女性文化」。〔註204〕在開放式的閱讀社群裏，女性全心全意地尊重婦女創作的嚴肅性，並且以女性的作品為模範，或多或少鬆動父權中心與單一文化價值標準，而漸漸樹立屬於閨閣的文學典範（canon）。清代閨秀的起居行止，在某一程度上是受制於以父權夫權為本位的家族制度，也受制於「婦言不出閨門」之傳統道德觀，縱使在較開放的結社活動中，行動空間與交際範圍仍隱隱存在「男女有別」的區分界線，婦女大多只能在同性的詩畫作品中擔任評者、鑒賞者的角色，在男性的畫作中少見女性發言，於是清代婦女在同是女輩中才得以自由交際，藉詩畫構築一女性本位的文化與空間。

第四節　歌伎與文人之閱讀社群

　　晚明文人狎妓之風盛行，此與社會經濟發生變革，文人理想的生活型態也隨之變化有關，亦與男性文人科場失意，對社會現實不滿，或退離政治功名而無意仕進的文人心態息息相關。社會經濟結構發生變革，商品網絡開放流通，詩畫作品也隨之商品化，上層士人貴族的品味亦與市民文化產生互動交流，文人不再以讀書仕進為唯一的生活理想，其他的生命型態與生活情趣也受到文人的關注，故才氣縱橫的文人雅士退離政治圈，以其他才華技藝作為寄託主體生命之內涵，往往在文人宴集出入青樓酒館之際，發覺身處社會底層的歌伎以藝事人，卻出汙泥而不染，於是視歌伎為生命中之知音者。再者，明末理學泰州學派強調主體意識之覺醒，並且著重表露

〔註204〕魏愛蓮（Ellen Widmer）作，劉裘蒂譯，〈十七世紀中國才女的書信世界〉，《中外文學》第二二卷，第六期，1993 年 11 月。

人性真誠面，再加上當時人人平等，皆可成聖之思想萌動，遂加強文人「狂狷」面相之生命型態，〔註205〕而狎妓行為成為狂狷生命情態的表徵。另一方面，晚明社會風氣變遷、經濟體制結構的變化以及意識型態的轉變，都與科舉制度結構化機制發生重重矛盾，對於仍然想要追求功名登第的文人而言，保守僵化的科舉與政壇皆與嚮往自由生命主體有所矛盾，一旦科場失意或政壇失勢，使文人在面對自我主體的生命情境時傾向狂放自由，以表現對於社會政治的不滿，此時懷才不遇的失意文人較能認同歌伎之生命主體，將之視為同是無處安頓自我生命的天涯淪落人，故明末文人認為名妓失路，與名士落魄，無異也。〔註206〕歌伎主要職能為以藝事人，身處在晚明特重才藝的時代氛圍裏，才貌雙絕的歌伎卻是社會中地位卑微的社群，文人將歌伎這樣的身份標記，與一己離退政治，空有滿腹學問，卻無以施展的失意情緒，投射在歌伎身上，將歌伎視為與不得志的文人有著共同的命運與失意的一群。此外，歌伎能詩擅畫、才貌雙全，在文人創作雅集聚會裏，有歌伎相伴可助其雅興，是故晚明文人對於歌伎身份的認同，並對其才華的賞識與看重，使得當時許多名伎得以進入文人社群，與之詩畫酬唱，並吸取文人的藝術技巧與美感經驗，歌伎與文人在彼此的創作作品中，閱讀、鑑賞、再創作，歌伎在此開放性的閱讀社群裏，才藝與日俱進，迭有佳作。

一、歌　伎

晚明文人生活型態產生質變，追求仕進不再是生命所寄託的目標，其藝文風尚也由宗經談史至詩畫戲曲，而放蕩佻達的行為是生命自由主體的展現，袁宏道曾云：「篋中藏萬卷書，書皆珍異，宅畔置一館，館中約真正同心友十餘人，人中立一識見極高，如司馬遷、

〔註205〕有關明代理學強調「狂狷」的部份，請參閱嵇文甫：《左派王學》（臺北：國文天地，1990），頁 21～24。

〔註206〕見陶慕寧著：《青樓文學與中國文化》（北京：東方，1993），頁 184。

羅貫中、關漢卿爲主，分曹部署，各成一書，遠文唐、宋酸儒之陋，近完一代未竟之篇，三快活也；千金買一舟，舟中置鼓吹一部，妓妾數人，游閒數人，泛家浮宅，不知老之將至，四快活也；然人生受用至此，不及十年，家資田地蕩盡矣。然後一身狼狽，朝不謀夕，托缽歌妓之院，分餐孤老之盤，往來鄉親，恬不知恥，五快活也。」〔註207〕此種放浪形骸的生活型態與以往之文人而言，可說在意識型態上產生重大的變革，文人對於詩酒自娛、風流恣暢這種理想生活模式的嚮往，遂反映在與歌伎交往活動中，而文人離經叛道，狂放自適的生命型態與歌伎不合婦道，詩酒酬和的生活境遇有相似之處，因此，文人與歌伎在生命情境上相知，在詩畫才藝上共鳴，故文人畫家與歌伎詩畫交流創作，並以詩畫酬贈，成爲當時文人與歌伎之間風雅之勝事。晚明文人畫宗師董其昌與歌伎時相往來，與歌伎詩畫酬唱，西湖名伎林雪工書善畫，臨摹古畫，幾可亂眞，董其昌贈以詩曰：「片雲占斷六橋春，畫手全輸妙與眞，鑄得干將呈劍客，夢通巫峽待詞人。」〔註208〕詩中稱譽林雪之畫已達文人畫中之妙與眞的境界。林雪字天素，與王友雲俱彤管中之仲姬也。董宗伯思白云：「天素秀絕，吾未見其止，友雲澹宕，特饒骨韻，假令嗣其才力，殆未可量。」又文人李長蘅贈天素詩亦有：「美人閨中秀，興會託山水」〔註209〕之句，青樓歌伎能爲名流所推重如此，可見當時文人對於身處社會邊緣的歌伎有著濃厚的惜才之心。董其昌曾讚賞名伎薛素素所畫〈水墨大士相〉，爲之作「小楷心經，兼題以跋。」〔註210〕《珊瑚網》中記載李日華曾題薛素素《花裏觀音》一圖，〔註211〕又陳維崧《婦人集》載王史部嘗題李因所畫《芙蓉鴛鴦》曰：「寒入金塘花葉孤，非煙非雨態模糊。姚家女子丹青絕，寫作芙蓉匹鳥圖。」

〔註207〕袁宏道：《袁宏道集箋校》卷五，〈春帆集之三・尺牘〉，頁205～206。
〔註208〕引自湯玉漱：《玉臺畫史》，「林雪」條，頁43。
〔註209〕引自姜紹書：《無聲詩史》卷五，「林天素」條，頁3～4。
〔註210〕同註208，「薛素素」條，頁41。
〔註211〕同上，頁40。

〔註212〕以另外一位女子姚月華所作的《芙蓉匹鳥圖》來讚許李因所繪的《芙蓉鴛鴦》，兩者雖皆是女子所繪，然而丹青絕妙，不亞於文人之畫。名伎之詩畫成為文人酬贈時特別珍愛的禮物，《翁山詩外》云：「友人龐祖如，贈予張喬美人畫蘭一幅，上有陳文忠公相君題詩云：谷風吹我襟，起坐渾鳴琴。難將公子意，寫入美人心。」〔註213〕張喬乃晚明時期的歌伎，龐祖如將美人畫蘭圖贈予張喬，畫上尚有陳相君題詩，詩句戲仿文士對畫上美人愛慕之情，然而其詩句雖巧意構思也難將內心之情意，傳遞給圖畫中之美人知曉。徐釚《本事詩》亦云：「彭椅舊院行，為閣再彭題姜姬畫蘭作，如真小字姜為氏，風流應善長千里，自書甲戌上元前。」〔註214〕閣再彭為歌伎姜如真之畫蘭題詩句，為姜如真風流姿態而詠。明末清初名士錢謙益也有與歌伎唱和詩畫之作品，《初學集》〈題女郎楚秀畫〉云：「曼綠輕紅約略分，墨華凝碧濺羅裙。煙嵐一抹看多少，知是吳雲是楚雲。」又云：「小艇疏簾水墨間，落梅風落點朱顏。欲看粉本頻臨鏡，自埽修眉畫遠山。」〔註215〕詩句先描繪畫面種種景致色調，再者細擬畫面裏美人修眉時神態與畫面之墨韻，女性提筆染墨彷若一位臨鏡正在修眉的美人般，細細描摹，輕輕點落，欣賞女性創作者所描繪之仕女畫，對於男性文人而言自有一番風雅之趣。

　　歌伎與文人之間的交往，以詩畫藝文活動作為彼此傾慕交心的媒介，多數名伎與文人之間形成閱讀詩書的社群，以創作詩畫建立相當緊密的心靈聯繫，題詩作畫成為歌伎與名士心志表徵，也成為此社群特殊的象徵行為。以名伎馬守真和當時吳中名士王穉登的相知之情為例，馬守真曾寫五言律詩〈愴別〉予王穉登，詩云：「病骨淹長晝，王生曾見憐。時時對簫竹，夜夜集詩篇。寒雨三江信，秋風一夜眠。

〔註212〕陳維崧：《婦人集》，「李因」條，收錄於《香艷叢書》（一）（北京：人民文學，1994），頁28。

〔註213〕同註208，「張喬」條，頁43。

〔註214〕同上，「姜如真」，頁43。

〔註215〕錢牧齋：《牧齋初學集》，卷十六，〈題女郎楚秀畫〉，頁7～8。

深閨無個事，終日望歸船。」〔註216〕由詩中可知兩人深刻的知交之情，馬守眞「時時對簫竹」，「夜夜集詩篇」以吟誦詩篇，精湛畫藝，來作爲酬贈知己的媒介，此時詩與畫都不再只是具體的物品，其文字筆墨的背後載負創作者與收受者兩人之間情感的交流。目前馬守眞現存畫蹟《蘭石圖》（圖4-5）畫面構圖乃將蘭石置於前景與中景，有王穉登詩云：「芳澤三春雨，幽蘭九畹青。山齋人獨坐，對酒讀騷經。」以蘭草與屈原之幽質清芳來透顯人生的淡泊自適。薛明孟亦云：「空谷幽蘭茂，無人亦自芳。迎春舒秀色，浥露發清香。」此以獨自堅持清新品格來比擬空谷之幽蘭。馬守眞自題云：「翠影拂湘江，清芬瀉幽谷。」皆以幽蘭清新高雅之品格來作詩題與畫境之類比。王穉登亦曾題寫馬守眞另一幅《蘭石圖》（圖4-6）詩云：「綠滿汀洲杜若香，沅湘春盡去茫茫。靈均去後無消息，留得參差佩帶長。」又《列朝詩集》載：「萬曆甲辰秋，王穉登七十初度，湘蘭自金陵往，置酒爲壽，燕歌累月，歌舞達旦，爲金閶十年盛事。歸未幾而病，燃燈禮佛，沐浴更衣，端坐而逝，年五十七矣。……湘蘭歿，伯穀爲作傳，賦挽詩十二絕句。至今詞客過舊院者，皆以詩弔之。」〔註217〕可知馬守眞與王穉登相知甚深，故馬守眞香消玉殞之後，王穉登不僅爲之作傳，而且以詩作十二絕句爲其輓歌。大體說來，歌伎的社交圈，仍然多與文人以及同行歌伎交往，如現藏大陸無錫市博物館的《花卉圖卷》（圖4-7）即爲明末西湖伎吳娟娟、馬守貞、林雪、王定儒合作所繪成，作爲贈送文士王穉登的畫作。吳娟娟、馬守貞、林雪皆爲當時赫赫有名的歌伎，名伎與文人之間的酬贈，以題詩作畫爲特定的情感表達形式，象徵著歌伎階層有相當的文化素養，故文人以特殊的筆墨情趣來溝通彼此的志向心緒，而歌伎亦能心領神會，以相同的符碼語彙回應贈答，如明末歌伎薛素素題畫詩〈畫蘭竹題贈蘇時欽〉云：「翠竹幽蘭入畫雙，清芬勁節伴閑窗。知君已得峨嵋秀，我亦前身在錦江。」

〔註216〕錢謙益：《列朝詩集小傳》，〈香奩下〉，「馬守眞」條，頁665。
〔註217〕同上。

〔註 218〕薛素素畫蘭竹圖贈文士蘇時欽，又於畫上題詩，詩句與畫面都充滿文人畫中對於蘭、竹所賦予的符碼—清芬勁節，以蘭竹之幽芳貞節來砥礪自我與受贈者。又〈題沈君畫〉：「少文能臥遊，四壁置滄洲。古寺山遙拱，平橋水亂流。人歸紅樹晚，鶴度白雲秋。滿目成眞賞，蕭森象外幽。」〔註 219〕薛素素曾嫁名士沈德符爲妾，故詩題中的「沈君」應指沈德符，由詩句中可解讀出畫面中佈景人物，古寺、遠山、平橋、流水、歸人、疏林等等，充滿文人仙隱閒趣，景色物象滿眼，然而飄渺意趣尙在具體物象之外。另一位歌伎林雲〈畫蘭扇贈鄭圖南〉：「屢結騷人佩，時飄鄭國香。郎心能永念，幽谷自含芳。」〔註 220〕首句以屈原〈離騷〉寫蘭之句「紉秋蘭以爲佩，結幽蘭而延佇」作連結，突顯蘭花所積澱的文化意象；再以蘭自喻其高潔品格，希望男性文人能惦記著這空谷之幽蘭。可見林雲以蘭表露自我心緒，並連繫蘭本身所代表之文化符碼與意涵。又南京舊院名妓頓繼芳，其〈題畫蘭贈友〉云：「采采不盈掬，昔以紉君裳。君裳歷九秋，馥郁時在傍。相思即相見，從此罷新粧。」〔註 221〕以畫蘭與詩句贈友人，傳達相思之意，憶昔時在君之衣裳上，紉蘭爲佩，此事已隔九年之遙，但蘭花濃郁之香氣仍相伴君側，以蘭之馥香代表女性對友人思念之情濃厚，因而爲君「從此罷新粧」。畫面雖是蘭花，但詩句傳遞出作者與受贈者兩人的情感歷程。王榮珠，名姬雪梅女，其〈題畫扇送人〉：「閑年漫訝久無詩，獨坐蕭條月上時。故把一尊相憶處，梅花爲放向南枝。」〔註 222〕由詩句可知其扇面乃圖繪梅花，向南綻開的梅枝，流露出作者思念友人之情，久無詩作的女詩人，獨坐在月下，握著酒杯輕斟淺酌，憶起友人，寫詩作畫於扇面傳遞其情。由以上這些例子

〔註 218〕陳邦彥編：《御定歷代題畫詩》，卷七五，〈蘭竹類〉，薛氏（名素素）〈畫蘭竹題贈蘇時欽〉，頁 17。

〔註 219〕王端淑編：《名媛詩緯初集》，卷十九，薛素素〈題沈君畫〉，頁 5。

〔註 220〕同上，卷二〇五，林雲，〈畫蘭扇贈鄭圖南〉，頁 21。

〔註 221〕同上，頓繼芳，〈題畫蘭贈友〉，頁 20。

〔註 222〕同上，王榮珠，〈題畫扇送人〉，頁 19。

我們得知題詩作畫以酬贈友人，並非僅止於男性文人之間，當時以才藝事人的青樓歌伎亦模仿文人品味與詩畫創作，以文人喜愛的蘭竹梅作為筆墨書寫的主要題材，並呈現出相當豐富的創作作品與內涵。

這些青樓歌伎亦有詩畫雅會社集，《式古堂書畫彙攷》記載歌伎頓瑤英曾繪《春江花月社圖》，汪珂玉記云：

> 秦淮一帶水，故是玉樹新聲，陳梁佳境，花月春江夜猶為吾輩勝場，而無奈煞風景者，徒起騷人之一唱三歎也。時萬歷壬子秋，余訪馬氏湘蘭舊館，登其樹石之巔，憑老姬人指點板橋故事云：「詞部恐廢纏頭，不難毀數百年之佳麗，今且移花無地，著月無宮矣」。吳友羽南因作步院曲。余和云：「試向藏鶯山子看，斜陽流水斷橋酸，若言歌舞緣斯罷，何不香消院院殘」。自是與俞羨長諸君品藻今古，平章風月，主盟冶城可眺處，而曲中鄭如英、寇文華、沙宛在輩，咸能淋漓白綀裙，不讓桃根桃葉，有清溪泛月諸作。至癸丑春集靈谷梅花塢鳳台杏花村，有瑤陰會業，合前韻語，總標之曰春江花月社，得頓姬瑤英，約略破墨成圖，絕勝纖纖初月上鴉黃，海棠花下合梁州也。于板橋乎復何恨？封禺香史汪珂玉記于珍珠河舍。〔註223〕

汪珂玉訪秦淮一帶，自古此即為花月勝場，青樓酒館林立，又拜訪名伎馬湘蘭（馬守真）舊居，遙想昔時歌舞歡宴之盛況，文人雅士，與青樓歌伎吟風弄月，而今亦有鄭如英、寇文華等輩，創作詩文題句，再加上頓瑤英破墨成圖，圖文並茂，以記其文人與歌伎春江花月之盛會雅集。歌伎的職業使得歌伎成為女性中在社交上屬較開放的社群，在傳統社會中較不受制於閨閣內外的空間限制，也較不受傳統道德禮教的束縛，故其社交範圍掙脫男女防線，但上層閨秀囿於道德觀與歌伎仍殊少往來，只有少數閨秀如黃媛介、吳山、王端淑等突破傳統閨閣之防，既與大家閨秀交遊也與青樓歌伎來往，成為詩禮大家與北里校書的溝通橋樑。而歌伎身處於晚明開放的文化氛圍裏，遂得以自由

〔註223〕同註208，頁42。

地與名媛閨秀及文人雅士相交遊，如明末清初名伎柳如是以一葉扁舟放浪於湖山間，和幾社主盟宋徵璧、李代問、陳子龍等詩畫酬唱，亦和閨閣世學才女如黃媛介等往來密切。

　　由於明末文人受到理學思潮的衝擊，重視自我生命主體之覺醒，嚮往自在閒適之生活型態，因而在態度上離退政治轉而寄情於藝文事業；再加上自晚明以來，許多名伎皆是詩、書、畫、曲四絕，時人以才女看待之，而這些歌伎亦不拘禮法，自由自在的與男性詩人或官宦士人互相酬答，因此許多文人居所皆有歌伎定期來訪，柳如是即經常造訪文徵明曾孫文震亨的府第。〔註224〕又如歌伎姜如眞題畫詩〈贈翩翩蔡公子（蔡爲鶴江宗伯子）〉：「公子才華宗伯家，南國徵歌偏狹邪。雲閒莫生好詞藻，坐看點染紫荊花。（姬自題云：時莫生、雲卿在坐，更助筆墨之興）」〔註225〕詩句吟詠蔡公子詩書世家的良好出身，時與南方歌伎詩畫酬唱，姜姬受到邀約參與此詩畫雅集，在眾人評點鑒賞之下，使姜姬揮墨點染花卉之時，更助筆墨之興，由此題畫詩，可知晚明文人雅士常邀請擅詩畫的歌伎至家中揮毫，以助其宴會雅興，有時男性文人也會加入詩畫之創作，而由在場的其他男性文人加以指點品評。文人沈春澤在寒夜於雅集宴饗醉後看寇五姬畫蘭，並題詩云：「詩畫亦常事，疑信何參差。昨宵水閣中，酒深燈短時。看子停銀觥，支頤如有思。開筆瀣香毫，墨花生幾枝。纖指過寒箋，殘墨成冰澌。綴以竹石情，洗卻兒女姿。此時眾信堅，吾復轉疑之。安得手與心，出奇能若斯。相顧各嘆息，歌子明月詩。」〔註226〕在聚會宴席上，詩畫創作對於文人或歌伎皆是常事，名伎寇湄繪蘭花綴以竹石，以洗卻蘭花柔美兒女之姿。許多歌伎往往應宴客之要求當眾揮毫，「纖指過寒箋」，此乃男性文人想驗證傳聞中女性的才藝是否眞才

〔註224〕孫康宜著，李奭學譯：《陳子龍柳如是詩詞情緣》（臺北：允晨文化，1992），頁72。
〔註225〕同註208，「姜如眞」條，頁43。
〔註226〕同上，「寇眉」條，沈春澤，〈寒夜醉後看寇五姬畫蘭〉，頁44。

實料，文人沈春澤親眼目睹寇湄揮毫畫蘭，因而對於她精湛的畫藝嘖嘖稱奇，讚賞不已。

由於歌伎特殊的才華受到文人的認可與讚賞，故文人與歌伎之間的交往不僅止於歡宴歌舞場合，歌伎甚至可以較平等的人格參與黨社名流的集會。明末幾社與復社的文士多與名伎來往，幾社成立於崇禎二年，「幾」有「絕學有再興之幾」的意義，幾社活動主要於松江一帶，成員以陳子龍為主；復社成立於崇禎四年，「復」有「興復古學」之文學上的意義與目的，其成員包含文震亨、錢謙益、倪元璐、祁彪佳、黃道周、方以智、龔鼎孳、余懷、冒襄等人。晚明愛國志士大多參加黨社，許多周旋於文化精英之中的名伎如柳如是、卞賽、李香君等也對黨社所倡之理想產生認同，故當時文人將這些名伎視為藝文與志業上的知己，因為這些歌伎和男性文人一樣，對家國與藝文擁有深厚的關懷。明代覆亡之後，歌伎們與男性文人同樣地隱跡；在明清鼎革之際，歌伎同樣地感受到國家大義與淪為異族統治的痛苦，而為明死節以示忠貞，如《菽園贅談》云：「顧橫波（顧媚）詞史，自接黃石齋先生後，有感於中，志決從良。後為明故兵科給事中龔芝麓所得。甲申流寇李自成陷燕京，事急，顧謂龔若能死已，請就縊。龔不能用，有愧此女矣。」〔註227〕可知身處社會邊緣之歌伎，為表忠貞之心，敢於凜然就義，反而是男性文人在此關鍵時刻有所疑慮。又余懷《板橋雜記》記載孫克咸和歌伎葛嫩的死節：

> 授監中丞楊文聰軍事兵敗被執，並縛嫩；主將欲犯之，嫩大罵，嚼舌碎……克咸見嫩抗節死，乃大笑曰「孫三今日瞪仙矣！」亦被殺。〔註228〕

可知名伎參加文人所結之黨社，不僅止於扮演文人抒懷酬答的對象，也並不因為本身是女性，即將自己的關懷層面侷限於閨閣之內，這些

〔註227〕邱煒萲：《菽園贅談節錄》「龔芝麓娶顧橫波」，收錄於《香艷叢書》（二），頁21。

〔註228〕余懷：《板橋雜記》，中卷〈麗品〉，「葛嫩」條，收錄於《香艷叢書》（四），頁6。

歌伎將文人的理想與志業視爲一己生命理念，在臨危之際，願以一己
之生命作爲高尙情操的實踐。

　　歌伎雖然生活環境不同於名媛閨秀，而且其詩畫之閱讀社群亦
不侷限於家族鄰里之內，然而歌伎心中的願望卻是與大多數閨秀相
同，即是覓得良人，擁有幸福的婚姻。在當時才子佳人之風尙下，
有才華的女性寧爲文人妾，不願爲俗人妻，故許多名伎在黨社活動
中尋找到歸宿，締結令人稱羨之才子才女之婚姻。如李香君和侯方
域、董白和冒襄、卞敏和申紹芳、顧媚和龔鼎孳、馬嬌與楊文驄、
柳如是與錢謙益。明末名伎柳如是屬全才型之才女，詩詞書畫及音
律樣樣精通，曾云：「吾非才學如錢學士牧齋者不嫁。」錢聞此後亦
言「天下有憐才如此女子者乎！我非能詩如柳如是者不要。」〔註229〕
可見才子配有才華之佳人已是晚明社會之風尙，又顧媚嫁龔鼎孳時
曾自畫小像並題詩云：「識盡飄零苦，而今始得家，燈媒知妾喜，特
著兩頭花。」〔註230〕藉由自題小像表露出得以嫁與文士，內心喜悅
之情。這些因才藝相互吸引而締結的婚姻，歌伎婚後之生活亦浸染
於詩畫藝文創作之中，柳如是畫作《月堤煙柳》（圖 4-8）卷作於明
末（1643 年），卷右爲錢謙益昔日所作山莊八景詩之一：「月堤人並
大提游，墜粉飄香不斷頭。最是桃花能爛漫，可憐楊柳正風流。歌
鶯隊隊勾何滿，無燕雙雙遲莫愁。簾閣瑣窗應倦倚，紅闌橋外月如
鉤。」錢謙益並於詩後云：「癸未寒食日偕河東君至山庄，於時細柳
籠煙，小桃初放，月堤景物殊有意趣，河東君顧而樂之，遂索紙筆
坐花信樓中，圖此寄興，余因并錄前詩，以記其事。」由錢氏之跋
語可知此畫乃癸未之寒食節，錢氏與柳如是至山莊欣賞桃花柳煙之
時，柳氏隨筆寄興之作，錢氏爲之題上跋語，並附舊詩以詮釋畫意，

〔註229〕佚名《牧齋遺事》，「柳嘗至松江」條，收錄於《中國近代小說史料
　　　　續編》（五）（臺北：廣文，1987），頁 2。
〔註230〕李濬之編：《清畫家詩史》，〈癸上〉，顧媚，〈庚辰正月自題小像〉，
　　　　頁 9。

夫婦題詩作畫，詩與畫相互賦予筆墨之外更寬廣的閱讀空間，同時畫面與詩句皆涉及「楊柳」的主題，乃是因為柳如是本姓「楊」，故在筆墨之間又互傳情意，達成心靈的交流與溝通。柳如是不但於閨閣內與錢謙益詩畫唱和，當錢謙益為柳如是搭建的絳雲樓落成時，柳如是曾邀當時名媛黃皆令住一段時日，錢謙益在〈贈黃皆令序〉云：「絳雲樓新成，吾家河東邀皆令至，硯匣筆床，清琴柔翰，挹西山之翠微，坐東山之畫障，丹鉛粉繪，篇什流傳。中吳閨闥，侈為盛事。」〔註231〕可知柳如是與黃皆令相聚於絳雲樓時創作不懈，柳如是曾題詞於黃皆令仿倪瓚筆法的〈樹石〉扇面上，曰：「約略別離時候，綠楊外，多少消魂。」〔註232〕可知黃皆令離開絳雲樓之後，柳如是對友人之思念溢於言表，將相思之情題於其扇面畫作之上。歌伎身為文人妾之後，即為從良婦女，脫離以往飄泊的歌伎生涯，晉升為閨秀階層，故能夠與名門閨媛交往，如柳如是藉由夫婿錢謙益向世學名媛王端淑索詩畫，當作長姑祝壽之禮，詩云：「慚予形管濫吹竽，澹寫溪山入畫圖。班史雄文兄有妹，謝庭高詠嫂酬姑。清新開府西湖在，南國佳人間世無。青鳥雲摶徵翰墨，可容王母備雲衢。」〔註233〕王端淑詩句一開始即自謙自己以形管濫竽充數，淡墨寫溪山於圖畫之中，接著盛讚錢氏兄妹可比美漢代班昭兄妹，皆有文采，而錢氏所娶之媳婦亦有詠絮之才，乃為絕世之南方佳人，最末以一己之詩畫祝壽。

　　歌伎與文人成婚，從良之後，常與夫婿詩畫唱和，並且參與文人之間的社交活動，柳如是甚至代夫婿接待客人或造訪友人，《牧齋遺事》曾載：

　　　　河東君侍左右，好讀書，以資放誕。客有挾著述，愿登龍

〔註231〕錢謙益：《初齋有學集》卷二〇，〈贈黃皆令序〉，頁29。

〔註232〕同註208，頁47～48。

〔註233〕王端淑編：《名媛詩緯初集》，卷四二，王端淑，〈錢牧齋宗伯為柳夫人徵予詩畫為其長姑佟匯白撫軍配錢夫人壽〉，頁2。

　　門者，雜沓而至。錢或倦見客，即出與酬應。客當答辯者，
　　則肩筍輿，代主人過訪於逆旅，竟日盤桓，牧翁殊不芥蒂。
　　嘗曰：此吾高弟，亦良記室也。戲稱爲柳儒士。〔註234〕

柳如是以一介女流之身出面應客，甚至代替夫婿造訪友人，與客人
討論藝文，回覆錢謙益答辯之內容，可知柳如是的藝文才華必定與
當時名流文士能相頡頏，並且能夠達到文人思想理念之深度，故柳
如是才能與這些文人對談交契。再者，錢謙益與其他的文人皆能認
同並接納柳如是此種社交行爲，才能讓柳如是已爲人妾，但仍舊得
以造訪其他文人，並與之談文論藝，由此可知明末開放的文化氛圍
與歌伎文學素養之深厚。其他歌伎雖不至於如柳如是可代夫婿造訪
其他文人，但從良後，透過夫婿的社交網絡，往往也開拓其更廣闊
的社交空間，結識更多名士文人。另亦有爲夫婿代筆創作詩畫，如
余懷《板橋雜記》言顧媚嫁龔鼎孳之後，「尙書（龔鼎孳）雄豪蓋代，
視金玉如泥沙糞土，得眉娘佐之，益輕財好憐才下士，名譽盛於往
時。客有求尙書詩文及乞畫蘭者，縑箋動盈篋笥，畫款所書橫波夫
人者也。」〔註235〕夫婦皆輕財好憐下士，有相同理想，遇有求夫婿
詩畫者，則由顧媚（橫波夫人）代筆，其所創作亦堪稱詩畫中之絕
品。宗之鼎所寫〈雪霽索橫波夫人畫芝麓奉常草書〉云：「遠屋寒梅
花暗落，一亭香雪客來稀。奉常詞賦夫人畫，好展冰綃對案揮。」
〔註236〕龔鼎孳題詩，顧媚作畫，夫婦常共同詩畫創作，以酬對賓客，
可知歌伎嫁予文人，雖只能爲妾，不能爲正室，然而夫婦聯合創作，
乃是風雅之事，再加上其所接觸的社群多爲文人雅士，時時浸染於
以詩酬贈之文化中，凡此種種因素都增加歌伎婚後創作的機會，並
得以延續女性藝術創作的生命力。

　　歌伎之詩畫創作因夫婿開放式的人際網絡，其閱讀社群更取向於

〔註234〕同註229，〈國初錄用耆舊〉條，頁3。
〔註235〕同註228，中卷〈麗品〉，「顧媚」條，頁7。
〔註236〕徐釚：《本事詩》，卷十二，收於《清詩話仿佚輯》（一），頁17。

精英階層，其創作品味與審美觀亦更接近文人之筆墨逸趣，顧媚善畫
蘭，今所存《畫幽蘭》，畫幅上有名媛題詩，黃媛介：「光風泛崇蘭，
玉立共瀟灑。襟抱有雙清，歲暮遺遠者。」又蔡潤石（黃道周夫人）：
「湘皋春婉娩，居然見雙清。幽香下覆之，翠倏仰而承。高石既磊硊，
新泉亦泓澄；臨風況君子，去住有餘情。」另閨秀蔣季錫亦題：「閒
將小筆點幽窗，各抱貞姿筆不降。一段湘靈無限恨，春風吹綠汨羅江。」
顧媚所畫之蘭，不僅名媛閨秀題詩於畫幅之上，也成爲許多文人雅士
共同的吟詠題材，朱彝尊〈題顧夫人畫蘭〉詩云：「眉樓人去筆床空，
往事西州說謝公。猶有秦淮芳草色，輕紈勻染夕陽紅（原註：夕陽紅，
蘭花名，見《金漳趙氏譜》）」〔註237〕眉樓是指南京秦淮河邊顧媚所
居之樓，此寫人去樓空，暗含明覆亡之意，感歎明朝沒有像謝安這樣
的良臣忠將，空留顧媚秦淮河岸所畫之蘭花。彭孫遹〈題顧媚生畫蘭
冊〉：「無復當年弄墨辰，斷紈影裏認前塵。青溪畫閣秋如水，寫田芳
蘭竟體人。」〔註238〕前兩句詩有著物換星移，人事已非之蒼涼感，
青溪畫閣人已空，只有芳蘭彷若能體會其懷念故人的心情。除了以詩
句吟詠歌伎畫作之外，亦有以曲體詠之，如厲鶚〈小桃紅題橫波夫人
畫蘭扇〉：「秦淮不見翠雙鬟，摺扇香痕潤，往事眉樓有誰問，墨花春，
靈均舊怨都銷盡，南朝豔粉，才人風韻，題詠到湘裙。（原註：龔宗
伯有〈題畫蘭裙子如夢令〉爲橫波作也）」〔註239〕秦淮舊事，往事眉
樓，都已成前塵煙雲，昔時翠鬟摺扇等風雅韻事也都隨風而逝，一代
豔粉才人之絕色風華只能留待後人感懷題詠，皆以歌伎爲隱喻象徵，
來懷念前朝舊事。晚明歌伎與文人之閱讀社群裏，彼此的詩畫創作交
流著私人情誼與黨社愛國思潮，使得歌伎的詩畫作品成爲文人筆下
「情」與「忠」的象徵。〔註240〕從以上幾首文人題歌伎畫作的詩詞

〔註237〕同註208，「顧媚」條，頁37。
〔註238〕同上。
〔註239〕同上。
〔註240〕晚明情與忠的象徵，請參見孫康宜：《陳子龍柳如是詩詞情緣》。

裏，可以閱讀到歌伎的詩畫已成爲文人對一己志業理想的隱喻，此隱喻象徵著文人歌伎才華與情感交流，以及文人歌伎社群所傳達復興文化、振興國家的忠貞使命。故晚明歌伎本身所凝聚的文化形象成爲一種特殊的文學意象，在文人筆下歌伎命運的浮沈，已成爲國家興衰存亡的象徵符碼。除了上引明末清初文人所寫之題畫詩外，余懷《板橋雜記》以秦淮河畔的歌伎比喻明朝的興廢。〔註 241〕清初文士王士禎的〈秦淮雜詩〉亦詠歎歌伎悲慘的命運，借調寄亡國之思。〔註 242〕由此可知明清之際，文人多將歌伎社群當作自己命運的投射，以及愛情與忠國的象徵意涵。

二、家　伎

　　許多男性文人爲女性特出的才藝所吸引，娶之爲姬妾，其中絕大多數爲當時有名的歌伎。如晚明名伎吳娟娟，字孋仙，自號君玉山人，廣東石城人，原本出身爲歌伎，工詩畫，曾繪水仙小幅，林茂之見而賞愛之，娟娟曾爲茂之作水仙畫，並題詩云：「綽約來姑射，凌波自絕塵。近從詞賦裏，貌出洛川神。」〔註 243〕詩與畫雖描繪水仙，實則在摹寫具體的物象之外，寄託歌伎自我之寫照，如同仙子般綽約娉婷，氣質絕塵於世外，又有寫詞作畫之才藝，足以與洛川神媲美。林茂之閱讀其詩畫之後，賦詩唱和，兩人藉由詩畫對話交契，吳娟娟遂委身之。另外，中國傳統上，男性除妻子之外尚擁有家伎、妾及婢，其間不易作出明確區隔，有的家伎乃從婢中挑選出來，再加以訓練歌舞技藝，有些家伎受到家中主人愛慕而納爲妾，家伎可和家長一起欣賞藝術活動，作詩繪畫以增加藝文素養。〔註 244〕家伎中色藝優異者，能進入家族裏權力中心，自如地和主人的朋友品茶飲酒，表演詩藝繪才。

〔註 241〕 同註 228，頁 1。
〔註 242〕 王士禎著，李毓芙編：《王漁洋詩文選注》，（濟南：齊魯書社，1982），頁 69。
〔註 243〕 同註 208，吳娟娟，〈題自畫水仙〉，頁 14。
〔註 244〕 武舟：《中國妓女生活史》（湖南：湖南文藝，1990），頁 202～203。

男子之妾與家伎之素質、技藝之高低，往往是男主人社會地位之顯現、書香世家之標誌、經濟能力之展示、以及風雅文人之象徵，是故家伎常在家庭宴會時出席招待賓客，並當眾揮毫表演詩畫技藝。如李因出身雖不是歌伎，但以詠梅詩「一枝留待晚春開」〔註245〕之句，引起明代崇禎年間進士光祿寺少卿葛徵奇所傾慕，遂娶之爲姬妾，徵奇四處爲官，李因跟隨四處周遊。夫婦兩人李因作畫，葛徵奇題句，再加蓋夫妻合用的「芥菴」小印，詩畫相互輝映，爲世人所稱羨，以爲神仙眷侶。今上海博物館藏李因所畫《花鳥圖》卷（圖 4-9），圖繪九種花卉，以鳥兒點綴其間，卷末其夫婿題跋，可知此圖乃葛徵奇在北京任官職時之遣興作品，時值秋雨瀟瀟，打在院中花草，花枝微微顫動如同病中美人，於是與李因共同創作此幅《花鳥圖》卷。李日華《六硯齋三筆》云：「葛無奇家姬李因，妙于寫生，無奇以牡丹折枝貽余，余酬一絕云：珠箔銀鈎獨坐春，拋將繡譜領花神。脂輕粉薄重重量，恰似崔徽自寫眞。」〔註246〕葛徵奇（無奇）將家姬李因所繪《牡丹折枝圖》贈送給文人李日華，故文人寫一首絕句酬答，讚賞李因雖身爲女性，但拋卻女紅繡譜，而在繪畫上描出牡丹神韻，其繪畫技巧可比美唐代名伎崔徽之寫眞花卉。又文人冒襄之家伎，蔡含、金玥皆擅畫，《畫徵續錄》曾記載：「蔡含作《松圖巨障》，辟疆作長歌題其上，一時名人和之，又嘗爲《墨鳳圖》，題者頗眾，辟疆姬人，又有金曉珠名玥，亦善畫，時稱冒氏兩畫史。」〔註247〕此兩家伎同稱「冒氏兩畫史」，可知當時文人惜才、愛才、憐才之情。姬妾、歌伎與文人社群互動機會較多，故其詩畫創作動機多應文人酬酢，如冒襄之家伎蔡含畫《仿夏昶橫松圖》（圖 4-10），由卷末冒襄之題跋可知此畫乃受到冒襄之好友方邵村請託而作，方邵村極欣賞夏昶所畫之橫松，故冒襄令家伎摹仿其畫，酬贈好友。而家伎所畫之圖，所作之詩，往往多有名士題詩

〔註245〕李因：《竹笑軒詩草》，葛徵奇序。

〔註246〕同註208，「李因」條，頁35。

〔註247〕同上，「蔡含、金玥」條，頁37～38。

唱和，一方面讚賞家伎之詩才畫藝精絕，另一方面藉以彰顯主人品味風雅，因本身詩畫亦精湛，故能教導出詩畫藝術超凡的家伎。蔡含與金玥所作的畫即有多位名士題詩酬贈之，如王士禎〈題冒辟疆姬人圓玉女羅畫〉云：「雪後空庭氣蕭瑟，千頭紆竹尚嬋娟。畏寒凍雀不飲啄，斜日蹋枝相對眠。（疎篁寒雀）」又「記取凌波微步來，明珠翠羽共徘徊。洛川淼淼神人隔，空費陳王八斗才。（水仙）」〔註248〕題詩二首，各題不同主題的繪畫，第一首描繪冬日雪地裏，畏寒凍雀，依偎取暖相對眠。第二首水仙，將水仙比喻爲凌波仙子微步而來，然而洛川阻斷神人之間的溝通，縱使曹植有八斗之詩才，亦不能縮短其距離，此王士禎以曹植自比，自謙自己雖有詩才，亦不能道盡金玥水仙畫作之妙韻處。朱彝尊〈題蔡女羅疏篁寒雀圖〉云：「疏篁幾葉搖晴翠，淺暈出斷霞魚尾。恁時寒色空閨裏，偶憶得，瀟湘水。」又「更添凍雀黃昏睡，問同夢梅花開未。一枝已逐雙棲計，任雪壓，風扶起。」〔註249〕詩句描繪出寒冬疏葉的蕭瑟景緻，在寒色空閨裏的女子，偶爾也會記起瀟湘之景。第二首道出凍雀希冀熬過嚴冬，殷殷企盼梅花綻開，報來初春的消息，冬雪裏找不到遮蔽與依靠，兩隻凍雀只好同棲於寒枝上煨暖，任憑風雪壓枝頭。厲鶚〈題冒辟疆姬人金圓玉水墨秋葵〉（自注云：辟疆題云：「余不能飲，日看此畫花亦飲醇酒意也」。）詩云：「金瑳橫欹醉不勝，墨痕秋暈一臉冰。西園老盡佳公子，看畫花枝學信陵。」〔註250〕由其題句可知文人對其水墨秋葵讚賞之情，看此畫有如飲醇酒有微醺之意。

　　歌伎與文人之閱讀社群所牽涉的範圍相當廣泛，有歌伎自題自畫，歌伎與文人詩畫酬贈，家伎與主人詩畫創作，以及歌伎和家伎透過文人所輻射外延的社交網絡中，其他文人對於這些歌伎詩畫創作贈詩酬酢，這種種複雜的網絡關係與社交行爲涉及女性以才藝事人，以

〔註248〕同上，頁 38。
〔註249〕同上。
〔註250〕同上。

及晚明以後歌伎地位的變化。孫康宜認為文人與歌伎羽翼雙飛之對對佳偶，使得理想才子佳人結合成為可實踐之婚姻關係。此種理想的才子佳人式的情觀得以具體實現，成為傳統規範下的女性得以結合浪漫的情感與實質的婚姻，此一途徑轉化晚明情愛觀念，歌伎也因而成為感情貞烈，為情獻身的象徵，晚明重情思潮可說是歌伎文化的產物。〔註251〕

　　歌伎周旋於江南文化精英之間，歌伎與文士之間承襲相同的文學傳統，身處相同的文化氛圍，晚明的歌伎才女不再只是賣藝陪客的角色，她們有相當的繪畫詩文創作，得以使世人認同肯定其藝術才華，同時也贏得文人精英階層的賞識與敬重，是故歌伎能晉身於名流文士之雅集聚會及黨社活動，並運用精英階層的特殊社交行為，以詩畫互贈互答，溝通其情意與思想，達成文人特有的社交模式。歌伎畫作題材偏向梅、蘭、竹等文人畫風尚，題畫詩句又標榜出高潔之人格與風雅之品味，這些藝術取向皆與歌伎所接處男性文人閱讀社群有極密切的關係，男性文人對藝術之美感觀照深深影響歌伎，因此，文人式的品味與美學特質對於歌伎的詩畫創作有著典範性的作用，成為歌伎詩畫作品裏不斷模仿、反覆強調的美感特質與主題素材。明代覆亡之後，文人不斷在題畫詩裏，反覆追憶昔時這些歌伎絕代之風華，以及歌樓舞榭之盛況，並對比今日慘淡蕭索之情景，以歌伎飄盪沈浮的命運隱喻朝代興衰之感傷，與文人失根之飄零感，此乃明清之際特殊的歌伎與文士之閱讀社群，所凝聚而成的獨特文學意象。而此詩畫閱讀社群既有歌伎與文人在才華上互敬互重的傾慕之情，同時有部分閱讀社群亦擴展為社黨形式，以關懷家國命運與文藝志業，歌伎承載著這兒女情愛與愛國情操兩種最熾熱的情感意象，是故晚明以來這群才貌出眾，品格清新的歌伎遂成為明亡之後，文人筆下一種貞烈情感與忠愛家國的象徵。

〔註251〕同註224，頁67。

　　另一方面，身處於家族之內的家伎姬妾，以優秀的色藝才技進入家庭權力核心，陪同主人交際酬酢，並在家庭雅集宴會時當眾揮毫表演詩藝繪才，以助其文人聚會之雅興，同時也榮顯男主人之身份地位與風雅品味，故家伎姬妾之才貌與技藝素質往往也成為男性文人身份、品味與經濟力的表徵。迨至盛清，由於整體社會結構趨向穩定，經濟活動與文化商品網絡更加流通活躍，人際網絡也更加開放，詩書畫等技藝成為文人階層必備的才能，凡此種種因素遂促使江南地域的上層士大夫家庭培養女兒成為才德兼備之名媛閨秀，故詩畫兼擅等全才型的閨秀遂成為才德兼備的女性模範，而歌伎的才女地位遂被名媛閨秀所取代，在盛清時期閨秀惲珠所編採的女性詩歌選集，名為《國朝閨秀正始集》，只選錄才學與品德俱佳的名媛閨秀，從清初至盛清所網羅的女性閨秀超過一千五百位，作品超過三千首，而《清畫家詩史》所收錄的閨閣女性詩畫兼擅者超過二百位，但兩本選集對於歌伎作品皆付之闕如，由此可知盛清時期對於女性角色的德性要求趨於嚴格，社會對女性角色期待轉向才德雙全、知書達禮之大家閨秀，故盛清時期歌伎的才藝與創作受到忽略，地位下降，而才華與德性兼備之名媛閨秀遂成為女性角色的典範楷模。

第五章　晚明至盛清女性題畫詩之自我呈現

　　晚明至盛清女性創作相當大量的題畫詩作，如席佩蘭有近三百首題畫詩，汪端亦有將近二百首題畫詩，而湘潭郭氏姐妹更聯吟創作花木類題畫詩一百首，可知此時期女性題畫詩的創作呈現豐富而多元之盛況，其審美品味則延續歷來男性文人題畫詩的風格，然而在傳統的因襲沿革之下，仍呈顯出女性藉畫自我抒情的語彙，有著屬於女性內在自我的呈現，以及女性自我與社會文化脈絡互動的歷程，故本章即是透過花木、人物、山水三大類女性題畫詩主要的書寫題材，探索女性在自我呈現的題畫語彙裏，如何透過物象抒發一己之情志，並表達出自我與外物的關係，又如何詮釋自我與他者的人際互動歷程，以了解女性自我與圖彙物象互相作用交涉的對話歷程。

第一節　花木類

　　在《明詩綜》、《晚晴簃詩匯》以及晚明至盛清女詩人的詩集裏，所選錄的女詩畫家所創作的題畫詩，其花木類的作品佔十分之四，而花木題材大多是梅、蘭、竹，與晚明至盛清的文人畫呈現相近的審美觀。〔註1〕這些大量而豐富的花木類創作，說明女詩畫家對這類題材

〔註1〕戴麗珠，〈清代婦女題畫詩〉（《靜宜人文學報》，1991 年 3 月），頁

的熱愛，在題畫的創作過程中，花木形象已經由文化的積澱成爲象徵主體人格風範的符碼；〔註2〕歷來文人賦予倫理教化形象的花木題材，其外在形貌嬌柔及內在意志堅貞的物象，成爲女詩畫家比擬自我情志的符碼，呈現貞潔品格之最佳題材。詩畫家透過圖像語言符號，將自我形象轉化爲花卉的客觀物象，花卉經由詩人心靈的濾化，隱然成爲女詩畫家重要主體生命的表達媒介。在題畫詩詩畫對話的脈程裏，女詩人經由情感性與意向性的花卉符號得以自我呈現。〔註3〕韓昌力云：「作爲充滿意向的創作主體，面對這些自然的物象，並不僅僅以悅目爲滿足，而是要通過這些物態形象展示自身生命的過程，並將它們的客觀習性與人的際遇、理想聯繫在一起，使物象與主體精神得到相互間的溝通，從而把對物象的寫照變成對生命意志的肯定。」〔註4〕是故透過人與物之間溝通與交融，使物象具有比德與寓意之文化特質，題畫詩中的花卉得以超越物象的客觀自然屬性，成爲女詩畫家主體精神的象徵符碼。

一、梅：幽香清芬，冰清玉潔

　　梅、竹、蘭、水仙等花卉在中國文人詩歌裏已有一定傳情表意的符號網絡，晚明至盛清女詩畫家除了承繼原有文化符碼語彙，也表現出強烈自我生命之主體內涵。如鍾令嘉〈題自繡梅花詩圖〉云：

　　　　屈鐵孤梅葬古苔，巡簷寒萼凍難開。分明一幅鵝溪絹，繡
　　　　出詩人小像來。〔註5〕

刺繡對女性而言，有特殊的意涵存在，在一針一線的構思裏，也蘊含

　　　　62。

〔註2〕 Bush Susan 著，姜一涵節譯，〈金與南宋文人對中國繪畫之頁獻〉（《大
　　　　陸雜誌》，第五四卷，第二期，1977 年 2 月），頁 90～91。

〔註3〕 請參考韓昌力，〈物象的超越——對寫意花鳥畫審美特質的思考〉
　　　　（《美術研究》，1989 年，第一期），頁 14。

〔註4〕 同上。

〔註5〕 徐世昌編：《晚晴簃詩匯》，卷一八四，鍾令嘉，〈題自繡梅花詩圖〉，
　　　　頁 67。

圖畫之構圖、布局，並以物象來象徵自我之內在心緒，故雖是刺繡作品，其平面針線構圖亦有圖繪之意涵，而女性的刺繡訓練，往往也培養女性的美感經驗，並影響其繪畫筆墨與構圖風格，〔註6〕故以刺繡圖繪為吟詠題材的詩作，也納入女性題畫詩的討論範疇。詩句雖是詠梅，但梅所象徵在寒冷氛圍裏堅毅的精神，隱隱之中已透過詩畫符號的對話，呈露出梅花與主體生命之交融，孤梅傲霜雪之姿與「詩人小像」成為相互對應的關係。鍾令嘉對同一幅繡畫又題：「淚珠成串上殘絨，十指寒香敵朔風。驀地停鍼魂欲語，梅花如雪照房櫳。」及：「身後君無封禪書，迴文老去底須摹。他時留與兒孫看，此是安人繡字圖。」〔註7〕盛清社會結構漸趨於穩定的狀態下，對婦女在才德方面的要求較晚明更趨嚴格，各種閨範、家訓汗牛充棟的現象，說明主流文化強烈關切婦女的德行問題，〔註8〕雖然清代能詩擅畫的女性在質量上較歷代成長許多，然而傳統閨範、家訓對於女性的創作行為仍多有保留及限制，「他時留與兒孫看，此是安人繡字圖」，透露出閨秀希冀留名的慾望，然而在才與德的矛盾情結中，女詩畫家只能結合倫理道德類比的思考方式，在縫隙間經營自我的情志世界。誠然，女性是在男性的主流論述背景下寫作，承受社會與道德種種壓力；但從另一個角度言，花木比興傳統，及長期所積澱的人格意義，更成為女詩人得以逞才示志、寄興寓意、自在悠遊的演出空間，並隱隱建構出與男性詩人參差相對的文化意涵。

　　晚明至盛清文人對於才女的態度，雖有支持、贊助者，但大多充滿同情與不安等複雜情緒，常常將才女與命薄等同觀之，女子雖才如

<hr />

〔註6〕　賴毓芬在討論女畫家陳書、李因的畫作時，即將刺繡作為影響其畫作風格的女性經驗，見《前進與保守的兩端——陳書繪畫研究》臺灣大學藝術史研究所碩士論文，1996，頁39～40。

〔註7〕　同註5。

〔註8〕　清代知識份子特別關心婦女的家庭角色，因出現大量的閨範家訓文字。參見 Susan Mann, "Grooming a Daughter for Marriage"，收於 Rubie S. Watson and Patricia Ebrdy Eds; *Women and Inequality in Chinese Society*（Berkeley, University of California Press, 1991），頁216。

江海，但往往命若游絲，彷彿是誤入凡塵的天人，注定不久就得駕返瑤池，因此往往有女子多才非福之論，「閨秀奇才，紅顏薄命」，成爲世人圍限女子寫作的最佳託辭。但不論實際生活或當代批評意見如何論述，閨秀中之佼佼者已努力走出多才命薄的宿命觀，重新追尋自我定位，如朱滿娘〈題自畫紅梅〉：「一枝紅綻傍牆陰，疑是絳衣仙子臨。莫說桃花偏命薄，多綠霜雲未能禁。」〔註9〕「莫說桃花偏命薄，多綠霜雲未能禁」一語道出世人認爲女性寫作爲不祥的徵兆，因而要求女子斂藏才華，朱滿娘以紅梅鮮豔色彩，挺秀蒼拔，來對照桃花，標顯女子雖柔弱，然其內在人格精神卻「未能禁」。又姚倩〈畫梅〉：「素縑香染墨痕新，倩影疏枝倍有神。嬾向東皇問消息，毫端繪出隴頭春。」〔註10〕此詩生動地描繪出女詩人浸漬在詩畫的創作天地裏，怡然自得的神貌樣態，而梅花所象徵生命勃勃的春意，在筆墨毫端之間轉化爲女詩人源源不絕之創作活力。席佩蘭〈題屈宛仙撚梅圖〉：「香艸離離譜楚辭，辭中偏未及南枝。被君隨手輕拈出，補得離騷一種遺。」〔註11〕席佩蘭將蘭與梅相比，認爲在《楚辭》裏屈原偏愛蘭草，而未提及梅花，然而梅與蘭同樣清新可人，故稱讚屈宛仙將梅花之神韻繪出，彌補〈離騷〉裏未提及梅花的遺憾，將畫梅與〈離騷〉裏之蘭花相比擬，除了呈現女性對於閨友畫藝之讚揚外，亦呈現出女性對於自我詩才畫藝之自信與肯定。席佩蘭又有〈梅窩圖〉：

> 萬樹白雲天不埽，山耶雲耶互相抱。人閒無此安樂窩，天與梅花位置好。小溪隔斷紅塵紅，溪外只許來春風。花時一物著不得，惟有明月行當中。一枝玉篠吹玲瓏，花影便是羅浮峰。不知清夢落何處，呼吸香氣天應通。輕雲冥冥春欲曙，一聲白鶴橫空去。若非脩得到梅花，那許今生此中住。〔註12〕

〔註 9〕 同註 5，卷一八五，朱滿娘，〈題自畫紅梅〉，頁 41。
〔註10〕 同上，卷一八五，姚倩，〈畫梅〉，頁 42。
〔註11〕 席佩蘭：《長眞閣詩集》，卷三，〈題屈宛仙撚梅圖〉，頁 9。
〔註12〕 同上，卷五，〈梅窩圖〉，頁 6。

此詩將梅花生長之處比擬為清幽之仙境，遠離人間凡塵，梅樹花影下便可想見羅浮山，一覺清夢不知身在何處，只聞天際間梅花之幽香清芬，想要居處於如此清幽之地，唯有修養自我達到如同梅花之高尚品格，今生方能在此中住。趙菜題畫詩其一〈紅梅〉：「拈毫欲寫出塵姿，本色猶嫌不入時。但得歲寒標格在，不妨從俗買臙脂。」紅梅的姿態在女詩人筆下已成為一位顧影自盼的女子，擔心自己出塵的本色不夠入時，安慰自我只要凜冽貞節猶在，何妨從俗買胭脂。其二〈墨梅〉：「無多筆墨故修然，寫出凌寒第一仙。自是高人都愛冷，開時偶占百花先。」〔註13〕女詩人賦予墨梅歲寒冰雪之姿，贈封它為凌寒第一仙，同時將自我投射於墨梅的自然物象之中，認為古來高士都在高處不勝寒之處，自我與墨梅皆是貞心勁節之高人，故孤獨地在嚴冬裏綻開著。

　　女性亦常將梅花當作思念與懷鄉之象徵符碼，如薛素素〈梅花蛺蝶圖并題〉：「不愁春信斷，為有夢魂來」〔註14〕梅花不為春天信息擔憂，只因魂夢裏時常相會，彷若是以梅自比，深處閨中的女子思念遠方郎君，時時憂愁其音信渺然，寄託於魂夢裏捎來其音信。宋婉〈題梅花畫〉：「雪谷冰崖質自幽，不關漁笛亦生愁。春風何事先吹綻，消息何曾到隴頭。」〔註15〕亦是以梅花冰清玉潔的意象來自我比擬，然而梅雖有高潔品格卻是生長在孤獨幽靜的雪谷冰崖裏，一如閨秀空有玉顏美質，卻孤單地待在幽閉的閨閣內，淡淡的愁緒遂蔓延於心中，春風已將枝頭梅花吹綻，傳達臨近春天的溫暖與生機，然而何時才能將南方的春意傳到遙遠的隴頭呢？詩末以開綻的梅花自我比擬，猶如言說自己深藏於閨閣內的思念心緒，何時才能傳遞到對方的心中？吳來玉〈題畫梅〉：「一尺溪橋凍不分，朔風何處雪紛紛。江南春色枝頭見，不向邊城笛裏聞。」〔註16〕冰天雪地的寒冬裏，唯有江南枝頭梅

〔註13〕趙菜：《濾月軒詩集》，卷上，〈題畫〉，頁11。
〔註14〕湯玉漱編：《玉臺畫史》，薛素素，〈梅花蛺蝶圖并題〉，頁41。
〔註15〕王端淑編：《名媛詩緯初集》，卷五，宋婉，〈題梅花畫〉，頁8。
〔註16〕同上，卷九，吳來玉，〈題畫梅〉，頁14。

花初綻，為天地留存著蘊釀的春意與生機，然而寒風刺骨的北方邊城不知何時才能感受到溫暖的春天氣息。又郭潤玉〈題畫梅〉：「故鄉回首峭寒天，瘦影欹斜萼綠仙。一種詩情在圖畫，半山殘雪半溪煙。」〔註17〕在半山殘雪的寂寥情境中，思鄉之情似乎也在蔓延，唯在將自我孤身瘦影斜倚於堅韌耐寒的梅枝，彷彿才得到一種自在的詩情與內在力量的支持。

二、蘭：空谷幽姿，知音難覓

蘭花所寓的文化內涵，在女性題畫詩中也延續歷來蘭花失根的意象，如沈纕〈題趙承旨畫蘭〉云：

> 可憐王者香零落，憔悴瀟湘第一枝。空向新朝誇畫筆，難為騷客寫愁思。故宮落日悲荊棘，周道秋風怨黍離。何處託根猶故土，淡煙細雨伴江籬。〔註18〕

女詩人藉鄭思肖畫無根之蘭以喻亡國之痛，與趙孟頫托身新朝的惆悵作一對比，此種騷人墨客的愁思令人聯想到異族統治之下的清朝，不論男女文人均是在文化多元複合的社會體系追尋一己的定位，詩人在異族文化下引發深刻的歸屬危機感，與事奉異朝角色的尷尬，而發出「何處託根猶故土，淡煙細雨伴江籬」的喟嘆，何處才是故土可深植自己的根脈？那裏才是自己所根植的文化本源？以蘭花自比，「可憐王者香零落」，自己一如失根的蘭草，四處飄零無根，借蘭花抒發孤獨、憔悴、疏離、又異化的文化無歸感。又如王貞儀〈題素心蘭畫幅〉：「謝庭幽種託根殊，似此孤標絕世無。素質宜陳青玉案，東風初啓碧紗幬。蕭騷帝子三閭賦，零落王孫九畹圖。一自江皋遺佩後，年年煙雨怨啼鴣。」〔註19〕詩句特別標顯出蘭之幽質芳心，而此絕世之風采令人激賞，應以貴重的器皿「青玉案」

〔註17〕郭潤玉：《簪花閣集》，〈題畫梅〉，收於《湘潭郭氏閨秀集》，頁21。
〔註18〕沈纕：《翡翠樓》，〈題趙承旨畫蘭〉，收於任兆麟編：《吳中女士詩鈔》，頁11。
〔註19〕同註5，卷一八六，王貞儀，〈題素心蘭畫幅〉，頁76。

盛放，在慎重地將裝著蘭花的器皿置放在「碧紗嚬」內，如此才得以襯托蘭花姿態的清峻秀逸與美質清芬。然而蘭花卻受到環境的摧折，零落飄搖，接著以蘭定向比擬屈原品德高潔，卻遭到流亡的命運，此種家國憂思引人怨愁。女詩人在題畫詩的畛域裏，藉著花木的寓意性格，走出閨閣和傳統孝親的題材囿限。除了表現出與男性詩人同樣的文化自覺意向，王貞儀詩句末聯則以己身遭遇，收束全詩。其夫詹枚早逝，故王貞儀以九歌湘夫人的悲劇，抒發個人哀情，年年清明，悼念亡夫，情詞悲切，寄託幽深。

　　除了花卉定向的比興傳統外，女性詩人與畫家之間的互動，彼此的激盪、鼓勵，也在字句間流露，如方婉儀〈題馬守貞雙鉤蘭花卷〉：「楚畹幽蘭冠眾芳，雙鉤畫法異尋常。國香流落空留賞，太息金陵馬四娘。」，〔註20〕馬守貞為晚明頗負盛名的歌伎，雖然方婉儀無緣與之相識，然而卻從其遺留的畫作裏認識其精湛的畫藝，與令人感嘆唏噓的身世，在詩畫創作的交流裏，女詩人與女畫家彷彿藉由詩畫對話，彼此越過時光的隔閡而惺惺相惜。又如王貞儀：

> 看花作畫亦精神，傳得雙鉤楚澤春。燕尾魚魿差後乘，光風霽月認前身。交從至淡方稱契，品到無瑕始見真。裁我瑤箋慚報語，不教青眼誤埃塵。〔註21〕

女詩人們借書信往返，交從雖淡，然而相契感卻未曾稍減，藉由詩畫的評品吟和，總是能在詩人中尋覓到知音。女性之間借詩畫酬贈知己，互相交流、支持，是故女詩人為人題畫或自題自畫中，總比擬幽蘭，期待知音，汪端〈畫蘭曲題梁溪女冠韻香畫蘭長卷〉：

> 清梵魚山夜月寒，松花如雨落仙壇。綺窗初試金壺墨，寫罷靈飛更畫蘭。

又：

> 瑤笙吹徹羽衣涼，瑟瑟微波夢碧湘。解為幽花寫秋影，玉

〔註20〕同上，卷一八五，方婉儀，〈題馬守貞雙鉤蘭花卷〉，頁43。
〔註21〕同上，卷一八六，王貞儀，〈題素心蘭畫幅〉，頁77。

人原是杜蘭香。〔註22〕

兩首詩中可看出女詩人在創作過程中「寫罷靈飛更畫蘭」，期許著深閨幽蘭之香能得到賞識，故云：「解爲幽花寫秋影，玉人原是杜蘭香」，希望同樣身爲才媛的知己欣賞著詩畫，並透過詩畫與作者溝通，體會作者的心境。在閨秀的世界裏，想自由自在地與家族之外的文人交往，畢竟非易事，然而透過對繪畫創作共同的愛好，即能同享美的悸動。郭潤玉題其妹郭友蘭所繪蘭花，其一云：

綠雲縹緲出幽姿，想見鷗波繪影時。回憶采蘭逢上巳，香
風拂處黛鬟垂。

其二云：

花開葉嫩不勝寒，半幅瑤箋露未乾。多謝素心傳妙筆，江
南春在畫圖看。〔註23〕

蘭花縹緲幽姿，亦令人聯想到趙孟頫之妻管夫人圖繪的雅姿，藉由蘭的清馨幽潔比擬其妹之蕙質蘭心，同時亦將其畫藝比擬爲善繪事的管夫人，郭友蘭字素心，故郭潤玉謂「多謝素心傳妙筆」，由於其妹精妙之筆，使得江南春意盡在畫圖裏。相對而言，歌伎之筆墨創作空間與社交空間就寬廣許多，如現存名伎馬守貞之畫作往往有許多男性文人與女詩人的題詩，其中垢道人爲智珠女史題寫馬守貞的〈蘭石竹〉（圖5-1）云：「我是採薇人，不作上林客。嗟爾幽谷花，托根在阡陌。」自述己志，寧作採薇人，不願爲上林客，連結蘭花托根於阡陌之意象，傳遞自我所處之社會文化空間，在詩畫互相映發的空間語彙裏，也讀到明清之際家國興亡之慨嘆。此畫以石、蘭、竹交疊，三種物象皆是象徵堅貞之品格，三種物象層次井然，再以詩情闡發之，遂透顯出文人畫式淡遠天眞之風格。又月香〈墨蘭圖〉（圖5-2）蘭椰女弟詩云：

煙花隊裡仰清芬，小樣紅蓮簇翠裙。莫恨臨岐江上水，贈
君春意已三分。研硃滴露墨香浮，寫出幽姿分外幽。一曲

〔註22〕 汪端：《自然好學齋詩鈔》，卷五，〈畫蘭曲題梁溪女冠韻香畫蘭長卷〉，頁11。

〔註23〕 同註17，郭潤玉：《簪花閣集》，〈題畫蘭〉，頁24。

魂銷春月夜，竹西花柳自風流。

又畫面上亦有徐雲路題詩云：

春雨瀟瀟何處聞，竹西此生訪靈芬。多情試問團欒月，底事三分欠一分。文奩墨匣鎮相尋，霜葉煙姿淺復深。領取一叢香草去，騷人風格美人心。樊□尋夢已蹉跎，扇底尊前喚奈何。粉本南朝淨絕似，朱泥小印署橫波。

詩句皆以蘭花之清新雅致比擬作畫女子月香，同時強調其筆墨正映襯其人多情風流的格調。畫面物象是線條捲曲之墨蘭，而共有六首詩詞從自我的觀點詮釋這幅墨蘭圖，在畫面上各個詮釋者抒發自我情志，而六首詩詞語彙又互為文本，互相指涉對話，形成複聲多調，眾聲喧嘩之語意情境，而此複雜之語彙情境又同時指向畫面的物象，在歷時性的詩詞語彙裏，物象與詩情又同時存在於此共時性的圖繪場景之中，遂使閱讀者在歷時性的詩詞語彙，與共時性的筆墨物象中感染到詩情畫意之美感觸動，亦可知當時女性以花卉物象自擬，其他友人見畫以詮釋創作者之人格風采。

　　女性愛蘭喜歡蘭花之心，乃緣於其生長於深山幽谷裏，有著貞德之質，風骨之清，繪蘭詠蘭彷若即可呈現女詩人內心堅貞幽潔之質性，以使其物情與心源相通，如采人〈蘭心妾自愛〉云：

繪月須繪色，繪水須繪聲。徒然重才貌，未可締深盟。膏梁美如玉，蕩子亦聲名。千金如彼托，豈不失之輕。有貌必審才，有才必審情。情多貌常可，情至才自生。然後以身許，應為掌上擎。蘭心妾自愛，未識向誰傾。浩浩彼蒼高，想能知妾誠。〔註24〕

女詩人繪蘭，重其性情，非只著眼於外貌物象，審視一位女子亦是著重其內在情義德性，非只徒重才貌，蘭心之幽貞彷若可代表女性自我內心，亦如蘭心之誠，蘭心之貞潔，故蘭與自我似乎互為彼此的代言人。玳梁女史〈蘭石圖〉（圖 5-3）云：「丹青寫真色，欲補離騷傳。對

〔註24〕同註 15，卷十四，采人，〈蘭心妾自愛〉，頁 13。

之如靈均，冠珮不敢燕。」玳梁女史即王文治之女兒王玉燕，其以丹青欲傳蘭之幽芬雅韻，闡發〈離騷〉所傳之情志，面對著自繪的蘭花，彷彿與屈原之堅貞品格對話，故女詩人以謹慎的心情創作，不敢稍有褻玩，故云：「冠珮不敢燕」。詩歌與畫面相互映發，而墨蘭線條拉長，遂又與橫寫之詩相對，猶如屈原與女詩人相互詮釋指涉，相互溝通對話。沈彩〈題自寫蘭〉：「入春十日雨兼風，蘭葉香遲未破叢。差喜硯田初解凍，墨花爭發翠毫中。」〔註25〕詩中的蘭葉香遲，尚未能夠讓人親炙，詩人卻能以筆墨創作出蘭的美質，彌補未能親睹蘭花的遺憾，故詩人云：「差喜硯田初解凍，墨花爭發翠毫中」。同時也傳遞出喜愛蘭花之女性，也如同蘭一般高貴雅潔。席佩蘭〈題扇頭畫蘭〉其一云：

> 品格天然壓眾芳，高情只愛住瀟湘。畫師偷寫春風影，難寫心中一點香。

其二：

> 空谷年年抱素心，幽香輕易出深林。此花不比閒桃李，蜂蝶紛紛莫浪尋。〔註26〕

此亦詠讚蘭花之天然品格乃眾芳之冠，其高尚清幽之性情只愛住在瀟湘裏，畫師雖能將蘭花物象描繪出來，其性情品格之高潔卻難以摹寫。第二首更深入描寫蘭花所具有之特殊品格，生長在空谷裏，而年年抱素淨之純心修養自我，其幽香雖淡卻已飄散出深林之外，然而此花並非如桃李般等閒之輩，蜂蝶難以尋找到深谷幽蘭而親近之。席佩蘭又有〈題宛仙畫蘭〉：「玲瓏妙挽寫交枝，恰稱同心宛轉思。一幅白描雙影子，佩蘭親傍協蘭（案：宛仙自號）時。」〔註27〕席佩蘭以蘭自比，亦以蘭比擬其閨中至友屈宛仙，詩句首先描寫屈宛仙寫蘭之姿態，稱其所畫蘭交枝而生長，兩蘭枝皆有素心，畫幅以白描雙鉤呈現，佩蘭與協蘭兩蘭枝交相倚傍，象徵席佩蘭與屈宛仙兩才媛相知相契之

〔註25〕同註5，卷一八五，沈彩，〈自寫蘭〉，頁63。
〔註26〕同註11，卷三，〈題扇頭畫蘭〉，頁9。
〔註27〕同上，卷三，〈題宛仙畫蘭〉，頁14。

情誼，可知蘭花物象成為閨秀自我品格高潔之象徵符碼，同時亦將此象徵擴充成為閨秀精英之性格，蘭遂成為閨秀品格幽靜雅潔之表徵。另一方面，品賞蘭花亦成為閨秀生活風雅高尚、閒情逸致之象徵，如惲冰曾自題自畫蘭花（圖 5-4）云：「深夜看花不自時，高歌一曲酒千卮。」描繪其深夜看花賞花之幽情逸致，而題詩沿扇面之邊緣，形成一圓弧形，而所畫蘭則枝葉下垂，其題詩與畫作之構圖，恰成橫向與垂直的線條感，使整體畫面趨於平衡，可知題詩不僅是為畫面補白，同時亦有機地與畫面結合。又吳宗愛〈為陳宗來題秋蘭〉：「秋風何處問芳菲，幽谷叢開香正肥。翠色迎霜寒愈嫩，新粧帶月靜猶霏。情閑欲共黃花淡，臆媚能緘紅葉飛。一曲彈來瓊珮馥，春妍未許鬥春暉。」〔註28〕此吟詠蘭花增添秋色為主題，而深處閨閣的才媛細細品賞秋蘭的婉靜幽香，以賞蘭畫蘭之高雅韻致為閨閣女性共同之生活情趣。

三、竹：直節凌雲，貞烈風骨

　　除梅、蘭之外，竹子亦是女詩人筆下喜愛的素材，如李因〈竹影〉：「靜看月小眾山高，藻荇橫斜夜寂寥。閒坐紙窗臨竹譜，千尋疏影寫寒梢。」〔註29〕因為喜愛竹子勁節雅操之象徵意涵，故女性藉由詩畫筆墨時時繪之詠之，而在繪竹詠竹的同時，亦將竹子視為良朋益友，時時珍愛竹的節操，同時也引申為自我人格的呈現。竹的內在象徵符碼，彷若也成為女性自我內心寫照，林以寧〈畫竹〉：

　　　新竹出短籬，亭亭如織翠。明月升東軒，竹影宛在地。銅
　　硯磨松煤，濡毫寫其意。清幽固可嘉，愛此堅貞志。〔註30〕

由於竹子勁節不屈的貞潔形象，使詩人為其「銅硯磨松煤，濡毫寫其意」，傾心繪之，並題詩於其上，嫩竹清新無塵的貞潔之志，彷若是幽處閨中的貞靜女子，安守閨閣之內，堅持不落凡俗，高標幽貞之節。

〔註28〕同註 15，卷十八，頁 24。
〔註29〕李因：《竹笑軒詩鈔》（無頁碼，清抄本）。
〔註30〕林以寧：《墨莊詩鈔》，卷二，〈畫竹〉，頁 6。

吳黃〈畫竹〉：

> 平生愛此君，拂拭作數筆。直幹凌雲宵，清風奪炎熱。桐
> 孫初依雲，松花如落雪。北窗午夢回，恍聽聲蕭瑟。〔註31〕

竹子之自然物象為竹幹直立有節，清風徐來可消暑，故轉化為人文象
徵意涵，即比喻為人正直有勁節之君子，竹遂成為君子之象徵符碼，
君子之心並無性別之區隔，無論男女皆須有君子之風範，故竹子成為
文人與閨秀都喜愛的題材。屈秉筠〈畫竹〉：「握管貌君子，超然整素
襟。但能傳勁節，難寫到虛心。」〔註32〕閨秀為了繪寫出竹子所蘊含
君子之風範，故以超然態度整肅襟懷，希望以畫筆傳遞出竹子之君子
形象，雖然筆墨能描繪出竹子有節之表面物象，卻難能以傳達竹心虛
空以隱喻君子虛懷若谷之意，由此可知竹子乃君子之象徵符碼，代表
人格勁節、正直、虛心之特質。又如項章〈題畫竹〉：「年時避暑憶江
鄉，為愛蕭蕭竹一牆。今日移栽紈扇上，無風無雨自生涼。」〔註33〕
詩句中可見因為女詩人愛竹，是故將蕭蕭竹一牆繪於紈扇上，成為貼
身之物，無風無雨的日子紈扇亦能自生涼。席佩蘭〈倚竹圖為王梅卿
作〉其一：「秋聲一片玉珊珊，日莫那禁翠褒單。修到梅花偏耐得，
綠天如水不知寒。」其二：「綠雲深處不分明，小立詩魂太有情。一
樣風前消瘦影，是卿扶竹竹扶卿。」其三：「問花樓畔倚新妝，藉甚
詩名滿路香。我是幽蘭人不識，一空依傍住瀟湘。」〔註34〕雖是吟詠
〈倚竹圖〉，然而詩句主要在讚賞王梅卿之詩語有情致，倚竹的姿態
使得竹與人相輝映，而其詩名響亮，反觀自己乃是無人知悉之幽蘭，
獨自住在瀟湘裏而無所依傍。整首詩句由寫具體物象，借物比擬他
人，再自我比擬，由外而向內收束，借物以溝通讀者，亦借物自我抒
情，自我觀照。

〔註31〕 李之泆編：《清畫家詩史》，〈癸上〉，吳黃，〈畫竹〉，頁13。
〔註32〕 同上，屈秉筠，〈畫竹〉，頁40。
〔註33〕 同註5，卷一八七，項章，〈畫竹〉，頁50。
〔註34〕 同註11，卷五，〈倚竹圖為王梅卿作〉，頁3～4。

此外，瀟湘斑竹與管夫人墨竹是屬於竹子傾向於陰性之文化意涵，在女詩人筆下瀟湘竹與管夫人遂成為另一層女性自我呈現的象徵符碼，陳慶〈自題畫竹〉：「風風雨雨任離披，直節凌雲總不移。一幅瀟湘寫秋影，月明曾過女英祠。」〔註35〕竹子所象徵之直節凌雲令人欽服，而娥皇女英淚灑瀟湘竹之節操，增強竹子之象徵意涵，竹子不僅是君子之象徵符碼，同時也是女性貞烈之文化圖像，女詩人題寫竹之主題，亦有鞏固著女性忠貞節烈之自我道德意識的意味。除了湘竹之比德性外，管夫人墨竹所象徵之女子才識亦受到閨秀關注，席佩蘭〈題管夫人墨竹〉其一云：

> 生綃一抹淡煙痕，寫出瀟湘帝子魂。中有亭亭清節在，翻應愁殺趙王孫。

其二云：

> 鷗波亭子墨光融，福慧能兼白首同。一樣歸來堂上客，抽書潑茗太匆匆。〔註36〕

詩句先讚嘆管夫人墨竹之神韻高妙，能道出瀟湘竹之深刻意蘊，同時亦將竹子高尚清節傳達出來，此比其夫婿趙孟頫毫不遜色，接著表達自己羨慕管夫人不僅筆墨才藝超俗，亦能福慧雙修，與夫婿白頭偕老，享受幸福美滿的婚姻，是故管夫人與墨竹遂成為閨秀才德兼備，福慧兼融之女性典範。廖雲錦亦題管夫人《墨竹》云：「鷗波亭上比肩人，潑墨晴光染翰新。一抹遠山數叢竹，絕無脂粉累風神。」〔註37〕管夫人象徵有才德之女子，而竹是有德之君子，兩者合之遂成為女性亦可為有才德之君子，此種表徵激勵女性對理想人格與藝術境界的追尋，再者，管夫人之竹所象徵乃是妙筆傳神之畫境，絕無扭捏脂粉之氣，對詩人畫家而言，有閨閣氣是下乘之作，故女性的作品裏亦常常自我期許無脂粉閨閣氣息，能繪出如同管夫人之竹，傳遞出竹所

〔註35〕同註31，〈癸上〉，陳慶，〈自題畫竹〉，頁44。
〔註36〕同註11，卷三，〈管夫人墨竹為蘇州太守李寧圃先生題〉，頁1。
〔註37〕袁枚編：《隨園女弟子詩選》，卷三，廖雲錦，〈題管夫人〈墨竹〉同磬山、韞山兩女史作〉，頁79。

象徵志節風骨之深刻意涵。又駱綺蘭〈題管夫人墨竹〉：

> 閨閣才名不易顯，弄墨然脂唯自遣。風流詞翰照人寰，古
> 來誰似吳興管。夫人繪事善傳神，霧撣風篁尤絕倫。當窗
> 開展鵝溪絹，婀娜柔梢影弄春。低鬟輕捌畫眉筆，半日沈
> 吟工取捨。勻調螺黛半奩香，揮灑琅玕萬枝碧。有時悮染
> 口邊脂，幾點湘妃淚痕赤。當年韻事出閨中，夫婦由來絕
> 藝同。射覆花閒傾酒釀，聯吟燈下擘牋紅。吮毫作楷矜妍
> 媚，俱法山陰結搆工。星移物換流光速，此日殘縑挹芳馥。
> 春筍疑抽十指纖，晚峰似掃雙蛾綠。一代紅粧占盛名，憑
> 將淨慧消清福。玉臺才子盡能文，佳話千秋卻遜君。芳魂
> 此日歸何處，化作瀟湘一片雲。〔註38〕

閨閣才名原本不易顯露，閨閣弄墨吟詠只能是聊以自遣，然而管夫人
之擅繪能傳神卻成為享有盛名之一代紅顏，而且趙孟頫與管夫人夫婦
閨中聯吟傳為佳話，羨煞多少名媛閨秀，但雖如管夫人之妙筆生花，
其名聲仍遠遜夫君，而歷來娥皇女英瀟湘斑竹之外延與內蘊的象徵意
義與文化圖象，皆強調著女性之守節貞烈，反之，對於管夫人墨竹所
透露的女性之才德往往輕忽之，使有才氣的女性不免染上一層寂寞哀
傷的幽怨。此乃駱綺蘭抒發女性的才華得不到正統道德觀讚揚與社會
支持的不平之鳴，女性藉由娥皇女英與管夫人之對照，兩者分別表徵
女子之貞節與女子之才藝，歷來瀟湘斑竹備受騷人墨客之吟詠，相對
地，管夫人的才華洋溢卻隱蔽於其夫盛名之下，「玉臺才子盡能文，
佳話千秋卻遜君」此種自古才女皆寂寞的情境，呈露閨秀亦期待自我
筆墨才華能受社會價值觀的肯定與讚揚。

四、松石：凌傲霜雪，堅實貞靜

　　松與石經由歷來文人寄寓人文精神特質，以及累代文化的積澱與
延伸，皆有定向的象徵語彙符碼，松乃象徵人品凌節傲霜雪之姿，而
石乃象徵人格堅實貞靜之特質。孟蘊於父親逝世時，題寫〈畫松〉云：

〔註38〕駱綺蘭：《聽秋軒詩集》，卷三，〈題管夫人墨竹〉，頁9。

「森森老幹倚晴空，萬木參差誰與同。自惜棟梁人已去，謾垂綵筆寫遺容。」〔註39〕以松之棟梁才比喻先嚴之品格特質，並以畫松象徵其遺容，可知唯有松才能傳達其父之人格精神主體。張孫徽〈題石和貞女孟子溫韻〉：「當時曾未獲成雙，生死途睽隔渺茫。一片貞魂化作石，不堪凝睇望夫鄉。」貞女立於石上盼望夫君早歸，苦苦等待凝睇遠方，一縷貞魂終化爲堅石，閨秀題石以比之貞女的忠誠節操。又〈畫松再和子溫〉：「鬱鬱虯枝映碧空，青青翠柏與誰同。雖遇歲寒無改色，畫中畫出彷眞容。」〔註40〕松與石皆象徵其女之堅貞勁節，其貞德之心猶如松石雖遇風雪歲寒而無改，故畫松象徵其貞心，以寫其眞容。曹貞秀〈自題畫松菊紈扇〉：「采菊猶堪供晚餐，松陰無恙且盤桓。雪中風骨霜中豔，留身人間看歲寒。」〔註41〕采菊東籬的悠然淡泊之志，與松木所透顯堅貞不移之風骨，兩者皆以凌傲霜雪之姿面對歲寒，閨秀亦以此物情啓發自我，激勵自我。又王堯華，擅畫松，其〈題雙松圖〉云：「濃淡生枯落筆難，龍鱗皴起墨雲蟠。草亡木卒知多少，矯矯雙松傲歲寒。」〔註42〕雙松凌傲霜雪，氣節如龍鱗直奔碧霄，自非平凡草木所可比擬。王琰〈題片石孤松〉「凌寒松不改，終古石難搖。若識臨毫意，清風撲面飄。」〔註43〕此亦以松石象徵自我主體凌霜寒不屈，不改其志，承載濃厚的比德性格。女性松石題畫詩除了比德性之外，尚有突顯松石的玩賞性與自我抒懷之性質，如許英〈自題畫松〉「風聲謖謖雨瀟瀟，自寫松枝慰寂寥。驚起老龍潭底臥，盤空虯影上雲霄。」〔註44〕在風聲狂嘯雨瀟瀟的日子裏，繪寫松枝以慰寂寥，欽慕松木之傲骨氣節直上雲霄。王繼藻〈聽松圖〉「急雨下空際，風雷大壑鳴。蒼

〔註39〕 同註15，卷三，孟蘊，〈畫松〉，頁14。

〔註40〕 同上，卷八，張孫徽，〈題石和貞女孟子溫韻〉，及〈畫松再和子溫〉，頁10。

〔註41〕 同註31，〈癸上〉，曹貞秀，〈自題畫松菊紈扇〉，頁33。

〔註42〕 同註31，〈癸下〉，王堯華，〈題雙松圖〉，頁13。

〔註43〕 同註15，卷十三，王琰，〈題片石孤松〉，頁52。

〔註44〕 同註31，〈癸下〉，許英，〈自題畫松〉，頁18。

然萬松色，鬱作怒濤聲。鶴唳露華冷，龍吟天氣清。何當愜幽聽，泉石寄閒情。」〔註45〕天外急雨雷鳴，萬松怒濤聲吼，不知何時才能在閨閣內神定氣閒聽松濤，以泉石寄閒情。張常熹在夫婿畫石的遺墨裏，補繪菊花，並題詩云：「一拳瘦石墨痕香，紙角聊添菊數行。點綴秋容勤護惜，應知晚節不尋常。（案：右補寫菊花）」〔註46〕嶙峋瘦石與淡雅菊花皆象徵著其夫高尚的人格特質，閨秀披圖觀覽其夫君生前所繪的石圖，再補上自己的題詩與畫菊，以追念懷想其夫，並藉詩畫突顯自我嚮往崇高有氣節之精神主體，以題畫菊花象徵自我雖面臨喪夫之痛，依然愛惜自我，堅持貞德晚節。又熊氏〈自題葵花墨石〉：「山陰浮石蜀葵花，墨瀋收來共一家。酷羨丹心傾夏日，不教庶子鬥春華。」〔註47〕其題墨石葵花以寄其適意閒情。可知松石題畫詩之比德性格與玩賞性兼具，女性在筆墨寄託中抒懷寄意，同時以松石凌霜貞德之姿自我規範，自我砥礪。

五、其　他

　　男性文人企求透過酬贈示志的行爲之中，將自我人格擴充成類群性格，而形成文人社群所依循認同的目標，〔註48〕此乃緣於男性詩人的教育是由修身至平天下，一種外顯而擴張的性格，而在女性所關注於花木題畫詩的層面，雖有著學習男性詩人關懷民族、社會及文化的走向，然而傾向於物類的、個人的及閨中私密的性格更趨濃厚。固山貝子〈題自畫牡丹〉云：

　　　　風風雨雨惜春殘，爲愛名花倚畫欄。淡著胭脂濃著墨，一
　　　　枝圖向畫中看。〔註49〕

〔註45〕　王繼藻：《敏求齋詩》，〈聽松圖〉，頁2。

〔註46〕　同註31，〈癸下〉，張常熹，〈夫子遺墨祇存奇石八頁，爰補花卉，以詩紀之一鈔〉，頁16。

〔註47〕　同上，〈癸上〉，熊氏，〈自題葵花墨石〉，頁12。

〔註48〕　請參鄭師文惠，〈元代題畫詩研究——以花木蔬果爲主〉，頁20。

〔註49〕　同註5，卷一八三，固山貝子，〈題自畫牡丹〉，頁35。

女性愛花惜花的心情表露無遺，倚畫欄欣賞名花，更希望運用淡淡胭脂和濃濃墨色，將花的神韻保留在畫紙中，嬌豔的花卉在此時成爲詩人的自我指涉，花卉如同美人，女性詩人透過圖象語言符號，將自我轉化爲可供人觀賞的花卉，對遭受春殘的牡丹一如失去青春的美人，總盼望永不遲暮。陳淑蘭〈題畫〉：「種得忘憂草，花開一倍妍。爭如圖畫上，顏色自年年？」〔註50〕花已繪入圖畫中，可供人年年賞玩，而不致凋零殘敗，然而女性面對畫裏盛開的花卉，不禁自問自己的容顏能否如圖上花卉，年年顏色鮮艷，永不凋謝。席佩蘭〈惜花起蚤圖爲趙若冰賦〉其一云：「爲花日日祝春晴，花半開時睡不成。一夜蕭蕭窗外竹，錯疑風雨到天明。」可知閨秀惜花、護花、愛花之心情，其二云：「開簾艸艸整雲鬟，步出閒階見月彎。猶道不如雙蛺蜨，一生眠起在花閒。」閨秀不僅爲花朵之綻放，悉心照料，懸心掛念，甚至於希望變成蝴蝶，一生與花相伴隨。其三云：「闌干倚遍自商量，揭起花幡屛卻香。冷透玉肌渾不管，那知清露浥衣裳。」此寫閨秀專注賞花品花之心情，花之清新美貌令人目不轉睛，故閨秀不知寒意已深，清露已浥透衣裳。其四云：「一縷芳心細若絲，百般調護爲花枝。花如解語應相勸，如此春寒起要遲。」〔註51〕最後閨秀提及自己是如此百般呵護著脆弱的花枝，花應能理解自己之一片苦心，並且婉言勸戒，不可耽於看護花卉，而日日晏起了，由此可知閨秀愛花之情，並將自己情思投射於花卉上，而達到物我交通之詩情畫境。金逸〈題惜花圖二絕爲王子乘作〉云：「絲絲殘雨濕簾鉤，破曉關心小院游。到底美人情最重，替花擔盡十分愁。」又「龍髻雙盤學念奴，尋香拋卻繡工夫。惜花應被花相笑，似爾青春駐得無？」〔註52〕一夜風雨將花卉打落，閨秀到院子裏關心花卉是否全被摧折，美人情意深重，爲花擔憂愁，然而惜花之時卻被花笑，只因盛開花卉必然要凋蔽，青春豈

〔註50〕　同註37，卷四，陳淑蘭，〈題畫〉，頁102。
〔註51〕　同註11，卷二，〈惜花起蚤圖爲趙若冰畫〉，頁13。
〔註52〕　同註37，卷二，金逸，〈題惜花圖二絕爲王子乘作〉，頁52～53。

是永恆長在？嬌艷的花卉如同正值青春年華的美人，是故惜花內在意蘊即是女性珍惜自我年少的青春，一旦成為凋萎的落花，遂成為女性內在最深的痛楚，故惲珠云：「雨雨風風九月寒，零香碎影半凋殘。阿儂深惜秋光老，移向圖中仔細看。（案：菊花）」〔註53〕女詩人深恐秋日過去，菊花就香消零落，故藉由圖繪將花朵綻放的千姿百態永恆地記載下來，彷彿也能將自我內在對於時光飛逝，青春老去的傷感藉以發抒於圖繪之中。此類傷春惜時的哀怨之情乃是女性內在對年華消逝，不再貌美如初的愁思，藉由花卉不斷地重申自我對年老色衰的疑慮與哀傷。

傳統文化規範之下女子陰柔的典型，常使女詩人掙脫不出哀時怨春的嘆息，如孔素瑛〈自題畫落花蝴蜨便面〉云：

　　春去春來花自惜，花開花落蜨應知。年年綠到王孫草，正
　　是花殘蜨老時。〔註54〕

詩人傷春惜時的心情訴之於花殘蜨老的意象，將自我投射於花與蜨原本嬌容美質的形象，然而敵不過歲月摧殘，花殘蜨老成為美人遲暮的寫照，詩人說出閨中女子的殷殷企盼，等到王孫時卻是年華逝去之時，已無青春魅力，內心之憂惆愁悵只能發出「春去春來花自惜」的自珍自重之語。雖然女性多以花蝶象徵傷春惜時之寫照，但有時女詩人也能將花卉嬌柔姿態加以轉化，郭友蘭〈杏花蛺蝶圖〉云：

　　一枝嬌豔覆東墻，日暖風和蝶正忙。記否上林春色好，綠
　　陰深處夢魂香。

又云：

　　栩栩蘧蘧幻亦真，夢回莊叟悟前因。香閨妙有滕王筆，繪
　　出江南二月春。〔註55〕

花老蝶殘本是女詩人面對花與蝶時所傾向的圖繪符碼，然而女詩人跳脫出此種定勢聯想，而以人生本如夢幻之境，自在灑脫地悠遊其

─────────────────

〔註53〕惲冰：《紅香館詩草》，〈題自畫小幅〉，頁1。
〔註54〕同註5，卷一八三，孔素瑛，〈自題畫落花蝴蜨便面〉，頁29。
〔註55〕郭友蘭：《貯月軒詩集》，〈杏花蛺蝶圖〉，頁4。

間，不須擔憂塵世俗務，只要以繪筆記得此時春光之美好，即是將剎時化爲永恆。又王繼藻〈杏花雙蝶扇面〉：「幾番風信到江潭，香霧迷離蝶夢酣。解取唐宮聲價重，一枝先向杏林探。」又云：「畫出清明二月天，冰紈粉本記黃荃。春痕半入秋千影，花比人嬌蝶比仙。」〔註56〕夢蝶酣暢之逍遙自在彷彿將塵世化爲人間之仙境，開適的心情使得筆下花蝶呈現姣美姿容，彷若天仙下凡塵。又王倩〈題落花雙蝶便面〉：

> 點綴能生粉簍光，一雙錦翅度回塘。綠蕪有意延春色，紅
> 雨無聲送夕陽。幾度高吟懷謝逸，誰將妙繪傲滕王？笑看
> 攜入簪花手，飛出還驚鬢影香。〔註57〕

詩句稱許繪圖裏花與蝶皆栩栩如生，彷彿粉蝶能從畫裏飛逸而出，此種安閒逸樂的繪圖意趣，增添幽靜閨閣內幾許盎然生意。

女性運用圖象語彙符號以花卉自我比擬，將自我形象與花卉物象重疊，賦予自然花卉強烈的感情色與理想的境界，對自我人生的價值觀也在物化的形象裏得到呈顯與躍升，故女詩人常在題畫詩裏描述自我創作的意旨與自我期許，梁孟昭自畫自題蓮花云：

> 一種芳心人未知，豈同兒女作情癡。自游湘水含幽怨，不
> 學昭陽逞豔姿。鴛殿傳湯微拭粉，蛾眉淡掃薄留脂。鴛鴦
> 盼老成清妒，鷗鷺猜餘怯遠思。最是堪憐嬌影動，月明風
> 露暗香時。〔註58〕

蓮花貞潔自愛，出汙泥而不染，彷若一位不欲爲知的貞靜女子，不願逞豔姿，只是蛾眉淡掃，自持無瑕清高之心，深處閨閣裏，只能欣羨鴛鴦之成雙成對，此將一位深閨女子比擬爲姣美清白的蓮花，以蓮花的物象寄託一己的情思，同時以蓮花象徵女性主體人格風範。屈宛仙畫荷花便面贈席佩蘭，並於畫上題二絕句，藉以花比擬席佩蘭，席佩

〔註56〕 同註45，《繡珠軒詩》，〈杏花雙蝶扇面〉，頁5。
〔註57〕 同註37，卷五，王倩，〈題落花雙蝶便面〉，頁122。
〔註58〕 同註15，卷十二，梁孟昭，〈范大司馬處紅白蓮開并蒂爰止生叔屬畫并賦〉，頁4。

蘭覽畫讀詩之後亦題詩贈答云：「妙語青蓮化舌端，朝雲爲醴露爲餐。
分明自賞通身影，寫與人閒粉本看。」〔註59〕詩句讚賞屈宛仙之詩畫，
並以爲屈宛仙乃以荷花之清新品格自況，圖寫荷花如同己之寫眞，以
荷花自擬，藉荷花之象徵符碼傳遞一己之心志。汪端〈題琴河女史屈
宛仙（秉筠）畫白蓮〉：「娟娟弄珠人，秋水濯仙骨。可望不可親，銀
塘浸涼月。」〔註60〕亦是以白蓮之純潔無瑕之物象來比擬閨閣女子，
白蓮生長在池塘裏，仙姿綽約，可遠觀而不可親狎之，猶如深閨內之
名媛，品格貞潔，性情含蓄，可遠望而不可隨意親近之。駱綺蘭〈題
汝南閨秀畫菊〉：「此花我見易生愁，幾到平山訪舊遊。今日披圖如識
面，拈毫同寫一天秋。」〔註61〕駱綺蘭披覽圖繪的菊花即可識此閨秀
之性格，可知筆墨的菊花所蘊含的即畫者的主體風格。又如陳書云：
「葉出裁青玉，花舒染淡金。不存脂粉態，自有向陽心。」〔註62〕此
詩吟詠秋葵，詩人藉秋葵向陽的習性，期勉女子亦能「不存脂粉態，
自有向陽心」，寫出另一種積極瀟脫的姿態。陳書〈題人畫水仙〉云：

> 伊人不見渺湘波，一夕寒窗夢潤阿。琴語漫隨流水去，仙
> 情只覺在山多。招來春訊生冰雪，抱得冬心謝綺羅。獨坐
> 南樓研畫學，趙家筆法較如何。〔註63〕

詩人道出：「獨坐南樓研畫學，趙家筆法較如何」使我們得知經過創
作的書寫歷程，女性詩畫家得以自我認定，並且自我肯定。水仙「招
來春訊生冰雪，抱得冬心謝綺羅」的物象，與女詩人精神主體相互溝
通之後，對於水仙的物象寫照變成對自己創作意志的肯定。王玉如〈畫
菊〉：「西風叢桂正含香，籬菊先開不待霜。暫向毫端借秋色，何妨八
月寫重陽？」〔註64〕喜愛籬菊淡雅初綻的姿態，故時時由毫端繪菊描

〔註59〕 同註 11，卷四〈宛仙畫荷花便題二絕句，意以花比余也，次韻奉答〉，
　　　　 頁 7。
〔註60〕 汪端：《自然好學齋詩鈔》，卷一，頁 21。
〔註61〕 同註 38，《聽秋軒詩集》卷四，〈題汝南閨秀畫菊〉，頁 20。
〔註62〕 同註 5，卷一八三，陳書，〈題自畫秋葵贈鄒太夫人〉，頁 37。
〔註63〕 同上，陳書，〈題人畫水仙〉。
〔註64〕 同註 37，卷四，王玉如，〈畫菊〉，頁 96。

寫出秋色，以喻己心之清靜高雅。又馬荃畫菊花（圖 5-5）以自抒情懷，並題詩云：

> 一種秋香何處來，托根原不屬蒼苔。兔毫點染霜苞綻，卻似淵明籬下栽。平生再愛東籬菊，性嬾兼無隙地栽。每到興酣拼筆墨，不勞灌溉亦放開。

畫菊以自喻心志，並連結陶淵明採菊東籬之文學意象，強調自我亦如淵明性好淡泊，喜愛怡然自適之生活，而每到興起時，即以墨筆繪出秋菊，藉以自況，並抒發內心嚮往的生命理想境界。鄧氏〈題畫菊〉：「良工妙手任安排，筆底移來畫上栽。葉綠花黃長自媚，等閒不許蝶蜂來。」〔註65〕圖繪菊花經由畫師妙手彷彿是天然菊花移栽到圖上，姿態嫵媚動人，但內心貞潔性質不許等閒蝶蜂任意來摘採，如同一位貞靜自持的女性，不許等閒之輩任意親近。吳宗愛〈繡球花〉：「細碎叢花聚一團，綠煙深傲曉春寒。也知豔冶輸桃李，故作風流別樣看。」〔註66〕繡球花的風姿不如桃李之冶豔，然而仍肯定自我內質有其他風采，可資讚賞，此以繡球花比擬外貌平凡的女子，內在的特質仍有值得欣賞之處，女性應能重視內在才德質性，不需執著於外在相貌，而能夠給予自我肯定。

　　此外，花卉裏的牡丹，一向獨佔百花之冠，文人畫興起之後，梅蘭竹菊成為文人題詠的主題，牡丹似乎受到忽略，然而牡丹的麗質天生，雍容華貴的形象符碼亦深受閨秀喜愛，如惲珠云：「幾度春歸欲惘然，誰知春事正暄妍。還憑點染春風筆，寫出深春第一仙（牡丹）。」〔註67〕喧嘩熱烈的春日百花爭妍，牡丹雖說已是花中之王者，但尚須憑惲珠的妙筆傳其第一花仙之風采。牡丹的王者風範為閨秀所喜愛，牡丹的尊貴自信突出於眾芳之中，彷若眾多女子裏特出的大家閨秀，故郭潤玉〈題水墨牡丹〉：「天然妙筆寫春光，洗盡繁華祇淡粧。記得

〔註65〕　同註 15，卷十四，鄧氏，〈題畫菊〉，頁 4。
〔註66〕　同註 31，〈癸上〉，吳宗愛，〈繡球花〉，頁 11。
〔註67〕　同註 53，〈題自畫小幅〉，頁 1。

去年春正半，曲闌干外一枝香。」又「絳羅四面護芳塵，最好江南二
月春。富貴依然仍本色，美人自是素心人。」〔註68〕水墨牡丹就如同
洗盡繁華鉛塵的淡粧女子，即使是富豪人家的閨秀仍然堅持素淨本
色，自古美人即是貞潔淡雅的素心人。駱綺蘭〈題雪筠夫人畫牡丹〉：
「金閨春永日初暄，自和臙脂染露痕。應試名媛門第貴，此花獨冠百
花尊。」〔註69〕名貴的牡丹正如同名媛閨秀，雍容華貴，從容大方，
牡丹乃獨冠百花之尊，出身豪門宅第之名媛亦是閨秀裏的佼佼者。

　　女詩人透過花木題詩之詩畫語彙，呈顯出閨閣女子細膩幽微的
心緒，藉由花木清新脫俗的形象與詩人內在情意志向結合，從題畫
的創作歷程圓成自我主體的展現。而女詩人花木類題畫詩所呈現女
子內向性的特質，其空間仍圉限於閨閣之中，與歷來男性詩人運用
花木題材傾向於懷戀家國，以及類乎高人逸士，堅持道德遯世絕俗
的特質，〔註70〕呈現出兩種不同的路向。然而女性同時承繼了文人
傳統裏，賦予花木類詩畫托物以寄興之筆法，如岳正云：「畫，書之
餘也。學者於游藝之暇，適趣寫懷，不忘揮洒，大都在意不在象，
在韻不在巧。巧則工，象則俗矣。雖然其所畫者，必有意焉。是故
於草木也，蘭之芳、菊之秀、梅之潔、松竹之操，皆托物寄興以資
自修，非徒然也。」〔註71〕文人學者於游藝之暇繪寫花木以寄趣抒
懷，閨閣女性亦在女紅家務之餘，對花木吟詠圖繪以寄其性情，藉
花木之物象自我砥礪。再者，花木類的題畫詩中，女性閱讀社群間
的評品、鑒賞亦成爲女詩人關注的焦點，透過女性饋贈禮俗中，女

〔註68〕同註17，郭潤玉，〈題水墨牡丹〉，頁8～9。
〔註69〕同註38，卷四，〈題雪筠夫人畫牡丹〉，頁11。
〔註70〕由於目前尚無清代男性文人題畫詩的完整研究，所以此比較乃根基
　　　　於明代之前題畫詩的研究，請參考鄭師文惠，〈元代題畫詩研究──
　　　　以花木蔬果爲主〉（行政院國家科學委員會專題研究計畫，1993），
　　　　及鄭師文惠著：《詩情畫意──明代題畫詩的詩畫對應內涵》（臺
　　　　北：東大，1995）。
〔註71〕清聖祖敕撰，孫岳頒等纂輯：《佩文齋書畫譜》，卷十六，論畫六，
　　　　明岳正，〈畫葡萄説〉，（臺北：洪浩培，據内府本景印），頁338。

性作者與讀者藉由親友之間的詩畫贈答能夠成為文化的個體、審美的主體，〔註72〕也藉由花卉的品題呈露自我的情思，期待透過圖象詩語與知音者相契。另一方面，藉著具體的作品呈現自我，確立自我的存在實體，花卉（女性）從原本是被觀看者、欣賞者，轉而為自己發言，透過花卉符號自我指涉，隱約傳遞一己之內在情思。握有文筆繪才即擁有書寫權力，女性無需再透過他者的書寫來定位自身，經由創作中自我的呈現達到自我肯定。題畫的花卉成了女詩人內在情志的象徵符號，在創作歷程中，由自然物象之理邁入人文情意世界，女詩人在傳統文化的積澱下，賦予自然物象強烈的感情色彩與理想的境界，使題畫進而成為女性自我觀照的機鋒！

第二節　人物類

　　本節將女性創作之人物類題畫詩略分為寫真類、仕女類、故實類、仙佛類，藉以探討女性如何藉由人物類題畫詩自我呈現與自我觀照，並藉由人物類題詩畫促使自我主體與他者客體對話互動之情況，以下即分述之。

一、寫真類

　　晚明以來，寫真小照類的題畫詩十分流行，此乃晚明至盛清社會經濟結構的質變，使得人我關係網絡，呈現出較開放的傾向。再者，晚明以來心學體系下，獨特的生命個體愈加受到文人重視，男性文人的品味與觀照，亦影響女性詩人的寫作。女性寫真小照的題畫詩，以自我的寫真抒情言志，呈現自我的反思與觀照，以及女性特殊的社會處境與生命關懷面向。除了自題之外，亦有他題，書寫他人的寫真圖，乃是在呈現我眼中之他人，詮釋其他生命個體的豐富獨特之處，畫中的主角可經由閱讀他人的題畫詩，觸及人際網絡中的社會的我，了解

〔註72〕　參王列生，〈論讀者與作者的轉換生成〉（《南京大學學報》，1988年，第三期），頁153～154。

他人對自我的觀感與想法，使得自我主體與他人客體藉由題畫產生交流與對話，是故他題的寫眞類題畫詩雖具有酬贈的作用，然而其詩意所透顯的乃是個體生命的感性獨特之處，以及人我關係的表述與詮釋。

　　寫眞題畫詩自元明代以來即流行於文人雅士之間，文人多用以觀照自我的心靈，通過反觀自省，文人可爲自己在現實世界中找到自我之定位與認同感。女性詩人寫眞題畫詩亦藉由自題畫像的時刻，赤誠地面對自我，重新認識自我，體會自我內在深層的生命情境。王倩〈題倚香小影〉云：「朦朧淡月白雲攢，春在南枝耐細看。詩思一天清到骨，滿身香雪不知寒。」又云：「何遜襟懷原冷淡，劍南風骨本清癯。畫圖洗盡鉛華氣，朗照乾坤玉一株。」〔註73〕王倩字雅三，號梅卿，工畫梅，〔註74〕可知詩人愛梅，更以梅自比，將梅花作爲比喻自身的符碼。透過詩情畫意的圖象結構，以及梅花「滿身香雪不知寒」的意象，指涉倚身在花旁的詩人，使得梅花與詩人互爲主體，互相詮釋，梅花所象徵的冰清玉潔，霜雪天地中風骨挺立之姿，同時也是女性詩人自身的寫照。詩人藉由畫圖再次確認自我的生活型態，故「畫圖洗盡鉛華氣，朗照乾坤玉一株」，洗盡鉛華氣的女性，猶如寒霜裏滿懷詩思，清新傲骨的一枝梅花。

　　晚明至盛清女性寫眞題畫詩受到文人禪悅風氣的影響，人物寫眞多與禪理意象相連綴，女性模仿男性文人喜用禪機敷陳文字、圖繪意象，評詩論畫亦多以禪理發揮之，是故在自題與他題的詩畫創作中，多有詩畫禪合一的現象，如謝錦秋〈自題散花圖小影〉：「記謫蓬萊三十年，散花猶得合群仙。木樨香裏聞揮麈，白鶴蒼松入畫禪。」〔註75〕這首題畫詩以蓬萊仙島，天女散花等隱逸淡泊的意象來突顯作者的性格，而畫中人的揮麈，和陪襯景物白鶴、蒼松，皆透顯出畫面中

〔註73〕　袁枚編：《隨園女弟子詩選》，卷五，王倩，〈題倚香小影〉，頁121。
〔註74〕　李濬之編：《清畫家詩史》，〈癸下〉，頁9。
〔註75〕　同上，〈癸下〉，謝錦秋，〈自題散花圖小影〉，頁10。

求道者之形象，並藉此彰顯畫中女性的自我，嚮往學佛入禪之修道主體，以及其淡泊塵世的閒逸心懷。王貞儀〈題方覺如夫人拈花懺佛圖〉云：「繡佛終年禮偈臺，陀羅尼轉奉清齋。蒲團坐破拈花笑，定向阿難聽法來。」〔註76〕詩中呈露出方覺如夫人聽佛法向學之精神，亦可知女性藉由宗教以尋求心靈慰藉與修行求道之進路。

　　徐貞的寫眞題畫詩〈題歸珮珊惜花小憩照〉：「霓裳月佩寫留仙，不是桃椒別有天。只向花前成小憩，蓬萊小謫已多年。」〔註77〕亦以蓬萊謫降仙來比擬女性詩人，以「霓裳月佩寫留仙」來描摹歸珮珊寫眞圖，其形象服飾有仙衣飄飄之感，花前小憩的短暫片刻，竟是謫降在人世間許多年，時間感的鋪陳有著人生繁華一夢的倏忽感，人生十幾年與小憩片刻的時間對照，表露出畫中人與作詩者對人生時間律動互相交流與對話，亦傳遞出淡泊忘塵，人生如朝露幻影之禪意。

　　晚明以來詩畫家學習禪境，藉以觀照本心自性，提昇自我主體的境界，因此學禪成爲一種實踐自我，開發自性的精神修養，莊藝玲以爲禪學將中國繪畫的感知活動限定於本心體悟觀照之中，使得原本文人對自然眞切的接近，遂轉向爲對眞實本心的切近。〔註78〕晚明至盛清詩學的性靈說不斷延伸與擴張，將藝術的思維方向導向直指本心，發揮個性之途，女性寫眞類題畫詩亦嘗試突顯畫中主角，詩畫創作技藝之外，精神道體亦趨向清淨無爲的境界，畫面與詩題皆有禪機與詩意，女詩人汪端曾與吳藻論畫曾云：「妙解詩禪通畫理」，〔註79〕可知詩境、禪機與畫理皆相通，詩畫禪三者乃呈現高度的融合。又孫雲鳳〈題席佩蘭女史拈花小照〉其一：

　　　想承衣缽侍蓮臺，親見天花落又開。詩境忽從禪境悟，不
　　教散去卻拈來。

〔註76〕王貞儀：《德風亭初集》，卷十，〈題方覺如夫人拈花懺佛圖〉，頁20。
〔註77〕徐貞：《珠樓遺稿》，〈題歸珮珊惜花小憩照〉，頁8。
〔註78〕莊藝玲，〈論中國畫的整合〉（《朵雲》，1989年，第一期），頁29。
〔註79〕汪端：《自然好學齋詩鈔》，卷十，〈夜坐與蘋香論畫，次首賦呈松壺舅氏，於野鷗莊〉，頁7。

其二：

> 天然小像寫豐神，國色無雙四座春。應笑西湖諸弟子，從
> 游不及畫中人。〔註80〕

孫雲鳳、席佩蘭皆是隨園女弟子，故想承襲老師袁枚衣缽，得其詩畫
藝術與人生境界的眞傳，詩句雖稱揚席佩蘭，也隱隱透露作詩者主體
的自我呈露。孫雲鳳以天女散花的形象比擬席佩蘭，再以禪宗拈花微
笑，以心傳心的意象傳述席佩蘭的人格心境，而畫中人與題詩者皆了
然直觀妙悟之修道境界，彼此心意相通。「詩境忽從禪境悟，不教散
去卻拈來」，拈花微笑的境界在於只可會意不可言傳，經由歷來文人
不斷將詩畫與禪相互註解，相互詮譯之後，詩、畫、禪三者雖是不同
的修道進路，然而皆強調頓悟與直覺，重視在領悟過程中所形成的一
種新的道體境界，自我主體藉由詩畫等外在技藝，體現審美主體深層
意念，達到禪境所要求的澄淨心念，還原其圓融自在的本來面目。詩
境、畫境、禪境融爲一體，以突顯畫中人外在容貌可稱國色天香，內
在精神豐富充實，內外神氣皆是渾然天成，不假造作修飾，令人讚嘆
欣賞。孫雲鳳讚賞席佩蘭同時，亦產生一種反觀自身的省悟作用，畫
中人的詩畫禪意境高超，故成爲自身學習欽慕的對象，標榜其他女性
同時也意味著性別並不完全決定人格精神的高低，是故「應笑西湖諸
弟子，從游不及畫中人」語意顯露這位畫中人雖是女性，但其修道意
境之高超，卻是其他西湖弟子所遠遠不及。又孫雲鳳另一首寫眞題畫
詩〈題萬近蓬先生拈花小照〉：

> 先生抱高懷，丹青繪幽事。日坐梅花中，幽香繞吟思。現
> 此神仙身，傳彼如來意。持與門人題，屢月無一字。靜坐
> 嘿思之，乃爲題所累。得魚筌可忘，到岸筏可棄。詩理與
> 禪機，其源本無二。此語是耶非？微笑以花示。〔註81〕

詩中讚佩萬近蓬先生有高遠心懷，擅丹青事，畫幅裏，先生坐梅花中，

〔註80〕同註37，卷一，孫雲鳳，〈題席佩蘭女史拈花小照〉，頁28。
〔註81〕同上，卷一，孫雲鳳，〈題萬近蓬先生拈花小照〉，頁20。

構思吟詠，彷彿呈現出仙風道骨之貌，此拈花小照拿給門人弟子題詩文，靜坐深思，尋覓詞彙，時已盈月，卻搜索不出得以呈現先生小照，貼合畫作的文字，女詩人云：「得魚筌可忘，到岸筏可棄。」此以得魚忘筌，到岸棄筏等典故，傳達文字所無法描述的心象與感受，對於先生的性情人格，學識涵養亦是只可意會無法言傳。同時也指出詩畫兩者皆是舟筏，是磨練身心之技藝，到達彼岸仍須潛心學習，直擒本性。「詩理與禪機，其源本無二」，此指詩畫家援引禪理為創作法則，通過詩畫的媒體，在創作過程中自證自悟的心理體驗，最終得到發明本心之禪機，是故學習詩畫可與禪機相通融。將詩與禪的問題請教先生，詩禪本源相通「此語是耶非」？先生「微笑以示」，詩句以禪宗心法相傳的拈花微笑作結，可知每句詩語，每幅畫作自有個人心性上的闡釋與領悟，端視讀詩者、看畫者如何詮釋，作者與讀者的心靈交會，皆透露出本心自我的思緒與觀點，讀者的閱讀經驗與觀賞感受，滲透畫作文本之中，使得作品文本不僅有表面具象的意義，同時也流洩出筆墨之外，讀者對畫中人的觀感印象，以及自我對此人生命情調的詮釋，對畫中同時補足畫面有限筆墨之外的空白處，因而使畫作隨著題畫詩而呈現具體化的脈絡。徐貞〈題任茂才本來面目圖〉：「一絲不挂兩拳空，嶺上閒雲定後鐘。賦與阿師參妙諦，鏡花水月是真儂。」〔註82〕前兩句在強調對本心真境的修養過程，後兩句在跟隨師傅參透玄妙的真諦，只以鏡花水月之比喻作結，以了悟人間虛幻夢影，求其直指見性才是至樂之境。

　　女性題畫詩的自我呈現裏，尋覓良人是一個相當重要的主題，婚姻對於女性的生命安頓有著決定性的影響，不論自題或他題的寫真畫像裏，女性藉由詩畫抒發的感情，傳達出對於婚姻的重視，以及對於是否受到男性關注的深刻感觸，這些女性情感經驗都成為表露女性對自我角色的體認，以及對於女性生涯的期待與企望。再者，女性與夫

〔註82〕同註5，〈題任茂才本來面目圖〉，頁5。

婿關係的互動過程也藉由自題或他題的題畫詩中呈現出來。如顧媚嫁
龔鼎孳時作〈庚辰正月自題小像〉，詩云：「識盡飄零苦，而今始得家。
燈煤知妾喜，特著兩頭花。」〔註83〕顧媚爲晚明至清初的名伎，身爲
以藝事人的歌伎，雖然自身擁有相當豐富的才華，而且在當時也是眾
多文人傾慕的對象，周旋於上層文人，浸染於上層精英文化之中，然
而顧媚認爲沒有婚姻的屏障，她只是飄零孤苦的歌伎，不僅身份遠在
名門閨秀之下，也很難找到好的歸宿，所以當她嫁給龔鼎孳爲妾時，
終於有了「而今始得家」的安定感覺，。另一位晚明清初的歌伎楊涓
曾云：「不能承順事良人，薄命還須恨自身。苦樂均宜操井臼，歸寧
何日見慈親。泣殘杜宇休辭怨，落盡煙花豈惜春。若得郎心憐妾意，
此時方掃翠蛾頻。」〔註84〕不能當一位柔順事奉良人的閨閣女子，只
能歎息怨恨自身乃是薄命人，雖然身爲妻妾需要操持家務，而且遠離
雙親鄉里，但淪落爲煙花女子，命運更加地悲慘，是故「若得郎心憐
妾意，此時方掃翠蛾頻。」覓得幸福美滿的婚姻，無疑地是女性共同
的心願。林頎〈戲題外子寫照〉：「愛君筆底有煙霞，自拔金釵付酒家。
修到人間才子婦，不辭清瘦似梅花。」〔註85〕女性希望嫁給有文才性
情高尚之士，爲了與君雙宿雙飛而「自拔金釵付酒家」，女性認爲只
要能成爲人間才子婦，再多的困苦也甘心嘗受。女性本身在社會人際
網絡中並無主體，當她嫁給男性，登堂入室成爲另一位家族成員時，
才得以在社會群體裏找到女性自己的定位，女性透過婚姻制度，可以
藉由男性文人的聲望地位和財產資源，因而提高自己的身分地位，原
本出身歌伎的女性也得以名正言順地成爲男性文人妻妾群中的一
員，成爲社會正式編制裏的家族成員，這對於女性而言，即是一種晉
身策略，歌伎嫁給文人，從此有所歸屬，不必再飄零無根，身分也由

〔註83〕 同註31，〈癸上〉，顧媚，〈庚辰正月自題小像〉，顧媚，又名眉，頁
9。
〔註84〕 王端淑：《名媛詩緯初編》，卷十六，楊涓，〈自遣〉，頁21。
〔註85〕 徐世昌編：《晚晴簃詩匯》，卷一八六，林頎，〈戲題外子寫照〉，頁
25～26。

歌伎晉身為閨秀，不再以才藝事奉其他男性文人，而必須事奉家族長輩，以及事奉夫婿，修養德性的進路也由技藝轉為家務。許多歌伎藉由婚姻成功地轉換歌伎與閨秀的角色，是故當顧媚覓得良人時，喜悅之情溢於言表，而有「燈煤知妾喜，特著兩頭花」之句。

　　夫婿在女性生命之中佔有極重的份量，男性文人所事奉的對象是君主，而女性所事奉的對象乃是家中之主—夫婿，陽／陰、君／臣、男／女，此二元對應的關係早於漢代三綱五常即已確立，時至明清，雖已經歷過多次的改朝換代，然而傳統倫理綱常的規範對於男女的角色與地位並無太大變動，女性出身歌伎者汲汲於尋覓良人，出身於上層階級的閨秀面對自我寫真時，在意的並非己身沒有婚姻對象，憂慮的乃是容顏日衰，或病容憔悴，陳玉秀〈題自寫小照〉：「輕綃一幅展蛾眉，疑是妝臺鏡裏窺。誰識紅顏真面目，如今惆悵寫新詩。」〔註 86〕自題自寫其小照，雖然將自己容貌描繪得栩栩如生，看著圖畫彷彿是從鏡中窺見自己，但身處於深閨中惆悵的容顏，又有誰能夠了解？席佩蘭〈自題背花小影〉云：「玉砌天香滿，珠簾寶篆斜。自知憔悴影，不敢正看花。」〔註 87〕詩句道出圖繪席佩蘭乃是以背影面對讀者，由於擔心自身面容憔悴，所以不敢正面看花，以免在嬌美花卉映襯下，更顯得自己容顏之衰頹。又出身名門之後的閨秀黃字鴻〈自題畫像〉云：

　　　病骨秋來瘦，晨興正倚梧。生香慵傅粉，真色厭調朱。只
　可置丘壑，寧堪入畫圖。憐余不得意，庭樹自扶蘇。〔註 88〕

畫中女主角病骨瘦削，形容憔悴，也懶得撲粉點朱唇，只好安慰自己內在本質是芬芳的，不需粉香，內在本色是真誠的，不需胭脂，然而瘦骨病容怎堪入畫圖裏，心中不得意之事千頭萬緒，只好聊藉詩畫自遣心懷愁緒。郭步韞〈題真〉云：「衰容相對倍生傷，曾為滄

〔註 86〕 同註 31，〈癸上〉，陳玉秀，〈題自寫小照〉，頁 36。
〔註 87〕 席佩蘭：《長真閣集》，卷二，〈自題背花小影〉，頁 15。
〔註 88〕 同註 15，卷八，黃字鴻，〈自題畫像〉，頁 26。

桑幾斷腸。鶴唳一聲歸去也，人間留與弔斜陽。」〔註89〕寫眞圖完
成之後，郭步韞面對自己的衰容更添傷悲，曾爲曲折命運歷經滄桑，
幾回哀痛斷腸，感傷自己已近遲暮之年，生命猶如薄暮夕照，不久
即將了此殘生。閨秀主要來自於詩禮家族，著重自身容貌形象由內
在德性散發於外，外在容顏乃決定於自身的德性教養。再者，名門
閨秀雖然有家族媒妁之言介紹婚姻對象，但是婚後是否得到夫婿專
寵，就得憑本身才貌與德性，閨秀德性雖無瑕，然而容貌終是敵不
過歲月的摧殘，夫婿新歡年輕貌美，色藝雙全，正室閨秀只能自憐
幽歎。由於閨秀詮釋自我寫眞畫像時，受制於名門閨媛的身分，必
須含蓄委婉，不能如歌伎寫作企盼良人，尋覓歸宿的詩語，閨秀一
旦遭受夫婿冷落，詩畫隱隱透出幽怨之感，語意亦不願太過淺露，
以免有失身份，是故閨秀寫眞題畫詩裏，詮釋自我的語言呈現出對
於容顏的重視，隱約顯示女性之間才德與色藝之爭端。當女性所深
深倚靠的良人過世之後，不願事二夫的閨秀更有著深切的悲慟，張
玉珍〈除夕展夫子遺照〉：

> 遺圖展處獨含悲，清淚難禁只暗垂。對影依然成舉案，他
> 生能否得齊眉？愁多應是音容改，情切常嫌夢見遲。消受
> 茗香無一語，空餘黃絹有題辭。〔註90〕

除夕本是一家團圓，享受天倫之樂的時刻，然而張玉珍卻在除夕時觀
覽丈夫的遺照，懷想昔日夫妻舉案齊眉，夫唱婦隨之情景，不禁潸然
淚下，丈夫去世之後，妻子悲悽的容顏改變了原本的音容笑貌，每日
只想要在夢裏與九泉之下的丈夫見面，然而逝者已矣，默默無語的妻
子只能端詳凝望丈夫的遺照，空留黃絹上的題辭。又如閨秀王貞儀曾
題寫畫蘭，抒發孤寡心情，詞意幽深。閨秀女性在丈夫逝世之後，往
往頓失依靠，德性上女性不得事二夫，在經濟上又無一技之長得以謀
生，在傳統沈重的道德與經濟壓力之下，許多閨秀選擇自縊了卻殘

〔註89〕郭步韞：《獨吟樓詩》，〈題眞〉，頁 12。
〔註90〕同註37，卷三，張玉珍，〈除夕展夫子遺照〉，頁 69。

生，以成就節婦之美名，或者含辛茹苦撫育孤子，貞潔守寡數十年。明清時期社會經濟雖趨於開放網絡，然而禮教綱常之嚴密卻又是歷代來最為嚴格，其保守與開放的氛圍同時存在，尤其是進入盛清之後申請節婦的旌表如雪片般投遞於朝政部門，節婦的表揚需要通過層層政府機關的考核評審，〔註91〕由此可知女性受到整個社會所期待扮演的身分與角色，在重重父權體制之下，依賴婚姻制度裏賢妻與良母的規範與角色，以獲得在社會立足與生存的保障。

　　在為他人寫眞畫題詩的女性創作作品大多流傳於親友鄉里閱讀社群之中，而且大部分是題寫女性的寫眞圖，傳達出題詩者與畫中人兩位女性情同姐妹，有共同的文學興趣；同時女詩人藉由歌詠其他女性的寫眞照表達其欽慕之情，讚賞這些才華洋溢的女性時，也在心中塑造典範女性的形象與角色，成為女性自我學習模仿的對象。閨秀沈纕〈題柳薜蕪小影〉詩云：

　　　　雲鬟霧鬢竟何如，卻卸紅粧換翠裙。若簡書生原不愧，風流應勝老尚書。此際應參柳絮禪，掃眉才子入詩壇。從來色相誰能辨，紅粉青衫一例看。〔註92〕

柳薜蕪即是明末清初名伎柳如是，沈纕自注云：「聞昔顧云美先生有家藏柳如是小影，裝成儒服進謁尚書，掃眉才子殆欲效墊巾名士耶，企慕之餘遂成二絕。」可知沈纕企慕的是柳如是裝扮成儒士進謁尚書，此種女扮男裝的行徑多在戲曲中呈現，現實裏多半被視為不倫不類，然而柳如是扮儒生卻將女性內心的願望傳達出來，現實生活中女性被壓抑，男性卻得以自如地表現自我，掃眉才子效仿墊巾名士是許多女性共同的潛在想法，故沈纕內心欽慕柳如是的才智與對抗俗見的勇氣。沈纕以為柳如是儒生裝扮「風流應勝老尚書」，老尚書是指柳如是的夫君錢謙益，柳如是儒生像不僅風流倜儻，掃眉才子的創作作

〔註91〕 Susan Mann, "Widows in the Kinship, Class, and Community Structures of Qing Dynasty China" *Journal of Asian Studies*，四六卷一期，1987年 2 月，頁 37～56。

〔註92〕 沈纕：《翡翠樓》，〈題柳薜蕪小影〉，頁 15。

品甚至能夠入詩壇，與男性詩人相較毫不遜色，是故「從來色相誰能辨，紅粉青衫一例看」，道出許多女性心中願望，性別是無法變更，只希望社會價值觀能將紅粉青衫平等看待，以才華能力評定勝負，而非以色相性別取決高下。汪端〈題西泠女士吳蘋香飲酒讀騷圖小影〉：「蜀國黃崇嘏，唐宮宋若莘。美人原瀟落，詞客最酸辛。修竹難醫俗，芳蘭不媚春。江潭寫秋怨，憔悴楚靈均。」〔註93〕吳藻（蘋香）曾寫一劇曲即以自己女扮男裝於閨房內模仿男性文人，豪邁地讀飲酒讀離騷，並繪成一圖，汪端即題詠吳藻此寫眞圖，詩句以戲曲所傳唱的女狀元黃崇嘏，以及才女宋若莘作爲古來女性才學傑出之表徵，亦以此比擬吳藻之才識淵博，然而才華洋溢之女才子一如憔悴行吟於江畔的屈原，往往受限於現實環境而有志不得申。閨秀金逸〈題王月函（姮）夫人蟾影天香小照〉其一：

> 木樨香遠隔闌干，換得羅衣小立看。畢竟有情惟月姊，爲花拚受早秋寒。

其二：

> 丁當環珮倚風斜，游戲人間萼綠華。識得倩描春影意，要人見月便思家。〔註94〕

金逸以同是女性的身份看到王月函這幅蟾影天香小照，畫面與詩題皆以木樨花香與柔和月光來比擬王月函溫婉的女性形象，並以月姊有情，爲花忍受早秋寒來象徵女性堅韌的性格，最後以見月思家來召喚外出的遊子，這也是女性代表的母親與家的溫馨，表露出女性自我面對男性出外求取功名時內心的願望，待在家中的女性所期盼者無非是丈夫或兒子早日歸鄉，女性藉由寫眞圖畫和月影花香以勾起遊子們思鄉之情。是故閨秀金逸讀畫之後「識得倩描春影意」，將筆墨背後的深意詮釋給旅外的遊子。另外，王玉如〈題孫淑人梅花小影〉詩云：「林下高風屬謝家，清于仙鶴淡于花。闌干不放纖塵到，日暮天寒翠

〔註93〕 同註79，卷五，〈題西泠女士吳蘋香飲酒讀騷圖小影〉，頁4。
〔註94〕 同註37，卷二，金逸，〈題王月函夫人蟾影天香小照〉，頁49。

袖斜。」〔註95〕詩句以林下高風讚詠孫淑人的詩才，而仙鶴梅花，日
暮天寒等意象傳達出畫中女性的雅潔品格。閨秀亦以題詩小照來傳遞
兩人姐妹式的情誼，有著濃厚的情感交流，如柴靜儀〈清溪叔璵姊小
影屬題漫成長句〉：

> 有姊有姊年半百，井臼親操不辭力。西湖片月清溪雲，欲
> 往從之無羽翼。卻憶當年年尚小，玉面雲鬟何窈窕。折將
> 紅杏倚雕闌，釣得銀鱗出芳沼。猶喜二親頭未白，彩袖雙
> 雙侍朝夕。自從于歸三十秋，經年一面翻如客。如今一面
> 亦難得，見畫宛如見顏色。玉釵斜嚲儼妝成，坐覺香風四
> 壁生。一雙美目剪秋水，往往顧我殊有情。簾外花開淑景
> 移，羨君言笑好容儀。堂上有姑房有妾，春風何處不相宜。
> 昨夜烏啼霜滿野，迴首慈闈淚盈把。人皆集菀不集枯，誰
> 復念我窮途者。君今與我最相親，惆悵扁舟隔水濱。陌上
> 櫻桃幾度熟，關頭楊柳幾回新。柳暗花明春似酒，為君斷
> 腸君知否。願作蒹葭倚玉人，與君畫裏長攜手。〔註96〕

柴靜儀為其姊題詠其小影，詩句首先道出其姊雖已年過半百，依然親
自力為，勤操家務，回憶起年幼時，其姊姿容窈窕嬌美，而當時二位
雙親仍健在，兩人朝夕侍奉雙親，但自從其姊出嫁後，三十年才回家
一趟，經年不相見彷若已成陌生客人，到如今則是連見一面都相當難
得，只有披圖見畫思念。圖繪裏其姊之容貌如在眼前，依然有一雙
剪水美目與豐美之容儀。接著詩句轉折，述及其慈親過世，如今只有
其姊與自己最相親，然而兩人相隔遙遠，時時思念，愁腸百轉，只好
與姊於畫圖裏互相倚賴，長相攜手。詩句道出深情之姊妹情誼，家族
內的女性生命歷程往往在出嫁之後會呈現相當大轉折，而脫離以往的
原生家庭和社交群，進入到婚約家庭的人際網絡，再回到原生家庭探
視家族親屬時，有時會因為長期的分離而產生情感的疏離，柴貞儀與

〔註95〕同上，卷四，王玉如，〈題孫淑人梅花小影〉，頁94。
〔註96〕《擷芳集》卷十六，柴靜儀，〈清溪叔璵姊小影屬題漫成長句〉，頁
　　　　8～9。

其姊雖然時隔三十年再見面時，兩人彷彿是陌生人，然而其幼年一起成長之經歷，以及血緣之親近，仍使兩人維繫著姐妹情感，故詩末刻劃出濃厚深刻之姊妹情誼，在女性深閨單純的生活裏，面對雙親逝世，或者喪夫、喪子等等嚴重打擊頓失依恃時，此種姐妹情誼往往能帶來心靈慰藉與社會人際支持。

在女性題畫詩中，題寫女性遺像者，除了歌詠畫中女性詩詞才藝之外，對於女性一生中所扮演的妻子與母親角色亦投注相當多的筆墨，閨秀盧元素〈拜題吳夫人遺像〉詩其一云：

詠絮才高夙昔聞，玉梅花下吐清芳。因緣何事偏儂薄，只許丹青拜女君。

其二：

一半陰晴三月時，不成聲處寫相思。（案：「鶯語不成聲，一半陰晴」，夫人〈送春詞〉語）瑟琴靜好今如在，應有新填第二詞。

其三：

吳興三絕本無倫，伉儷曾經有冀賓。聽說鷗波亭下路，傍人猶說管夫人。

其四：

珍重千絲網玉魚，昆腔傳唱總嘻噓。儂郎自是眞情種，遮莫三生賦《子虛》。

其五：

夢裡分明説再生，春風吹上闔閭城。只今金縷裾猶在，莫放花間化蝶輕。〔註97〕

盧元素以詠絮之高才，梅花吐清芬等比喻讚揚吳夫人，並以丹青筆墨寫詩作畫祭拜之。第二首詩中讚賞吳夫人懂音律，能填詞，原本還在期待夫人新的詞曲創作，但琴瑟音調今猶在，夫人卻已香消玉殞。盧元素將吳夫人昔日所寫詞句融入詩裏，可知盧元素曾閱讀過吳夫人之詩詞創作，因為珍視吳夫人作詩填詞的才華，所以引用並轉化其詞

〔註97〕同註37，卷五，盧元素，〈拜題吳夫人遺像〉，頁126。

句，以表示一種對逝者的敬重與憑弔之意。最後三首以趙孟頫與管夫
人的例子說明吳夫人與其夫婿感情恩愛，詩畫書琴的風雅生活，並描
寫夫婿對亡妻之真情令人感動，詩末以懷念吳夫人作結。又閨秀趙棻
〈題戴芝山（丙）姬人顧蓉娘留影圖〉詩其一云：

> 曾記游仙訪碧城，桐扉乍啟聽鶯聲。秋來事事都堪憶，豈
> 特吹簫伴月明。（君又有吹簫圖）

其二：

> 燈花簷雨夜沈沈，讀到哀詞感不禁。寄語夜臺應慰藉，幾
> 人得似此情深。〔註98〕

第一首記其姬人顧蓉娘曾與夫婿，以及作者遊碧城，而今姬人已逝，
只留下顧姬寫真圖，令人懷念其音容。第二首提及閨秀趙棻在雨夜讀
到戴芝山寫給顧姬的哀詞，讀到傷心處，令趙棻也不禁悲傷，故寄語
畫中人顧姬應感到慰藉，天下有幾位女性死後能像她一樣得到丈夫深
情的懷念？可知一位女性去世能夠得到丈夫的懷念即是一位福厚且
稱職的好妻子。又阮元妻子、側室及子婦皆是詩畫兼擅的才女，在婆
婆被封為一品夫人時，一門閨秀對著婆婆的遺像題畫寫詩，共創作四
首〈題石室藏書圖〉，〔註99〕描寫婆婆身為母親的崇高形象，貞潔無
瑕的德性，是女性的典範楷模，足以作為自我學習模仿的對象，故以
繪畫保存其形象，以詩文歌詠之，詩畫創作留予後人，可作為世代子
孫所娶媳婦的模範典型，不僅具有紀念性質，同時也有教化子女的意
味。

　　為他人的寫真小照題詩多具有酬贈性質，或以之懷想友人，或以
之讚揚德性，或是女性頌揚婆婆、先祖之勛德，所圖寫歌詠者，大多
為精英階層的閨秀社群，或家族鄉里的世交好友，此他題的寫真題畫
詩亦可反映女性詩人的社交網絡，同時也反映出女性選擇品德良好的
閨秀典範，作為自我形象的投射，也作為自我模仿學習的對象。

〔註98〕趙棻：《濾月軒集》，卷上，〈題戴芝山姬人顧蓉娘留影圖〉，頁10。
〔註99〕詩原文已錄於第四章第一節。

二、仕女類

　　女性寫作仕女類的題畫詩，主要在於呈現女性等待良人來歸的幽微心緒，是故詩中對於時間感的舖陳特別明顯，以表達女性思念良人，不耐歲月摧折。沈宜修〈題屏上美人〉云：

> 荇渚晴波渺，春條憶遠人。東風吹競綠，萬紐爲誰春。紫燕啣春色，羅裙草拂煙。依依昨夜夢，佇立杏花邊。無語芭蕉下，輕羅不耐秋。低鬟倚玉腕，團扇若知愁。月色侵桐影，燈寒玉漏移。侍兒猶睡穩，聊自理殘棋。挈伴花陰晚，吹簫弄夕涼。積香飄桂粟，白露濕衣裳。梅吐庭前玉，輕搖碧袖低。一枝春在手，翹首隴雲迷。〔註100〕

美人雖面容姣美，姿態優雅，但總擔憂著良人換新歡，「團扇若知愁」以班婕妤失寵的典故，〔註101〕道出心中愁思，「燈寒玉漏移」孤守著空閨，「聊自理殘棋」，百般無奈地消磨漫漫歲月，盡日翹首等待良人歸來。沈宜修另一首〈題美人圖〉詩其一云：

> 薄薄羅衫宮樣新，梨花裙映碧苔茵。顰眉盡日思何事，宛轉秋波不溜人。

其二：

> 鴛鴦沙暖綠搖波，團扇徘徊自綺羅。一樹薇花人寂寞，盡將幽恨付煙蘿。

其三：

> 含嬌不語倩誰憐，白雪無心綠綺絃。侍兒那解愁如許，日傍桐陰炷碧煙。〔註102〕

亦以「團扇徘徊自綺羅」寫著女性擔心被新歡所取代的痛苦，而「顰眉盡日思何事」，只因「一樹薇花人寂寞，盡將幽恨付煙蘿」，深閨中的女性寂寞無助，「含嬌不語倩誰憐」，良人不來無人憐愛，此種幽怨

〔註100〕沈宜修：《鸝吹》，卷上，〈題屏上美人〉，頁14。
〔註101〕漢代班婕妤〈怨歌〉以團扇自比，抒發女子擔心失寵之隱憂，見郭茂倩輯：《樂府詩集》（四部備要，臺北：中華，1970），第四十二，卷三。
〔註102〕同註28，卷上，〈題美人圖〉，頁47。

的心情又有誰能理解。〈美人圖〉的題畫詩表達美人姣好柔美的姿容
與貞靜幽微的心緒，男性文人常以擬陰性的聲音，將女子與良人的關
係比擬爲君臣關係，女子的閨怨幽恨比爲憂國之思，女子在家族裏失
寵借喻男性政治舞台上的失勢，蓋自屈宋騷賦傳統以來，男性文人即
借香草美人以自擬，以美人姿態象徵自我的高尚品德，在女子宛轉貞
潔的意象中，男性文人轉化自己模擬成陰性屈順的角色。迨至女性創
作仕女類題畫詩時，也常轉化自我爲圖繪畫面上的美人形象，藉美人
圖道出心中的憂思與感懷，但她們所關注的正是圖中美人所關心的，
所寫詩意雖幽宛，但正是女性們內心共同的願望與心情，也正是女性
自我內在的聲音。馮嫻〈題美人擁被抱琴圖〉：

> 爲怯階除風露侵，蘭房獨坐擁寒衾。流蘇帳捲燈微逗，小
> 篆香浮夜漸深。漫卸翠翹依玉軫，閒將素袖伴瑤琴。高山
> 流水情無限，彷彿冷冷指上尋。〔註103〕

此詩描寫寒夜裏，空閨獨守的閨秀彈琴抒懷，無限情思亦只有從指尖
所流洩的琴音裏尋覓。又鄒淑〈題美人小照〉：「淳淳秋水扶涼玉，煙
痕一抹遙山綠。若遠若近情何依，麝蘭香粉拂羅衣。呼之欲見花魂下，
可奈又隨東風嫁。凝粧回矖當語誰，無數溫存只自知。」〔註104〕此
詩描寫秋日裏閨中美人正在倚闌眺望，遠處一抹青山若遠似近，猶如
郎君之行蹤渺遠，如今美人又隨嫁他人，回自凝望有誰要矖付？往日
的美好情感也自知了。女性生命中的良人何在，又該情歸何處，此種
感情無從寄託之愁思，時時浮現在美人的圖詠裏，閨秀藉圖中美人道
出心中憂鬱，如明末閨秀方孟式〈閱畫〉：「我有半幅綾，美人依桃柳。
春風何處來，秋日尙獨守。」〔註105〕畫面裏僅有「美人依桃柳」的
圖象結構，然而女詩人即透過文化積澱的圖象符號，解讀美人幽微的
心思，「春風何處來，秋日尙獨守」，春風即是愛情、良人的象徵，在

〔註103〕同註31，〈癸上〉，馮嫻，〈題美人擁被抱琴圖〉，頁16。
〔註104〕同註24，卷四一，鄒淑，〈題美人小照〉，頁17。
〔註105〕同註15，卷九，方孟氏，〈閱畫〉，頁7。

秋日獨守的女性，渴望良人探訪的心情，一如在寒冬刺骨中期待春暖花開的時刻，而這也正是現實裏閨秀方孟式心中的企盼，方孟式嗟嘆自己無子，故爲夫君置妾，連得三子，他人稱道，〔註106〕但女詩人心中卻是寂寞無依。明末閨秀顧若璞〈美人圖〉云：

> 芭蕉掩映芙蓉褥，錦瑟瓊琴陳紫玉。牡丹的的生春風，翠幕珠簾護銀燭。美人盡日倚玉簫，粉靨含嬌不成曲。寄言蕭史漫乘鸞，階前草色年年綠。〔註107〕

思念夫君的愁緒紛飛，美人倚玉簫，卻終日不成曲，「階前草色年年綠」，王孫歸不歸呢？張在貞〈美人圖〉詩云：「綠徑朱欄薜荔墻，松風常伴美人粧。清秋月轉梧桐影，一曲新聲引鳳凰。」〔註108〕清秋月夜，希冀一曲新聲能博得夫君的顧盼。顧長任〈題美人次王姑黃太夫人韻（戲用鳥名）〉詩云：

> 翡翠床陳紅錦褥，捲幨嬌墮鸎釵玉。斜背春風怯畫眉，弱影紅紅搖鳳燭。時添沈水裊金鳧，夜殘怕聽鳥棲曲。夢殘鴛夢枕屏空，夢醒鶯花爲誰綠。〔註109〕

首先描繪閨房之景翡翠床、紅錦褥，寫昔時夫婦畫眉之樂，今日卻是「夢殘鴛夢枕屏空，夢醒鶯花爲誰綠」，夜裏夢殘枕空，孤獨寂寥。王繼藻〈題美人觀潮圖〉：「渺渺潮頭水，悠悠客子舟。含情無一語，望斷碧雲頭。潮來信有期，潮去一何急。潮水自來去，美人空佇立。」〔註110〕美人望著潮來潮往，送走遠離家鄉的夫婿，含情望著舟船，臨別無一語，潮水尚有規律，然而良人一去何日再回，思及此，美人唯有空佇立，望斷天際企盼良人早歸。

除了傳統積澱思念良人的主題，反覆訴說美人內心的幽怨情思之外，女性詩人從傳統定式的圖像語彙符號裏跳脫，詮釋其他女性內心

〔註106〕 同上。
〔註107〕 顧若璞：《臥月軒稿》，卷一，〈美人圖〉，頁11。
〔註108〕 同註15，卷十三，張在貞，〈美人圖〉，頁45。
〔註109〕 同上，卷十八，顧長任，〈題美人次王姑黃太夫人韻（戲用鳥名）〉，頁22。
〔註110〕 王繼藻：《繡珠軒詩集》，〈題美人觀潮圖〉，頁14。

的感受與愁思，呈現女性自我的聲音。仲淑氏〈題美人圖〉：「獨坐看書思越鄉，可憐薄命有離傷。秋風樹下吹衣冷，淚落蒼苔翠袖長。」〔註111〕一位女性長成之後，嫁給另一個家族，可能遠嫁他方，或者隨夫婿宦遊，而遠離原生家庭與熟識的鄉里親友，是故女性婚後人際網絡與血緣關係上的疏離感十分強烈，如果再失去夫君的關注，那麼這位女性處在一個人生地不熟，孤立無援的環境裏，「獨坐看書思越鄉，可憐薄命有離傷」，內心思鄉情切，再加上遠離親友的哀傷，種種人際網絡的冷漠疏離，失去人際情感的交流支持，皆令女性淚落連連，惶恐無助。又王繼藻的〈題月明林下美人來圖〉：

> 昨夜夢遊羅浮鄉，梅花萬樹成梅莊。香雲豔擁不知處，祇覺耳目皆芬芳。萬山積雪一輪月，天空地闊神飛揚。忽聞吟聲出花下，春風環珮鳴鏗鏘。雲鬟霧鬢何窈窕，眞與花月爭輝光。毋乃羅浮仙子偶，於林下小憩而徜徉。忘言獨步花中央，不然即是月宮嫦娥侶，逸興愛此梅花香，忍寒來伴清宵長，我亦何緣得良覿。淡然心契形骸忘，當令對飲千百觴。與我一洗清肺腸，好與同廣雲錦章。況有綠衣童子能歌舞，淺斟低唱於其旁。噯噯歌聲猶未了，鶴唳一聲東壁曉。醒來霜月半窗寒。滿地梅花香不掃。倚闌搔首空徘徊，夢境依稀向誰道。卻將人巧奪天工，妙筆能傳夢中稿。披圖一笑心顏開，夢魂猶向花間遶。〔註112〕

王繼藻在夢中與梅花仙子相會，「淡然心契形骸忘，當令對飲千百觴」，晤談交契，與之吟風弄月，甚且還有眾小草扮成綠衣童子表演歌舞，「淺斟低唱於其旁」，悠揚歌聲未了，已從夢中醒來，只見天剛破曉，窗外「滿地梅花香不掃」，正倚闌干回想昨晚夢境，不知該向誰才說得仔細，看到這幅巧奪天工的〈月明林下美人來圖〉，不禁讚嘆「妙筆能傳夢中稿」。詩句雖淺白，然而卻道出深處家門內的閨秀心中羨慕男性開放的人際網絡，男性自幼即被訓練重視朋友道義，向

〔註111〕仲淑氏：《海棠居詩集》，〈題美人圖〉，頁 10～11。
〔註112〕同註 36，〈題月明林下美人來圖〉，頁 2。

外求取功名，謀求在社會立足生存之道，長成之後順利接收家族資源，包括家族財產與家族人際資源，以及社會職位上所得到的人際網絡，這些開放而豐富的人際資源，使男性擁有社集友朋，得以與之談心交契，時而縱情豪飲千百觴，欣賞優雅的歌舞表演等等。相對地，女性被教育成貞靜屈順，處在深閨中，不可與家族之外的人接觸，所接觸的空間大多在閨閣之內，儘量避免外出，否則會被譏爲抛頭露面，結婚之後婆媳、妯娌、姑嫂間的人際關係有時呈現疏離淡漠的情況，女性往往變成深鎖在家庭之中，沒有家族之外人際網絡的支援系統，是故深閨中的女性希冀能夠有詩畫酬唱，彼此交心談天的女性友人，王繼藻道出女性渴望擁有較開放而豐富的人際社交活動。

在仕女圖裏，閨秀亦常營造一種屬於女性陰柔的空間美感，詩句所呈現的觀照與陰性意象結構往往使女性所處的空間感充滿幽閉、陰柔的象徵符碼，如葉小鸞〈詠畫屏上美人〉其一云：「鳥啼花落春歸去，簾外薔薇一架香。分付侍兒微雨後，好移芍藥向東廊。」詩寫閨中美人愛花惜花之心情，春日將盡，特別叮囑侍女微雨過後，將芍藥移向東廊。其二「曉粧初罷出房櫳，閒看庭花樹樹紅。立久暗多惆悵事，好將春意付東風。」美人裝扮妥當出閨閣，看著滿庭花紅綻放，然而佇立良久遂思起惆悵之事，不如將愁思與春意盡付東風。其三「問尋女伴按秦箏，休向花前訴有情。共笑嫦娥偏習靜，夜深人寂倍清明。」彈箏訴情，夜深人寂，皆成閨怨愁思之象徵符碼，然而葉小鸞將此種閨怨轉化爲輕快浪漫之少女情懷，以琴弦箏音怡養性情，將賞月獨處視爲使自己思慮清明之最佳時刻，又有何幽情愁思可傾訴？然而春閨愁緒往往仍是圖繪所傳遞之主題，閨秀無法跳離圖像語彙所制約之空間意象，其六云：「紅羅錦帳美人閒，水浸梅花畫閣間。冽冽寒風吹朔雪，高樓征婦怨關山。」此寫離人征婦之閨怨，美人閒置於紅羅錦帳裏，窗外冽風寒雪，不知出征在外的良人如何熬過嚴冬，至此遂愁緒轉劇，而無處排遣。其八云：「曲欄杆畔滴芭蕉，淺恨深情束細腰。香煙一縷愁千縷，好付春心帶雨飄。」愁緒千縷，深情思念，爲良人

憔悴束細腰，此道出美人相思之苦，身影日漸消瘦。其十云：「昨夜纖纖雨過時，強扶春病看花枝。無聊獨倚湖山畔，蝴蝶雙飛那得知。」〔註 113〕美人病弱纖柔，勉強帶病賞花，百無聊賴，獨倚湖山之畔，身邊蝴蝶雙雙那知美人心中形單影隻之愁緒。美人圖裏所透露出來的女性形象多是深閨愁怨，修眉緊鎖，纖弱病容，此種纖細柔弱之美遂成為閨秀女性所嚮往的美感參照，亦成為女性體態嬌嫩柔美之象徵符碼。汪端〈題四時仕女圖〉，其一云：「芳蘭如靜女，娟娟被遙岑。美人揚修蛾，獨撫金徽琴。」美人於閨房內如芳蘭般清雅宛靜，獨自彈著琴瑟。其二云：「淺碧迴塘雨乍過，文鴛夢穩晚涼多。珊珊玉骨清無汗，花氣如煙透越羅。」夏雨過後的夜晚，特別地清爽，美人珊珊玉骨清涼無汗，身上充滿淡淡花氣穿越羅帳。其三云：

> 碧雲暮合瓊樓靜，露砌吟螢秋夜永。金粟微飄羅袂香，月華流照瑤釵冷。詠羅臨春玉樹歌，疏星幾點度斜河。澄波澹寫驚鴻態，別有瑤池號影娥。

秋夜裏美人欣賞疏星明月，寂靜的深閨裏秋風飄起羅裙，月華照在瑤釵上發出幽冷的清光，美人在此幽靜空間裏，以突顯其婉約靜女之形象。其四云：「鵲鑪煙影嫋雲絲，春到南窗小玉知。欲仿楊娃新粉本，一庭香雪坐調脂。」〔註 114〕寒冬裏閨閣內焚香鵲鑪雲煙嫋嫋，春天的消息彷彿已漸漸臨近，美人拈筆圖繪欲仿楊妹子之粉本，獨坐幽閨裏調粉脂，而窗外則已飄落滿院白雪。四首句裏美人的舉止皆是優美輕柔，以琴瑟、羅帳、月華、香鑪等陰性符碼來象徵女性陰柔之美，以突顯女性身份內涵及婉約靜好之特質，而其空間意象皆清幽寂靜，充滿陰柔美感。

三、故實類

　　女性題畫詩的歷史故實類大多針對史實中的女子事蹟，透過對歷

〔註 113〕葉小鸞：《返生香》，〈詠畫屏上美人〉，頁 9～10。
〔註 114〕同註 79，卷二，〈為大姑萼仙（華娥）題畫四時仕女〉，頁 17。

史人物的憑弔憶舊產生圖象符碼裏的史鑒作用，在故事史實中的女性人物在男性文人筆下已成爲特定的圖像符號結構，女性詩人一方面承襲著傳統文化典故下定向的圖象語彙，一方面又從歷史人物所呈現的歷史殷鑑意義裏，強調倫常規範的歷史意識，同時也透過讀畫作詩再次認同社會價值規範，對自我進行再教育。王繼藻〈題閨中畫冊八首〉畫冊中共繪有八位古代女子，王繼藻爲每個女性各題一詩，其一云：「潘妃步蓮花，太眞舞霓裳。朝朝復暮暮，邦國于以亡。賢哉永巷中，脫簪謝君王。（宣后脫簪）」宣后脫簪即指周宣姜后，《列女傳》載「宣王嘗早臥晏起，后夫人不出房，姜后脫簪珥，待罪於永巷，使其傅母通言於王曰妾不才，妾之淫心見矣，至使君王失禮而晏朝，以見君王樂色而忘德也。」〔註115〕宣王晏起不早朝，故宣后脫簪請罪於永巷中，以勸諫君王勿耽美色而忘德。此詩前兩句從反面書寫，以潘妃、楊貴妃以歌舞美色迷惑君王，使得家國覆亡爲歷史殷鑑，再以宣后脫簪勸諫君王爲賢德之主，作爲天下女子的榜樣。其二云：「貧賤古人重，富貴古人輕。今人慕富貴，勞勞累一生。不若老萊妻，投畚無世情。（萊妻投畚）」此首詩指楚王欲請老萊子參政，其妻曰：「妾聞之可食以酒者，可隨以鞭捶，可授以官祿者，可隨以鈇鉞，今先生食人酒肉，授人官祿，爲人所制也，能免於患乎？妾不能爲人所制，投其畚萊而去。」〔註116〕勸戒女子莫要貪圖富貴，淡泊名利、隱逸自適未嘗不是安樂之道。其三云：「艷粧更布裙，三日入庖廚。此眞梁鴻妻，一笑偕隱吳。誰言富家女，嫁易輕其夫。（孟光舉案）」這首詩乃規勸出身富貴家庭的女子事奉丈夫之道，閨秀女子下嫁貧寒之家，要能隨遇而安，以夫爲貴，不可以丈夫出身低下而輕視之，故以孟光舉案齊眉之賢德勉勵女性。其四「夫賤妻求去，夫貴妻跪迎。鄙哉朱秦婦，毋乃非人情。何如桓少君，同挽鹿車行。（桓君挽車）」這首詩以朱秦婦和桓君二位

〔註115〕 劉向撰，清梁端校注：《列女傳》（臺北：中華，1967），卷二，〈賢明傳〉，〈周宣姜后〉，頁1。

〔註116〕 同上，卷二，〈賢明傳〉，〈楚老萊妻〉，頁9～10。

截然不同的女性作爲對比，朱秦婦當丈夫貧賤時，即要拋家棄子，自行求去，然而一旦丈夫謀得官職，衣錦榮歸時，卻又下跪迎接，此等行徑爲人所不恥，不若桓君與丈夫同挽鹿車，甘於平易淡泊的生活。此亦教導女子跟隨丈夫之道，要能與丈夫同心協力，合舟共濟。其五云：「舌焦寧渴死，誓不飲盜泉。君子高人也，路金胡取焉。此風誰繼起，破屋人掩錢。（樂妻捐金）」此是讚揚樂妻賢德之行，雖生活貧困，然而不飲盜泉，拾金不昧，雖居破屋，然而仍將拾得的金錢捐給他人。其六云：「養姑姑無食，乳姑姑無嫌。點點妾心血，請姑嘗苦甜。翻笑元紫芝，乳姪人稱賢。（唐氏乳姑）」此是談事奉公婆之道，要能誠心地孝順，盡心地照顧，以唐氏乳姑的故事爲女性作孝順公婆的模範。其七云：「觀人觀所友，范逵一代賢。所友得斯人，老母心歡然。爲子剪烏髮，爲客烹新鮮。（陶母留賓）」此是說明一位賢能的母親，不僅是養兒育女，還要有智慧觀察兒女交往的朋友，當子女的人生導師。其八云：「幸遇淮陰信，酬恩奉千金。不然一飯耳，名豈到於今。男兒當自奮，閨閣有知音。（漂母飯韓）」〔註117〕此是指漂母富同情心，給當時貧苦的韓信一碗白米飯，後來韓信成爲大將軍，爲了報答漂母，奉上千金以報恩，故漂母一飯千金的故事，藉由韓信而流傳至今。又徐安吉亦有〈題漂母圖〉：「古今多少明眼客，不及青衫老婦心。一飯豈殊黃石履，淮陰祇解報千金。」〔註118〕徐安吉認爲青衫老婦人得以慧眼識英雄，天下多少明眼客皆不及老婦人，再者，老婦人的愛心比千金還貴重，一碗飯的價值與金銀寶石並無不同，而一飯千金背後所透露出的婦人的俠義心腸更是古今多少男性所比不上的。從這些故事史實中的女性題畫詩，我們可以了解由史料規鑑作用所引伸出的人倫教化意義，女性吟詠歷代賢妻賢母中，借題詩作畫的創作活動，借筆墨書寫將道德意識型態內化到女性價值觀中，以約束規範女性，並提供女性可供學習模仿的模範賢妻良母。

〔註117〕同註36，〈題閨中畫冊八首〉，頁11～12。

〔註118〕同註15，卷十五，徐安吉，〈題漂母圖〉，頁22。

　　故實類的題畫詩除了有鮮明的倫理教化性質之外，許多女性詩人看到繪圖裏的古代女子，從另一個角度來詮釋女性，呈現出古代女子內心不爲人道的矛盾痛苦處，或是彰顯女性的才質與風采，或者將女性積極曠達的一面表現出來。如沈纕〈題二喬觀兵書圖〉：

　　　　舳艫焚盡仗東風，應借奇謀閨閣中。曾把韜鈐問夫婿，誰
　　　　言兒女不英雄。陰符偷讀妨描黛，繡帙雙開見唾絨。一十
　　　　三篇勞指授，蠡礮餘烈本吳宮。〔註119〕

陳述圖畫中二喬，乃漢太尉橋玄之二女，孫策納大喬，周瑜納小喬，閨秀沈纕佩服二喬「曾把韜鈐問夫婿，誰育兒女不英雄」，認爲女性養兒育女也是值得肯定的功業，再者，大喬與小喬觀兵書爲周瑜獻奇謀妙計，展現出女性的才謀與智慧。沈纕藉古代才智雙全的女子表達出對於女性的自信與智慧的欽佩之情。孔蘭英〈題自畫燕姬出獵圖〉：「霜氣冷征衣，秋原雉兔肥。燕姬年十五，挾彈勢如飛。」〔註120〕描繪出女性饒勇豪放的一面，在霜氣寒冷的冬天裏，披上征衣獵雉兔，年紀雖輕，技巧卻十分高超。郭潤玉〈題史湘雲醉花圖〉「黛影釵聲兩渺茫，阿誰妙筆繪紅粧。落花萬點春如雨，酒味濃時夢亦香。」〔註121〕圖繪小說《紅樓夢》人物史湘雲醉臥落花下，醺醉之際「黛影釵聲兩渺茫」，而「落花萬點春如雨，酒味濃時夢亦香」，雖然畫面仍是美人落花傳統圖像語彙，詩句創作卻指向史湘雲豪邁瀟灑的人物性格，伴著濃郁的酒味，臥在落花旁即沈沈地進入夢鄉。

　　女性詩人描寫古代史實裏的宮妃女子時，並不完全從道德教化的角度詮釋，反而爲古代女子設身處地，傳遞出她們的心聲與無奈之處。徐淑英〈題王昭君和番圖〉：

　　　　飄飄馬上出長門，入塞從今別漢君。野磧空逢內院月，氈
　　　　城那見故鄉雲。鳴琴雪擁寒中聽，畫角風吹怨裡聞。心事

〔註119〕同註20，〈題二喬觀兵書圖〉，頁11。
〔註120〕同註31，〈癸上〉，孔蘭英，〈題自畫燕姬出獵圖〉，頁36。
〔註121〕郭潤玉：《簪花閣集》，〈題史湘雲醉花圖〉，頁8。

　　　　一腔何日訴，琵琶曲盡總銷魂。〔註122〕

詩句中將王昭君滿腔的悲怨表露無疑，一到塞外從此別漢君，回故鄉之日也遙遙無期，滿腹心事無處傾訴，聽著琴聲更令人傷心銷魂。黃幼藻〈題明妃出塞圖〉詩云：「天外邊風掩面沙，舉頭何處是中華？早知身被丹青誤，但嫁巫山百姓家。」〔註123〕詩寫王昭君出塞之後，天外漫天黃沙，不知何處是漢王朝，最後兩句道出女性心中的悲苦處，「早知身被丹青誤，但嫁巫山百姓家」，入宮的女子命運未卜，尚未見到君王一面，卻被畫師丹青所誤，早知如此，不如嫁入尋常百姓之家，過著平淡安逸的生活。方婉儀〈次韻題明妃圖〉：「塚畔青青草色稠，芳名史冊著千秋。畫師若把黃金囑，老守長門到白頭。」〔註124〕方婉儀面對歷來已成定式圖繪符號的王昭君出塞圖，將詮釋的方向轉向另一層意義，她認爲對於王昭君而言，一位原本尋常的宮妃得以有墓地供後人憑弔緬懷，其芳名載入史冊流傳千秋，倘若當時歷史重寫，王昭君以千金收買畫師，說不定只能見到君王數面，隨即被打入冷宮，與其他大多數的皇室宮妃一樣，在宮裏寂寞惆悵到白頭。一般女性是年幼時依附於父親，出嫁後依附於丈夫，年老時依附於兒子，在歷來史冊裏介紹一位賢德女子時，總是詳述其父親、丈夫或兒子的官名職位，然後述說這位女子成爲賢妻或良母的事蹟，所以女性本身是沒有名姓與主體，是故對女性而言，在史冊上留名，無疑是一項至高的榮譽，而方婉儀從女性自我主體這個觀點去陳述王昭君的故事，間接顯現出當時女子觸及自我的概念，與希冀留名的內在欲望。

　　在女性仕女圖故實一類，唐朝楊貴妃的事蹟亦是女性詩人關注的焦點，沈纕〈楊太眞華清宮上馬圖〉：

　　　　野鹿銜花宮禁悄，沈香侍宴歸來早。念奴報道宿醒消，果

〔註122〕同註15，卷五，徐淑英，〈題王昭君和番圖〉，頁3。
〔註123〕同註24，卷五，黃幼藻，〈題明妃出塞圖〉，頁14。
〔註124〕同註5，卷一八五，方婉儀，〈次韻題明妃圖〉，頁43。

下名駒驂初好。春風扶困上雕鞍，娉婷仙骨何珊珊。杏子裙遮金圬暖，鴛紋袖籠玉鞭寒。香塵暗逐飛花外，半響鸞鈴搖月佩。邀得君王帶笑看，生憐冠絕風流隊。那知鐵騎起漁陽，鼙鼓驚殘歌舞場。無奈六軍皆不發，馬前宛轉殉紅妝。〔註125〕

歷來男性文人吟詠楊貴妃的圖繪，大多從其紅顏禍水觀點著眼，沈纕另從一種悲劇感的角度著眼，楊貴妃生得面容姣美，姿態娉婷，載歌載舞也不過是為了「邀得君王帶笑看」，然而「無奈六軍皆不發，馬前宛轉殉紅妝」，無奈六軍將官皆認為楊貴妃禍國，因而楊貴妃於馬嵬坡亡命，最後兩句詩並不歸咎女性敗壞家國，反而透露出一個妃子命喪黃泉的無奈與悲涼。又商可〈題高且園指畫虢國夫人夜游圖追次坡翁韻〉：

阿瞞西幸乘青驄，漁陽鼙鼓來豬龍。當時釀禍由妃子，五家甲第連離宮。八姨妖嬈如春柳，紫絲雙鞚纖纖手。璧月多情照麗人，鈿釵已化長安塵。畫師解得蛾眉意，不帶南都粉黛痕。薰天貴戚原非古，西市門深芳草路。寶炬香車莫近前，丞相耽耽氣如虎。〔註126〕

虢國夫人、八姨都是楊貴妃的姐妹，甚得唐玄宗寵幸，常常深夜出入宮禁，由於楊貴妃及其姐妹釀成國禍，因而被誅，昔日皇家歌舞歡宴之景已不再，勸戒宮妃們「寶炬香車莫近前」，只因朝廷官員皆虎視眈眈地監督著後宮佳麗，避免宮妃們再生禍端。又陳長生題〈太真春睡圖〉：「秘殿春寒倚繡茵，君前底事效橫陳？馬嵬更有長眠處，也傍梨花一樹春。」〔註127〕畫面是楊貴妃在君前橫陳的春睡圖，卻讓女詩人想起楊貴妃在馬嵬坡長眠，徒留下一段淒楚悲愴的歷史陳蹟。

女性詩人的題畫詩亦有題寫其他史實中女子，陳長生〈題捧心

〔註125〕 同註20，〈楊太真華清宮上馬圖〉，頁5。

〔註126〕 同註5，卷一八五，商可，〈題高且園指畫虢國夫人夜游圖追次坡翁韻〉，頁46。

〔註127〕 袁枚：《隨園詩話補遺》，卷三，陳長生，〈太真春睡圖〉，頁614。

圖〉云：「眉銷春山斂黛良，君王猶是解溫存。捧心別有傷心處，只死承恩卻負恩。」〔註128〕歷來文人將西施捧心視之為可供觀賞的美人姿態，陳長生則將之解釋為「捧心別有傷心處，只死承恩卻負恩」，西施辜負君王之恩因而傷心內疚，歷來文人從忠君愛國之思想來理解西施這個古代美人，但陳長生認為對於西施而言，吳王夫差是真心關愛她的君主，但最後她為家國大義卻背棄吳王，這背叛吳王就如同背叛自己的夫君，這對女性而言實在是一種無法釋懷的悲痛之情。另外，趙棻〈戲題仕女圖〉其一〈歸國〉詩云：「暗辨琴聲記幼年，胡笳拍罷淚潸然。朱絃再斷真成讖，絕塞歸來又一天。」此是談蔡文姬胡笳十八拍的故事，敘述蔡文姬感傷哀慟之情。其二〈當壚〉：「茫茫海內孰知音，漫把幽懷託素琴。相對不需愁四壁，胸中詞賦即黃金。」〔註129〕此指卓文君與司馬相如之事，卓文君寡居在家，司馬相如經過卓家，以琴音寄託幽懷，卓文君遂被其琴音所感動，隨其同歸成都，因家貧又返回臨邛，司馬相如賣酒，卓文君當壚為生，雖然生活艱困家徒四壁，但不須憂慮煩愁，只因「胸中詞賦即黃金」，意指司馬相如之辭賦動人，文采爛然，有珍貴之才華。趙棻肯定詩畫才藝之價值，將才華與技藝視為一種珍貴的寶物，並且認為才藝是在社會上生存最值得倚賴之物。

四、仙佛類

　　女性詩人的題畫詩少有以道釋宗教人物為主的作品，因為傳統儒家觀點以為鬼神之事對於閨閣女子修心養性並無助益，但是自晚明以來文人盛行以禪解詩，以禪論畫，閱讀佛書與修行禪道之風流行於上層精英文化之中，女性感染此種風氣，也多將閱讀佛書當作修身養性之途徑，並且寫詩作畫多蘊藏禪悟之機，如王端淑曰：「姊氏慧根超悟，栖倚空王，喜居名山水間，於一切聲華澹如也，通內典大乘，間

〔註128〕同上，陳長生，〈捧心圖〉，頁614。
〔註129〕同註26，卷上，〈戲題仕女圖〉，頁8〜9。

作小詩，不求工肖，物情落落，寄興而已，若以詩求淺之乎，待吾姊氏矣。」〔註130〕王端淑的姊姊名爲王靜淑，好讀大乘佛教之經典，所作小詩不求具體的形似，而以淺白詩語寄其物情雅興，時人認爲其小詩有「孤雲出岫，野鶴橫空」〔註131〕之禪味，又《同秋集》曰：「古有以禪爲詩者，摩詰、香山、東坡是也，蔡、班、左、鮑僅以詩名，女而詩世或難之，女而禪且詩不更難乎？眞師爲季重先生長女，先生以詩文名天下，詩其家聲，禪因世變乎。」〔註132〕王靜淑後來入空門，法名曰淨琳，號一眞道人，故稱眞師，《同秋集》以爲歷史上女性以詩名世是相當困難的，身爲女性要領悟禪道，而且以禪入詩能有詩名，更加困難，不過王靜淑卻能繼續家學，並將兼擅詩韻與禪機，殊爲難得。《名媛詩緯初集》云：「陸卿子，吳縣人，字寶卿，師道鉞，歸太倉趙公宦光，與趙結廬山中，繡佛長齋吟詠無間，超然有遺俗志」，〔註133〕可知當時女性將讀佛書，繡佛像，長齋茹素，當作遺俗忘塵之身心修爲。邢慈靜亦是喜好禪道之女詩畫家，其有〈靜坐〉詩云：「荊釵裙布念重違，掃卻焚香自掩扉。莫向吹簫羨嬴女，多年已辦五銖衣。」〔註134〕以詩語來詮釋學禪的經驗，由靜坐修行之中，體會質樸淡泊的生活，提昇悟性的精神層次，希冀能了卻慾心雜念，怡然以忘世。

　　女性亦有以圖繪神佛之像以表瞻仰崇敬之心，其中以觀音大士像爲許多女詩畫家所喜愛圖繪書寫的題材，《池北偶談》云：「吳橋節孝范氏名景姒，文忠公景文女弟也。好讀書，通經史，尤工書畫，繪大士像，彷彿龍眠。」〔註135〕范景姒乃知書達禮，精通經史，兼

〔註130〕同註15，卷十五，「王靜淑」條，頁5。
〔註131〕同上。
〔註132〕同上。
〔註133〕同上，卷七，「陸卿子」條，頁6。
〔註134〕同上，「邢慈靜」條，頁8。
〔註135〕王士禎：《池北偶談》（臺北：廣文，1991），卷十二，〈談藝九之二〉，「范氏詩畫」條，頁4。

擅書畫之閨秀，所繪觀音大士像彷彿李龍眠所繪。又錢謙益〈題劉媛畫大士冊子〉：「吳道子畫佛，昔人以為神授，今觀劉媛所畫大士，豈亦所謂作飛仙，覺來落筆者耶，沈生乃得此嘉耦，豈非夙緣。」〔註136〕劉媛雖為女性，然而所畫大士像可與吳道子並稱神來之筆。《舳艫》云：「眛娘者姓易氏，……，善吟詠，嘗手摹吳道子畫觀音像，施醉香菴女冠。」〔註137〕又《雋李詩繫》云：「艾默字齋季，小字墨姑，……習小楷摹畫李龍眠白描大士，愛管夫人畫竹，與同臥起。」〔註138〕可知當時有許多女性詩畫家喜愛臨摹吳道子、李龍眠等擅畫道釋人物的男性畫家所繪之觀音圖像，根據《玉臺畫史》所作女性詩畫家觀音圖繪的統計，善畫觀音大士像之名媛有十一位，而歌伎只有二位，〔註139〕可知身為閨秀的女性特別嗜好圖繪觀音大士像，一方面作為精進禪道，提昇心靈層次；另一方面也可從社會文化脈絡予以了解，這些閨秀女性多為上層精英階層，善吟詠繪畫，喜好閱讀歷來經典與佛書，如巴延珠因「性耽禪悅，守貞不字，長齋繡佛以終」，〔註140〕沈畹香「工畫，喜禪悅，詩多超悟語」。〔註141〕結婚之後大多早寡，備嘗夫婿去逝的悲痛與人世間的冷暖，這些閨秀在丈夫過世之後，失去了婚姻屏障與經濟支援，往往更加親近宗教以求精神慰藉，許多閨秀甚且進入空門，削髮為尼，是故這些閨秀多以創作圖繪觀音來提昇自我心靈境界，消解哀愁。

另外，晚明文人學禪之風盛行，歷經明末至盛清時，文人已將佛學的玄奧冥思轉化為具世俗人文氣息，將高深的悟性精神層次混合於日常生活的世俗需求，是故禪道佛學已日趨世俗化，明末之後禪學之

〔註136〕錢牧齋：《牧齋初學集》，卷八五，〈題劉媛畫大士冊子〉，頁12。
〔註137〕引自《玉臺畫史》，頁26。
〔註138〕同上，頁31。
〔註139〕請參郭秀容：《晚明女性繪畫研究》師範大學美術研究所，頁124。
〔註140〕同註31，〈癸上〉，「巴延珠」條，頁25。
〔註141〕同上，「沈畹香」條，頁38。

風因而具備市民文化的性質。〔註 142〕女性創作觀音圖像，並予以題畫的動機往往來自世俗化的祈福和乞恩，〈選佛詩傳〉記載徐燦「事母至孝，手寫大士像五千四十有八，以祈母壽。晚年遂皈依佛法，更號紫言氏。」〔註 143〕徐燦爲吳縣人（江蘇蘇州人），晚年專畫水墨觀音。夫陳之遴因遭譴而徐燦爲丈夫脫罪，遂畫觀音大士像以乞恩。徐燦善畫觀音大士像，故以之作爲祈母壽、向皇宮乞恩之用；文人吳騫〈題徐夫人白描大士〉：「拙政園邊野草春，平泉花木半爲薪。巫咸未剪遼陽紙，辛苦鷗波懺佛人。」〔註 144〕可知女詩畫家辛苦圖繪觀音像主要在於求神祈福，消除業障，以積功德福報。薛素素則繪觀音圖以之替天下女性們祈求子嗣，李日華〈題薛素素花裏觀音〉言：「花繁春老後，人情不免有綠陰青子之思。姬無可著力，今又以繪法精寫大士，代天下有情夫婦祈嗣。此又是于姬己分上，補一大段闕陷也，乃歡喜以贊曰：慧女春風手，百花指端吐。菩薩現花中，自結眞實果。」〔註 145〕薛素素己身並未育有子女，於是作觀音像對天下和自己有相同缺憾的女性祈禱子嗣，傳統女性肩負最重大的責任即是生養、撫育子女，母親的角色期待與規範成爲女性立身於傳統社會中，主要的社會資源與地位的來源，沒有子嗣將會造成婦德難全，同時失去家族中的地位。又李似姒〈題大士像〉：「特攜甘露下蓮臺，十大慈悲慧眼開。成就癡人完一夢，楊枝指引去投胎。」〔註 146〕詩中突顯觀音慈悲爲懷，普渡眾生的特質，以幫助天下癡人脫離現世苦海，早日投胎轉世。原本佛像與讀者以心傳心的觀想體語過程，遂轉爲以現世需求爲主的世俗化傾向，女性信仰神佛之道，敬禱禮拜的動機帶有一些酬報心

〔註 142〕 陳寶良：《悄悄散去的幕紗 —— 明代文化歷程新說》（陝西：人民教育，1988），頁 82。
〔註 143〕 同註 65，「徐燦」條，頁 28。
〔註 144〕 同上。
〔註 145〕 引自《玉臺畫史》，「薛素素」條，李日華，〈題薛素素花裏觀音〉，頁 42。
〔註 146〕 同註 12，卷十三，李似姒，〈題大士像〉，頁 7。

理，神佛世俗化之後，人們禮佛遂有著明顯功利性格。

　　除了觀音大士之外，女性題畫詩亦有其他仙佛題材，如石巖〈題達摩像〉：「折葦江流疾似帆，九年枯坐向寒巖。靜中悟得言無妄，笑把如來大藏緘。」〔註147〕以達摩苦修爲主題，靜中悟得言無妄，笑把如來大藏緘，終於證成正果，領悟修道之眞理。王貞儀〈題乘輿鍾馗圖〉：

> 鍾南進士名爭譁，神荼爲尒鬱壘牙。平生噉鬼如噉蝨，淋漓赤口塗丹霞。手擘山狸笑後怒，眾醜役服憑紛拏。楚冀獰老非所侶，拔河之戲負豕車。道子寫生偶入畫，咸呼馗髯稱辟邪。二鬼肩輿振四膝，二鬼前導行同蛇。一鬼勃窣負長劍，一鬼託帽顱交叉。一鬼擔囊等尸走，肌肉乾瘦骼骨痾。老馗屈坐醉兀兀，袍破帶散身傾斜。于思飄忽目閃爍，奇形屬色何所加。人與仙與了莫辯，藉君鎮宅謀孔嘉。吁嗟乎，白日之魅方揄揶，開元舊夢原虛夸。〔註148〕

詩句描寫鍾馗乘輿與眾鬼出遊之形象，首先說明鍾馗保衛良民，噉鬼驅邪的事蹟，以其手擒魑魅，眾鬼臣服顯示他的威嚴，接著描述吳道子爲其寫生畫像，成爲民間信仰驅鬼避邪之象徵符碼。接著詩句轉向圖繪裏眾鬼行儀不整，瘦骨嶙峋之形象，而年邁的老鍾馗也已酣醉於肩輿內，長袍已破損，腰帶散落，身形傾斜，目光飄忽閃爍，已非傳說中之威武勇猛，詩末藉鍾馗神鬼世界諷刺現實世界，不論鍾馗是人或是仙，白日的鬼魅四處流竄，揄揶著鍾馗昔日功績原是浮誇虛誕之詞。藉鍾馗形象來諷刺當道奸邪橫流，已不復昔日純樸之世道人心。又趙棻〈題董樂閒畫鍾馗醉睡圖〉：

> 樂閒先生今北苑，下筆淋漓意深遠。貌出鍾馗酩酊時，四座傳觀嗟妙腕。我聞老馗善役鬼，何事而今但覓醉。恐是時衰氣中餒，欲憑酒力降魑魅。邇來俗鬼日益多，縱有老馗將若何。誅之竄恐不勝誅，知君無奈逃南柯。嘗騰一夢

〔註147〕同註31，〈癸下〉，石巖，〈題達摩像〉，頁42。
〔註148〕同註4，卷十一，〈題乘輿鍾馗圖〉，頁4。

何時醒，點鬼簿書倩誰領。宵小橫行置不聞，難免詩人素
餐警。樂閒先生有意無，圖成此幅懲頑愚。世人昏昏豈關
酒，敢誚鍾馗醉睡乎。〔註149〕

女性題神佛題畫詩往往賦予神佛擁有人與神雙重性格，使得題畫詩中
的神佛既有廣大神通能力，同時也兼具現世生活的人格樣貌，如同詩
中的鍾馗角色，雖有降鬼除妖的本領，而且鍾馗善於役鬼保衛良民，
然而「邇來俗鬼日益多，縱有老道將若何」，此將陰森的鬼域世界拉
回到污濁的現世環境，並以之諷刺當政者之無能，由於「誅之竊恐不
勝誅，知君無奈逃南柯」，是故躲入酒杯之中逃避除暴安良的職責，
以諷刺當政者對於宵小橫行置若罔聞，無力查辦，故詩末警戒世人不
要小覷公義與正道的力量，以鍾馗圖來提醒當政者與世人必須要懲奸
除害，以清淨世道人心，故題詩作畫來突顯鍾馗驅邪除暴的現世意
義，亦可看出鍾馗兼具人神雙重性格，並且跨越於陰界與人世間，可
以對現世人心起著懲戒警醒的作用。另亦有以題仙佛以祝壽酬酢，杜
漪蘭〈題麻姑介酒圖壽朱遠山夫人〉其一云：「瑞雲芳草絕纖埃，萬
綠輕紅點翠苔。爲報麻姑將進酒，嘞書青鳥昨飛來。」其二云：「釀
得瓊漿太液春，上元同壽李夫人。蓬萊清淺何須問，應記前身侍玉宸。」
〔註150〕以麻姑獻壽來祝賀閨友朱遠山夫人福壽雙全。由此可以看出
題畫詩歌詠與庶民生活習習相關的神佛人物，圖繪與題詩皆有民間信
仰與俗世化的性格。

圖繪畫面上的題詩作跋有簡繁之分，尤以宗教題材爲明顯。多數
女畫家在繪製觀音、羅漢畫上只作簡單款識，如方維儀〈觀音圖軸〉（圖
5-6）款「皖桐姚方門方氏維儀薰沐寫，時年七十有六」構圖、運筆線
條以簡爲主，以白描數筆傳觀音之形神；仇氏更爲簡略，其〈白衣大
士〉（圖 5-7）僅款「仇氏薰沐拜寫」，〈觀音像〉款「吳門仇氏薰沐拜
寫」（圖 5-8），畫作中款識簡單，乃是爲了突顯其畫作人物，較重視畫

〔註149〕同註26，卷下，〈題董樂閒畫鍾馗醉睡圖〉，頁19。
〔註150〕同註13，卷六，杜漪蘭，〈題麻姑介酒圖壽朱遠山夫人〉，頁24。

面人物表現力，畫面中的宗教人物本身即具有崇仰意味之象徵符碼，無須文字再詮解，另外，繪作不書文字亦符合禪宗不立文字之教義。另一類畫作以長篇書贊為主，圖像作為文字輔助之用或圖文並茂，徐燦〈渡海觀音圖〉（圖 5-9）雖落款簡單「丁巳夏日，佛弟子徐燦敬寫」，但在圖繪上半以長篇書贊歌詠觀音，筆墨以粗筆寫意且頓挫轉折的筆觸作觀音依紋之描繪，細緻工整的線描繪製臉相及飾冠，以傳達觀音渡海感化眾生之慈悲形象。另外，邢慈靜的〈大士像〉（圖 5-10）題款「感應無方，智慧無疑。以最勝緣，得大自在。清波蓮葉，法相胥融。亦仙亦佛，長生之宗。信女人慈靜畫並贊。」邢慈靜擅長白描觀音大士圖，每繪一圖，常題上長篇書贊，〈白衣菩薩圖〉（圖 5-11）卷中贊與畫相配共五段，每段長短不一，圖像反成文字的說明，其云：「無上甚深微妙法，百千萬劫難遭遇。我今見聞得授持，願解如來真實義。」以及「似月現於九霄，如星分於泉水。除三災於災劫，災變不災。救八難於難，卿難翻無難。」又題「世傳白衣菩薩送子，凡祈嗣者禱焉，其靈變奇驗，彰彰在人耳目，未易殫述。余今寫五像，以志皈奉云爾，因為之贊曰：『惟其好生，是為慈悲。若無慈悲，生亦奚為。既已有生，何能無情。人之鍾情，乃在所生。佛於一切，皆作子視。去忍去嗔，以畜吾子。莊嚴者像，匪像惟心。吾心不昧，是謂觀音。』」圖繪是簡筆之白描，透過文字重覆詮釋自我對觀音之崇仰，以及菩薩送子，慈悲有情之功德事蹟，故畫家對佛的祈求、敬仰傾注於畫上書贊上。此題於觀音畫作上的文類多以贊為主，內涵主要是歌功頌德，表現信仰虔敬之心，同時摻雜相當多的佛教語彙，在觀音畫作上只出現四言詩，而不見以整齊的五言詩或七言詩入畫之原因，或可以佛語入詩並不恰當為思考之論點，王端淑曰：「學佛人多超思然，以佛語入詩又是魔氣，輒深究佛理弗為也，東坡尚在遊戲間耳，邢詩雅潔惜未睹全帙，應是靜中慧耳，書畫俱佳，知是女士中異人。」〔註151〕

〔註151〕同註 15，卷六，「邢慈靜」條，頁 18。

　　女性創作仙佛類的題畫詩與圖繪塑造出具有俗化人性的神佛角色，不再只是靜觀人們修仙成道，同時能積極地介入人民日常生活，運用廣大神力察明臧否，獎善懲奸，透過善惡有報，輪迴轉世予以人們心理的慰藉與寄託，也透過福報庇佑帶給人們希望與祝福。這些仙佛類的題畫詩顯露女性自我對於現世的企盼與願望，也說明女性自我與外界的情境互動，同時表達出女性自我對於求子祈福，尋求心靈平靜的宗教信仰具濃厚的世俗性格。

第三節　山水類

　　女性寫作山水類的題畫詩大多有覽圖臥遊之意，閨閣女子圖摹山林水涯以寄情養性，《玉臺畫史》云：「姜桂，通經書，善畫山水，乾筆疏秀，嘗見其小幅自題云：『暖風晴日值良辰，窗外梅花數點新。更想林泉清淑致，山光樹色寫初春。』」〔註152〕姜桂的題畫詩中顯現出女性在初春時節，感染到春暖花開之景致，窗外雖有梅花綻放，然而閨中女子更想其林泉水秀之情致，故筆墨寫山光樹色以覽圖臥遊之。深鎖在閨閣裏的女性，對於家門之外的湖光山色縱然滿心嚮往，但是女子尚靜的閨範準則，以及宜室宜家的賢媛典範，將女性大部分的空間侷限於門牆院落之內，是故女性創作山水類的詩畫以模擬山水形貌，提供臥遊寄性的生活情調，並且圖寫山水畫練習創作，以追摹古人技法，姜桂云：「仿元人惜墨法，惟舊紙得墨，始有氣韻，佳紙難覓，大幅更罕，茲幀細潔又平拓者再，而紙性猝難融化，淺深濃淡頗費經營，而筆不達意，欲貌似古人而不可得。」〔註153〕女性山水畫大多傾向於寄寓自我感性生命之情調，而所摹擬的山水形貌，以小幅創作為主，墨色淺深濃淡費力經營，以求筆墨傳達意興。女性題詩寫畫大多是寄意抒情以排遣閒日，故自題自繪的山水圖其目的在於寫

〔註152〕湯漱玉輯：《玉臺畫史》，「姜桂」條，頁33。
〔註153〕同上。

趣自娛，如柴靜儀云：〈題畫〉「香閣閒無事，丹青聊自娛。移將眉黛色，寫出遠山圖。」〔註154〕可知閨閣女子筆墨草草寫山水圖，以寄閒逸臥遊之趣。又茅玉媛〈題扇〉云：「信筆閒將山水塗，流雲走墨任模糊。自然有個如他處，不必披圖問有無。」〔註155〕由於女性的生活空間大多趨向於內向性的閨房庭院，少有機會見識到實際的山川湖海、奇峰險境，是故女性在閒暇之餘信筆塗鴉題寫山水畫，懷想山明水秀之貌，展露女性自我閒適淡泊的心境，並藉由山巔水涘起興寄意，遊戲玩賞，以增進生活想像空間，並揮灑出女性自我胸襟意趣。

一、山水隱逸

女性繪畫山水圖，大多是模仿古人圖畫，或是練習創作，藉由山水畫來寫情寄性，少有實際遊山玩水的經歷，是故其山水題畫詩並無記錄景觀或地圖導覽的性質，也少有書寫自身遊記之歷程感。再者女性繪作以小幅山水圖畫為主，由於大幅的山水畫曠日廢時，而女性創作時間多在家務之餘，並沒有太多時間可供其創作詩畫，所以傾向於小幅畫作，這也間接影響到題寫山水畫的題畫詩多以短篇絕句呈現。女性山水圖繪的創作性質傾向於寫趣自娛，逸筆草草，所以少有專門主題的呈現，大多以「題畫」作命名，詩作大都展露出女性內在自我與大自然交契，從自然物象以領略生活意境，使得自然與自我生命得以感通交融，以山水來寄託抒懷。如黃媛介為王士禎所寫的山水小幅，黃媛介自題詩云：「嬾登高閣望青山，愧我年來學閉關。淡墨遙傳千載意，孤峰只在有無間。」〔註156〕雖是繪畫寫詩以贈友人，但詩句裏並沒有應酬意味，反而以山水呈現自我意興，女詩人認為自己雖然閉關苦修，但自己並無深刻的遊歷經驗，因而描繪不出具象形似的山水畫，然而遠山淡墨也可呈現出山水之永恆，淡淡孤峰隱沒在有

〔註154〕李浚之：《清畫家詩史》，〈癸上〉，柴靜儀，〈題畫〉，頁15。
〔註155〕王瑞淑：《名媛詩緯初編》，卷十三，茅玉媛，〈題扇〉，頁51。
〔註156〕同註152，黃媛介，〈山水小幅〉，頁27。

無間，似乎以孤峰自比，自己如同孤峰，身在雲深不知處，又有誰能賞識女性內在的才華？故將山水指向自我心志的寫照。女性山水題畫詩也連繫山野茅舍的意象，以呈現閒適隱逸的自得心境，如虞淨芳〈題畫〉其一云：「茅茨結深廬，楓葉紅猶染。山人不出山，石扉終日掩。」寫山中人結茅廬於深山裏，歸隱淡泊之志，其二云：「雲來青山白，日落青山紫。青山不改容，雲日自相爾。」〔註157〕詩句不僅描繪物象，同時在物象裏寄寓自我主體，可知女性除了描繪具象的山水人物形體之外，又於圖繪自然景致裏與山水對話，以自我主體與青山白雲交會，以感悟山巒雲日自在自適之生命情調。又王倩〈題畫扇〉「月落鴉寒暮靄平，小橋流水一灣橫。幽人別有看山興，黃葉聲中自在行。」〔註158〕落月寒鴉，小橋流水有一種蕭疏的景致，然而隱逸之士卻有看山觀葉的興致，逍遙自在地在落葉聲中散步。詩與畫的對應，就如同女詩人自我與自然的對話，呈現出女詩人以安然自得的心境與外物情境互相對應。陳瓊圃〈自題山水畫冊〉：「路轉千峰一逕斜，煙霞深鎖野人家。春來更有幽棲處，開遍東風枳殼花。」峰迴路轉之間有幾戶山上人家，幽棲隱逸於山林花叢深處。又：「家住江南楊柳灣，一簑煙雨打魚還。數聲蘆笛秋風暮，飽看青溪兩岸山。」住在楊柳灣岸的魚戶，過著單純的打魚生活，一日辛苦之後伴著秋風暮色，悠閒地欣賞青溪兩岸山景。及：「蒹葭深護水雲鄉，門掩青山對夕陽。吟罷小樓閒眺望，晚風吹起白蘋香。」住在面對著蒼蒼蒹葭，及青山斜陽的村落裏，伴隨生活的是詩詞書畫之閒情逸致。又：「峰含曉日樹含煙，野水微茫接遠天。如此溪山誰領取，風光輸與釣魚船。」〔註159〕詩句間充滿對山林雲野之嚮往，語彙裏的煙霞、幽棲、煙雨、蘆笛、青溪、野水等山水圖像除描繪出自然微茫幽深之境，以及人類生活簡

〔註157〕沈宜修編：《伊人思》，虞淨芳，〈題畫〉，頁8。

〔註158〕袁枚編：《隨園女弟子詩選》，卷四，王倩，〈題畫扇〉，頁93。

〔註159〕徐世昌編：《晚晴簃詩匯》，卷一八五，陳瓊圃，〈自題山水畫冊〉，頁19。

素樸實之情景，也從隱微的詩句裏勾勒出象徵隱逸的文化符碼語彙。

　　女性實際生活在家庭閨閣的層層隔離之下，對於文人詩句圖繪裏所描繪的隱逸情致，內在心靈雖然企慕不已，但沒有實際的經濟能力與社會資源可以支持閨閣女性走出家門，實際體會野林深山的歸隱生活，是故只能在山水畫的詩句裏呈現對隱逸生活懷想，如歸淑芬〈題陸右黃徐夫人畫〉云：「茅屋疏籬近水開，前峰疊疊樹如苔。雖然有路通樵採，截斷煙雲未許來。」〔註160〕茅屋疏籬，疊峰樹苔都含蘊著隱逸的文化意涵與文化圖像，末兩句詩說道「雖然有路通樵採，截斷煙雲未許來」，現實社會裏對於女性走入山林青溪裏，過簡樸漁樵生活，畢竟仍有著重重限制，是故女性對於山林隱逸那種可望而不可及的心情在詩句裏表達無遺。蔣佩玉〈題畫〉：「幾點青山香靄中，柴門引水帶煙籠。結廬誰在幽篁裏，半貯朝霞半晚風。」〔註161〕由於女性主體並未能實際參與隱逸生活，是故在詮釋圖繪隱逸象徵時，多半虛擬畫中主角人物，或是不知名的村落人家，故女詩人殷殷叩問著「結廬誰在幽篁裏，半貯朝霞半晚風」，是那位高士能結廬幽篁裏，徜徉於朝霞晚風間，此種悠然的生活情趣著實令人欽羨不已。又卞淑媛〈題畫〉：「一曲溪流清且淺，幾家籬落釣人居。溪頭春柳青青色，攀得新條貫鯉魚。」〔註162〕清淺溪流繞過幾戶漁家，釣魚人以青色春柳釣得新鮮鯉魚，此種淡泊自足的生活，閨秀們無法身在其間親身經歷，但透過筆墨圖繪，可以更加貼近內心懷想的山林景致。在遼遠幽深的大自然裏，女性詩人主體的聲音往往潛藏於詩句裏，而融入於圖繪山水景物之間，倪仁吉〈題畫〉：「欹磴路盤陀，潺湲風斷續。無人坐小亭，寒雲棲古木。」〔註163〕沒有主體人物坐在小亭裏，只有潺湲的流水，斷續的風聲，與寒雲古木，

〔註160〕同註152，歸淑芬，〈題陸右黃徐夫人畫〉，頁21。
〔註161〕同註159，卷一八四，蔣佩玉，〈題畫〉，頁68。
〔註162〕同註154，〈癸上〉，卞淑媛，〈題畫〉，頁19。
〔註163〕同上，〈癸上〉，倪仁吉，〈題畫〉，頁7。

圖畫與題詩裏皆是沒有人物主體的狀態，突顯出煙雲古木荒遠蕭疏的客觀性物象景致。吳宗愛〈題畫〉：「淡日橫翠微，泉聲相斷續。空山靜無人，深林出黃犢。」〔註164〕空山寂靜無人煙，只有淡日、泉聲和黃牛，主體人物的自我隱沒於空山深林之中。題畫者自我聲音並非不存在，只是讀畫者隨著圖上筆墨牽引，彷彿同時隨著畫裏的一山一水同步思維生命的意義，宇宙的本體，圖象的自然與女詩人的自我融為一體，共同在體會著宇宙自然生機的律動。

女性隱逸山水的題畫詩也多將眼前山水景致想像成神仙之境，以桃花仙隱的文化圖像來詮釋畫作，如胡蒨桃〈題畫〉：「四圍山色翠交加，竹樹蒙茸一徑斜。此去仙源知不遠，前溪流出野桃花。」〔註165〕從題畫山水裏，將四面山色與竹林樹石構築成桃花源之仙隱世界，彷彿在題畫吟詩間，內在心靈能夠透過仙境圖像語彙的虛擬，而更加接近內心深處所渴望的桃花源。沈宜修〈題扇頭山水〉：

> 微茫遠岫色，橫碧鎖秋光。懸蘿互古木，疊嶂摩青蒼。林鳥啼不聞，複徑自逶迤。氤氳草如霧，翠影浮參差。澗水何寂寂，松露凝香滴。長風澄天高，清暉映層壁。落葉墮盈壑，白雲閒悠悠。日晚無猿嘯，空山千古幽。似有桃源人，煙深久避秦。山花待春發，誰復問漁津。〔註166〕

在層巒疊嶂，古木參天，綠草如茵的空山靜林裏，似乎生活著怡然自得的桃源武陵人，久住在深遠的山林裏，早已不再過問漁津之事了。桃源仙隱之境，象徵著內在自給自足，超然脫俗的生命姿態，亦是隱逸文化的圖像符碼。沈宜修亦有另一首〈題山水圖〉：

> 層巒嵯峨倚雲出，參霞蔽霧凌青崒。古樹蒼蒼石徑斜，行人但過無相詰。萬壑風生雲不飛，春來春去只芳菲。山花風裏還如舊，茆屋橫橋鎖翠微。虛閣崢嶸迴寂空，摩崖千

〔註164〕吳宗愛：《徐烈婦詩鈔》，清同治十三年（1874）重刊本，卷一，〈題畫〉，頁2。
〔註165〕同註159，卷一八四，胡蒨桃，〈題畫〉，頁21。
〔註166〕沈宜修：《鸝吹》，卷上，〈題扇頭山水〉，頁6。

　　尺孤寒松。滄洲茫茫但遠岫，日日征帆掛碧艟。〔註167〕
這首詩亦以沖淡曠遠的山林景致，來傳達自然萬物寂寥無語，不藉外
物即可生生不息，卓然挺立於天地之間，對女詩人而言，滄洲仙境雖
遼遠，但只要能日日揚帆渡海，時時體會這超然物外之道理，茫茫的
仙境彼岸仍然可以企盼達到。女詩人置身於曠山野溪的圖像間，內心
所構築詮釋的是遠離塵世，游離物象之外的桃源滄洲仙境，可知山水
的圖像符號對於女性詩人而言，凝聚爲自我內心企慕自在樸實的生命
型態，與尋求隱逸仙境的文化符碼語彙。

　　女性題畫山水在企慕隱逸的主題之外，尚呈現出其他的語彙指
向。如「嫩柳幽花驛路遙，江村一曲雨瀟瀟。分明指點揚州路，細馬
春過卓笏橋。」〔註168〕這首山水題畫詩富於人文息氣，村人向路人
指出何處是揚州路，趕路人則已倏忽過橋而去，可見一般人面對幽花
嫩柳的村落景致，不過是匆匆一瞥，隨即趕著路程到下個驛站了，故
一般行人與自然山水相比對只是行色匆匆的過路客，有誰能在匆忙短
暫的人生，細細領會自然林野之趣味。女詩人爲他人題山水畫時，往
往聯結作畫者的生命姿態與藝術造境，詩句不僅呼應畫面的主題，同
時女詩人也以自我內在心靈與作畫者的生命和藝術形成對話。此時山
水題畫詩不再只是客觀描述畫面物象，同時也聯繫作畫者的生命情致
與生命律動。故山水題畫詩有時透露出人在自然天地之間的孤獨蕭瑟
之感，陸韻梅〈題林天素山水冊〉其一云：「蘆汀荻渚帶寒煙，渺渺
空林雨霽天。秋雪一竿垂釣處，夕陽紅到鷺鷥邊。」其二云：「檢點
行囊第幾程，清游誰與話平生。分明一帶仙霞嶺，聽慣江天落雁聲。」
其三云：「花下香風拂畫櫺，草堂遺事感春星。西湖一照驚鴻影，湖
上青山分外青。」〔註169〕林天素即林雪，乃晚明的名妓，寄寓西湖，
其畫藝曾受到董其昌的讚賞，陸韻梅將山水鋪陳爲寒煙空渺的圖像畫

〔註167〕同上，〈山水圖〉，頁13。
〔註168〕同註164，卷一，〈題畫〉，頁9。
〔註169〕同註154，〈癸下〉，陸韻梅，〈題林天素山水冊〉，頁17。

面，以突顯人在天地間的孤寂感，「檢點行囊第幾程，清游誰與話平
生」，將山水蕭疏荒寒的意象與林天素飄零孤獨的生命姿態相對應，
女詩人撫今追昔，雖有清愁傷逝之感，然而「西湖一照驚鴻影，湖上
青山分外青」，西湖山水融注林天素的精湛畫藝和生命情調之後，湖
上青山更添青綠，而西湖所積澱的文化圖像也更豐富多彩。地處於江
南地域文化的閨秀有時也有機會見識到名家墨寶，名家所繪山水圖，
不論是否是眞跡，閨秀總以相當敬仰崇尙之心欣賞品題，並將名家所
推舉的藝術境地與眼前圖畫作呼應，王貞儀〈次題雲林小幅〉：「倪迂
作畫喜清瘦，卻與房山筆法殊。一帶疏林幾茅屋，遠過潑墨九峰圖。
（案：房山九峰圖幅，爲世所最重）」〔註170〕首先將倪瓚作畫喜蕭索
清瘦的藝術特點標顯出來，再與另一位畫家房山的〈九峰圖〉相對比，
「一帶疏林幾茅屋，遠過潑墨九峰圖」，點出女詩人自我心靈喜愛的
情趣品味偏向倪瓚，只因那疏林茅屋所呈現的乃是高士雅潔的心靈圖
像。王貞儀又有〈題石濤畫〉（用古韻）：「石濤之畫有神韻，濃皴澹
寫任毫端。試看下筆異人處，如鐵樹枝如扇山。」〔註171〕女詩人認
爲石濤之畫有神韻，不論濃皴淡寫皆能揮灑自如，此時將內心所構築
的石濤畫藝與眼前的畫作相對應，則下筆果然有其異人之處「如鐵樹
枝如扇山」，文人畫家的生命熱力盡在其中。又周映清〈王石谷山水〉：

> 清泉百丈飛幽壑，茅屋人家隔叢薄。白雲在水樹在空，漠
> 漠晴煙下寥廓。斷鴻幾點去無跡，黃葉一林寒欲落。斜陽
> 何處認前村，隱見危橋傍山郭。先生畫筆冠當代，八尺生
> 綃氣磅礴。不須平遠襲倪黃，能以清空見鑱削。秋窗對此
> 足清勝，瑟瑟輕寒生繡箔。掩圖不敢挂虛堂，恐有紅塵一
> 分著。〔註172〕

周映清細細摹寫王石谷山水畫裏的一景一物，如同一位鑑賞者站在畫
前，細細品味畫中的每個筆墨線條，在欣賞畫幅之後，進而與作畫者

〔註170〕王貞儀：《德風亭初集》，卷十，〈次題雲林小幅〉，頁3。
〔註171〕同上，卷十，〈題石濤畫〉，頁11。
〔註172〕同註159，卷一八五，周映清，〈王石谷山水〉，頁1。

對話，褒譽王石谷之畫筆冠當代，大幅山水之氣勢磅礴動人，不需要摹擬倪瓚、黃公望的畫風，而能自行創造新的山水風格，詩句並道出女詩人自我內心對於此幅圖的珍惜，不敢將畫掛在廳堂裏，害怕濁濁紅塵污染了畫的清新空靈。徐德音〈題大癡老人山水圖〉：

> 昕夕畫水兼畫山，淋漓元氣在筆端。此圖神妙信傑作，誰歟抗手惟荊關。連雲欲接富春嶺，鼓櫂直溯桐君灘。晚飯雕胡然楚竹，路轉山腰見茅屋。日冠山衣爾何人，想見土風尚純樸。自笑頻年車歷鹿，子舍樓遲就微祿。吾家舊在湖山澳，別來幾度春山綠。曷不言歸種杞菊，晴窗展畫三摩挲。移情如奏成連曲。〔註173〕

徐德音題寫黃公望的山水圖，讚揚稱譽名家畫筆元氣淋漓，「此圖神妙信傑作，誰歟抗手惟荊關」，再者詩句轉入山水圖內所呈現的純樸風貌，令女詩人懷想起自己久違的家鄉，興起「曷不言歸種杞菊，晴窗展畫三摩挲」，回歸山林田野，單純樸實的生活，此詩將作畫者、讀畫者與山水圖三者作銜接，同時女詩人的詩句亦呈現了畫面外之情致。

女性題畫山水，承續傳統山水題畫詩原有的隱逸仙境的文化圖像語彙，並且呈現女性自我嚮往山林田園隱逸之情，女性所繪的山水多屬小幅圖畫，所題寫的詩句多半屬於短篇創作，主要的創作意念在於寄情寫意，草草逸筆之間，傳遞女性內在自我走出固有的生活空間，以增添生活情趣與想像，並呈現出一種自在悠然之生命姿態。另外，女性在詮釋他人山水圖的題畫詩，大多以讚譽畫家的藝術創作，繪畫意境，並與眼前圖畫作呼應，進而與畫家作對話，引申自我對於繪畫的觀點及對於山林田園的觀感，由於女詩人挾帶著一己既有的經驗模式去閱讀畫作，是故在閱讀過程裏將平面的圖繪予以具體化，再運用詩歌形式傳遞出內在自我對於畫作的詮釋語彙，因而達到與創作者對話、悠遊於山林田野的美好經驗。

〔註173〕同上，卷一八五，徐德音，〈題大癡老人山水圖〉，頁52。

二、園林書齋

　　晚明至盛清社會經濟富裕，文人喜建園林，蓋「士大夫之家居者，率爲樓臺、園圃、池沼，以相娛樂。」〔註174〕士大夫家居造園，多將之視爲自我品格的一種延伸，此園林景觀可居、可遊、可思、可觀，不僅是客觀的欣賞對象，更是園林主人主體精神的體現，和情感的物象呈現，園林風格也由寫實轉向寫意。〔註175〕盛清時袁枚所築隨園名噪一時，其園內一景一物及文人雅集活動莫不傳遞出園主袁枚主體精神與審美品味的指向與投射，可知園林書齋的品味與風格亦象徵著園主的人格品味，也是園主取得文化精英份子身分的一種標記，故園林書齋建成之後，成爲園主與親族友朋雅集聚會以標榜清高與精英文化的場所。士大夫將園林作爲宴飲雅集之所，園林既成，請親朋好友歌詠繪圖，以紀一時之盛。李日華云：「薛荔園既徐氏勝處，白陽畫亦爽爽有神力，題詠諸公如獻吉、仲默、華玉、君采皆一時辭家之選，而命筆則隆池與壽承、休承兄弟雜爲之，皆爲可寶也。」〔註176〕是故圖繪園林書齋，並遍徵詩文以紀其盛事，也成爲文人呈現其詩情畫意之高雅情致的精英象徵行爲，並藉著圖詠讓更多文人雅士得以臥遊園林書齋，領受園林主人的生活情趣，以悠遊於文人理想的生活景致。

　　女性雖然沒有自主的經濟能力可以構築園林書齋，然而閨秀身爲名士文人的妻室，本身即是屬於女性裏出身書香世家、社會地位較高的社群，多半自幼即能詩擅畫，其才藝的訓練與男性文人並無異，其婚姻的對象往往也是門當戶對的文人世族，是故閨秀婚嫁之後也多能伴隨夫婿進入文人精英社群，參與夫婿親友的文學藝術活動。再者，由於閨秀本身亦富才情，擁有與文人相當的風雅品味，

〔註174〕鄭廉：《豫變紀略》〈自序〉，見《叢書集成續編》（二七九），頁199。
〔註175〕劉托：《中國古代園林風格的暗轉與流變》（《美術研究》1988年，第二期），頁75。
〔註176〕李日華：《恬致堂集》（四），卷三七〈題陳白陽薛荔園圖卷〉，頁3280。

因此閨秀往往得以欣賞其他男性文人的園林書齋圖繪，同時進入園林書齋圖繪的藝術空間予以歌詠題賞，並讚譽園主高雅情趣與審美品格。如趙棻〈題王蓀波韻園圖〉「剡藤尺幅倩荊關，臺榭參差水竹環。一自良工傳妙筆，令人神往好溪山。」女詩人觀賞此幅園林圖，不禁讚嘆王蓀波的妙筆傳神，而其溪山園林亦令人神往。其後的題畫詩句則根據圖繪所成園林內一景一物的命名細加品題，「名園風景四時同，竹徑松屏面面通。倘入此中迷向背，好憑星宿認西東。（春星草堂）」此是吟詠園內的春星草堂。「消盡爐香冷篆煙，幾回敧枕思悠然。淋浪徹曉聲猶急，一點青燈耿未眠。（聽雨軒）」吟詠園內的聽雨軒，女詩人將自我主體放置於圖繪的聽雨軒內，「幾回敧枕思悠然」，點著一盞青燈，聽著窗外雨聲，享受園林聽雨之樂，此處描寫園內的生活空間之雅趣。「世業青箱萬卷該，錦囊玉軸絕纖埃。鄞侯自具神仙骨，肯羨衣魚食字來。（小琅嬛）」此由園林小琅嬛館的景物引申至園主的生活與人格特質，園主飽讀詩書萬卷，擁有錦囊玉軸，然而園主胸懷高蹈，自具神仙骨，怎羨慕世俗所汲汲追求的錦衣玉食呢？「十斛緇塵盡掃除，晶瑩光映玉蟾蜍。此中空洞原無物，似水光明若谷虛。（虛白）」此是詠園內的虛白洞，以喻園主胸懷謙遜，虛懷若谷，而谷內「十斛緇塵盡掃除，晶瑩光映玉蟾蜍」，以比擬園主內涵豐富，擁有明淨澄澈的內在品格。「形骸放浪真成癖，小築還同不繫舟。省識高懷如止水，何煩明鏡寫清流。（鏡舫）」以園內所築的鏡舫，比之不繫之舟，以寫園主形骸放浪，野遊山林的癖性，亦以明鏡止水來突顯園主清懷高潔的品格，同時也意指遊人來此鏡舫，可藉扁舟清流得以放寬心懷，忘塵解憂，而在園內逍遙自得。「小閣登臨豁遠眸，碧雲紅樹媚清秋。道場山色苕溪月，并向詩人筆底收。（詠霓閣）」此霓閣小閣可觀眺種種優美景致，皆在詩人筆底下呈現出來。「幾枝雪後傍簷斜，未到春來已著花。為恐花神嫌冷淡，金樽檀板度年華。（梅花山館）」此描繪園主品味風雅，愛梅賞梅之心，故特以金樽檀板來構築梅花山館。趙棻將園內的景

致扣緊園林的命名，突顯園主命名以取物類比的意向，同時聯結園主的審美品味與人格特質吟詠書寫之。趙棻將欣賞圖繪的閱讀視點由外在空間移向屋舍內的擺設，「老猶孺慕世應稀，誦法遺言志豈違。日日影堂香一炷，寸心聊可答春暉。（清芬）」此指屋舍內所擺設供奉祖先的香炷清堂，以表露園主繼承先志的孺慕之情，以報答祖先恩澤。「名跡鍾王世已無，後來墨妙重唐摹。幾番傳刻眞形失，歐趙搜羅未是迂。（翠墨）」書法名跡與傳神妙墨世所難見，但園主書法翰墨的精品收藏令人讚賞。「幽篁絕似輞川莊，彈罷平沙又履霜。自是胸中成竹在，肯教古調等閒忘。（琴眠）」此詩描寫幽篁竹林的琴聲與古調教人難以忘懷。「從他日月轉雙丸，一枕蓬蓬夢自安。笑我利名忘不得，繁華但解羨邯鄲。（蝶隱）」此以莊周夢蝶比喻繁華似夢，名利若浮雲。此圖與詩展現屋內的清芬、翠墨、琴眠、蝶隱，以四種景致擺設象徵園主清雅淡泊的生活格調與人生態度，亦突顯園主文人身分的風雅標誌。詩句末尾云：「披圖錦蔚與霞舒，麗句清詞我不如。敢擬鴻才蘇玉局，揮毫中隱賦幽居。」〔註177〕趙棻總結前面所吟詠的圖繪園林書齋，並謙遜地表現自己的詩才尚不高，只是模擬文人賦詩歌詠之範式，揮毫題畫之中隱含自我內心對於幽居逸趣生活的欣羨之情。此首圖繪與題畫詩密切扣緊園林命名，以物象自然的類比性質來呈現園林主人的主體生命情調與生命品格。再者，題詩者也在披圖觀覽之際，走入園林內自然美感與人文品味交縱的文化空間，體會人文空間的精緻與細膩，稱譽園林主人品味的高尚雅致之餘，同時轉化自我主體移情至圖繪裏的一景一物，一花一木，藉以覽圖悠遊於典雅脫俗的園林山水間。

　　園林山水類的題畫詩除了上述詳細描繪園內所命名的一景一物之外，尚有將閱讀繪畫的焦點關注於園內某景點加以題寫者，如王貞儀〈過吳姬小蓮影畫山園〉：「畫裏園亭一逞睞，偶來閒向美人家。

長成榛字齊牆葉，開到櫻珠滿樹花。月塢巖前烹石乳，雲屏窗下飯
胡麻。品題幽興茲方愜，疑是春明隱絳霞。」〔註178〕此詩歌詠圖繪
裏園亭繁花綻放，主人與賓客在園林雲屏窗下烹煮，品題美景與佳
餚的雅集盛況。趙棻〈題菘園南疇藝菘圖〉「披圖忽睹薜蘿莊，尺幅
丹青費較量。春雨一畦蔬甲美，平疇十里土膏香。笑他薄俗猶爭畔，
似此腴田省納糧。寄託如君真遠識，從教人世有滄桑。」〔註179〕此
是吟詠將菘園裏藝菘的獨特處，讀畫者披圖覽畫滿園蔬果令人驚
異，亦令讀畫者覺得作畫者薄俗，然而作畫者爭論道「似此腴田省
納糧」，於是讀畫者終於能領略到「寄託如君真遠識，從教人世有滄
桑」，此是標榜園主的品格，亦是讚美作畫者的遠識卓見，能夠讓後
人讀畫覽畫之餘，懂得人世滄桑，以了解畫作者背後深意。由此可
以從題畫詩裏，閱讀到繪圖者與題詩者兩個創作意念的對話與交
融。吳瓊仙〈題陳秋史〈亭角尋詩圖〉〉：「茅亭四角水之隈，門為尋
詩畫不開。倚遍闌干無一語，梅花如雪點蒼苔。」此詩在描述園林
內的文人在亭台水隈構思詩句的情景，深陷苦思之中的文人「倚遍
闌干無一語」，只見梅花如雪點般飄落。又「修竹過牆分外青，風前
如何玉瓏玲？推敲未穩休高唱，防有人從亭後聽。（案：謂麗卿）」
〔註180〕提醒吟詩人若未推敲穩妥，請勿高歌吟唱，其妾麗卿正躲在
亭後傾聽呢！詩句裏將吟詩風雅之事與眼前園林景致作結合，以突
顯園主崇尚詩情畫意的理想，與清新高雅之風情。又趙棻〈題蔡可
階（升初）留真館圖〉：

> 羔豚飾于市，醯醢乞諸鄰。舉世競作偽，誰復能全真。唯
> 君迴殊俗，胸次無纖塵。立心尚誠實，守樸而完淳。萬筆
> 奪化工，元氣常渾淪。寫真擅絕技，遺貌惟取神。小窗墨
> 螺香，知己過從頻。妍媸各有態，一一傳其人。君懷自坦

〔註178〕同註170，卷十，〈過吳姬小影畫山圖〉頁17。
〔註179〕同註177，卷上，〈題菘園南疇藝菘圖〉，頁19。
〔註180〕同註158，卷六，吳瓊仙〈題陳秋史〈亭角尋詩圖〉〉，頁144。

　　　　白，君藝殊精純。遐哉渾靈風，合署無懷民。〔註181〕
此詩直接由留眞館的寫眞作用與館主的眞誠人格相對應，舉世競相作
僞，唯有此君不隨流俗，立心崇尚誠實，守純樸之道，身懷巧奪天工
之畫技，繪出寫眞圖能將每個人的神韻呈現出來，是故此留眞館內主
人有著坦蕩胸懷與精純畫藝，眞可謂「遐哉渾靈風，合署無懷民」。
又〈題葉清甫（熊）補華精舍圖〉云：「卜築宜清曠，慈顏奉錦闈。
輿軒開自適，花竹靜相依。入畫裴臨海，稱詩束廣微。芳庭舒愛日，
珍重此春暉。」〔註182〕此詩描述主人建築清幽的精舍，以事奉慈親，
將主人對慈親的孝敬之意表達無遺，同時也突顯精舍主人敬孝親長的
高尚品德。

　　女性書齋山水題畫詩，以描述男性文人的書齋空間爲主，表達
出書齋主人讀書自得之心懷與玩賞閒適之情調，如席佩蘭〈汪心農
觀察試硯齋圖〉云：「鮫宮割取紫雲寒，鴛鴦清臚鎭不乾。想得雙珠
親手捧，桃花潭水試螺丸。（案：碧珠、意珠汪二姬名）」〔註183〕書
齋內主人試硯磨墨，希望能由二姬捧著硯，在女性侍讀相伴之下，
讀書寫字更添興味，道出男性文人書齋讀書時姬妾侍讀之情趣。趙
棻〈題徐石卿茅屋讀書圖〉：「深樹繞平岡，蕭疏幾枝綠。中有子雲
居，邈焉隔塵俗。幽窗爽氣清，圖史說心目。時聞朗吟聲，琅琅出
林麓。」〔註184〕在深樹蕭枝裏，茅屋幽窗時時傳出主人讀書朗吟聲，
突顯書齋主人深林獨居，遠隔俗塵的讀書自適之懷。又趙棻〈題錢
雪枝（熙祚）孤麓校書圖〉其一云：「不信琅嬛許賃居，湖光山淥繞
精廬。幾多清福容消受，快讀人間未見書。」此指書齋所在之處湖
光山影相環繞，得以在此先睹人間未見之書，眞是一種福份，一種
享受。其二云：「十頃玻璃照眼明，晨昏鉛槧一編橫。崇文著錄多珍

〔註181〕同註 177，《濾月軒續集》，卷上，〈題蔡可階（升初）留眞館圖〉，
　　　　頁 28。
〔註182〕同上，《濾月軒續集》，卷上，〈題葉清甫（熊）補華精舍圖〉，頁 28。
〔註183〕席佩蘭：《長眞閣集》，卷四，〈汪心農觀察試硯齋圖〉，頁 12。
〔註184〕同註 177，卷上，〈題徐石卿茅屋讀書圖〉，頁 19。

祕，副墨藏家抵百城。」此指所閱之書多珍藏祕藉，收藏珍貴的筆墨圖書作爲家傳之寶，亦是家族內的文化寶藏，可抵得上百城之土地與財富。其三云：「良友招攜愜素心，絑紅許綠共研尋。笑他水磨吹簫客，只有商卿伴苦吟。」此指書齋內有良朋益友可共同研討探究學問，彼此之間砥礪切磋，共同成長。其四云：「吳越高樓昔看經，天然圖畫入丹青。舊游倘覓題名處，笑指孤山放鶴亭。」〔註185〕此指書齋風景猶如天然圖畫可繪入丹青裏，他日好友舊遊若想覓題名留念之處，圖繪裏象徵讀書自適、淡泊隱逸之孤山與亭台即是最佳留名之處。

　　女性的讀書情景亦有女詩人題詩作畫描繪之，駱綺蘭〈題黃夫人秋山讀書圖〉：「山氣蕭森木葉疏，白雲深處見茅廬。柴門一帶臨溪水，中有幽人愛讀書。難得閨中有畫師，清才絕世少人知。雲巒缺處題詩滿，寫出蕭蕭葉落時。」〔註186〕詩句描寫出在幽靜山水深處有間茅廬，住著喜愛讀書的閨秀，而這位閨秀不僅有學識，兼擅畫藝，由於幽居深山裏，而少有人知道其卓絕之詩才畫藝，詩末指其圖畫在空缺處已有題詩寫出秋天葉落蕭瑟之感。駱綺蘭將詩句焦點集中於閨秀黃夫人詩畫筆墨之才華，顯示出閨秀之間對於彼此傑出的才藝相互肯定，相互支持之情誼。汪端〈題顧畹芳夫人紅豆書樓圖〉云：

> 紅豆春來發幾枝，花閒作畫葉題詩。卷簾茶熟香溫後，倚檻風清月白時。鶴夢柴門苔滿徑，鶯啼芳樹水平池。神仙眷屬樓居好，同譜雙聲幼婦辭。〔註187〕

此詩題寫女主人顧畹芳夫人作畫題詩之閑情雅致，在閨閣內品茶，欣賞清風明月之夜色，接著描述此樓不僅是清雅幽居之所，也是顧夫人

〔註185〕同上，《濾月軒詩續集》，卷上，〈題錢雪枝（熙祚）孤麓校書圖〉，頁26。

〔註186〕駱綺蘭：《聽秋軒詩集》，卷一，〈題黃夫人秋山讀書圖〉，頁9。

〔註187〕汪端：《自然好學齋詩鈔》，卷五，〈題顧畹芳夫人紅豆書樓圖〉，頁1。

與其夫婿共同生活，詩畫唱和之處，汪端詩末吐露出欽羨之情，顧夫
人與其夫婿之生活眞是令人稱羨的神仙眷侶。何福駿〈自題蕉窗肄書
圖〉：「綠天便擬借名菴，湘管浯牋俗慮戡。靜裏清陰分硯北，畫中秋
色憶江南。詩成題葉香猶潤，墨可磨人味自諳。最是羊裙增舊感，芬
陀遺集護瑤函。」〔註188〕女性的書齋空間呈現出內向性凝聚的描寫
方式，由外在物象的圖繪、名菴、硯台至女性寫詩題葉，自諳其墨味
內的深意，以寫詩作畫聊遣心懷之愁思傷感。此與女性寫作男性書齋
題畫詩有著不同的書寫模式，女性傾向描摹男性文人曠遠心志、琅琅
讀書聲與友朋歡聚雅集之情景，此皆是外向輻射式的書寫，縱使是書
齋內的讀書聲，亦是「琅琅出林麓」。相對地，女性的書齋空間，傾
向於內向凝聚式的書寫，〔註189〕著重在女性自我幽閉的空間和感傷
的心懷，或者是夫婦生活型態。此乃由於性別的區隔而造成呈現建構
兩性自我內在之書寫模式的迥異。

　　女性所書寫的園林書齋山水題畫詩多以園林書齋畫面的清幽寧
靜、怡然自得的氛圍爲抒寫的焦點，描述出男性園林書齋主人或獨自
靜處，或雅集歡聚時的意趣興味，而園林書齋內的主題景致有其男性
主人的精心構思與深厚的寓意，題詩者與繪圖者正是將園內物象與男
性主人主體精神加以聯繫貫串，以表達出景物取材與屋內擺設背後的
人文意涵與文化圖像。故此，園林書齋內的風雲雨露、花木蟲蝶等自
然景物，與亭台樓閣、精舍華館、筆墨紙硯等人文景物，皆有獨特的
物象品格與圖像語彙，得以標顯出主人內在自我的主體情致。題畫詩
即詮釋出物象陳列的圖繪裏，園林書齋主人讀書雅聚的生活情趣與審
美品格。

〔註188〕同註159，卷一九二，何福駿，〈自題蕉窗肄書圖〉，頁13。
〔註189〕鄭師文惠認爲：明代男性文人的書齋題畫詩較園林山水題畫詩呈現
　　　　內向凝縮描寫方式。筆者以爲女性在書寫書齋類題畫詩時仍傾向將
　　　　男性文人向外求事功之特質呈現出來，故相對於女性書齋空間，女
　　　　性描寫男性的書齋空間時傾向於外向輻射性質。請參鄭師文惠：《詩
　　　　情畫意——明代題畫詩的詩畫對應內涵》，頁223。

三、遊記覽勝

　　晚明至盛清由於商品經濟的發達，助長各種手工業與農貿市場之興盛，各式各樣的民生必需品與貨品流通，以及海外長途貿易的快速成長，在在都促進市鎮的發展各省水陸交通的頻繁。〔註190〕明末書商曾大量印製《商旅路程》等刊物，說明商賈往來之繁密，乃是促使旅遊發達的經濟因素，並且造就了客舍、酒樓、茶館、挑夫、船戶等相關行業之盛行。另外，出外旅遊之盛也導因於晚明至盛清社會文化的變動，男性文人不再以仕途爲安身立命的唯一途徑，親近山林與遊宴賞玩，既作爲自我在科舉官場失意的一種慰藉，同時也成爲文人另一種生命情致與生命型態的呈現；再者，晚明以來商品經濟網絡所帶來的富裕，造就許多疏離仕途的文人或儒商成爲有餘資與餘裕出外旅遊的旅客，是故在上層社會的文人與儒商的社群裏，旅行遊賞儼然形成一股文化風潮。男性文人雅士遊賞讌飲之餘，尚要以詩文記載經歷，歌詠名勝，且往往繪圖紀遊，並遍徵詩文吟詠，以供自我或他人紀其勝遊，日後亦可覽圖臥遊自適。

　　傳統女性雖然不能自由地出外尋幽訪勝，然而在遊賞之風盛行之際，晚明至盛清出外旅遊的女性亦日見增多。〔註191〕這些女性或隨夫婿宦遊，如嘉興王鳳嫻隨夫張本嘉赴任江西，吳郡徐媛從夫范允臨赴滇任兵部主事，錢塘林以寧隨夫錢肇修先在洛陽，後留居燕都等等；或偕同妯娌、兒女及諸女伴冶遊賞玩、雅集結社，如沈宜修與其兒女、王端淑與其姊妹妯娌、隨園女弟子；甚至亦有爲求謀生鬻詩畫而四處奔波，如黃媛介等。〔註192〕種種女性生活形態皆說明在晚明至盛清女性空間已不再像以往封閉禁錮，其文學雅集的活躍，文化生活及旅遊活動所開拓的空間，在在都對三從四德等道德

〔註190〕關於晚明至盛清城市的經濟概況，請參李龍潛：《明清經濟史》（廣東：高等教育，1988），頁195～227及頁415～439。

〔註191〕高彥頤，〈空間與家——論明末清初婦女的生活空間〉（《近代中國婦女史研究》第三期，1995年8月），頁31。

〔註192〕關於女性雅集結社於本文第四章第二節已論述。

規範有所超越與突破。然而，晚明至盛清女性雖然比以往的女子有較彈性的空間活動，但是女性旅行遊賞的活動相較於男性而言還是偶一爲之，機會難得，而且女性得以從丈夫、父親或兒子宦遊者畢竟仍屬少數。大部分的女性在現實狀況裏，或困於家計，或限於環境，或受制於種種規範壓力而無出外遊覽的機會。〔註193〕如吳柏身處深閨，心神卻靠著書信、詩詞及學問鑽研而遨遊四海，與毛家姊書信云：

> 聞富春至桐江百餘里間，水若練藍……姊遂得飽目耶？至樂至樂，吾鄉兩峰十二橋，想亦時亦不復懷思矣。將無遂忘歸故土乎。〔註194〕

又云：

> 見姊寄兄書云：「三峽數百里，絕壁如屏，攢峰若劍……」姊有天緣而得至此也。健羨健羨，昔人有遊遍八州而未得游益州者，遂以爲生平恨。姊視此何如哉？倘有圖可寄妹，作嬬閨臥遊人也。〔註195〕

吳柏羨慕毛家姊有機會隨宦遠遊，希望姊姊能寄來當地名勝圖繪，以作閨閣內臥遊人。可知當時有許多女性如同吳柏一樣無緣出外遠遊，故在書信、詩詞及圖繪裏臥遊各地的山水名勝。如柴貞儀〈題臥遊障子〉：「一幅江山翠萬盤，怪來雲氣撲闌干。夢回不識身何處，蟾月當峰枕簟寒。」〔註196〕亦題寫圖繪裏江山翠巒之景，以得觀覽臥遊之樂。是故在文學作品與圖繪裏披圖遊賞，攬卷臥遊遂成爲女性在閨閣之內寄託悠遊天地之情趣，並藉此開展閨閣生活空間，豐足人生經歷與閱歷。

　　女性遊賞山水題畫詩種類多樣，或地方名勝，或群山五嶽，或尋

〔註193〕高彥頤，〈空間與家 —— 論明末清初婦女的生活空間〉（《近代中國婦女史研究》第三期，1995 年 8 月），頁 48。

〔註194〕吳柏，〈寄毛家姊〉，汪淇編《尺牘新語》不分卷，無頁碼，清抄本。

〔註195〕同上。

〔註196〕汪啓淑：《擷芳集》，卷十六，柴貞儀，〈題臥遊障子〉，頁 6。

幽探奇，範圍廣泛，地方名勝的題畫詩顯露女性自我對於地域性人文與自然景觀的觀感與嚮往，同時也常運用史實典故聯繫地域性的文化特色。如范壼貞〈煙雨樓圖〉云：「煙嵐無限雨中情，遠近樓台一望平。吳苑草荒麋鹿走，越江春盡鶗鴂鳴。長堤柳橫迷春渚，白水菰菱繞郡城。最是晚來新月下，萬家燈火隔湖明。」〔註197〕江南地域煙雨迷濛，長堤柳枝之景色，令女詩人興起吳苑荒草、越江春盡的歷史文化圖像。又陳玉〈題賈似道湖山圖〉：「山上樓臺湖上船，平章醉後懶朝天。羽書莫報樊城急，新得娥眉正少年。」〔註198〕將自然景觀湖山與樊城歷史典故連結，以嘲諷當朝時政，故王端淑評論道「湖山圖詩，冷眼雋舌多此，女郎口，能使蟋蟀宰相避席」。題畫詩遂將湖山連結地域性的歷史文化。除了連繫傳統文化所積累的典故之外，女詩人更融入鄉土寫實的筆觸，記錄家鄉變化的風貌，王端淑〈題秋山圖〉：

> 秋山崒嵂高煙平，秋水霜寒錦樹明。誰人卜築此山裏，數間茆屋臨溪水。荒途闃寂白雲深，猩啼木落皆清音。古來智士勵高節，幽人捨此恒寫心。糊山纏水走空碧，荊浩關仝無此筆。大癡好寫富春圖，吾越山川庶其匹。歎息兵戈二十年，煙霞板蕩無林泉。宗炳臥遊看五嶽，元猿丹鶴畫中妍。對此孤懷忽飄颻，四座滿壁皆飛嶂。蓬壺雖好隔三十，咫尺雞犬蒼崖上。〔註199〕

女詩人王端淑將圖繪裏山水秋景細細觀賞與賦詩，將秋山構築成人間高士隱逸的仙境，以突顯家鄉吳越山水風景清幽，地靈人傑，故「大癡好寫富春圖，吾越山川庶其匹」。然而連年的兵戈戰亂，使得「煙霞板蕩無林泉」，女詩人想念家鄉山水，只得如同宗炳與元猿在丹青圖繪中臥遊，思及此，遂感發女詩人內心懷想鄉里的孤寂愁緒，面對

〔註197〕范壼貞：《胡繩集》，清乾隆三〇年（1765）天游閣刻本，卷中，頁15。
〔註198〕同註155，卷四，陳玉，〈題賈似道湖山圖〉，頁5。
〔註199〕同上，卷四二，王端淑，〈題秋山圖〉，頁10。

著屋內四壁山水畫，反而覺得自我主體與家鄉山水咫尺天涯。又周之瑛〈題右嚴叔鴛湖秋泛圖〉：

> 秋光澹蕩雲如沐，月倒波心貼寒玉。湖號鴛鴦水亦雙，雙栖時有鴛鴦宿。有客乘槎憶昔年，長風快御如登仙。忽看煙雨溫空際，恍入瓊樓玉宇間。高樓屹立碧空冷，楓葉丹黃蘆雪影。蟹舍漁莊入望連，樹色煙光青不醒。十里橫塘漱灩波，菱花菱葉奈愁何。伊誰解唱江南曲，搵我青衫紅淚多。銀潢夜落聲如瀉，拂拂濃香月中下。露腳斜飛濕不粘，一湖涼浸琉璃界。吳娃嬌小未知愁，眉黛煙凝水翦眸。翠袖雙按倚柔檣，鴛鴦飛過也回頭。〔註200〕

地域名勝山水題畫詩的描寫往往呈現故里風物紀實的風格，詩裏傳述江南水鄉輕舟泛湖「長風快御如登仙」的恣意逍遙，忽爾煙雨飄渺，「恍入瓊樓玉宇間」，江南水鄉風光明媚，遊客有如登瓊樓玉宇之仙境。江南樂曲之軟語輕愁，與吳地女子生得嬌小貌美皆成爲江南地域風情裏引人入勝之處。可知地域名勝山水的題畫詩將地域人文風土民情皆融入於詩作中，使得地域山水題畫詩配合圖繪而擁有寫景紀實之性格，同時也拓展圖像語彙與想像空間。又趙棻〈題王硯農徵士（之佐）癸未繪山水畫冊〉其一云：

> 浙東西本水雲鄉，誰料洪波易致殃。一夕颺風三尺雨，桑田滄海共汪洋。

其二云：

> 寥寥墟落乏饔飧，閭里空推假貸恩。蒿目不堪人疾苦，繪圖愁殺鄭監門。〔註201〕

趙棻將家鄉浙東浙西現實所發生的天災人禍，寫實地記錄於江淮山水題畫詩裏。鄉土實景的山水題畫詩呈現出女性自我面對家鄉圖繪時，關懷家鄉環境之變故，與珍愛鄉土風物之情。同時透過題畫的創作活

〔註200〕周之瑛：《薇雲室詩鈔》，〈題右嚴叔鴛湖秋泛圖〉，頁13。
〔註201〕同註177，《濾月軒續集》，卷上，〈題王硯農徵士（之佐）癸未繪山水畫冊〉，頁2。

動也擴大對於鄉土環境的省思空間。

　　女性隨著男性文人雅士的圖繪進行遊賞觀覽，往往也呈現出女性自我感性抒情的生命主體，傳遞出女性內心愛好冶遊行樂的活潑性格。周之瑛〈題黃仲蚪西山記遊圖〉：

　　吳越山水古無匹，一角西南更幽絕。靈巖深秀鄧尉奇，環燕由來孰優劣。名山本待名人遊，江夏才子今其儔。塵區閒置不得意，約客試探千巖幽。青山鳴禽勸客醉，吳王池館春常在。響屧廊邊細草香，玩花池畔清波匯。一望紅亭白塔間，孤高佛日還追攀。忽驚具區出足底，琉璃冷浸雙煙鬟。相將更泛清溪棹，何處幽香來絕妙。吾家山畔桐井東，積雪千條留玉照。年年梅花春早開，今年二月猶今亥。凝冰歛霧一萬樹，忍寒爲待詩人來。詩人自古多好事，似此清遊難恝置。已將蹤跡付丹青，更錄千詩作遊記。〔註202〕

此詩亦吟詠吳越明媚的山水，而「名山本待名人遊，江夏才子今其儔」，名山勝水尚待文人才子探訪以增添人文氣息與軼聞佳話。遊客在吳越山水尋幽訪勝，歡娛行樂，故「青山鳴禽勸客醉，吳王池館春常在。響屧廊邊細草香，玩花池畔清波匯」，而女詩人家鄉白雪皚皚的山頭也寫入圖畫裏，山中幽靜的梅花「凝冰歛霧一萬樹，忍寒爲待詩人來」，梅花乃品格清新的象徵，彷彿含苞等待著勁節詩人來探訪，此等醉鄉冶遊、詩意風雅之事令人難已忘懷，故「已將蹤跡付丹青，更錄千詩作遊記」，可知自古詞人墨客總將冶遊探幽之蹤跡圖繪吟詠，當作詩人生平遊歷的珍貴記錄。當閨閣女性得見名勝風景山水圖時，也多將自我投射於圖繪裏的山水之中，以觀想遊覽其中的名勝風物，感染尋幽探勝、遊賞歡宴的樂趣。

　　又張因〈題李艾塘揚州畫舫錄〉：

　　明月鶯花翡翠樓，繁華今古說揚州。新編展向明窗讀，卻勝腰纏跨鶴游。草木禽魚盡寫生，人文風土總詳明。寸絲尺素聯成匹，疑是天孫錦織成。獨開生面網珊瑚，細綴驪

〔註202〕同註200，〈題黃仲蚪西山記遊圖〉，頁3～4。

龍領下珠。十里湖光橋廿四，特將彩筆繪全圖。〔註203〕

圖繪對揚州人文風土作寫景紀實，賦詩則悠遊丹青圖繪裏，圖畫以織錦綴珠來表露揚州繁華豐裕的盛景。女詩人認爲「新編展向明窗讀，卻勝腰纏跨鶴游」，以傳達女性受制於環境而喜歡臥遊之風，同時也呈現出女詩人得以覽圖臥遊之歡愉心情。可知女性臥遊山水圖卷，往往也帶有表露自我內心恣意漫遊的行樂性格。

尋幽訪勝的山水題畫詩往往連結人間隱逸仙境的主題，將崇山峻嶺與清幽勝地當作人間品格修練的道場。如朱輕雲〈題天台雅集圖〉：「急流勇退謝塵寰，載得東山明月還。君釣鱸魚兒作膾，興來攜客上皆山。」〔註204〕文士自政壇官場上急流勇退，謝絕塵寰，過著簡樸披星戴月的生活，當好友上天台山拜訪時，熱情地以山澗鱸魚款待，可想見野逸山林生活之恬淡。王倩〈題畫〉：「好山一抹幾登臨，隱隱殘鐘導客尋。湖上維舟春正午，桃花紅擁寺門深。」〔註205〕桃花乃自古仙隱的象徵圖像符碼，寺院門庭深遠，一如求道修性至完美之境亦艱辛遙遠，而難以企及。金逸〈題香蘇山館圖〉：「三十六奇峰，峰峰濕翠濃。窗虛雲不去，人冷鶴相從。響度深林斧，寒生隔塢鐘。夢魂尋未到，水複又山重。」〔註206〕高聳奇峰峻嶺在雲深不知處的仙鄉中，幾次在魂夢裏追尋卻遍尋不得，只因山重水複阻斷求道之行。趙棻〈題董研齋（思）雲壑探奇圖〉：

謝庭秾玉樹，弱歲擅清名。淡泊書中味，煙霞物外情。才華侔孝綽，風度數慈明。想見探幽去，山靈抗手迎。

又云：

靉靆疑無路，紆迴一徑深。野花黏屐齒，冷翠浥衣襟。雲影淡於水，泉聲清似琴。新詩留蘚壁，他日好重尋。〔註207〕

〔註203〕同註154，〈癸上〉，〈題李艾塘揚州畫舫錄〉，頁49。

〔註204〕同上，〈癸上〉，朱輕雲，〈題天台雅集圖〉，頁29。

〔註205〕同註158，卷五，王倩，〈題畫〉，頁114。

〔註206〕同上，卷二，金逸，〈題香蘇山館圖〉，頁51。

〔註207〕同註177，卷上，〈題董研齋（思）雲壑探奇圖〉，頁18。

詩句將圖繪裏尋幽探奇的經歷加以具體化，女詩人閱讀著圖繪，同時
融入自我的經驗與想像，體會「淡泊書中味，煙霞物外情」，「想見探
幽去，山靈抗手迎」的訪仙探幽的心情，接著道出想像裏峰迴路轉、
野花冷霧、泉聲清音的探幽歷程，登臨此桃花源般的雲壑仙境，以「新
詩留蘚壁，他日好重尋」的文人模式紀錄這如仙似幻的美景。金逸〈題
吳玉淞太史除夕四客游山圖〉：

> 浮空金碧樹模糊，誰倩袁安作畫圖？歲暮如君閒未得，梅
> 花爲我肯開無？溪流殘雪春聲澀，松吹斜陽僧影孤。卜寓
> 吳城小兒女，討春只解醉屠蘇。

又云：

> 一棹移來遠俗氛，半天鈴語下方聞。肯緣臘盡閒雙屐，定
> 被山靈識四君。小閣煙寒猶鬥茗，斷崖木落不留雲。依稀
> 記得前游跡，只是清幽判十分。〔註208〕

詩中充滿尋訪山林幽境之野趣，雖然稍有連結求仙訪道之意涵，然而
更多的是詮釋畫面裏世俗人事與行樂酬對的內涵，可知女詩人在詮釋
旅遊圖繪裏尋幽訪勝主題時，亦滲入相當豐富的人文意涵與濃厚的俗
世性格。

　　女性另有題寫關於煙江疊嶂覽勝圖，以博覽天下山川與奇景，同
時寄寓自我主體生命於天地萬物的律動之中，柴貞儀〈題煙江疊嶂
圖〉：「誰將素練染霜毫，幻作空濛萬里濤。一片孤帆何處落，千峰雨
色暗江皋。」〔註209〕極目所及盡是千巖疊嶂，煙江萬里浪濤，面對
著宇宙天地之廣闊浩瀚，不禁感到自身孤單力薄，彷彿那一片孤帆，
不知在何處得以安身立命，由客觀的自然物象遂轉向自我生命主體的
感性抒發。女性詩人同時結合詠史的寫作傳統與煙江疊嶂圖，來強調
自我生命主體的怡然自適。趙棻〈擬東坡書王定國所藏煙江疊嶂圖
詩〉：

〔註208〕同註158，卷二，金逸，〈題吳玉淞太史除夕四客游山圖〉，頁37。
〔註209〕同註159，卷一八三，柴貞儀，〈題煙江疊嶂圖〉，頁47。

江山縱美非家山，特愛疊嶂凝青煙。疏林淡遠境幽絕，長江渺瀰山蒼然。老松下陰琥珀液，懸流上濺珍珠泉。茅廬數椽傍林麓，漁舟如葉浮平川。黃州風景略相似，溪光嵐翠當我前。怳疑重到舊游處，載酒泛月新秋天。風流駙馬擅神妙，倘逢顧陸知誰妍。浮沈宦海豈我願，不歸正坐貧無田。栀堂貴胄才地美，收藏此幅經幾年。斯山斯水曾夢見，白波碧靄明娟娟。青鞋布襪自茲去，巖棲谷飲和雲眠。會當偕君覓靈境，避秦人本非神仙。隱居學道自可樂，尋眞未必無仙緣。知君見詩必大笑，荒唐如讀南華篇。〔註210〕

趙棻將自我性別轉換，模擬男性文人的書寫模式，呈現出蘇東坡灑脫自適的生命情調，東坡四處宦遊閱歷豐富，展圖披覽似乎喚起昔日舊遊處，「載酒泛月新秋天」，正是與友人歡聚酣飲，不知東方之既白。接著吐露文人內心的憂苦「浮沈宦海豈我願，不歸正坐貧無田」，然而再次披圖覽勝，遂興起文人「青鞋布襪自茲去，巖棲谷飲和雲眠。」歸隱山林，過淡泊生活之宿願，拋卻紅塵俗事，「會當偕君覓靈境，避秦人本非神仙」，尋覓一處如圖繪的桃源仙隱之境，與友人訪仙求道，「隱居學道自可樂，尋眞未必無仙緣」，怡然自得於隱逸求道的生活，最後趙棻模仿蘇東坡恣意狂狷的生命姿態，「知君見詩必大笑，荒唐如讀南華篇」，一語轉化了嚴肅隱逸求道的生命信念，遂呈現出寫趣玩世的文人性格與逍遙自適的自我主體。在這首題畫詩裏，有重重的詮釋圖像之語彙，首先是圖繪煙江疊嶂圖本身所傳遞的圖像語彙，乃是自然天地間寬闊遼遠，磅礴浩瀚的意象，圖像本身即有傳統文化物象詮釋之指向。此詩乃是以擬代的文學寫作方式，以設身處地，感同身受的態度，對所欲擬代之對象的境遇、心情，去進行「近似的再演」。〔註211〕再者，由「性別仿擬」的層面而言，有學者以消泯兩性對立的「雌雄同體」（androgyny）論述指出，男女互相轉換性別，寫作性別仿擬的文學作品，乃是心靈內在另一個性別情思的轉

〔註210〕同註177，卷上，〈擬東坡書王定國所藏煙江疊嶂圖詩〉，頁10。
〔註211〕擬代的問題請參見梅家玲：《漢魏六朝文學新論》，頁146。

化，可視爲涵融「雙性人格」的美學範式。〔註212〕趙棻身爲一閨閣女子，以男性身分、男性聲音發言，從雙性人格觀點視之，乃是深隱於女性之心靈中的男性化思維之展現，然而趙棻所擬代的是宋代大文豪蘇東坡，蘇東坡本身在繁複多端的歷史文化之積澱裏，已凝聚成一個特定且典型的文人符碼，蘇東坡本身特殊的生命姿態即是一個精彩的文本。是故趙棻所擬代的乃是一位歷史文本裏的蘇東坡，藉由詮釋蘇東坡的文人性格賦予圖繪豐富的物外之情；同時也潛入歷史裏與文本上的蘇東坡對話，使蘇東坡的生命情調與趙棻自我主體交融感會，並成爲其主體經驗的一部分，發爲擬代詩作時，「自我」既是現實生活中的我，也是擬代作品中的古人，兩者互相產生內在的對話關係，形成互爲代言體的「雙聲言語」。〔註213〕放入題畫詩的文類規範裏，詩作乃是詮釋繪畫圖像的語彙，作者既進入圖像裏的一景一物，爲之發聲代言，並且要體會表達出圖繪者的情懷，同時創作者的心聲感懷，亦在圖像筆墨裏得到抒解與表達，在趙棻這首擬代東坡的山水題畫詩裏，有繪圖者主體圖像語彙的呈現，有趙棻自我主體模擬蘇東坡的內在對話，亦有與友人王定國的互動酬對語彙，整首詩呈現出複聲多調，眾聲喧嘩的互融互涉之情境。〔註214〕而詩句語言的觸發正來自圖像空間的詮釋，種種複雜的主體聲音亦必須置放在煙江疊嶂圖的山水空間裏，才彰顯詩作者的創作意念與詮釋語彙，並且也可理解題畫詩對畫面的再創造與轉化，以及詩與畫對應關係亦由此呈現。

　　女性題寫文化古蹟的山水題畫詩多將歷史文本與眼前圖繪作對話，連結詠史語彙與自我抒情，如仲淑氏：〈看蘭亭圖〉：「蘭亭字跡

〔註212〕葉嘉瑩即以此觀點論述溫庭筠、韋莊等人以女性聲音填作《花間》小詞的情形，請參考〈論詞學中之困惑與《花間》詞之女性敘寫及其影響〉，《詞學》十一輯。

〔註213〕「雙聲言語」來自巴赫汀的理論，參見劉康：《對話的喧聲》，頁205及頁225。

〔註214〕「複調多音」、「眾聲喧嘩」來自巴赫汀的理論，參見劉康：《對話的喧聲》第四章。

飛龍蛇，亭半倚水山半遮。高竹幾林連松下，詩人處處坐白沙。自知桃源避秦士，今看蘭亭聚貴家。詩篇盡從斗酒出，杯杯流來過落花。」〔註215〕描繪昔日蘭亭雅集的盛況，高士文人斗酒詩篇的雅興情致。

沈宜修〈題扇上漢宮秋色圖〉：

> 金風動兮錦幕涼，翠蓋傾兮消芝裳。井梧飄飄下銀床，桂樹紛兮浮叢香。珠簾捲兮試曉粧，鸞鏡開兮塗嬌黃。攜女伴兮出長廊，搖瓊佩兮鳴鏘鏘。畫羅薄兮揚芬芳，緩帶垂兮颭綺綃。徒倚湖山漫徜徉，落霞散彩綴秋棠。芙蓉水映曲池塘，薜荔風生泣啼螿。橋宛轉兮波央央，荇參差兮蕩鴛鴦。疏枝嫋嫋兮煙蒼蒼，花霧濛濛兮飛夜光。長河澹兮雲微茫，望雙星兮隔河梁。渭溝流波何洋洋，無情紅葉空悠揚。欲題彩筆思更長，玉階團扇冷蘭房。練光渺渺雁翱翔，白露如珠始凝霜。月明歌吹兮發昭陽，隨風葳蕤兮度清商。寶瑟橫兮徒自張，翠屏掩兮夢瀟湘。〔註216〕

詩句著眼於深宮裏的女性，生活於悠閒奢華的宮廷，「珠簾捲兮試曉粧，鸞鏡開兮塗嬌黃。攜女伴兮出長廊，搖瓊佩兮鳴鏘鏘。」有宮女伴隨著四處遊賞「徒倚湖山漫徜徉，落霞散彩綴秋棠」，藉由漢宮深院裏的秋色蕭索之景，引出深宮內幽怨宮妃的思婦形象，「長河澹兮雲微茫，望雙星兮隔河梁。渭溝流波何洋洋，無情紅葉空悠揚。」星河兩隔，紅葉無情，所描繪出的是一位深閨裏思婦幽微的心思，然而「欲題彩筆思更長，玉階團扇冷蘭房」，是故只有翠屏橫掩，獨自在夢境裏排遣寂寞相思之情。

大抵而言文化名勝古蹟的題畫詩，女性多運用典故連結歷史文化以詮釋圖像，同時呈現出女性自我面對文化名勝圖繪時，內在感性的思維與情致。女性藉由圖像、古人、自然各個主體生命的詮釋與呈現，使得女性自我的生命領域得以擴大豐富，自我與他者、人與山水自然之間相融相契的關係，亦由此得到抒發與展現。

〔註215〕仲淑氏《海棠居詩集》，〈看蘭亭圖〉，頁7。
〔註216〕同註166，卷上，〈題扇上漢宮秋色圖〉，頁14。

四、春秋四景

　　深處閨閣內的女性無緣真正見識到磅礴雄偉的大江山河，但平日
生活裏對於四季流轉，時序的遞嬗，歲月磨損的痕跡卻是相當關注與
敏感，女性書寫春秋四景題畫詩以描摹時光的倏忽無常，再者，以四
季景色的轉換來寄寓人事的變遷。

　　春景題畫詩，女性書寫萬物生機勃興，欣欣向榮之感，以桃花、
柳枝、春雨、筵席、酒意等展現春天所帶來的熱鬧與歡娛。趙棻〈題
王蔣波（澐）留春圖〉云：

> 欲綰韶光住，芳筵酒屢傾。鶯花春一夢，風雨夜三更。楚
> 尾今宵宴，遨頭異日情。攀留何限意，好爲倩關荊。〔註217〕

此指春日爛漫美好，令人想將韶光挽留住，故舉辦筵席與酒會，然而
「楚尾今宵宴，遨頭異日情。」美好時光總是容易流逝，所以用畫筆
將無限的春意攀留住。春景的美好與舒暢亦使人聯想到桃源仙隱的世
界，王繼藻〈春江晚渡圖〉：

> 鴨頭水漲春波綠，螺髻春山新出浴。江霞忽放晚來晴，湖
> 光嵐氣何鮮明。憶昨江間掉歸槳，落花風軟波如掌。蒲帆
> 滿曳出春汀，真箇船如坐天上。臨江一帶小紅樓，樓上笙
> 歌樓外舟。夕陽忽捲參差影，十里珠簾盡上鉤。江流一轉
> 帆飛疾，別有芳洲頗幽寂。不知何路問仙津，祇向桃花多
> 處覓。〔註218〕

春天使湖水綠波盪漾，山林全換上嶄新的嫩綠色，東風輕柔拂面，在
萬物甦醒的時節，人們也活躍起來，展開著愉悅的行樂活動，臨江紅
樓又揚起笙歌，女子也遊移窗櫺，「十里珠簾盡上鉤」，在一片歡娛氣
氛裏，坐在船內的女詩人忽起幽寂之感，內心更嚮往武陵桃源的隱逸
世界，「不知何路問仙津，祇向桃花多處覓。」春景題畫詩藉著春景
雜揉人事的糾葛，如王倩〈題江南春畫〉：「一夜梅花江上開，打團蝴
蝶曉寒催。東風知道人離別，何苦將春吹得來？」又「拂堤楊柳綠毿

〔註217〕同註177，〈題王蔣波（澐）留春圖〉，卷上，頁6。
〔註218〕王繼藻：《敏求齋詩》，〈春江晚渡圖〉，頁3。

麑，入骨相思味乍諳。隔岸曉鐘何處寺？替催春夢落江南。」〔註219〕
一夜梅花、打團蝴蝶正是初春景致，本應是生意盎然的時刻，然而離
別的慘淡，相思之味苦，使春天黯然失色，了無生趣。

　　夏景題畫詩主要以澄澈心懷，消暑遠慮來詮釋圖繪，如沈持玉〈山
林避暑圖〉：「茅屋三椽結翠微，幽人小隱此忘機。松風謖謖清塵夢，
一片涼雲出澗飛。」〔註220〕山林裏茅屋兩三間，有高士隱逸於此得
忘機之樂，松風悠悠拂來，使人澄清心念，忘記塵慮，因而自然感到
消暑解悶，清淨涼爽。趙棻〈題董樂開（棨）柳陰消夏圖〉：「林泉耽
夙好，富貴等浮雲。即此明高致，眞能遠暑氛。詩名王內史，畫品李
將軍。俯視悠悠者，誰同大雅群。」〔註221〕圖繪裏是柳葉茂盛足以
消夏避暑，然而詩句從「富貴等浮雲」點出澄心遠慮的方法，「即此
明高致，眞能遠暑氛」，唯有品德高節，生活淡泊之人才眞能領受清
心悠遊之閒適。

　　秋景蕭瑟孤寂的情調，常令女性詩人興起悲秋感傷之生命情思。
周之瑛〈題練江秋月圖〉：

> 涼蟾乍滿秋正中，江光如練搖晴空。屏山不動鏡光濕，溯
> 洄一舸凌天風。天風吹衣石苔冷，雪色垂虹涵倒影。漁歌
> 別渚唱入煙，楓林葉墮疑花蔫。蕭蕭瑟瑟寒波裡，斷雁呼
> 群一聲起。悄然鄉思滿關河，露白葭蒼渺千里。〔註222〕

皎潔的秋月當空，江水如練傾瀉而下，風急夜冷，遠處傳來隱約漁歌，
楓葉飄零的寒秋蕭瑟裏，滿懷的思鄉之情更加濃愁。秋天在四季變化
裏是萬物生意向榮轉換到蕭颯凋零，寂寥蒼涼的過渡時刻，審美主體
處在夏天的繁盛走向冬日的凋敝之際，對於秋天的審美感受特別深
刻。秋景題畫詩乃源於畫面裏秋天由盛及衰自然變遷的特質呈顯，而
觸發審美主體美感的意象，產生一種清秋淒楚的定向圖像文化語彙，

〔註219〕同註158，卷五，王倩，〈題江南春畫〉，頁117。
〔註220〕沈持玉：《停雲閣詩》，〈山林避暑圖〉，收錄《吳中女士詩鈔》，頁4。
〔註221〕同註177，卷上，〈題董樂開（棨）柳陰消夏圖〉，頁19。
〔註222〕同註200，〈題練江秋月圖〉，頁6。

而在畫面物色之外，秋色更引發詩人對生命更深層的思考與感受，凝結成深沈的自我意識，故悲秋雖是內在心靈憂慮的抒發，亦是一種高度淨化的審美意趣。〔註223〕詩人往往從外在的清寒蕭索之中轉化爲一種自我淨心的內向反思，如魏月如〈自題山水卷〉：「山色蒼茫雨氣收，煙沙漠漠水悠悠。松窗睡起拈殘墨，寫出江南一段秋。」〔註224〕畫卷上是山色蒼茫、煙沙漠漠的秋景，女性詩人卻不從傷春悲秋的定向思維著墨，而用豐沛的創作行爲描繪秋色，故在孤寂蕭索的清秋裏，尚暗含著積極的生命力。

　　冬天是大地生物進入最清寂枯索的時刻，女性多以梅花堅毅的形象來作爲隱喻，以自我砥礪與自我象徵。梁孟昭〈題四景畫冬〉：「登樓忽見山頭白，冰筋如鏤掛瑤碧。曉窗風急喚垂簾，鶴唳一聲天地窄。雪花騁豔鬥梅花，遜色輸香各自奢。終日費人評品事，腸枯頻喚煮濃茶。」〔註225〕詩中描寫嚴寒的冬日突然降臨，雪花紛飛，與梅花爭相鬥豔，閨閣女子終日爲其品評，搜索枯腸不知如何品賞揣寫。在幽寂枯索的冬景裏，寒梅綻放所帶來的生命意志力，與近春的消息，最令人振奮，楊涓〈冬景題畫〉「橫斜梅影拂窗紗，雲去峰頭露月華。不是群眞遙獻瑞，碧天豈肯散瓊花。」〔註226〕疏影橫梅，月華初露，雪花漫天之冬景，令是天地萬物獻祥瑞之兆。然而冬日的蕭索枯寂，亦難免觸動詩人想起歲寒時節貧困人家的愁苦，如王倩〈題九九消寒圖〉其一云：「四九嚴寒餞臘殘，相期隨例例春盤。年年際此愁風雪，多少人家度歲難！」在歲末時節多少人家有著度年關的愁容與憂慮。其二云：「匆匆六九近元宵，佳節平添夜色饒。燕市紅燈吳市酒，輕寒無力凍痕消。」過完年即近元宵佳節，城鎮市街有著飲酒消寒的歡娛氣氛。其三云：「七九才交柳色柔，懷人容易動離愁。陽和欲暖風

〔註223〕鄭師文惠：《詩情畫意──明代題畫詩的詩畫對應內涵》，頁269。
〔註224〕同註154，《清畫家詩史》〈癸上〉，魏月如，〈自題山水卷〉，頁21。
〔註225〕同註155，卷十二，梁孟昭，〈題四景畫冬〉，頁3～4。
〔註226〕同上，卷十六，楊涓，〈冬景題畫〉，頁21。

偏冷，還怕登樓望陌頭。」〔註227〕春日將近，然而卻又是個容易傷離惜別、懷舊思故的時刻，閨閣女子在料峭春寒裏，最怕的還是登樓望夫，殷殷企盼夫婿早歸的離情愁緒。冬天乃是四季最末的一個時節，當萬物以堅強的生命力熬過寒冬侵襲之後，盎然的春意即將到來，賦予大地豐沛的生機，是故〈消寒圖〉的繪製有一定指向的圖像語彙作用，運用多景圖繪給予人們走出嚴寒，期待來春的希望與信息，因此，圖繪與詩作皆以生命力強盛的梅花作爲象徵符碼，如王嗣徽〈寒圖〉：「灰飛葭管律初調，寫出疏梅興倍饒。一幅新圖仍舊譜，十分春色入生綃。漸看霜信匆匆退，不惜脂痕日日描。九九寒消天作煖，畫成剛及萬花嬌。」〔註228〕女詩人管律初調「寫出疏梅興倍饒」，將十分春色引入圖繪中，在細細描摹的創作過程裏，畫成也正好迎接萬花爭妍的春日。是故，多景與消寒圖的題畫詩除了呈現出一種蕭索清愁的感懷之外，同時也轉化爲歌詠堅毅挺立的生命力與對春天新生命的希望期待。

〔註227〕同註158，卷五，王倩，〈題九九消寒圖〉，頁121。
〔註228〕王嗣徽《棣華館詩課》，卷十一，〈寒圖〉，頁13。

第六章 結 論

　　本文探索女性在晚明至盛清的時空下，如何透過詩畫活動詮釋自我主體，以及藉由人際網絡開展一己之文化空間，同時亦探討女性如何透過題畫詩創作與家族成員、其他女性以及男性文人交流互動的歷程，並且在不同的社群活動中，女性展現自我才華，定位女性角色有何不同面向，這當中遂牽涉到女性自我與社會環境、女性創作與閱讀社群、以及題畫詩文學傳統等等多重複雜的文化脈絡。

　　女性在內言不出於外的傳統規範下，夾在婦德與才名的兩難困境裏，使得女性文學創作難有突出的表現，然而晚明至盛清開放的商品經濟網絡及人際交流網絡，使得市鎮經濟繁榮，出版業興盛，帶動各種藝文活動勃興，其中小說戲曲所型塑的女性形象趨於開放多元，漸漸鬆動男女性別角色的界線。再加上晚明理學興盛，其強調心性主體之說，泯除了凡聖、階級、性別等差異，亦使得男性文人運用詩書畫及各種技藝來強調自我主體的呈顯。另一方面男性文人漸漸肯定通俗文學的存在價值，認定俚巷歌謠，村言婦語皆有可觀之處，因而鬆動原本崇論弘議之文學典範，肯定呈現內在自我、主體情性之小品詩文，因此，女性閨閣文學遂有萌發的契機。由於開放的文化氛圍促使禮教鬆動，男性文人漸漸關注女性生活的各種課題，並且有部分男性文人積極地獎掖閨秀詩畫創作，為其搜羅散佚作品編選成冊，並斥資

出版，因而帶動女性詩畫創作之風氣。再者，明清之際地域文化與文化世族興起，地域世家大族多培養女兒成爲才德兼備之閨秀，肯定閨秀卓越的詩畫才藝，並且視之爲家族榮耀，爲其刊刻作品，以資紀念，才與德兼融並備之閨秀階層遂成爲女性的典範。此種外在開放的思潮氛圍遂促使晚明至盛清詩書畫全才型女性呈現大幅度的成長，並且獲得發揮詩畫才華之文化空間。

雖然晚明至盛清開放的文化氛圍促使女性詩畫才藝獲得前所未有的成長，然而此時期卻又是歷來對婦德要求最嚴密的時刻，其傳統閨範道德仍認爲文學創作並非女性角色職能，而帶給女性創作時道德壓力與創作侷限，故閨閣才女從事詩畫創作往往夾在才名與婦德兩難之間，而筆者所謂的閱讀社群與女性自我呈現亦須放在這樣既開放卻又強調婦德的社會文化脈絡下觀察，才更顯出其意義。因爲處於才名與婦德之兩難困境，故女性詩畫創作往往必須藉詩畫藝文創作來彰顯婦德，以獲得社會的認同，而且也必須仰賴家族親友網絡的支持，或男性文人與女性閨友的互動交流，以開展其閱讀創作空間與情感的支持與認同。另一方面，由於開放的經濟活動與人際網絡也使得女性可以透過閱讀社群，藉由筆墨與其他閨秀或文士溝通，並得以自我呈現，而才德之問題又使得女性在面對不同閱讀社群時，閱讀畫作題詩的創作過程中產生詮釋側重點不同的現象，此乃緣於閨秀面對不同的閱讀社群所採行的閱讀策略與詮釋遂有所調整，因而呈現出各個閱讀社群特殊的閱讀型態與象徵行爲，以及女性精英社群的自我象徵符碼。

筆者在本文將女性題畫詩的閱讀社群依其成員與地域概略區分爲四種類型：家族鄉里、雅集結社、從師問學、歌伎與文士。由於女性詩畫教育多仰賴於家學的培養與薰陶，故女性文學活動多傾向於家族鄉里之閱讀社群，此社群之特色在於成員多是有血緣關係或聯姻關係的家族親屬，並由此血緣家族成員爲基礎外延輻射於地緣性之人際網絡，由於閨秀面對的讀者乃是家族鄉里之成員，故在題畫詩互動酬

和中，多將繪畫詮釋指向倫理常規，並且在題畫詩裏形塑楷模男性與女性之象徵符碼，男性為忠臣孝子，女性則為賢妻良母，藉由題畫語彙區隔男女社會角色與職能，並彰顯出忠孝家國之意識內涵，再者家族鄉里閱讀社群亦透過作畫題詩宣揚女性閨範道德，再次教育女性內涵品格，其題畫符碼所建構的賢妻良母典範，遂成為閨秀階層效法模仿的楷模。雅集結社的閱讀社群，主要指女性透過雅集結社跨越家族血緣的界線，而結識更多男性文人與女性詩畫創作者，以詩畫互評、筆墨創作與閱讀古今典籍作為其精英社集的象徵行為，同時藉由閨秀之間人我互動、模仿男性文人詩畫創作與社集，並追隨才華出眾的傑出女性，開拓一個屬於女性得以暫居本位的社交空間與文化上的發言地位。從師問學之閱讀社群主要以隨園和碧城為探討對象，題畫詩之文類功能在此社群裏，除了是男性文人與閨秀精英身份表徵外，亦呈現出男性導師對於女性的影響力，以及權力結構和象徵符碼，透過男性導師題贈詩畫、選取女弟子入畫、肯定閨秀詩畫能力等等象徵行為，遂將閨秀劃歸為擁有與男性文人相同文化行為的精英社群，並產生老師／弟子，男性文人／女性閨秀、精英閨秀／一般女性，層層的階級區隔與權力結構，題畫詩語彙遂成為一種權力的象徵符碼。再者，閨秀之間經由從師問學的活動拓展其文化空間，並且顯示男性文人鼓勵支持的重要性，女性得與男性文人及其他家族的閨秀才媛形成師生之誼、或讀者與評者間的關係，形成開放性的閱讀空間，以溝通女性閨閣與男性文人世界。歌伎與文士之閱讀社群乃著重於晚明至清初時期，此時男性文人不僅較認同歌伎身分，同時肯定其才華，使當時許多名伎得以進入文人社群與之詩畫酬唱，並吸取文人的藝術技巧與美感經驗，故文人式的品味與美學特質遂成為歌伎詩畫作品裏不斷模仿、反覆強調的主題素材與審美觀。明亡之後，才貌出眾與品格清新的歌伎成為文人筆下一種貞烈情感與忠愛家國的象徵，此乃明清之際歌伎與文士之閱讀社群所凝聚而成的獨特文學意象。

　　本文另一個焦點是女性題畫詩的自我呈現，女詩畫家透過圖像語

言符號將自我內在情志與物象相結合而表現於題畫詩中，其主要書寫的題材可分爲三大類：花木類、人物類與山水類。女性花木類題畫詩題材大多是梅、蘭、竹，與文人畫呈現相近之審美意象，花卉外在形象嬌弱而內在意志堅貞，成爲女詩畫家比擬自我情志與呈現貞潔品格之象徵符碼。再者，女性藉由具體物象呈現自我，確立自我存在之實體，花木（女性）由原本的被觀看者、欣賞者，轉而爲自己發言，透過花木符號自我指涉，進而自我肯定、自我認同。人物類題畫詩，女性藉自題寫眞小照抒情言志，呈現自我之反思與觀照，並突顯女性的社會處境與生命關懷面向，使自我與社會產生交流對話。他題寫眞類題畫詩則促使自我主體與他者客體產生對話，並思索人我關係之互動，同時藉由詩畫語彙達到酬和贈答、情感交流之文類功能，並且反映出女性詩人之社交網絡，也反映出女性選擇德性高潔之閨秀典範，作爲自我形象的投射，也作爲自我學習之楷模。女性寫作仕女類的題畫詩，常轉化自我成爲圖上美人，以傳遞出閨怨閑愁，呈顯女性等待良人之幽微心緒，及傷春遲暮之感懷，故其時間感的鋪陳特別明顯。另外，女性於仕女圖題畫詩裏所呈現出的陰性意象結構傳達出女性所處空間感充滿幽閉、陰柔的象徵符碼，並藉以突顯女性嬌弱纖細之美感，以及女性角色內向含蓄之性格及婉約靜好之特質。女性題畫詩的歷史故實類多吟詠史實裏的女子事蹟，透過對歷史人物的詩畫符碼，突顯歷史殷鑑作用，女詩人在因襲傳統文化典故之圖像語彙時，更強調倫常規範之歷史意識，同時透過讀畫作詩再次加強自我主體認同社會價值規範。仙佛類題畫詩女性著重於觀音大士像的畫作與題詠，呈現女性自我對於現世的企盼與願望，也透顯出女性自我受到外界社會情境的壓力，逐透過宗教求子祈福，尋求心靈平靜，其仙佛類的題詠與畫作遂有濃厚世俗性質。山水題畫詩呈現出女性的空間多在閨閣之內，故藉山水圖覽勝臥遊，擴展其生活空間。而書齋山水題畫詩則呈現出男外女內之具有區隔性的性別角色規範。

　　在豐富多樣的女性題畫詩裏，題詩者與作畫者有著讀者與創作者

之雙重性，其中呈現出女性自我與外在社會之互動，以及女性之社交
人際網絡，再者，女性藉由題詩作畫作爲其社群之儀式行爲及象徵符
碼，以凝聚閨秀精英意識，認同才德兼備的女性模範，並開拓出女性
的文化空間，使得在男性爲主導的文化脈胳下，女性也逐漸擁有屬於
自己的文學傳承。再者，晚明至盛清才德具備之才女成爲女性典範，
引領更多女性投入文藝領域，發揮一己之創作才華，爲文壇挹注豐沛
的創作生命力，也爲女性文學奠下豐厚的基石。

附　錄

圖 4-1　清・陳書：歲朝麗景　軸

台北故宮博物院

圖 4-2　清‧陳書：歲朝吉祥如意　軸

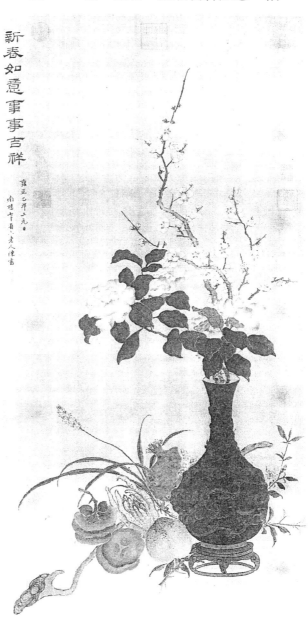

台北故宮博物院

圖 4-3　清・陳書：仿王蒙夏日山居圖　軸

台北故宮博物院

圖 4-4　清・陳書：山窗讀易圖　軸

台北故宮博物院

圖 4-5　明‧馬守真：蘭石圖

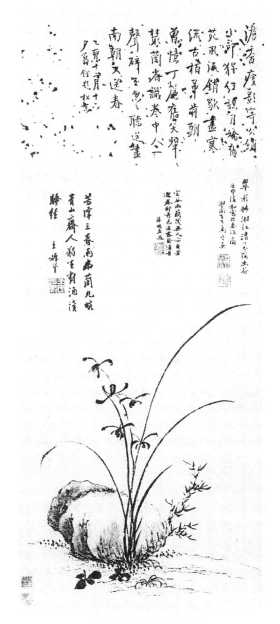

美國紐約大都會博物館

圖4-6　明・馬守真：蘭石圖

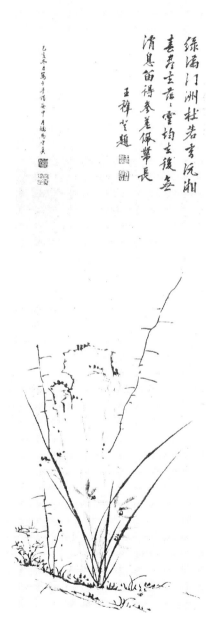

美國普林斯頓大學

圖 4-7　明・馬守貞、林雪、王定儒：花卉圖卷

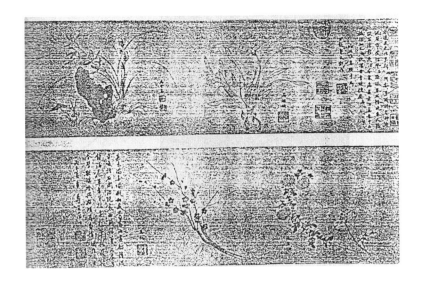

上海博物館

圖 4-8　清・柳如是：月堤煙柳

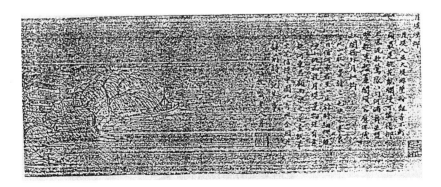

北京故宮博物院

圖 4-9　明‧李因：花鳥圖

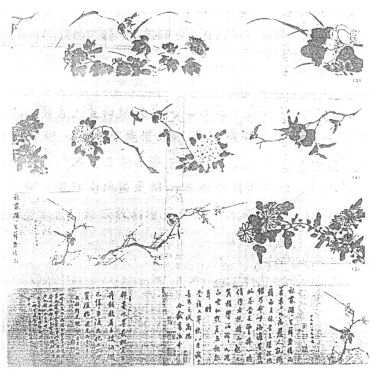

上海博物館

圖 4-10　清‧蔡含：仿夏昶橫松圖卷

香港北山堂

圖 5-1　明・馬守真：蘭竹石

私人收藏

圖 5-2　清・月香：墨蘭圖

台北故宮博物院

圖 5-3　清・玳梁女史：蘭石圖

私人收藏

圖 5-4　清・惲冰：蘭花圖

私人收藏

圖 5-5　清・馬荃：菊花蚱蜢圖　軸

香港博物館

圖 5-6　明・方維儀：觀音軸圖

北京故宮博物院

圖 5-7　明・仇珠：白衣大士

台北故宮博物院

圖 5-8　明・仇珠：觀音像

私人收藏

圖 5-9　明・徐燦：渡海觀音像　軸

北京故宮博物院

圖 5-10　明・邢慈靜：大士像

台北故宮博物院

圖 5-11　明・刑慈靜：白衣菩薩圖卷

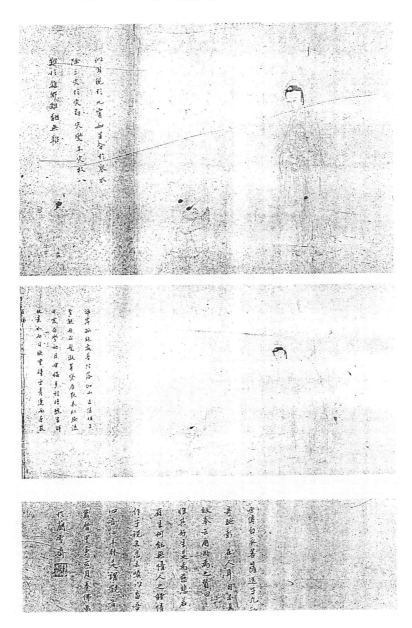

參考書目

編排順序：古籍按照作者或編者年代，現代書籍按照出版年代

一、專　書

（一）女性詩文總集、合集

1. 《唐女詩人集三種》，李冶等撰，陳文華校注，上海，上海古籍，1984。
2. 《詩女史》，田藝蘅編，明嘉靖三十六年刊本。
3. 《彤管新編》，張之象編，明嘉靖甲寅（三十三年）魏留耘校刊本。
4. 《彤管遺編》，酈琥編，姑蘇新刻明隆慶丁卯（元年）吳門顧廉校刊本。
5. 《香奩詩》，周履靖編，明萬曆間梅墟周氏刊巾箱本。
6. 《古今女史》，趙世杰編，明崇禎元年刻本。
7. 《名媛詩歸》，鍾惺編，明末景陵鍾氏刊本，上海有正書局排印本。
8. 《名媛彙詩》，鄭文昂編，明泰昌元年閩中鄭氏刊本。
9. 《玉臺文苑》，江元禧編，江元祚續，明天啓崇禎間遞刊本。
10. 《續玉臺文苑》，江元祚編，明天啓崇禎間遞刊本。
11. 《歷代女子文集》，趙世杰選輯，國學基本叢書，臺北，新興，1965。
12. 《午夢堂集詩文十種》，葉紹袁編，明崇禎間刊本。
13. 《詩媛八名家集》，鄒漪，清順治十二年鄒氏鷟宜齋刻本。
14. 《歷朝閨雅》，揆敍輯，清康熙刻本。
15. 《翠樓集》，劉雲份，康熙十二年癸丑野香堂刊本。

16. 《名媛詩緯初編》，王端淑編，清康熙間清音堂刊本。

17. 《眾香詞》，徐樹敏、錢岳編，臺北，富之江，1997。

18. 《歷朝名媛詩詞》，陸昶評選，乾隆癸巳（三十八年）吳門陸氏紅樹樓刊本。

19. 《吳中女士詩鈔》，任兆麟編，乾隆五十四年刊本。

20. 《擷芳集》，汪啟淑輯，清乾隆飛源堂刻本。

21. 《三妹合稿》，袁綬、袁嘉著，收於《袁枚全集》，王英志主編，江蘇，江蘇古籍，1993。

22. 《隨園女弟子詩選》，袁枚編，收於《袁枚全集》，王英志主編，江蘇，江蘇古籍，1993。

23. 《國朝閨秀正始集》，惲珠編，道光十一年紅香館刊本。

24. 《清閨秀正始再續集》，單士釐輯，抄本。

25. 《湘潭郭氏閨秀集》，李星沅編，道光十七年湘陰李氏刊本。

26. 《棟華館詩課》，張晉禮編，道光三十年武昌棟華館刊本。

27. 《歷代宮閨文選》，周壽昌編，道光廿三年長沙周氏小蓬萊山館刊。

28. 《國朝閨秀香咳集》，許夔臣編，香艷叢書，北京，人民文學，1994。

29. 《歷代名媛文苑簡編》，王秀琴編，上海，商務，1947。

30. 《清代名媛文苑》，徐乃昌編，清文匯附，王文濡編，中國學術名著歷代詩文總集，臺北，世界，1961。

31. 《清代女詩人選集》，陳香編，商務印書館，1971。

32. 《小檀欒室閨秀詞鈔》，徐乃昌輯，臺北，富之江，1996。

33. 《清代女詞人集》，張懷珍選注，臺北，文史哲 1997。

（二）女性詩文別集

1. 《胡繩集》，范壺貞，清乾隆三〇年天游閣刻本。

2. 《孫夫人集》，楊文儷，武林往哲遺著，據錢唐丁氏嘉惠堂刻本重刊。

3. 《香奩詩草》，桑貞白，叢書集成新編，臺北，新文豐，1985。

4. 《絡緯吟》，徐媛，萬曆癸丑吳邵范氏刊本。

5. 《考槃集》，陸卿子，明末寫刊本。

6. 《鸝吹集》，沈宜修，收於《午夢堂集詩文十種》，明崇禎間刊本。

7. 《愁言》，葉小鸞，收於《午夢堂集詩文十種》，明崇禎間刊本。

8. 《竹笑軒詩抄》，李因，抄本。

9. 《臥月軒集》，顧若璞，清光緒三十三年錢塘丁氏嘉堂本。

10. 《徐都講詩》，徐昭華，《西河文集》附，國學基本叢書，臺北，商務，1968。

11. 《徐烈婦詩鈔》，吳宗愛，同治十三年雲鶴仙館重刊本。

12. 《墨莊詩鈔》二卷，林以寧，清康熙刻本。

13. 《綠淨軒詩鈔》，徐德音，清康熙刻本。

14. 《古香樓集》，錢鳳綸，清康熙刻本。

15. 《德風亭初集》，王貞儀，叢書集成續編，臺北，新文豐，1989。

16. 《愛蘭書屋集》，王瓊，《吳中女士詩鈔》附。

17. 《珠樓遺稿》，徐貞，叢書集成新編，臺北，新文豐，1985。

18. 《瑤華閣集》，袁綬，收於《隨園三十八種》，據光緒壬年勤裕堂交著易堂印本。

19. 《湘痕閣稿》，袁嘉，收於《隨園三十八種》，據光緒壬年勤裕堂交著易堂印本。

20. 《長真閣集》，席佩蘭，《天真閣集》附，孫原湘，清嘉慶間刊本後印本。

21. 《聽秋軒詩集》，駱綺蘭，清乾隆金陵龔氏刻本。

22. 《寫韻樓詩草》，吳瓊仙，稿本。

23. 《長離閣集》，王采薇，清抄本。

24. 《綠秋書屋詩鈔》，張因，清嘉慶刻本。

25. 《紅香館詩草》，惲珠，叢書集成續編，臺北，新文豐，1989。

26. 《薇雲室詩鈔》，周之瑛，叢書集成續編，臺北，新文豐，1989。

27. 《濾月軒集》，趙棻，叢書集成續編，臺北，新文豐，1989。

28. 《自然好學齋詩鈔》，汪端，同治十三年重刊本。

29. 《唐宋舊經樓詩稿》，孔璐華，清道光闕里刻本。

30. 《女蘿亭詩稿》，唐慶雲，清道光刻本。

（三）詩畫關係、書畫美學

1. 《歷代名畫記》，張彥遠，景印文淵閣四庫全書，臺北，商務，1983。

2. 《聲畫集》，孫紹遠編，景印文淵閣四庫全書，臺北，商務，1983。

3. 《真蹟日錄》，張丑，景印文淵閣四庫全書，臺北，商務，1983。

4. 《趙氏鐵網珊瑚》，趙琦美編，四庫全書珍本九集，臺北，商務。

5. 《趙氏鐵網珊瑚名畫題跋》，明汪砢玉，叢書集成續編，臺北，新文豐，1969。

6. 《明清人題跋》，楊家駱主編，臺北，世界，1988。

7. 《佩文齋書畫譜》，清聖祖敕撰，孫岳頒等纂輯，臺北，洪浩培印行，據內府本景印。

8. 《御定歷代題畫詩類》，陳邦彥等奉敕編，景印文淵閣四庫全書，臺北，商務，1983。

9. 《祕殿珠林·石渠寶笈三編》，國立故宮博物院編，臺北，國立故宮博物院，1969。

10. 《祕殿珠林·石渠寶笈》，國立故宮博物院編，臺北，國立故宮博物院，1971。

11. 《祕殿珠林·石渠寶笈續編》，國立故宮博物院編，臺北，國立故宮博物院，1971。

12. 《玉臺畫史》，湯漱玉著，香艷叢書，北京，人民文學，1994。

13. 《桐陰畫訣》，秦祖永，藝術叢編本，臺北，世界書局，1978。

14. 《桐陰論畫》，秦祖永，藝術叢編本，臺北，世界書局，1978。

15. 《墨林今話》，蔣寶齡著，上海掃葉山房，民國 14 年，1925。

16. 《國朝畫徵錄》，張庚，清代傳記叢刊本，臺北，明文書局，1985。

17. 《國朝畫徵續錄》，張庚，清代傳記叢刊本，臺北，明文書局，1985。

18. 《國朝畫識》，馮冶堂纂輯，吳晉參訂，臺北，廣文，1978。

19. 《畫論叢刊》，于安瀾編，臺北，鼎文，1972。

20. 《畫史叢書》，中國書畫資料研究社，臺北，文史哲，1974。

21. 《中國畫論類編》，俞劍華編，臺北，華正，1984。

22. 《南畫大成》，臺北，藝源文物，1977。

23. 《蘭千山館名畫目錄》，臺北，故宮博物院，1977。

24. 《中國歷代題畫詩選注》，周積寅、史金城，浙江，西泠印社，1985。

25. 《廣州美術館藏明清繪畫》，廣州美術館，香港中文大學，1986。

26. 《明清花鳥畫詩選注》，陳履生選注，成都，四川美術，1988。

27. 《唐朝題畫詩注》，孔壽山編著，成都，四川美術，1988。

28. 《故宮書畫圖錄》，臺北，故宮博物院，1989。

29. 《清畫家詩史》，李浚之編，北京，中國，1990。

30. 《明清文人畫新潮》，林木，上海，人民美術，1991。

31. 《古代題畫詩分類選編》，于風選注，廣東，嶺南美術，1991。

32. 《中國繪畫思想史》，高木森，臺北，東大，1992。

33. 《故宮博物院藏明清繪畫》，楊新主編，北京，紫禁城，1994。

34. 《兩宋題畫詩論》，李栖，臺北，學生，1994。

35. 《詩情畫意——明代題畫詩的詩畫對應內涵》，鄭師文惠，東大，1995。

36. 《從白紙到白銀——清末廣東書畫創作與收藏史》，莊申，臺北，東大，1995。

37. 《古今題畫詩詞全璧》，蔡若虹主編，河北，河北教育，1994。

38. 《中國繪畫理論史》，陳傳席，臺北，東大，1997。

（四）詩文評、詩話

1. 《文心雕龍校證》，劉勰著，王利器校箋，臺北，明文，1982。

2. 《詩人玉屑》，魏慶之，臺北，商務，1974。

3. 《恬致堂詩話》，李日華，臺北，廣文，1971。

4. 《雪濤詩評》，江盈科編，收於陶珽纂，說郛續集本，臺北，洪浩培，1964。

5. 《閨秀詩評》，江盈科編，收於陶珽纂，說郛續集本，臺北，洪浩培，1964。

6. 《本事詩》，徐釚，清詩話訪佚初編，臺北，新文豐，1987。

7. 《靜志居詩話》，朱彝尊，臺北，明文，1991。

8. 《帶經堂詩話》，王士禎，臺北，廣文，1971。

9. 《靈芬館詩話》，郭麐著，清詩話訪佚初編，臺北，新文豐，1987。

10. 《梧門詩話》，法式善，臺北，文海，1975。

11. 《全浙詩話》，陶元藻，臺北，廣文，1976。

12. 《然脂餘韻》，王蘊章，清詩話訪佚初編，臺北，新文豐，1987。

13. 《名媛詩話》，沈善寶，清詩話訪佚初編，臺北，新文豐，1987。

14. 《閩川閨秀詩話》，梁章鉅，叢書集成續編，臺北，新文豐，1989。

15. 《文論講疏》，許文雨編著，臺北，正中，1967。

16. 《清詩話》，王夫之等撰、丁福保編，臺北，木鐸，1988。

17. 《百種詩話類編》，臺靜農編輯，臺北，藝文，1974。

（五）其他總集、詩文集

1. 《先秦漢魏晉南北朝詩》，逯欽立輯校，臺北，木鐸，1983。

2. 《漢魏百三名家集》，張溥編，上海，掃葉山房，1917。

3. 《元稹集》，元稹，四部刊要，臺北，漢京，1983。

4. 《白居易集》，白居易，臺北，里仁，1980。

5. 《全唐詩》，清聖祖御制，臺北，明倫，1971。

6. 《蘇軾詩集》，蘇軾著，王文誥、馮應榴輯注，臺北，學海，1983。

7. 《東坡詩分類集注》，舊題王十朋注，景印文淵閣四庫全書，臺北，商務，1983。

8. 《石門文字禪》，惠洪，景印文淵閣四庫全書，臺北，商務，1983。

9. 《陸放翁集》，陸游，臺北，商務，1968。

10. 《樂府詩集》，郭茂倩，四庫備要，臺北，中華，1970。

11. 《清閟閣全集》，倪瓚，景印文淵閣四庫全書，臺北，商務，1983。

12. 《元詩選》，顧嗣立編，臺北，世界，1962。

13. 《陽明全書》，王守仁，四部備要，臺北，中華，1966。

14. 《龍溪王先生全集》，王畿，臺北，廣文，1975。

15. 《王心齋全集》，王艮，臺北，廣文，1975。

16. 《盱壇直：羅近溪語錄》，羅汝芳，臺北，廣文，1960。

17. 《徐文長三集》，徐渭，明萬曆庚子（二十八年）會稽商濬刊本。

18. 《青藤書屋文集》，徐渭，叢書集成新編，臺北，新文豐，1985。

19. 《徐文長逸稿》，徐渭，臺北，偉文，1977。

20. 《焚書》，李贄，臺北，河洛，1974。

21. 《李溫陵集》，李贄，臺北，文史哲，1971。

22. 《袁中郎全集》，袁宏道，臺北，清流，1966。

23. 《袁宏道集箋校》，袁宏道，上海，新華，1981。

24. 《譚友夏合集》，譚元春，臺北，偉文，1976。

25. 《隱秀軒詩集》，鍾惺，臺北，偉文，1976。

26. 《恬致堂集》，李日華，臺北，中央圖書館，1971。

27. 《杜詩輯註》，仇兆鰲注，臺北，正大，1974。

28. 《列朝詩集小傳》，錢謙益輯，据清順治九年虞山毛氏汲古閣刻本重印，上海三聯，1989。

29. 《牧齋初學集》，錢謙益，臺北，商務，1979。

30. 《牧齋有學集》，錢謙益，臺北，商務，1979。

31. 《天下詩觀初集》，鄧漢儀，清康熙慎墨堂刻本，乾隆十五年至十七年仲之琮深柳讀書堂重修本。

32. 《實靜庵遺書》，實克勤，清康熙間刻本。

33. 《佩文齋詠物詩選》，張玉書，汪霦奉敕編，景印文淵閣四庫全書，臺北，商務，1983。

34. 《王漁洋詩文選注》，王士禎著，李毓芙編，濟南，齊魯書社，1982。

35. 《明詩綜》，朱彝尊，臺北，世界，1961。

36. 《明詩別裁》，沈德潛編，臺北，廣文，1960。

37. 《清詩別裁》，沈德潛編，臺北，商務，1978。

38. 《詠物詩七言律詩偶記》，翁方綱，《蘇齋叢書十九種》，上海，博古齋影印原刊本，1924。

39. 《袁枚全集》，袁枚撰，王英志主編，江蘇，江蘇古籍，1993。

40. 《陳迦陵文集》，陳維崧，臺北，商務，1979。

41. 《西河文集》，毛奇齡，國學基本叢書，臺北，商務，1968。

42. 《清高宗御製詩文集》，清高宗，國立故宮博物館印行，1967。

43. 《紫竹山房文集》，陳兆崙，清乾隆刊本。

44. 《夢樓詩集》，王文治，臺北，學海，1974。

45. 《章氏遺書》，章學誠，臺北，漢聲，1973。

46. 《天真閣集》，孫原湘，清嘉慶間刊刊本後印本。

47. 《碧城僊館詩鈔》，陳文述，靈鶼閣叢書，臺北，藝文，1971。

48. 《西泠閨詠》，陳文述，叢書集成續編，臺北，新文豐，1989。

49. 《蘭因集》，陳文述輯，叢書集成續編，臺北，新文豐，1989。

50. 《初月樓文鈔》，吳德旋，收於《初月樓四種》，叢書集成續編，臺北，新文豐，1989。

51. 《詳註分類歷代詠物詩選》，俞琰，上海，大通，1960。

52. 《清詩紀事初編》，鄧之誠編，臺北，鼎文，1971。

53. 《清詩紀事》，錢仲聯編，江蘇古籍，1987。

54. 《湖海詩傳》，王昶，臺北，商務，1978。

55. 《晚晴簃詩匯》，徐世昌等編，臺北，世界，1961。

（六）經史、傳記

1. 《春秋繁露》，董仲舒，景印文淵閣四庫全書，臺北，商務，1983。

2. 《儀禮注疏》，鄭玄注，賈公彥疏，四庫備要，臺北，中華，1966。

3. 《論語注疏》，邢昺，四庫備要，臺北，中華，1966。

4. 《周禮正義》，孫貽讓，四庫備要，臺北，中華，1966。

5. 《禮記正義》，孔穎達，四庫備要，臺北，中華，1966。

6. 《史記》，司馬遷，明泰昌元年烏程閔氏刊本。

7. 《後漢書》，范曄，四庫備要，臺北，中華，1966。

8. 《列女傳》，劉向撰，梁端校注，臺北，中華，1967。

9. 《晉書》，房玄齡，景印文淵閣四庫全書，臺北，商務，1983。

10. 《勝朝彤史拾遺記》，毛奇齡，叢書集成新編，臺北，新文豐，1985。

11. 《婦人集》，陳維崧撰，香艷叢書，北京，人民文學，1994。

12. 《古今閨媛逸事》，不著撰人，臺北，新文豐，1978。

13. 《清稗類鈔》，徐珂編，臺北，商務，1966。

14. 《碑傳集》，錢儀吉纂，北京，中華，1993。

15. 《清代閨閣詩人微略》，施淑儀，臺北，鼎文，1971。

16. 《柳如是別傳》，陳寅恪，收於《陳寅恪先生文集》，臺北，里仁，1980。

（七）現代詩文評、文學理論、女性史、女性研究

1. 《歷代婦女著作考》，胡文楷，臺北，鼎文書局，1973。

2. 《性靈之聲 —— 明清小品》，陳萬益，臺北，時報，1982。

3. 《中國婦女生活史》，陳東原，臺北，商務，1967。

4. 《清代婦女文學史》，梁乙眞，臺灣，中華書局，1968。

5. 《六朝詩論》，洪順隆，臺北，文津，1985。

6. 《晚明性靈小品》，曹淑娟，臺北，文津，1988。

7. 《文學理論發展論》，錢中文，北京，社會科學文獻，1989。

8. 《中國婦女生活史話》，郭立誠，臺北，漢光文化，1989。

9. 《左派王學》，嵇文甫，臺北，國文天地，1990。

10. 《中國妓女生活史》，武舟，湖南，湖南文藝，1990。

11. 《中國女性的文學生活》，譚正璧，臺北，莊嚴，1991。

12. 《風騷與艷情 —— 中國古典詩詞的女性研究》，康正果，臺北，雲龍，1991。

13. 《李商隱詩箋方法》，顏崑陽，臺北，學生，1991。

14. 《中國婦女文學史》，謝無量，鄭州，中州古籍，1992。

15. 《陳子龍與柳如是詩詞情緣》，孫康宜著，李奭學譯，臺北，允晨文

化，1992。

16. 《中國婦女史論集》，鮑家麟編著，臺北，稻鄉，1992。

17. 《中國婦女史論集，續集》，鮑家麟編著，臺北，稻鄉，1992。

18. 《中國婦女史論集，三集》，鮑家麟編著，臺北，稻鄉，1993。

19. 《青樓文學與中國文學》，陶慕寧，北京，東方，1993。

20. 《神州女子新史》，徐天嘯，臺北，稻鄉，1993。

21. 《清代文學批評史》，鄔國平，王鎮遠，上海古籍，1995。

22. 《對話的喧聲──巴赫汀文化理論述評》，劉康，臺北，麥田，1995。

23. 《文學理論導讀》Terry Eagleton 著，吳新發譯，書林，1993。

24. 《接受美學理論》，R. C.赫魯伯（Robert C. Holub）著，董之林譯，臺北，駱駝，1994。

25. 《中國女子與女子教育》，閻廣芬，河北，河北大學，1996。

26. 《性別學與婦女研究──華人社會的探索》，臺北，稻鄉，1997。

27. 《《午夢堂集》女性作品研究》，李栩鈺，臺北，里仁，1997。

28. 《漢魏六朝文學新論》，梅家玲，臺北，里仁，1997。

29. 《女性主義與中國文學》，鍾慧玲主編，臺北，里仁，1997。

（八）其　他

1. 《妙法蓮華經》，鳩摩羅什譯，佛學研究基金會，淨法講堂倡印，臺北，世樺，1988。

2. 《內則》，明孝仁皇后徐氏，景印文淵閣四庫全書，臺北，商務，1983。

3. 《閨範》，呂坤，明萬曆庚寅年刻本。

4. 《豫變紀略》，鄭廉，叢書集成續編，臺北，新文豐，1989。

5. 《廣志繹》，王士性，叢書集成續編，臺北，新文豐，1989。

6. 《圖書編》，章潢，四庫全書珍本，臺北，商務。

7. 《板橋雜記》，余懷，香艷叢書，北京，人民文學，1994。

8. 《雲間據目抄》，范濂，筆記小說大觀，臺北，新興，1979。

9. 《松窗夢語》，張瀚，叢書集成續編，臺北，新文豐，1989。

10. 《醒風流》，市道人，瀋陽，春風文藝，1981。

11. 《女才子書》，煙水散人，瀋陽，春風文藝，1990。

12. 《遠山堂曲品》，祁彪佳，臺北，鼎文，1974。

13. 《女子四書》，王相箋註，鄭漢校梓，廈門，宏善，1936。

14. 《尺牘新語》，汪淇編，清初抄本。

15. 《尺牘新語二編》，汪淇，徐士俊合編，清康熙六年刻本。

16. 《尺牘新語廣編》，汪淇，吳雯清合編，清康熙七年蜩寄別業刻本。

17. 《社事始末》，杜登春，叢書集成新編，臺北，新文豐，1985。

18. 《復社紀事》，吳偉業，叢書集成續編，臺北，新文豐，1989。

19. 《池北偶談》，王士禎，臺北，廣文，1991。

20. 《牧齋遺事》，佚名，中國近代小說史料續編，臺北，廣文，1987。

21. 《菽園贅談節錄》，邱煒菱，香艷叢書，北京，人民文學，1994。

22. 《西青散記》，史震林，臺北，廣文，1982。

23. 《兩浙輶軒錄》，阮元，清嘉慶六年仁和朱氏錢塘陳氏同刊本。

24. 《書林清話》，葉德輝，臺北，世界，1968。

25. 《湖南文徵》，羅汝懷，清同治十年刊本。

26. 《清人雜劇初集》，鄭振鐸輯，長樂鄭氏影印本。

27. 《清人雜劇二集》，鄭振鐸輯，香港，龍門，1969。

28. 《中國古典戲曲序跋》，蔡毅編，濟南，齋魯書社，1989。

29. 《中國社會主義論》，魯之凡，臺北，南方，1987。

30. 《權力結構與象徵符號》，亞伯納·柯恩（Abner Cohen），臺北，金楓，1987。

31. 《明清經濟史》，李龍潛，廣東，高等教育，1988。

32. 《悄悄散去的幕紗 —— 明代文化歷程新說》，陳寶良，陝西，人民教育，1988。

33. 《明清江南市鎮探微》，樊樹志，上海，復旦大學，1990。

34. 《社會世界的現象學》，舒茲（Alfred Schutz）著，盧嵐蘭譯，臺北，桂冠，1991。

35. 《人類本性與社會秩序》，庫利（Charles Horton Cooley）著，包凡一，王湲譯，臺北，桂冠，1992。

36. 《心靈、自我與社會》，米德（George Hebert Mead）著，胡榮、王小章譯，臺北，桂冠，1995。

37. 《權力 —— 它的形式、基礎和作用》，丹尼斯·朗 Dennis H. Wrong 著，高湘澤，高全余譯，臺北，桂冠 1994。

38. 《歷代婦女詩詞鑒賞詞典》，北京，中國婦女，1992。

39. 《中華佛教百科全書》，臺南，中華佛教百科基金會，1994。

二、期刊論文

（一）女性及其詩畫等研究

1. 〈清代婦女詩歌的繁榮與理學的關係〉，姚品文，《江西師範大學學報》哲學社，會科學版，1985 年 1 月。

2. 〈明清女性研究：評介最近有關之英文著作〉，《新史學》，2 卷 4 期 1991 年 12 月。

3. 〈清代婦女題畫詩〉，戴麗珠，《靜宜人文學報》，1991 年 3 月，頁 45～69。

4. 〈論詞學中之困惑與《花間詞》之女性敘寫及其影響〉，葉嘉瑩，《詞學》，十一輯。

5. 〈晚明袁中道的婦女觀〉，鄭培凱《近代中國婦女史研究》，第 1 期，1993 年 6 月。

6. 〈天地正義僅見於女性——明清的情色意識與貞淫問題〉，鄭培凱，收於《中國女性史論集，三集》，臺北，稻香出版社，1993。

7. 〈清初四朝女性才命觀管窺〉，劉詠聰，收於《中國女性史論集，三集》，臺北，稻香出版社，1993。

8. 〈明清詩媛與女子才德觀〉，孫康宜著，李奭學譯，《中外文學》，21 卷 11 期，1993 年 4 月。

9. 〈明清女詩人選集及其採輯策略〉，孫康宜著，馬耀民譯，《中外文學》，23 卷 2 期，1993 年 7 月。

10. 〈十七世紀中國才女的書信世界〉，魏愛蓮 Ellen Widmer 著，劉裘蒂譯《中外文學》，第 22 卷 6 期 1993 年 11 月。

11. 〈晚明士大夫對婦女意識的注意〉，鄭培凱《九州學刊》，6 卷 2 期，1994 年 7 月。

12. 〈最近西方漢學界女性文學史研究之評介〉，胡曉真，《近代中國女性史研究》第 2 期，1994 年 6 月。

13. 〈明清戲曲與女性角色〉，葉長海，《九州學刊》，6 卷 2 期，1994 年 7 月。

14. 〈邊緣文人的才女情結及其所傳達的詩意〉，康正果，《九州學刊》，6 卷 2 期，1994 年 7 月。

15. 〈從嘉道仕女畫看清後期審美心態文化觀念及畫家境遇之變〉，何延，《藝術家》第 4 卷第 3 期，1995 年 3 月。

16. 〈明清閨閣畫家人物題材取向初探〉，李湜，《藝術家》，第 4 卷第 3 期，1995 年 3 月。

17. 〈才女徹夜未眠——清代女性彈詞小說中的自我呈現〉，胡曉眞，《近代中國女性史研究》，第 3 期，1995 年 8 月。

18. 〈「空間」與家——論明末清初婦女的生活空間〉，高彥頤，《近代中國女性史研究》，第 3 期，1995 年 8 月。

19. 〈明清之際的婦女解放思想綜述〉，李又寧，《近代中國婦女研究》，第 3 期，1995 年 8 月。

20. 〈隨園「閨中三大知己」論略——性靈派研究之一〉，王英志，《文學遺產》1995 年，第 4 期。

21. 〈明清寡婦詩人的文學「聲音」〉，孫康宜，臺灣大學主辦之「語文、性情、義理——中國文學的多層面探討國際學術會議」論文集，1996 年 4 月。

22. 〈女作家與自傳——三部清代彈詞小說中作者自序之探討〉，胡曉眞，臺灣大學主辦之「語文、性情、義理——中國文學的多層面探討國際學術會議」論文集 1996 年 4 月。

23. 〈性別與戲曲批評——試論明清婦女之劇評特色〉，華瑋，《中國文哲研究集刊》第 9 期，1996 年 9 月。

24. 〈掀開封塵的畫卷——明代閨閣畫家藝術談〉，李湜，臺北，《故宮文物月刊》，第十四卷第八期，1996 年，11 月，頁 34～41。

（二）題畫詩及詩畫研究

1. 〈中國詩與中國畫〉，錢鍾書，《中國文學研究叢編》第一輯，1969。

2. 〈題畫文學及其發展〉，青木正兒，《中國文化月刊》，第 7 期，1970。

3. 〈金與南宋文人對中國繪畫之貢獻〉Bush Susan 著，姜一涵節譯，《大陸雜誌》第 54 卷，第 2 期，1977 年 2 月。

4. 〈談杜甫詠畫題畫詩〉，韓成武，《河北大學學報》，1980 年，第 4 期。

5. 〈論元代題畫詩〉，包根弟，《古典文學》第 2 集，1980 年 7 月。

6. 〈杜甫不是題畫詩的首創者——兼論題畫詩的產生與發展〉，劉繼才，《遼寧大學學報》1982 年，第 2 期。

7. 〈中國題畫文學的發展〉，曹鐵珊，羅義俊，《文藝論叢》，第 19 期，1984 年。

8. 〈中國古代題畫詩論略〉，劉繼才，《社會科學輯刊》，1986 年，第 5 期。

9. 〈論蘇軾的藝術美學思想〉，淩南申，《文史哲》，1987 年，第 5 期。

10. 〈盛唐的題畫詩〉，孔壽山，《朵雲》，第 13 期，1987。

11. 〈論中國畫的整合〉，莊藝玲，《朵雲》，1989 年，第 1 期。

12. 〈略論宋代題畫詩興盛的幾個原因〉，祝振玉，《文學遺產》1989 年，第 2 期。

13. 〈物象的超越——對寫意花鳥畫審美特質的思考〉，韓昌力，《美術研究》，1989 年，第 1 期。

14. 〈題畫詩簡論〉，李儒光，《湖南師範大學社會科學學報》，第 19 卷，第 5 期，1990 年 9 月。

15. 〈詩畫共通理論與文人文化之成長——以宋明二代之轉化歷程為例〉，鄭師文惠，《中華學苑》41 期，1991。

16. 〈晚明蘇州繪畫中的詩畫關係〉，劉巧楣，《藝術學》，第 6 期 1991 年 9 月。

17. 〈元代題畫詩研究——以花木蔬果為主〉，鄭師文惠，行政院國家科學委員會研究計劃成果報告，國立臺北師範學院語文教育系，1993。

18. 〈金陵繪畫——中國近世繪畫史區域研究之一〉，石守謙，行政院國家科學委員會研究計劃成果報告，臺灣大學藝術史研究所，1994。

19. 〈傳統中國繪畫與政治權力——一個研究角度的思考〉，王正華，《新史學》，8 卷 3 期。

（三）其 他

1. 〈論晚明清初才子佳人戲曲小說的審美趣味〉，郭英德，《文學遺產》，第 5 期，1982 年 2 月。

2. 〈晚明思想中的個人主義和人道主義〉，William Theodore De Bary（德巴力）著，吳瓊譯，《中國哲學》，第七輯，1982 年 3 月。

3. 〈明代中葉文人型態〉，黃繼持，《明清史集刊》，第 1 卷，1985 年 10 月。

4. 〈論讀者與作者的轉換生成〉，王列生，《南京大學學報》，1988 年，第 3 期。

5. 〈中國古代園林風格的暗轉與流變〉，劉托，《美術研究》1988 年，第 2 期。

6. 〈明代中後期河南社會風尚的變化〉，王興亞，《中州學刊》，1989 年，第 4 期。

7. 〈明清市鎮發展綜論〉，趙岡，《漢學研究》，第 7 卷，第 2 期，1989 年 12 月。

8. 〈「晚明文人」型態研究〉，黃明理，《國立臺灣師範大學國文研究所集刊》，第 34 號，1990 年 6 月。

9. 〈「品味」論與接受美學異同觀〉，鄧新華，《江漢論壇》，1990，第 1
   期。

10. 〈明代中後期江南地域風尚取向的更移〉，汪維眞，牛建強，《史學
    月刊》，1990 年，第 5 期。

12. 〈文化世族與吳中文苑〉，嚴迪昌，《文史知識》，1990 年，第 11
    期。

13. 〈明清湖南市鎮的社會與文化結構之變遷〉，巫仁恕，《九州學刊》，
    4 卷 3 期 1991 年 10 月。

14. 〈明代蘇州文人尚趣研究〉，邵曼珣，《古典文學》，第 12 集，1992
    年 4 月。

15. 〈晚明徽州商人的文化活動 —— 以徽商族裔潘之恒爲中心〉，林皎
    宏，《九州學刊》6 卷 3 期，1994 年 12 月。

三、博碩士論文

1. 《明人詩社之研究》，黃師志民，政治大學中國文學研究所碩士論文，
   1972。

2. 《蘇東坡與詩畫合一之研究》，戴麗珠，師範大學國文研究所碩士論
   文，1975。

3. 《臺灣詩社之研究》，王師文顏，政治大學中國文學研究所碩士論文，
   1979。

4. 《清代女詩人研究》，鍾慧鈴，政治大學中國文學研究所博士論文，
   1981。

5. 《南朝詩研究》王次澄，東吳大學中國文學研究所博士論文，1982。

6. 《汪端研究》，陳瑞芬，師範大學國文研究所碩士論文 1987。

7. 《明人詩畫合論之研究》，鄭師文惠，政治大學中國文學研究所碩士
   論文，1988。

8. 《晚明蘇州繪畫》，劉巧楣，臺灣大學歷史學研究所中國藝術史組碩
   士論文，1989。

9. 《文同詩畫之研究》，賴麗娟，成功大學歷史語言研究所碩士論文，
   1989。

10. 《杜甫題畫詩研究》，楊國蘭，中央大學中國文學研究所碩士論文，
    1990。

11. 《鄭板橋題畫文學研究》，衣若芬，臺灣大學中國文學研究所碩士論
    文，1990。

12. 《唐代題畫詩研究》，廖慧美，東海大學中國文學研究所，1991。

13. 《唐人題詩研究》，許麗玲，東吳大學中國文學研究所碩士論文，1991。

14. 《宋代題畫詩研究》，李栖，東吳大學中國文學研究所博士論文，1991。

15. 《明代蘇州文學與繪畫藝術之交流》，林琦妙，政治大學中國文學研究所碩士論文，1991。

16. 《明代詩畫對應關係之探討——以詩意圖、題畫詩為主》，鄭師文惠，政治大學中國文學研究所博士論文，1992。

17. 《乾嘉才女王貞儀研究》劉天祥，清華大學歷史研究所碩士論文，1993。

18. 《晚明畫論詩化研究》，林素玟，淡江大學中國文學研究所碩士論文，1995。

19. 《倪瓚題畫詩研究》，蔣翔宇，逢甲大學中國文學研究所碩士論文，1995。

20. 《蘇軾題畫文學研究》，衣若芬，臺灣大學中國文學研究所博士論文，1995。

21. 《晚明女性繪畫研究》，郭秀容，師範大學美術研究所碩士論文，1995。

22. 《六朝志怪的文類研究：導異為常的想像歷程》，劉苑如，政治大學中國文學研究所博士論文，1996。

23. 《前進與保守的兩極——陳書繪畫研究》，賴毓芝，臺灣大學藝術史研究所，1996。

四、外文資料

1. Margery Wolf, *Women and Family in Rural Taiwan*, Stanford University Press, 1972.

2. Joanna Handlin, "Lu K'un's New Audience: The Influence of Women's Literacy on Sixteenth-Century Thought "in Wolf &Witke eds; *Women in Chinese Society*, Stanford Stanford University Press, 1975.

3. Susan Gubar "'The Blank Page' and the Issues of Female Creativity", *Critical Inquiry Winter*, 1981.

4. Naquin & Rawske, *Chinese Society in the Eighteenth Century*, New Haven: Yale UP, 1987.

5. *Views from Jade Terrace: Chinese Women Artists 1300～1912*, Indianapolis : Indianapolis Museum of Art, 1988.

6. Susan Mann, 'Widows in the Kinship, Class, and Community Structure of Qing Dynasty China,' *Journal of Asian Studies* Vol. 46 No1.

7. Susan Mann 'Grooming a Daughter for Marriage: brides and wives in the mid-Ch'ing period 'Rubie S. Watson and Patricia Buckley Ebrey Eds. *Marriage and Inequality in Chinese Society*, Berkeley University of California Press, 1991.

8. Dorothy Ko'Pursuing Talent and Virtue: Education and Women's Culture in Seventeenth-and-Eighteenth-Century China', *Late Imperial China*, June 1992Vol. 13 No. 1.

9. Dorothy Ko, *Teachers of the Inner Chambers: Women and Culture in Seventeenth-Century China,* Stanford: Stanford University Press, 1994.